BIANCA IOSIVONI & LAURA KNEIDL

Midnight Chronicles

Dunkelsplitter

BIANCA IOSIVONI

LAURA KNEIDL

MIDNIGHT CHRONICLES

DUNKELSPLITTER

ROMAN

LYX

LYX in der Bastei Lübbe AG
Dieser Titel ist auch als E-Book und Hörbuch erschienen.

FSC
www.fsc.org
MIX
Papier aus verantwortungsvollen Quellen
FSC® C014496

Originalausgabe

Dieses Werk wurde vermittelt durch die
AVA international GmbH Autoren- und Verlagsagentur, München.
www.ava-international.de
Und die Langenbuch & Weiß Literaturagentur, Hamburg/Berlin.
www.langenbuch-weiss.de

Textredaktion: Kristina Langenbuch Gerez
Illustration: © Lorena Lammer
Covergestaltung: Sandra Taufer, München
Coverabbildung: © Shutterstock (Laura Crazy; Nik Merkulov;
HS_PHOTOGRAPHY; Shebeko)
Satz: Greiner & Reichel, Köln
Gesetzt aus der Adobe Caslon
Druck und Einband: GGP Media GmbH, Pößneck
Printed in Germany
ISBN 978-3-7363-1348-4

1 3 5 7 6 4 2

Sie finden uns im Internet unter: lyx-verlag.de
Bitte beachten Sie auch: luebbe.de und lesejury.de

Für Klaudia und Alex

PLAYLIST

X Ambassadors – Renegades
The Hit House feat. Ruby Friedman – Hunt You Down
JAXSON GAMBLE – Won't Go Down Easy
Skrizzly Adams – Dance with Darkness
K.Flay – Giver
Imagine Dragons – Bad Liar
Royal Deluxe – Dangerous
The Pretty Reckless – Going to Hell
The Brothers Bright – Blood On My Name
J2 feat. Blu Holliday – Born to Be Wild
Hidden Citizens feat. Rånya – Let Me Out
Book feat. Ndidi O. – Hold On, I'm Coming
Imagine Dragons – Next to Me
RAIGN – Find My Own Way
Sam Tinnesz – Ready Set Let's Go
Powerwolf – Armata Strigoi
Dead Posey – Don't Stop the Devil
In this Moment feat. Rob Halford – Black Wedding
Bon Jovi – These Days
Rob Zombie – Dragula
Set It Off, William Beckett – Wolf in Sheep's Clothing
Kate Pierson – Throw Down the Roses
Esterly feat. Austin Jenckes – Bad Man
Elle King – Where the Devil Don't Go
Sin Shake Sin – Can't Go to Hell
Bon Jovi – I'd Die For You
Paul Cardall – Life & Death

WAS BISHER GESCHAH …

Die freie Huntress Roxy befreit in London mithilfe ihrer Amulettmagie einen jungen Mann von einem Geist, der seinen Körper eingenommen hatte. Sie nimmt ihn mit ins Londoner Quartier, wo sich herausstellt, dass er sämtliche Erinnerungen an sein bisheriges Leben verloren hat. Er wird Roxys Verantwortung unterstellt und gibt sich selbst den Namen Shaw.

Roxy ist nur mäßig begeistert von der neuen Aufgabe, denn sie hat bereits eine Mission: Auf Befehl des Todesboten Kevin muss sie innerhalb von 449 Tagen 449 aus der Unterwelt entflohene Seelen wieder einfangen. Dies ist die Strafe dafür, dass sie versehentlich ein Tor zur Unterwelt öffnete, als sie der letzten Bitte ihrer Mentorin Amelia nachkam und deren mächtiges Amulett nach ihrem Tod dort zerstörte. Während sich Shaw von den Huntern ausbilden lässt, gehen Roxy und ihr Kampfpartner Finn dieser Mission weiter nach.

Immer wieder gibt es Meldungen über verschwundene Hunter, nicht nur in London. Außerdem kommt Warden, ein berüchtigter Blood Hunter, in die Stadt. Er ist auf der Suche nach dem Vampirkönig Isaac. Aufgrund seiner zahlreichen Nahtoderfahrungen kann er Kevin, den Todesboten, ebenfalls sehen.

Während eines gemeinsamen Clubbesuchs kommen sich Roxy und Shaw näher, doch Roxy ist nicht bereit, sich auf ihn einzulassen – schließlich ist ihre Lebensspanne begrenzt.

Bei einer Patrouille stoßen Roxy, Finn, Warden und Shaw auf Amelia, die ebenfalls von Roxy aus der Unterwelt befreit wurde. Roxy erkennt, dass dies von Anfang an Amelias Plan war und dass diese längst nicht mehr für die Hunter kämpft, sondern nur ihre eigenen Ziele verfolgt. Ein heftiger Kampf entbrennt, bei dem beide Seiten Verletzungen einstecken müssen. Kurz darauf folgen sie Amelias Spur nach Paris. Dort treffen sie auf Giselle, die über den Todesblick verfügt. Mit einer einzigen Berührung zeigt sie Roxy, wie sie sterben wird, nämlich schon bald und in Shaws Armen. Daraufhin beschließt Roxy, sich erst recht emotional von Shaw zu distanzieren.

Als sie Amelia schließlich in Paris aufspüren, kommt es zu einem Kampf, bei dem Maxwell, der Leiter des Londoner Quartiers, getötet wird. Roxy gelingt es mithilfe seines Amuletts, Amelia zu besiegen und in die Unterwelt zurückzuschicken. Kurz zuvor gesteht Amelia, dass sie für die verschwundenen Hunter verantwortlich ist – und auch Roxys Zwillingsbruder Niall vor vielen Jahren entführt hat. Außerdem erwähnt sie eine Vision, die sie mit ihrem Schicksalsblick hatte: *Der Hexenkönig Baldur wird durch die Hand des Vampirkönigs sterben.* Wenig später begleiten Roxy, Shaw und Finn Warden nach Edinburgh.

Dort trifft Warden auf seine ehemalige Kampfpartnerin Cain, als die dabei ist, einen Vampir zu vernichten. Warden ist immer noch wütend auf Cain, denn nach dem Vampirangriff auf seine Eltern vor drei Jahren hatte Cain ihn verraten, als er allein auf die Jagd nach Isaac gehen wollte, was in Edinburgh strengstens verboten ist. Das Vertrauen zwischen ihnen ist seitdem zerstört, und Warden verpfeift Cain nun seinerseits bei Grant, dem Leiter des Quartiers.

Grant verdonnert jedoch nicht nur Cain, sondern auch Warden dazu, in der Waffenkammer auszuhelfen – gemeinsam. Währenddessen werden Jules, Cains Cousin und aktueller Kampfpartner, und sein Ersatzpartner Floyd von Vampiren angegriffen. Floyds Leiche wird gefunden, Jules bleibt jedoch verschwunden. Nach einer dreitägigen Suchaktion stellen die Hunter die Suche nach ihm ein und erklären ihn für tot. Cain ist jedoch nicht bereit, Jules aufzugeben, und bricht erneut die Regeln, um nach ihrem Kampfpartner zu suchen. Dafür bittet sie Warden um Hilfe.

Auf der Suche nach Hinweisen beobachten sie zwei Hexer, die ebenfalls auf der Jagd nach Vampiren sind, obwohl zwischen den Kreaturen der Nacht ein Waffenstillstand herrscht. Warden und Cain ziehen Harper zu Rate, eine Magic Huntress, um herauszufinden, was es mit den Hexen und Vampiren auf sich hat. Harper gibt ihnen einen Tipp, und wie erhofft treffen sie dort auf Tarquin, einen der beiden Hexer. Er verschwindet jedoch durch ein Portal, wie es nur von Hexenmeistern erschaffen werden kann. Ohne nachzudenken folgt Cain ihm und gerät in einen heftigen Kampf, als das Portal sie direkt in ein Vampirnest transportiert.

Warden macht sich große Sorgen um Cain, und nach ihrer Rückkehr kommt es zu einer Aussprache und einer ersten gemeinsamen Nacht zwischen den beiden.

Von einem Vampir namens Phineas erhalten Warden und Cain schließlich einen wertvollen Hinweis. Sie finden Jules, allerdings ist er kein Mensch mehr. Isaac hat ihn mithilfe eines Serums, das von Wardens tot geglaubtem Vater entwickelt wurde, in einen künstlichen Vampir verwandelt. Sie nehmen Jules gefangen und bringen ihn in das Quartier der Hunter in Edinburgh. Wardens Vater, der bereits vor drei Jahren in einen Vampir verwandelt wurde, entkommt jedoch.

Isaac überfällt mit seinen Vampiren das Quartier, um Jules, sein kostbares Testobjekt, zurückzuholen. Es kommt zu einer verlustreichen Schlacht zwischen Huntern und Vampiren. Cain gerät in einen Kampf mit Isaac, bei dem Jules ihr unerwartet zu Hilfe kommt. Er hat einen freien Willen entwickelt und kann sich – anders als natürlich erschaffene Vampire – Isaacs Befehlen widersetzen. Er schafft es, Isaac zu töten. Anschließend verschwindet er spurlos.

Zur selben Zeit dringt Wardens Vater in die Krankenstation ein, wo seine Frau seit dem Angriff im Koma liegt. Es kommt zu einem Kampf zwischen Vater und Sohn. Warden muss sich entscheiden und tötet seinen Vater, um seine Mutter zu retten.

Nur langsam erholt sich das Quartier von dem Angriff. Warden und Cain, die einander ihr Vertrauen bewiesen haben, werden wieder Kampfpartner, während sich Roxy, Shaw und die Soul Huntress Ella gemeinsam auf die Reise machen, um die von Roxy befreiten Seelen zu vernichten. Roxys Kampfpartner Finn bleibt verletzt in Edinburgh zurück.

1. KAPITEL

Roxy

»Sicher, dass wir hier richtig sind?«, fragte ich, als Shaw den Blinker setzte und wir gleich darauf von der Autobahn abfuhren.

»Viele Wege führen zum Ziel«, erwiderte er nur und sah kurz auf das Navigationssystem auf seinem Handy. Das führte ihn an diesem Morgen nicht zum nächsten Geist, den es in die Unterwelt zurückzuschicken galt, sondern zu einer Raststätte, die nur aus einem großen Gebäude, einer Tankstelle, einem riesigen Parkplatz und einigen verlassenen Bänken und Tischen bestand.

Ich drehte mich auf dem Beifahrersitz um und warf einen schnellen Blick auf die Rückbank. Ella saß schweigend da und starrte aus dem Fenster, schien in Gedanken aber ganz woanders zu sein. Aus ihren großen Kopfhörern schallte unverständliche Musik, wie schon die ganze Zeit während unseres kleinen Roadtrips. Nach unserem Abschied aus Edinburgh vor knapp zwei Wochen waren wir zunächst zurück nach London gefahren. Dann hatten uns die Koordinaten, die Wardens Ghostvision-Gerät ausspuckte, durch den Eurotunnel nach Frankreich geführt und von dort aus, mit einigen Zwischenstopps in Luxemburg und Belgien, durch die Schweiz bis nach Deutschland. Aber wo genau wir gerade waren, wusste ich immer noch nicht.

»Dein Ziel scheint essen zu sein«, kommentierte ich trocken und deutete auf die Werbung in den Fenstern.

»Deins nicht? Ich bin enttäuscht, Darling.« Er zwinkerte mir zu und schaltete den Motor aus.

Stille hüllte uns ein, denn auch Ella hatte ihre Musik ausgemacht und die Kopfhörer abgenommen. »Warum halten wir?«

»Shaw will etwas essen.«

»Frühstücken«, korrigierte er. »Und tanken. Wir waren fast die ganze Nacht unterwegs. Übrigens sind wir hier gerade am Rande des Mittleren Schwarzwalds«, fügte er hinzu, stieg aus und streckte sich ausgiebig.

»Das erklärt die ganzen Bäume«, murmelte ich und stieg ebenfalls aus. Von zu Hause in Irland war ich weite grüne Felder, steile Klippen und die immer gleichen niedrigen weißen Steinmauern gewöhnt. Wälder spielten eine untergeordnete Rolle in meinen Naturerfahrungen.

Der Himmel war bedeckt und ein kühler Wind wehte, aber es lag kein Schnee. Alles wirkte grau und diesig. Außer uns standen nur ein einziges anderes Auto und einige LKW auf dem Parkplatz. Wenn ich mich nicht irrte, war es wenige Tage vor Silvester, wahrscheinlich lieferten sie die letzten Waren vor dem Feiertag aus.

Shaw trat neben mich und lehnte sich gegen seinen leuchtend blauen 1969er Chevrolet Camaro. »Wie viele sind noch übrig?«

Ich hatte gar nicht gemerkt, dass ich das kleine Gerät hervorgezogen hatte, das knapp in meine Handfläche passte und nur einen Tropfen Blut von mir brauchte, um den nächsten Spirit zu lokalisieren, den ich vernichten musste. Seit Warden den Ghostvision, wie er das Ding getauft hatte, zum Laufen gebracht hatte, war es mir innerhalb kürzester Zeit gelungen, mehr Seelen zurückzuschicken als in den ganzen Monaten zuvor. 449 Geister waren es zu Beginn gewesen, die ich wieder in die Unterwelt verbannen musste. Aber wie viele davon jetzt noch übrig waren …? »Ich habe nicht die geringste Ahnung.«

Das war die Wahrheit, denn ich hatte sie nie gezählt. Wobei das nicht ganz stimmte. Am Anfang hatte ich noch eine Strichliste in meinem Kopf geführt, doch irgendwann hatte ich mich verzählt und ab da war es sowieso egal. Ich steckte das Gerät wieder ein und rieb mir über die Schulter, dort, wo sich unter der Kleidung die Narbe befand, die von dem Biss des Höllenhundes stammte. Seit ich London zusammen mit Finn, Shaw und Warden verlassen hatte und nach Edinburgh aufgebrochen war, waren einige Wochen vergangen und mittlerweile war sie merklich kleiner geworden. Aber nicht klein genug. Da draußen gab es auch jetzt noch zu viele Seelen, die ich ungewollt freigelassen hatte und wieder einfangen musste. Und zwar bevor meine Zeit ablief.

»Und wie viele Tage bleiben dir noch?«, fragte Ella leise und musterte mich aus diesen weißgrauen Augen, die so ungewöhnlich für normale Menschen und so typisch für die wenigen Soul Hunter auf der Welt waren.

Ella hatte sich uns nach dem Tag des Blutbades in Edinburgh angeschlossen, und während eines ruhigen Moments, gleich nachdem wir für gutes Geld einen Poltergeist aus einem Haus an der luxemburgischen Grenze vertrieben hatten, hatte ich ihr von meiner ganz persönlichen Mission erzählt. Angefangen damit, dass meine ehemalige Mentorin Amelia in meinen Armen gestorben war und mich mit ihrem letzten Atemzug angefleht hatte, ihr Amulett zu zerstören, damit es nicht in die falschen Hände geriet, und wie ich dadurch versehentlich ein Tor zur Hölle geöffnet und 449 Seelen freigelassen hatte, die Ulysses, dem König der Unterwelt, gehörten, bis hin dazu, wie mich sein Todesbote Kevin verflucht hatte. Ich hatte Ella auch davon berichtet, wie ich diese Wesen nach und nach vernichtet hatte, nur um einsehen zu müssen, was von Anfang an klar gewesen war: Es war eine unlösbare Aufgabe. Ein grausames Spiel des Todesboten.

Und genau hier kam Warden ins Spiel. Es hatte länger gedauert, als mir lieb gewesen war, doch schließlich hatte er das Gerät, das ursprünglich sein Vater entwickelt hatte, zum Laufen gebracht und mir mitgegeben. Mit dem Ghostvision war es leichter, genau die Seelen aufzuspüren, die ich zurück in die Unterwelt schicken musste. Dennoch lief meine Zeit vor meinen Augen ab und wurde mit jedem neuen Morgen, mit jedem Atemzug, noch kürzer. Und dank Giselles Todesvision, die sie in Paris mit mir geteilt hatte, wusste ich nun auch, wie ich sterben würde.

Während unseres Aufenthaltes in Edinburgh hatte ich zum ersten Mal Zeit gehabt, mich intensiv mit meinem bevorstehenden Tod auseinanderzusetzen, und dabei waren mir gleich mehrere Dinge klar geworden. Am Ende von Giselles Vision hatte ich das Heulen der Höllenhunde gehört, was nur bedeuten konnte, dass ich es höchstwahrscheinlich nicht schaffen würde, Kevins Mission zu erfüllen. Und da ich felsenfest davon überzeugt war, dass Kevin mich keine Sekunde früher von meiner Aufgabe erlösen oder zulassen würde, dass ich vorher starb, blieb nur eine Schlussfolgerung übrig: Der Tag, an dem ich sterben würde, war derselbe Tag, an dem sich Giselles Vision erfüllte. Damit kannte ich das exakte Wann und Wie meines Todes. Wenigstens wusste ich so auch, dass mir bis zum Ablauf des Countdowns nichts geschehen konnte. Ein schwacher Trost, aber immerhin ein Trost.

»Roxy?« Ellas Stimme holte mich aus meinen Gedanken.

Ich schüttelte den Kopf, um die Erinnerungen loszuwerden,

und atmete tief die kalte Luft ein. Sie brannte in meinem Hals und meiner Brust, war aber ein willkommener Weckruf. »Noch 93 Tage.«

Betroffenes Schweigen hüllte mich ein. Ella bedachte mich mit einem mitfühlenden Lächeln. Shaws Miene hingegen blieb ausdruckslos, doch der Blick aus seinen braunen Augen drückte all das aus, was Worte nicht zu sagen vermochten. Sorge. Mitgefühl. Wut auf den Todesboten. Und mehr. Da war so viel mehr, dass ich mich abwenden musste, weil ich es nicht länger ertrug. Nicht, es bei ihm zu sehen, und erst recht nicht, was es in mir auslöste, wenn er mich so ansah.

Gefühle waren das Letzte, was ich im Moment gebrauchen konnte. Ich würde sterben. Es war absehbar. Unvermeidlich. Wie grausam wäre ich, wenn ich zulassen würde, dass sich mehr zwischen Shaw und mir entwickelte, obwohl ich doch nur zu genau wusste, dass ich ausgerechnet in seinen Armen sterben würde? Nein. Das konnte ich ihm nicht antun. Das konnte ich uns beiden nicht antun.

Shaw räusperte sich. »Wir sollten etwas essen und uns Kaffee besorgen. Keine Ahnung, wann die nächste Raststätte auftaucht und wir wieder die Möglichkeit dazu haben werden.«

Er klang geradezu so, als wären wir mitten im Niemandsland gelandet … und wenn ich ehrlich war, hatte es sich zumindest streckenweise so angefühlt. Ich hatte gar nicht gewusst, dass es in Deutschland so viel Natur gab. Was Shaw jedoch damit meinte, war –

»Es gibt Pancakes!«

Ich drehte mich um und schaute ihm blinzelnd nach, während er bereits mit schnellen Schritten auf das einstöckige Gebäude neben der Tankstelle zu stapfte.

Ella trat neben mich. Die Kopfhörer hingen um ihren Hals, als warteten sie nur auf den erneuten Einsatz. »Ich habe noch nie gesehen, dass sich jemand so sehr über Pancakes gefreut hat.«

Ich zuckte mit den Schultern. »Sie sind ja auch lecker. Und seit er in diesem Café in Edinburgh welche zum Frühstück hatte, ist er ganz verrückt danach. Nicht mal die Belgischen Waffeln in Brüssel konnten dagegen ankommen.«

Ich konnte seine Leidenschaft für Süßspeisen absolut nachvollziehen. Da das Menü in der Kantine des Quartiers so eine Enttäuschung gewesen war, hatten wir öfter auswärts gegessen oder uns etwas von unterwegs mitgebracht. Etwas, das nicht so schrecklich *gesund* war wie die Gerichte im Quartier. Allein beim Gedanken an die Salate und das ganze gekochte Gemüse wie Brokkoli und Spinat schüttelte es mich.

Ich sah zur Seite. Ella hatte sich noch nicht gerührt. Ihr langes blondes Haar war ein wenig zerzaust, aber wenigstens hatte sie letzte Nacht ein bisschen schlafen können.

»Soll ich dir was mitbringen?«, fragte ich, als sie keine Anstalten machte, das Gebäude zu betreten.

Sie schüttelte den Kopf und setzte die Kopfhörer auf, um die Welt erneut auszuschließen.

Wahrscheinlich hätte ich es an ihrer Stelle nicht viel anders gemacht. Am Tag des Blutbades, wie dieses Ereignis in die Geschichtsbücher der Hunter eingehen würde, hatte Ella nicht nur ihren Kampfpartner Owen, sondern auch ihren Vater verloren. Zwei Menschen, die ihr die Welt bedeutet hatten, waren mit einem Mal fort.

Ich schluckte hart, als mich meine eigenen Erinnerungen zu überrollen drohten, und schob sie entschieden von mir. Ein letzter Blick auf Ella, dann ließ ich sie beim Wagen zurück und folgte Shaw. Da er bereits dabei war, für uns alle Kaffee und Frühstück zu besorgen, nutzte ich die Chance, die Toiletten aufzusuchen und mich etwas frisch zu machen.

Während ein großer Teil der Menschen sich auf Weihnachten vorbereitet und das Fest gefeiert hatte, hatten wir die letzten Tage und Nächte damit verbracht, Geister zu jagen. Was gut war, denn ich war definitiv nicht in Festtagsstimmung gewesen. Dafür konnte ich mich viel zu gut an die Feiertage daheim in Irland erinnern, damals, als mein Zwillingsbruder Niall noch bei uns gewesen war. Wir hatten nur Unfug im Kopf gehabt, hatten uns ständig viel zu oft nachts rausgeschlichen. Außer an Weihnachten, da waren wir freiwillig extra früh ins Bett gegangen, um am Weihnachtsmorgen in aller Frühe, lange bevor unsere Eltern aufstanden, auf Zehenspitzen ins Wohnzimmer zu flitzen, um nach unseren Geschenken zu schauen.

Das letzte Weihnachten mit ihm hatte sich mir so fest ins Gedächtnis gebrannt, dass ich das Gefühl hatte, den Plätzchenduft riechen zu können, der daheim in der Luft hing, und den heißen Kakao schmecken zu können, den wir ständig getrunken hatten. Ich musste nur die Augen schließen, um das Rascheln von Geschenkpapier und Nialls begeisterte Stimme zu hören, als er das Computerspiel auspackte, das er sich gewünscht hatte. Seltsamerweise hatte ich meinen Bruder klar vor Augen, während die Gesichter meiner Eltern zunehmend verschwammen. Aber das taten sie schon, seit ich Irland nach Amelias Tod hinter mir gelassen hatte. Unfassbar, dass das inzwischen fast ein Jahr her war.

Ich schob diese bedrückenden Gedanken beiseite und drehte den Wasserhahn auf, um mir Hände und Gesicht zu waschen. Mit ein paar Papierhandtüchern trocknete ich mich ab und wagte einen Blick in den Spiegel. Mein langes blondes Haar könnte dringend mal wieder eine Bürste gebrauchen, und unter meinen Augen lagen Schatten, die definitiv nicht von zu vielen Partynächten stammten.

So langsam machte sich das Leben on the road bemerkbar.

Ich konnte mich gar nicht mehr daran erinnern, wann ich das letzte Mal eine ganze Nacht durchgeschlafen hatte. Und das, obwohl wir auf dem Weg Halt in ein paar Hunterquartieren gemacht und uns dort mit neuer Munition ausgestattet hatten. Die Nacht, die wir in London verbracht hatten, war nur kurz gewesen – der nächste Spirit erwartete uns bereits in Frankreich. Aber es war schön, zumindest Nala, Linnea und Ingrid wiederzusehen, auch wenn wir Giselle, Weston und die anderen verpasst hatten. Nach all der Zeit blieben Ripley und Dinah leider noch immer verschwunden. Keiner rechnete noch damit, einen der beiden lebend wiederzusehen.

In Paris hatten uns Sebastién und seine Hunter herzlich aufgenommen, aber wir waren nur kurz dortgeblieben. Einen einzigen von meinen Geistern hatte ich in der Hauptstadt Frankreichs aufspüren können, dafür hatte Ella als Soul Huntress dort wesentlich mehr Arbeit gehabt. Trotzdem war sie mit uns weitergezogen. Anscheinend wollte sie so viel Abstand wie nur irgend möglich zwischen die Ereignisse in Edinburgh und sich selbst bringen. Ich hoffte nur, sie wusste, dass man nicht vor seiner Vergangenheit davonlaufen konnte. Früher oder später holte sie einen ein. Immer.

Ich seufzte tief, dann verließ ich die öffentlichen Toiletten und kehrte in den Hauptraum der Raststätte zurück. Als ich Shaw nicht sofort entdeckte, trat ich nach draußen.

»Roxy!« Ich folgte seiner Stimme zu einem der Holztische, die einsam am Rande des Parkplatzes standen. Vor Shaw und Ella, die sich trotz der Kälte daran niedergelassen hatten, standen drei Papiertüten und drei extragroße Kaffeebecher.

Ich ließ mich auf den Platz neben Ella fallen und schnappte mir die Tüte, die sie mir zuschob, während Shaw sich schon wieder über sein Reisetagebuch beugte und weiter darin schrieb. Er hatte das ledergebundene Buch in Edinburgh gekauft und notierte sich seither nicht nur, wo wir gerade waren, was wir erlebten und welche Wesen wir bekämpften, sondern vor allem auch, was wir aßen. Unser Fast-Food-Bewertungssystem hatte er ausgeweitet und nutzte nun jede Gelegenheit, um etwas Neues zu finden, das er probieren konnte.

Kurz beobachtete ich ihn dabei, wie er mit konzentriert gerunzelter Stirn die aktuelle Seite vollkritzelte, und unterdrückte den Impuls, ihn danach zu fragen. Seit ich durch Giselle meinen eigenen Tod vorhergesehen hatte, versuchte ich so viel Distanz wie nur möglich zwischen Shaw und mir aufzubauen. Zwar nicht räumlich, da das kaum möglich war, wenn man zusammen unterwegs war, aber zumindest emotional.

Also fragte ich nicht nach, was er gerade aufschrieb und welches Essen ihm zuletzt am besten geschmeckt hatte, sondern widmete mich der Papiertüte vor mir. Als ich sie öffnete, kam mir sofort der Geruch von frischen Pancakes entgegen und entlockte mir ein kleines Lächeln. Dazu hatte Shaw noch belegte Brötchen und Snacks für unterwegs gekauft. Mittlerweile merkte man ihm kaum noch an, dass er sich an sein Leben bis vor wenigen Monaten nicht mehr erinnern konnte. Er kam immer besser zurecht, auch wenn ihm manches Wissen schlicht fehlte, aber dafür war ihm eine fast schon kindliche Begeisterung für alles Neue geblieben. Insbesondere für alles, was mit Essen zu tun hatte. Eine Leidenschaft, die wir teilten.

»Die sind echt gut«, nuschelte er mit vollem Mund, nachdem er sein Reisetagebuch wieder eingepackt und sich in Lichtgeschwindigkeit auf das Frühstück gestürzt hatte.

Ich öffnete die kleine Packung Ahornsirup, die es zu den Pancakes gab, träufelte ihn darüber und nahm mit einer hölzernen Wegwerfgabel den ersten Bissen. Bis zu diesem Moment hatte ich nicht mal richtig gemerkt, wie ausgehungert ich eigentlich war, doch jetzt machte sich mein Magen mit einem

Grummeln bemerkbar. Ich nickte Shaw zu, nahm den nächsten Bissen und spülte mit etwas Kaffee nach.

Die Stille an unserem Tisch hätte andere vielleicht gestört, aber ich empfand sie als beruhigend, denn so konnte ich meinen Gedanken nachhängen, genau wie Ella, die auf irgendeinen Punkt in der Ferne starrte, während Shaw die Nase nun in einem Buch vergraben hatte, dessen Titel ich nicht entziffern konnte. Wenn er nicht gerade Auto fuhr, schlief oder trainierte, las er ständig irgendetwas – und das am liebsten ganz klassisch als gedrucktes Buch statt auf dem Handy. Bei der Vielzahl an Büchern, die wir mitschleppten, könnte man meinen, wir hätten eine Bibliothek ausgeraubt.

»Was liest du da?«, fragte ich schließlich und deutete mit der Gabel auf ihn. So viel zur Distanz.

»Eine Abhandlung der Archivare über Amulette.« Er schnitt eine Grimasse. »Aus irgendeinem Grund ist das wichtig für die Hunterprüfung.«

»Ja, weil du ohne Stufe-1-Amulett kein Hunter sein kannst«, erwiderte ich automatisch.

Unvermittelt schaltete sich Ella ein. Sie schien froh über die Ablenkung zu sein und richtete den Blick aus ihren weißgrauen Augen auf Shaw. »Und warum ist das so? Warum muss jeder Hunter und jede Huntress ein Amulett der Stufe 1 beherrschen?«

Shaw seufzte, legte das Buch jedoch zur Seite und antwortete brav: »Um mithilfe der Magie eine Illusion zu erschaffen, die bewirkt, dass uns niemand mehr sehen oder hören kann. Genauso wenig wie die Monster, die wir vernichten.«

»Und wie viele Amulettstufen gibt es?«, hakte Ella weiter nach. In Edinburgh hatte sie Cain gelegentlich beim Unterricht der dortigen Hunterkinder geholfen, was ihr deutlich anzumerken war, denn sie fragte Shaw nicht das erste Mal ab.

Sein Blick zuckte kurz zwischen meinem Kettenanhänger, der aus Maxwells Sammlung stammte, und Ellas Ring hin und her. »Sechs.«

»Richtig.« Seelenruhig nippte Ella an ihrem Kaffee. »Woraus werden Amulette gemacht? Und von wem?«

»Von den Archivaren, die sich darauf spezialisiert haben. Und die Amulette bestehen aus den Überresten vernichteter Kreaturen. Was übrigens echt eklig ist, wenn man genau darüber nachdenkt. Wir tragen die Überreste toter Wesen an uns.«

Ich zuckte nur mit den Schultern. »Das ist eigentlich alles, was du für die Prüfung wissen musst.«

»Nicht ganz«, widersprach Ella und warf mir einen bedeutsamen Blick zu. »Es ist wichtig zu wissen, dass man ein einmal angelegtes Amulett nicht mehr abnehmen kann, bis es verbraucht ist oder man stirbt. Daher sollte man Amulette der höheren Stufen auch nicht leichtfertig anlegen.«

Ich verdrehte die Augen. »Meinetwegen. Aber *das* ist dann alles, was du wissen musst, es sei denn, du willst dich auf Amulette spezialisieren.«

Shaws Gesicht hellte sich auf. »Wirklich?«

»Mehr oder weniger. Aber eine Frage hab ich noch«, sagte Ella. »Was ist ein Dunkelsplitter?«

Shaw setzte dazu an, auch diese Frage zu beantworten, aber aus seinem Mund kam kein Wort.

Ich presste die Lippen aufeinander, um nicht zu offensichtlich zu schmunzeln. Das war eine gemeine Frage, denn nicht mal Shaw, der alles Wissen in sich aufsog wie ein Schwamm, konnte die Antwort darauf so einfach aus dem Ärmel schütteln. Mit Dunkelsplittern befassten sich nur Hunter, die höhere Amulettstufen anstrebten, und selbst dann erfuhr man erst davon, wenn man mindestens bei Stufe 3 angelangt war. Vorher war das Thema irrelevant.

»Ähm … Das ist …« Shaws Blick huschte erneut zwischen Ella und mir hin und her, genauer gesagt zwischen dem magentaroten Stein mit den goldenen Sprenkeln in ihrem Ring und meinem royalblauen Anhänger mit den kupferfarbenen Elementen darin, den Maxwell mir nach seinem Tod vermacht hatte. Die anderen Amulette von ihm, nämlich jene der Stufe 6, hatte ich in London gelassen, da ich noch nicht bereit war, damit zu kämpfen. »Also … ein Dunkelsplitter ist natürlich ein … ein besonders dunkles Amulett der höchsten Stufe?«

»Falsch.« Ella stellte ihren Becher ab. »Als Dunkelsplitter bezeichnen wir ein fehlerhaftes Amulett, bei dessen Herstellung etwas schiefgegangen ist.«

»Was zum Beispiel?«

»Stell es dir wie ein Produktionsfehler vor. Oder als hätte dir jemand zu viele oder zu wenig Pommes zu deinem Burger serviert.«

Ich öffnete schon den Mund, um vehement zu widersprechen, aber Shaw kam mir zuvor. »Man kann nie zu viele Pommes haben.«

Guter Mann. Ich verbarg mein Lächeln hinter meinem Becher und trank meinen Kaffee aus.

Shaw zeigte mit dem Finger auf Ella. »Das war eine fiese Frage.«

Ihre Mundwinkel zuckten, auch wenn es nicht zu einem vollen Lächeln reichte. Es war Ella anzumerken, dass sie ihr Bestes gab und versuchte, auch ohne Owen und ihren Dad ein normales Leben zu führen, doch der Schmerz, der sich in ihren Augen festgesetzt hatte, war nicht zu übersehen. Und ich verstand es. Jemanden zu verlieren, noch dazu jemanden, der einem so wichtig war, veränderte einen. Die Welt war danach nie mehr dieselbe, genauso wenig wie man selbst, weil ein wichtiger Teil von einem selbst ebenfalls fehlte. Etwas, das ich nur zu gut nachempfinden konnte. Ich war nur froh, dass niemand versucht hatte, Ella einzureden, dass es mit der Zeit leichter werden würde – denn das wurde es nicht. Der Schmerz würde für immer da sein, wie ein Loch im Herzen, das durch nichts und niemanden zu füllen war. Aber man lernte, damit zu leben. Irgendwie. Nur darauf kam es an.

»Wenn das Thema Amulette nun also erledigt ist«, ergriff Shaw wieder das Wort und legte das nächste Buch auf den Tisch, »dann kann ich mich ja wieder mit Geistern beschäftigen. Es gibt vier verschiedene Phasen«, fügte er mit Blick auf Ella hinzu. »Nur Soul Hunter können die ersten beiden sehen und bekämpfen. Und berührt ein Soul Hunter einen Geist, egal welcher Phase, materialisiert sich dieser und nimmt eine für alle sichtbare Gestalt an.«

Diesmal konnte ich mein Schmunzeln nicht unterdrücken. »Eins mit Sternchen. Pass nur auf, wenn du so weitermachst, wollen dich die Archivare für sich rekrutieren, weil du ein wandelndes Lexikon bist.«

»Sehr witzig«, kommentierte er trocken, aber in seinen Augen funkelte es amüsiert. »Übrigens: Wohin geht es eigentlich als Nächstes?«

»Das werden wir gleich herausfinden.« Ich verzog ein bisschen das Gesicht, als ich neben meinem Handy und dem Ghostvision auch das Set aus Nadeln und Teststreifen hervorzog und vor mir auf dem Tisch ausbreitete.

Es war nur ein kurzes Piksen, diesmal in den linken Zeigefinger, trotzdem war es nicht sonderlich angenehm und ich beneidete niemanden darum, der das gesundheitsbedingt täglich oder sogar mehrmals am Tag machen musste. Der Schmerz verklang und ein roter Tropfen trat hervor. Ich führte den schmalen Teststreifen an den Finger, bis er das Blut aufgesogen hatte, dann schob ich ihn in den Ghostvision hinein.

Das Gerät war nicht besonders hübsch, aber dank der zusätzlichen Schutzabdeckung, die Warden kurz vor unserer Abreise angebracht hatte, war es wenigstens stabil und es ragten keine Drähte mehr heraus. Es summte in meiner Hand, während es anhand meines Blutes, oder genauer gesagt anhand von Kevins Magie in meinem Blut, ermittelte, wo sich die nächste Seele befand, die es in die Unterwelt zurückzuschicken galt. Wo ich vorher auf gut Glück nach den Wesen hatte suchen müssen, konnte ich dank Wardens Erfindung nun systematisch vorgehen, da es mir immer die Koordinaten des Spirits anzeigte, der gerade am nächsten war. In wenigen Wochen hatte ich damit mehr Spirits zurück in die Unterwelt geschickt als in all den Monaten zuvor, auch wenn die Narbe auf meiner Schulter deutlich zeigte, dass mir die Zeit davonlief, weil es noch immer mehr als genug zu tun gab. Aber aufgeben kam nicht infrage. Nicht nur wegen meines Bruders, nach dem ich erst wieder suchen konnte, sobald diese Sache abgeschlossen war, oder wegen all der Hunter und Huntresses, die ich seit meinem Aufbruch aus Irland kennengelernt und in mein Herz geschlossen hatte, sondern auch für mich. Ich würde nicht aufgeben, weil ich leben wollte. Ich hatte noch so viel vor und konnte so viel in der Welt bewirken, also würde ich Kevin diesen Sieg verdammt noch mal nicht überlassen.

Mein Handy vibrierte kurz und auf dem Display erschienen neue Koordinaten. Der Ghostvision hatte den nächsten Geist gefunden.

»Also?«, hakte Shaw nach. »Wohin geht es?«

Schnell tippte ich die Koordinaten in eine App ein, gleich darauf leuchtete ein Punkt auf der Karte auf. Ich hob den Kopf und sah in die erwartungsvollen Gesichter meiner Begleiter.

»Sieht so aus, als würden wir nach Prag fahren.«

2. KAPITEL

Shaw

Die Koordinaten vom Ghostvision führten uns am Schwarzwald entlang und durch die tiefsten Tiefen von Bayern, wo wir für einen weiteren Stopp anhielten. Etwas, das ich inzwischen bereute, weil mein dortiges Erlebnis mit einer Weißwurst mich vermutlich nachhaltig traumatisiert hatte. Anschließend ging es weiter, quer durch Deutschland Richtung Osten. Nach der Sache mit der Weißwurst legten wir keine weitere Pause ein, sodass wir ganz gut vorankamen, auch wenn wir dank mehrerer Staus über acht Stunden unterwegs waren. Inzwischen war es längst dunkel geworden. Prüfend sah ich aufs Armaturenbrett. Es war kurz vor neun Uhr; wir hatten die Grenze zu Tschechien schon vor anderthalb Stunden passiert.

Ich bog ein weiteres Mal ab und das Licht der Scheinwerfer fing die Umgebung ein. Nichts als weite, schneebedeckte Felder, einige kahle Bäume in der Ferne und flache Hügel am Horizont. Abgesehen von der Straße und ein paar wenigen Schildern gab es kein Anzeichen von Zivilisation.

Wir waren mitten im Nirgendwo gelandet und es war schon eine ganze Weile her, seit uns das letzte Auto entgegengekommen war.

Ich warf einen kurzen Blick in den Rückspiegel, als es hinten zum wiederholten Mal in den letzten Stunden vibrierte. Irgendjemand versuchte beharrlich, Ella zu erreichen, doch diese wollte anscheinend nichts davon wissen, denn auch diesmal drückte sie den Anrufer weg.

»Wer war das?«, fragte ich neugierig.

»Niemand Wichtiges«, erwiderte Ella und starrte wieder aus dem Fenster. Bildete ich mir das ein, oder wirkte sie jetzt noch trauriger als zuvor?

Ich sah zur Beifahrerseite hinüber. Roxy saß schweigend da, wie so oft in den letzten Tagen. Oder vielmehr Wochen. Zuvor war sie zwar auch nicht gerade die redseligste, sozialste Person gewesen, aber seit den Ereignissen in Paris war sie viel öfter in sich gekehrt. Wo sie vorher noch mit mir geredet hätte, zog sie sich nun immer mehr zurück. Es war mir unverständlich, wie das niemandem hatte auffallen können. Nicht einmal Finn hatte etwas gemerkt, wobei der in Schottland auch mit seinen Familienbesuchen und den Leuten in seinem alten Quartier beschäftigt gewesen war. Auf alle anderen wirkte Roxy ganz normal, aber ich merkte, dass sich etwas verändert hatte. Ich wusste nur nicht, was genau es war – und warum sie nicht einfach mit mir darüber sprechen wollte.

»Es gibt ein Quartier in Prag«, ließ sie plötzlich verlauten und sah von ihrem Handy auf. »Weston hat mir gerade die Adresse geschickt. Wenn wir den Geist vernichtet haben, können wir dort unterkommen, uns neu ausrüsten und sehen, wohin es als Nächstes geht.«

Was bedeutete, dass wir endlich wieder in richtigen Betten schlafen konnten. Mein steifer Nacken würde es mir danken.

»Wissen die Hunter dort, dass wir kommen?«, fragte ich, ohne die Aufmerksamkeit von der Straße abzuwenden. »Oder werden wir wie das erste Mal in Paris mit Knarren im Gesicht begrüßt?«

Roxy schnaubte. »Das hat dich echt mitgenommen, was?«

Nur ein bisschen und auch nur, weil ich mich im Gegensatz zu allen anderen nicht als Hunter ausweisen konnte. Ich hatte meine Prüfung noch nicht abgelegt und damit auch kein Huntertattoo mit dazugehörigem Code. Scheiße, ich hatte ja noch nicht mal einen Nachnamen.

Dennoch war ich gespannt auf das neue Quartier. Bisher hatte ich mit London, Paris und Edinburgh drei kennengelernt, die unterschiedlicher kaum sein könnten. Insgeheim hatte ich gehofft, auch noch das Hunterquartier in Berlin kennenlernen zu dürfen, doch so weit hatten wir es nicht geschafft. Der Ghostvision hatte uns mit den neuen Koordinaten ohne Umwege nach Tschechien geführt und ich hatte keine Ahnung, was ich in Prag zu erwarten hatte. Vielleicht lag das Prager Quartier ebenfalls in einem Altbau mitten in der Innenstadt, so wie in Paris. Womöglich war es auch unter der Erde wie in Edinburgh oder es befand sich in einem Hochhaus wie in London. So oder so konnte ich es kaum erwarten, dort anzukommen, die Leute kennenzulernen und endlich, endlich wieder in einem richtigen Bett zu schlafen.

»Der Leiter weiß Bescheid«, fuhr Roxy fort, als ich nicht antwortete. »Sein Name ist Krall und er erwartet uns schon.«

Ich nickte und sah erneut in den Rückspiegel zu Ella, die ganz in Gedanken versunken schien, dann richtete ich meine Aufmerksamkeit wieder auf die Straße. Direkt vor uns tauchten die ersten Häuser auf. Wir näherten uns eindeutig unserem Ziel.

Meine Begleiterinnen blieben die restliche Fahrt über schweigsam. Ella schlief auf dem Rücksitz ein, schreckte jedoch mehrmals wieder hoch, als würde sie schlecht träumen. Etwas, das ich nur zu gut kannte. Roxy hingegen starrte weiterhin stumm aus dem Fenster, die Hände in ihrem Schoß zu Fäusten geballt.

Ich musste den Impuls unterdrücken, die Hand auszustrecken und sie auf ihre zu legen, um sie zu beruhigen, denn ich war mir ziemlich sicher, dass sie das nicht wollte. Oder vielleicht wollte sie es sogar und würde dennoch zurückweichen, wie so oft in den letzten Wochen. Doch auch ohne diese Geste war ich mir in einem Punkt völlig sicher: Wir würden dieses Wesen aufspüren, genauso wie alle anderen, die Roxy noch erledigen musste.

Wir erreichten Prag gegen zehn Uhr. Prag. Die Hauptstadt Tschechiens. Die Goldene Stadt. Die … Um ehrlich zu sein, wusste ich nicht mehr als das über Prag. Allzu viel Zeit für Recherche war mir nicht geblieben, und falls ich früher schon einmal hier gewesen war, konnte ich mich nicht mehr daran erinnern.

Jetzt ragte die Stadt mit ihren vielen Türmen vor uns auf, eingehüllt in Nebelschwaden, die mich dazu zwangen, den Fuß vom Gas zu nehmen und besonders aufmerksam zu sein. Der Himmel war dunkel und kein einziger Stern war zu sehen, vom Mond ganz zu schweigen. Dafür wirkte die beleuchtete Burg in der Ferne wie ein Leuchtfeuer in der Dunkelheit. Filigrane Straßenlaternen wiesen uns den Weg, vorbei an Häusern im gotischen Stil und kleinen Gässchen, die mich ein wenig an Edinburgh erinnerten. Nur dass dort überall Menschen gewesen waren, während ich hier niemanden entdecken konnte. Alles war totenstill und der Nebel, der vom Fluss zu kommen schien und über den Boden kroch, verstärkte diesen Eindruck nur noch.

Das Setting könnte aus einem Horrorfilm stammen, denn, ganz ehrlich? Es war mindestens so gruselig wie das alte Herrenhaus auf meiner ersten inoffiziellen Mission, als ich Roxy und Finn begleitet und Bekanntschaft mit einem Pontianak gemacht hatte. Wundervolle Kreatur. Ich hoffte inständig, der nächste Geist wäre etwas anderes. Etwas Netteres wäre zur Abwechslung ganz schön.

Die Lichter der Stadt spiegelten sich wie durch einen Schleier auf der Oberfläche des Flusses wider. Ein Bild, das nicht einmal dann klarer wurde, als wir den Fluss auf einer Brücke überquerten.

Ich war nicht sonderlich überrascht, in der Altstadt noch die ganze Weihnachtsdekoration funkeln zu sehen. Lichterketten hingen in den kahlen Baumkronen und in den Fenstern der Altbauten. Wahrscheinlich erwartete uns im Zentrum auch noch ein prächtig geschmückter Weihnachtsbaum, doch so weit kamen wir gar nicht.

»Warte!«, rief Roxy plötzlich.

»Was?« Ich nahm den Fuß vom Gas und warf ihr einen schnellen Seitenblick zu. Sie saß aufrecht in ihrem Sitz. »Warum?«

Wir hatten die Koordinaten vom Ghostvision noch nicht erreicht, außerdem war die Straße vor uns wie ausgestorben. Die Geschäfte hatten geschlossen und auch in den Fenstern der Häuser brannte kaum noch ein Licht. Es wirkte beinahe so, als würde die Stadt den Atem anhalten und sich für das Unvermeidliche wappnen.

»Hier ist etwas.« Aus dem Augenwinkel bemerkte ich, wie sich Roxy an die Schulter fasste. Die Schulter mit der Narbe. »Halt an.«

Obwohl wir völlig allein waren, prüfte ich sicherheitshalber alle Spiegel, setzte den Blinker und fuhr rechts ran. Keine Ahnung, was hier für ein Wesen lauerte, aber ich vertraute Roxys Einschätzung.

Ohne ein weiteres Wort schnallte sie sich ab und kletterte aus dem Wagen, noch bevor ich den Motor ausgeschaltet hatte.

»Was ist los?«, murmelte Ella verschlafen und schob sich die Kopfhörer herunter.

»Roxy hat etwas gespürt«, antwortete ich und zog den Schlüssel mit den vielen Anhängern ab, von denen in jedem Land ein neuer dazukam. Mittlerweile hingen ein knallroter Londoner Bus, ein herzförmiger Anhänger mit der Aufschrift *Brussels*, ein kleiner Eiffelturm, ein Plüschball in den Farben Schwarz, Rot, Gold sowie ein I-Love-Edinburgh-Anhänger daran und klimperten bei jeder Bewegung.

Ich stieg ebenfalls aus und drückte die Tür hinter mir zu. Die Luft war kalt und feucht und ich konnte jeden unserer Atemzüge in der Dunkelheit erkennen. Aber kein übernatürliches Wesen. Allerdings hatte ich eine Lektion schon ziemlich früh gelernt: Nur weil man etwas nicht sehen konnte, bedeutete das nicht, dass es nicht da war.

Nach einem letzten Blick auf Roxy, die bewegungslos am Straßenrand stand, ging ich um den Wagen herum und öffnete den Kofferraum. Wahrscheinlich wäre es klüger gewesen, die Waffen immer griffbereit auf dem Rücksitz zu haben, aber unsere Reise führte uns über so viele Ländergrenzen, dass das Risiko, damit erwischt zu werden, einfach zu groß war. Im Kofferraum, versteckt in einem Geheimfach unter dem Ersatzreifen, waren sie eindeutig besser aufgehoben.

Ich zog die Schrotflinte hervor und schnappte mir zur Sicherheit auch noch einen Dolch, dann schloss ich den Kofferraum leise wieder. Das Licht einer einsamen Straßenlampe zu unserer Linken flackerte unregelmäßig. Kein Auto war zu hören. Die Gegend war wie ausgestorben, obwohl hinter vereinzelten Fenstern noch Licht brannte. Doch dank Roxys und Ellas Amulettmagie würde niemand etwas von diesem Kampf mitbekommen. Zumindest niemand, der kein Hunter war.

Mit der Schrotflinte in den Händen trat ich neben Roxy und ließ den Blick über die verlassene Straße wandern. Selbst als ich die Augen zusammenkniff, konnte ich nichts ausmachen. Nichts außer dem Nebel, der über dem Boden waberte und sich wie ein lebendes, atmendes Wesen zu bewegen schien, als plötzlich ein eisiger Wind aufkam.

»Sicher, dass hier etwas ist?«

»Ja«, sagten Roxy und Ella wie aus einem Mund. Die Soul Huntress war inzwischen auch ausgestiegen. Ein entschlossener Ausdruck lag auf ihrem Gesicht und ihr Blick wanderte umher. »Hier wimmelt es nur so vor verlorenen Seelen.«

Verlorene Seelen, die nur Ella mit ihrem Seelenblick wahrnehmen konnte, was bedeutete, dass die Geister entweder der Phase 1 und 2 angehörten, was ich gutheißen würde, denn die waren wenigstens einigermaßen harmlos. Aber bei meinem Glück waren es vermutlich Geister der Phase 3 und 4. Die waren deutlich mächtiger und konnten wiederum auch von normalen Menschen gesehen werden. Zumindest, wenn sie einen fremden Körper besetzten – oder sich in ihrer eigenen früheren Gestalt materialisierten.

Roxy machte einen Schritt auf eine kleine Gasse neben uns zu. Ihre Hand lag über ihrem Anhänger, der an einer langen Kette um ihren Hals hing. Ich folgte ihrem Blick, konnte aber noch immer nichts Ungewöhnliches entdecken.

Instinktiv umklammerte ich die Schrotflinte fester. »Greifen uns die Geister an?«

»Nein, sie …« Ella sah sich um. Sie wirkte erstaunlich ruhig dafür, dass wir offensichtlich von Geistern umzingelt waren. Dennoch bildete sich ein magentafarbener Schimmer um das Amulett an ihrem rechten Mittelfinger, als sie die Illusion erschuf, die uns vor den Augen und Ohren der Menschen verbergen würde. »Ich glaube, sie haben Angst.«

»Wovor?«

Unvermittelt erhob sich eine Gestalt aus dem Nebel in der kleinen Gasse nur wenige Meter von uns entfernt und blieb reglos zwischen den altertümlichen Häusern stehen. Korrigiere: Sie *schwebte* über dem Boden, denn ihre nackten Füße schienen das Kopfsteinpflaster nicht einmal zu berühren.

Es war der Geist einer jungen Frau, die nur ein weites Hemd mit nassem, verdrecktem Saum trug. Es hing wie ein Sack an ihrer schmalen Gestalt herab. Je höher mein Blick wanderte, desto deutlicher bemerkte ich, wie knochig sie war. Ihr Gesicht war so bleich wie ihre Kleidung und dort, wo Augen sein sollten, lagen nur tiefschwarze Höhlen. Struppiges, verfilztes Haar fiel ihr wie ein Schleier über die Schultern bis hinunter auf den Boden. Ihre blassen, trockenen Lippen verzogen sich langsam zu einem Lächeln.

Alle Härchen in meinem Nacken stellten sich auf und ich riss die Schrotflinte hoch. »Was zur Hölle ist das?«

»Eine Rusalka«, stieß Ella neben mir hervor. In dieser Dunkelheit wirkten ihre weißgrauen Augen noch geisterhafter als ohnehin schon.

Ich runzelte die Stirn. »Eine was?«

Warum stolperte ich ständig über Kreaturen, mit denen ich mich noch nicht intensiver befasst hatte? Erst der Pontianak, dann die Vampire – *sehr viele* Vampire – und jetzt diese Rusalka. Was kam als Nächstes? Ein Yeti? Der Weihnachtsmann?

»Ein Wassergeist«, erklärte Ella, ohne den Blick von dem Wesen abzuwenden, das sich noch immer nicht von der Stelle gerührt hatte und uns genauso zu beobachten schien wie wir es. »Wir sind in der Nähe der Moldau«, fügte sie hinzu und deutete in Richtung des Flusses, den wir vor wenigen Minuten überquert hatten. »Rusalkas sind vor allem in der slawischen Mythologie bekannt und waren den Legenden zufolge einmal

Mädchen oder Frauen, die in einem Gewässer ertrunken sind oder gewaltsam darin ertränkt wurden. Sie sind gefährlich, weil sie es lieben, ihre Opfer mit Fragen und unliebsamen Wahrheiten zu quälen.«

Also rissen sie einem nicht die Eingeweide heraus, um sie zum Frühstück zu verspeisen, sondern quälten einen lieber auf psychische Weise? Fantastisch. Ich war nicht scharf darauf, am eigenen Leib zu erfahren, was davon unangenehmer war.

»Sie ist eine von ihnen.« Roxy machte einen weiteren Schritt nach vorn und näherte sich dem Geist in der Gasse langsam. »Eine der Seelen aus der Unterwelt, die ich befreit habe.«

Und damit eine der Seelen, die sie zurückschicken musste. Kein Wunder, dass ihre Narbe schmerzte. Der Ghostvision hatte uns nicht umsonst hierher geschickt. Obwohl ich anfangs nicht ganz überzeugt von dem Gerät gewesen war, gab es inzwischen keinen Zweifel mehr daran, dass Wardens Erfindung funktionierte – auch wenn mir noch immer nicht ganz klar war, wie genau das möglich war. Aber das musste ich auch nicht verstehen. Ich musste Roxy nur dabei helfen, diese Wesen dorthin zurückzuschicken, wo sie hingehörten.

Doch statt die Rusalka anzugreifen, zögerte Roxy und tat … nichts? Ich runzelte die Stirn. Auch der Geist attackierte uns nicht, dafür bohrte sich der Blick aus diesen schwarzen Höhlen geradewegs in Roxys Augen. Der Spirit öffnete nicht einmal den Mund, schien aber in irgendeiner Form mit ihr zu kommunizieren. Nur so konnte ich mir ihr Zögern erklären.

»Rox …?« Ich trat neben sie, die Schrotflinte noch immer schussbereit in den Händen.

Doch Roxy reagierte auch jetzt nicht, sondern starrte nur auf die Geistergestalt, als würde sie tatsächlich in Gedanken mit ihr reden.

Was zum Teufel passierte hier?

Da war eine Stimme in meinem Kopf. Die weiche, süße Stimme einer jungen Frau. So unschuldig. So betörend. Und sie kannte meinen Namen.

Roxy …

Ich merkte kaum, dass ich auf sie zuging. Dass ich die Hand von meinem Anhänger sinken ließ, obwohl das Brennen und Pochen in meiner Schulter mir eine deutliche Warnung sein sollte. Doch diese Stimme hatte etwas so Vertrautes, etwas so Beruhigendes, dass ich nicht widerstehen konnte …

Komm mit mir, Roxy. Ich weiß, wonach du suchst, und kann dir helfen …

»Lass dich nicht von ihr einlullen!«, warnte Ella und tauchte neben mir in der Gasse auf. Ihr Blick war unverwandt auf die Kreatur gerichtet, die dort im Nebel schwebte. »Rusalkas sind bekannt für ihre Psychospielchen.«

Aus dem Augenwinkel sah ich das Amulett an ihrem Ring aufleuchten. Sie machte sich bereit zum Kampf, obwohl das meine Aufgabe sein sollte, weil das hier mein Geist war. Weil ich dafür verantwortlich war, dass dieses Wesen überhaupt in unsere Welt gelangt war.

Ich schüttelte den Kopf und versuchte damit die Verbindung zu dem Wassergeist zu kappen. Die Rusalka lächelte, als wüsste sie genau, was ich vorhatte. Und vielleicht tat sie das tatsächlich, wenn sie schon in Gedanken mit mir sprach. Doch das würde sie nicht davor bewahren, wieder dorthin zurückzukehren, von wo ich sie ungeplant befreit hatte. Denn nur aus diesem Grund war ich hier. Wenn ich überleben wollte, wenn ich meinen Bruder finden wollte, dann musste ich diesen Spirit vernichten.

In diesem Moment löste sich eine weitere Gestalt aus dem Schatten eines Hauseingangs. Ein Mann mittleren Alters mit

Anzug und Krawatte und einer Aktentasche in der Hand. Er wirkte genauso fehl am Platz wie das pastellfarbene Shirt unter seinem Jackett. Mein Magen verkrampfte sich. Kevin. Er war wieder da. War der Todesbote diesmal gekommen, um mich zu holen?

Nein, beantwortete ich mir die Frage selbst. Ich hatte noch Zeit. Außerdem war es in Giselles Todesvision nicht dunkel gewesen, sondern helllichter Tag, und die Sonne hatte geschienen. Also konnte ich ziemlich sicher sein, dass dieser Kampf nicht mein letzter sein würde, ganz egal, wie er ausging. Ich konnte gar nicht sterben, bevor meine Zeit abgelaufen war und sich Giselles Vision erfüllte. Kevin war vermutlich nur aufgetaucht, um mich zu beobachten und mich allein durch seine Gegenwart an meine Mission zu erinnern.

Ich schnaubte innerlich. Als ob ich die jemals vergessen könnte.

Das Amulett an meiner Halskette erstrahlte in einem intensiven Blau. Es flackerte über die Altbauten, die diese Gasse säumten, und spiegelte sich auch in den feuchten Steinen des Kopfsteinpflasters wider.

Ich riss meinen Blick von Kevin los und richtete meine ganze Aufmerksamkeit auf den Geist. Kurz meinte ich, eine Gefühlsregung über das bleiche, ausgemergelte Gesicht flackern zu sehen. Zögern? Zweifel? Angst? Oh ja. Er sollte besser Angst haben, denn ich fing gerade erst an.

Ich hob die Hände, und als hätte die magische Energie aus meinem Amulett nur darauf gewartet, glitt sie im Bruchteil einer Sekunde über meine Finger. Ich ballte sie zu einer Kugel zusammen, wie ich es vor so langer Zeit gelernt hatte, und stieß die Hände nach vorn. Die leuchtend blaue Energie schoss geradewegs auf die Rusalka zu – doch die Magie traf ins Leere. Dort, wo der Geist bis eben über dem Boden geschwebt war, war nichts mehr zu sehen. Als hätte er sich einfach in Luft aufgelöst. Allerdings brannte meine Narbe weiterhin, was nur eines bedeuten konnte: Die Rusalka war noch ganz in der Nähe.

Etwas Helles flackerte rechts von mir auf und ich wirbelte gerade rechtzeitig herum, um die durchscheinende Gestalt des Geistes zu erkennen. Allerdings handelte es sich dabei um einen Jungen – er war barfuß, trug eine Kappe und ein helles Hemd mit Hosenträgern.

Ich runzelte die Stirn. Konnten Rusalkas ihre Gestalt verändern? Aber noch während diese Frage in meinem Kopf auftauchte, materialisierte sich eine weitere Geistergestalt in der Gasse vor uns, genauso wie hinter uns auf der Straße. Und dann noch eine. Und wieder eine, bis wir förmlich von ihnen umringt waren.

Shaw trat näher zu uns, die Schrotflinte im Anschlag.

»Ich habe noch nie so viele von ihnen auf einmal gesehen«, brachte Ella hervor.

Und dank des Seelenblicks der Soul Hunter sah sie mit Sicherheit schon seit unserer Ankunft wesentlich mehr Geister als Shaw und ich. Wie war das möglich? Was um alles in der Welt war hier los?

Meine Narbe brannte weiter. Es war unmöglich auszumachen, ob es an der Rusalka lag, die irgendwo ganz in der Nähe sein musste, oder ob auch ein anderer dieser Geister eine Seele war, die ich vor fast einem Jahr aus der Unterwelt befreit hatte. Und mir blieb keine Zeit, es herauszufinden, denn diese Geister begnügten sich nicht damit, uns einfach nur wie die Eindringlinge, die wir waren, zu beobachten. Nein. Die ersten von ihnen griffen an.

Mein Amulett leuchtete auf und die strahlend blaue Energie schloss sich erneut um meine Finger, ehe ich sie auf die Geister richtete. Nicht weit von mir entfernt schleuderte Ella ihre magentafarbene Magie auf einen unsichtbaren Feind. Shaw stand hinter uns und feuerte auf die Geister der Phase 4, die einen eigenen Körper erschaffen konnten. Die Schüsse würden sie zwar nicht vernichten, aber im besten Fall irritieren und lange genug hinhalten, bis Ella oder ich uns darum kümmern konnten. Zum Glück schien keiner der Spirits einen menschlichen Körper besetzt zu haben. Wir kämpften tatsächlich gegen eine Horde Geister.

In der Theorie war unsere Taktik gut, aber die Praxis sah leider anders aus. Diese Wesen waren in der Überzahl und trieben uns immer weiter in die Enge, bis wir Rücken an Rücken standen. Wenn es je einen Fluchtweg gegeben hatte, war dieser nun abgeschnitten.

»Es sind zu viele!«, rief Shaw.

Das war eine Untertreibung. Das um uns herum … das war eine ganze Armee. Wo kamen all diese Seelen her? Und warum hatte sie bisher niemand vernichtet?

Plötzlich blitzte etwas in der Dunkelheit auf und ein Lichtstrahl, nein, ein Strahl aus purer Magie bohrte sich durch den Geist links von mir. Am anderen Ende der Gasse stand eine junge Frau. Ihre helle Haut hob sich deutlich von ihrer dunklen Kleidung ab. Ihr schwarzes glattes Haar reichte ihr knapp bis zum Kinn und fiel ihr ins Gesicht.

»Was zum Teufel macht ihr hier?« Noch während sie uns die Worte entgegenschleuderte, vernichtete sie einen weiteren Geist mit einer schnellen Handbewegung. Einer Handbewegung, die von einem Aufleuchten royalblauer Magie begleitet wurde. Sie durchdrang den Geist und vernichtete ihn an Ort und Stelle.

»Wonach sieht es denn aus?«, erwiderte ich brüsk und tippte mein eigenes Amulett an, dessen intensiv blaues Leuchten umgehend wieder die Umgebung erhellte.

Mit Shaw und Ella hinter mir und dem Wissen, ihre Rückendeckung zu haben, konzentrierte ich mich ganz auf die Geister vor mir. Es waren Männer, Frauen und Kinder in jedem Alter. Vermutlich waren die meisten von ihnen schon lange tot, anderenfalls hätten sie nie genug Energie ansammeln können, um zu Geistern der Phase 4 zu aufzusteigen. Aber mir blieb keine Zeit, um darüber nachzudenken. Wieder und wieder holte ich aus und entlud die magische Energie auf sie. Manche wehrten sich nach Kräften, wichen aus und verschwanden buchstäblich vor meinen Augen, nur um wenige Meter weiter wieder aufzutauchen. Doch das Brennen in meiner Schulter hörte nicht auf. Die Rusalka war mein eigentliches Ziel, das Ziel, zu dem uns der Ghostvision geführt hatte – und ich hatte sie nicht wieder gefunden.

Stück für Stück kämpften wir uns voran und erhielten dabei Unterstützung von der Fremden. Sie bewegte sich so schnell und geschmeidig zugleich, wie es nur trainierte Hunter taten, und erledigte die Geister mithilfe ihrer Magie in Windeseile. Als eine weitere Person hinter ihr in der Gasse auftauchte, hielt sie unvermittelt inne.

»Mara!«, rief der Mann, der ihr irgendwie ähnlich sah, auch wenn er um einiges älter zu sein schien. Um seinen Hals baumelte ein blasses Amulett der Stufe 1 und in seinen Händen wirbelte er zwei Schwerter mit schwarzen Klingen herum. Keine klassischen Katanas, dafür waren die Klingen in der vorderen Hälfte zu breit und gefährlich gebogen, und das letzte Drittel vor dem Heft schien merkwürdig gezackt zu sein. Auf jeden Fall sahen sie so aus, als könnten sie eine Menge Schaden anrichten.

Der Fremde nickte uns kurz zu und stürzte sich in den Kampf.

Schweißperlen traten mir auf die Stirn, als ich den fünften oder sechsten Geist in rascher Folge vernichtete, und ein leichter Schwindel machte sich in mir breit. Ich war den Einsatz von starker Magie gewöhnt, aber nicht gegen so viele Gegner. Das letzte Mal, dass ich mich in so einer Lage befunden hatte, war in Edinburgh gewesen. Am Tag des Blutbades, als ein ganzes Heer von Vampiren ins Quartier der Hunter eingedrungen war.

Roxy …

Ich wirbelte herum, drehte mich instinktiv zur Rusalka, die nur wenige Meter von mir entfernt wieder aufgetaucht war und über dem Boden schwebte. Jetzt war eindeutig ein Lächeln auf ihrem totenbleichen Gesicht auszumachen.

Ich weiß, dass du mich hören kannst.

Ich ignorierte die liebliche Stimme in meinem Kopf und tippte mein Amulett an. Inzwischen zitterten meine Hände und meine Brust hob und senkte sich schnell, aber ich würde dieses Wesen nicht einfach davonkommen lassen. Unter keinen Umständen.

Aus dem Augenwinkel bemerkte ich eine schnelle Bewegung. Die fremde Huntress hatte die Rusalka ebenfalls bemerkt und hob den rechten Arm. An ihrem Handgelenk funkelte ein Armband mit einem blauen Stein. Ein Amulett der Stufe 5. Genau wie meines. Und sie war dabei, die darin enthaltene Magie gegen die Rusalka einzusetzen.

Doch bevor Mara etwas unternehmen konnte, hatte ich bereits all meine Konzentration und Willenskraft in die magische Energie gelenkt, die sich zu einer leuchtenden Kugel zwischen meinen Händen formte. Die Macht war so gewaltig, dass mein ganzer Körper vibrierte. Ich fixierte die Rusalka und stieß die Hände in einer schnellen Bewegung nach vorn.

Die Magie entlud sich und schoss auf den Geist zu. Doch die Rusalka wich in letzter Sekunde aus. *Verdammt!* Ich biss die Zähne zusammen und beschwor die Magie in meinem Amulett erneut, als ich plötzlich einen Stich in der Brust spürte. Von einer Sekunde auf die andere war die Magie verschwunden, als hätte jemand einen Wasserhahn zugedreht.

Oh nein. Das konnte nicht sein. Nicht jetzt.

Panisch blickte ich auf das Amulett an meinem Hals. Der Stein leuchtete nicht mehr. Er wies auch nicht mehr die vertraute royalblaue Farbe mit den kupferfarbenen Sprenkeln auf, sondern hatte sich in ein blassgraues Etwas verwandelt. Zahlreiche Risse durchzogen den Stein. Ich musste nicht an der Kette ziehen, um zu wissen, dass ich sie problemlos abnehmen könnte.

Die Magie in meinem Amulett war verbraucht. Ausgerechnet jetzt. Und ich hatte es nicht geschafft, diesen Geist zurückzuschicken. Ich hatte versagt.

Das helle Lachen der Rusalka hallte über die Straße, raschelte in den kahlen Bäumen und kroch wie lauter kleine Spinnenbeine über meine Haut. In der einen Sekunde klang es noch warm und lieblich, genau wie die Stimme in meinem Kopf, in der nächsten verwandelte es sich in ein schrilles Kreischen, das schmerzhaft in meinen Ohren klingelte und immer lauter wurde. So laut, dass ich das Gesicht verzog und mir an den Kopf fasste, der sich so anfühlte, als würde er gleich explodieren.

Ich sah die Attacke nicht kommen. Keiner von uns tat es. Ein Schwall kalter Energie traf mich mit der Wucht eines herannahenden Autos mitten in die Magengegend und riss mich von den Füßen. Gleich darauf knallte ich hart auf das Kopfsteinpflaster und Schmerz explodierte in meiner Schulter. Dennoch schaffte ich es irgendwie, mich aufzurichten und nach der Angreiferin umzusehen. Doch ich entdeckte sie nirgendwo. Alles, was ich sah, waren die anderen.

Ella lag am Straßenrand und riss noch im Liegen die Hand nach oben. Gleich darauf materialisierte sich ein Geist, den bisher nur sie wahrgenommen hatte, und zersprang in tausend funkelnde Lichter, die innerhalb von Sekunden in der Luft verglommen. Shaw rappelte sich nur wenige Schritte von mir entfernt auf. Für einen Moment trafen sich unsere Blicke, als wollte er sich versichern, dass es mir gut ging, dann sah ich rasch zur Seite. Unsere neuen Verbündeten waren bereits aufgesprungen und schlugen zwei Geistergestalten in die Flucht, aber von der Rusalka, von meinem eigentlichen Ziel, war nichts mehr zu sehen.

Das schrille Lachen hatte aufgehört, obwohl es noch immer in meinen Ohren nachhallte, wie eine Warnung, die sie zurückgelassen hatte. Hektisch zuckte mein Blick von links nach rechts. Meine Narbe brannte noch immer, doch das Gefühl wurde von Sekunde zu Sekunde schwächer.

»Nein!« Ich sprang auf. Das Einzige, was ich hören konnte, waren die letzten Kampfgeräusche und das Rauschen meines eigenen Blutes in meinen Ohren. Und alles, was ich noch wahrnahm, war das kräftige Hämmern in meinem Brustkorb und das schmerzhafte Ziehen in meiner Schulter, auf der ich beim Aufprall gelandet war. Von meiner Narbe war nichts mehr zu spüren, was nur eines bedeuten konnte: Die Rusalka war entkommen.

3. KAPITEL

Shaw

Das war nicht gerade das Willkommen gewesen, das ich mir von Prag erhofft hatte. Statt Huntern im Quartier hatte uns eine wahre Geisterarmee begrüßt. Wobei ich die Hälfte davon nicht einmal hatte sehen können.

Doch nun schienen sich die Geister zurückzuziehen. Ella blickte die Straße entlang, gab aber schließlich ihre Kampfposition auf, was ich als Zeichen sah, dass die Luft rein war. Ich rappelte mich hoch und klopfte mir den Dreck von den Klamotten. Dabei zuckte mein Blick von einem zum anderen und blieb erneut an Roxy hängen. »Sind alle okay? Noch alles dran?«

Sie nickte, genau wie Ella, die einen nicht zu deutenden Gesichtsausdruck hatte. Aber zumindest schien sie in diesem Augenblick etwas anderes als Trauer zu fühlen.

Schließlich sah ich zu den beiden Neuankömmlingen.

»Wir sollten verschwinden«, sagte die junge Frau. »Fürs Erste haben wir sie vertrieben, aber sie werden zurückkommen.«

Bei dieser Vorstellung kroch mir ein kalter Schauder über den Rücken. Nie zuvor hatte ich so viele Geister auf einem Haufen erlebt – und mir fiel auch kein ähnliches Ereignis ein, von dem ich in den Büchern der Hunter und Archivare gelesen hatte. Was zur Hölle ging in Prag vor sich?

»Sie mögen keine fremden Hunter in der Stadt«, erklärte die junge Frau und musterte uns nacheinander aus zusammengekniffenen Augen, ehe ihr Blick an Ella hängen blieb. »Erst recht keine Soul Hunter.«

»Tja, Pech. Und ich mag keine Geister«, kommentierte ich trocken.

Wir sahen zu, dass wir schleunigst von hier wegkamen, bevor sich noch mehr dieser Wesen auf uns stürzten. Ich warf einen letzten Blick zurück in die Gasse, dann schloss ich zu den anderen auf, bis wir meinen Wagen erreicht hatten, der am Straßenrand stand.

»Ich bin Li Jun«, stellte sich der Mann mit den beiden Schwertern vor, der um die Mitte vierzig sein musste, auch wenn in seinem glatten schwarzen Haar nicht die geringste Spur von Grau zu sehen war. Er deutete auf die junge Frau neben sich, und ein weicher Ausdruck trat in seine dunklen Augen. »Das ist meine Tochter Mara.«

Die nickte nur knapp, also wandte ich mich lieber wieder an ihren Vater und hielt ihm die Hand hin. »Shaw.«

Er zögerte kurz, ergriff dann jedoch meine Hand und schüttelte sie. »Freut mich. Auch wenn die Umstände nicht gerade die besten sind.«

Ich schnaubte leise. Waren sie das je?

Als Li Jun zu Roxy und Ella sah, stellten sich auch die beiden kurz mit Namen vor. »Was führt euch nach Prag?«, wollte er wissen.

Ich konnte förmlich spüren, wie Roxy sich versteifte, und beeilte mich zu antworten. »Wir sind nur auf der Durchreise – und anscheinend geradewegs in ein Geisternest gestolpert.« Fragend legte ich den Kopf schief und musterte abwechselnd Li Jun und Mara. »Ist das hier so üblich?«

Li Jun presste bedauernd die Lippen aufeinander. »Leider ja.

Ich kenne noch andere, bessere Zeiten, aber Mara hat die Stadt nur voller Geister erlebt.«

»Verstehe …«, murmelte ich gedehnt. »Was für Hunter seid ihr?«

»Magic«, kam es von Mara. Seit wir uns nicht mehr mitten im Kampf befanden, war sie ziemlich einsilbig geworden.

Wahrscheinlich hätte ich von selbst darauf kommen können … obwohl sowohl Roxy als auch Ella Amulette benutzten und keine von ihnen eine Magic Huntress war. Also vielleicht war es doch nicht so offensichtlich.

Li Jun warf seiner Tochter einen nachsichtigen Blick zu, ehe er sich an uns wandte. »Mara hat die Talente ihrer Mutter Tereza geerbt. Sie ist auch eine Magic Huntress«, erklärte er geduldig.

»Und was ist mit dir?«

»Ich war bis vor Kurzem noch ein ganz normaler Mensch mit einem langweiligen Job und einer Vorliebe für Schwertkampf. Aber als meine Frau verschwand und Mara ihre Amulettsammlung geerbt hat, konnte ich nicht länger nur zusehen. Ich musste etwas unternehmen. Also habe ich gelernt und trainiert und kann mich jetzt freier Hunter nennen.«

An irgendetwas erinnerte mich diese Geschichte, zumindest teilweise … Ach ja. An meine eigene. Allerdings war die Tatsache, dass auch hier eine Huntress verschwunden war, bedenklich. Ich wechselte einen schnellen Blick mit Roxy. Wahrscheinlich dachte sie dasselbe wie ich, genauer gesagt an dieselbe Person: Amelia.

»Wann ist Tereza verschwunden?«, hakte Roxy nach.

Ein gequälter Ausdruck trat auf das Gesicht des Mannes. »Letztes Jahr im Sommer.«

Wenn mich nicht alles täuschte, war das noch bevor Roxy das Tor zur Unterwelt geöffnet und damit unter anderem auch

Amelias Seele befreit hatte. Ob Amelia auch hierfür verantwortlich war? Zumindest hatte sie behauptet, für das Verschwinden von Roxys Zwillingsbruder Niall und einigen anderen Huntern verantwortlich gewesen zu sein, also hatte sie ja vielleicht auch etwas mit diesem Fall zu tun. War es möglich, dass sie ohne Roxys Wissen nach Prag gereist war? Oder gab es noch mehr Leute wie Amelia? Schwer zu sagen, da wir ihre Beweggründe, dem Hexenkönig Baldur zu helfen, nie herausgefunden hatten. Sie hatte zwar angeblich Ripley, Dinah und auch die anderen Hunter in London verschleppt, aber das hieß nicht automatisch, dass sie auch etwas mit dem Verschwinden von Li Juns Frau zu tun hatte. Oder …?

»Tut mir leid, das zu hören«, sagte Roxy. Ehrliches Bedauern schwang in ihrer Stimme mit, und Li Jun nickte dankbar, während Mara den Blick abwandte. Keiner von ihnen schien näher darauf eingehen zu wollen.

»Um noch mal auf die Geister zurückzukommen«, hakte ich nach und wechselte damit das Thema. »Warum schwirren hier so viele davon herum?«

»Prag ist nicht nur die Goldene Stadt, wie ihr sie vielleicht kennt, sondern auch die Stadt der Geister«, antwortete Li Jun. »Es gab schon immer zu wenige Hunter und zu viele verlorene Seelen hier.« Bei seinen letzten Worten lag seine Aufmerksamkeit auf Ella, die er schon allein aufgrund ihrer Augenfarbe sofort als Soul Huntress identifizieren konnte, selbst wenn er sie nicht gerade im Kampf erlebt hätte. Doch welche Gedanken Li Jun dabei durch den Kopf gingen, er behielt sie für sich. »Passt auf, wo ihr hingeht, solange ihr hier seid. In Prag findet man keine Geister – sie finden dich. Immer und überall.«

»Danke für die Warnung. Wenn ihr auf dem Weg ins Hunterquartier seid, kann ich euch mitnehmen«, fügte ich hinzu und deutete mit dem Daumen hinter mich. »Im Wagen ist zwar nicht allzu viel Platz, aber wenn wir uns alle aneinanderkuscheln, klappt das schon.«

Li Jun schüttelte den Kopf. »Das ist sehr freundlich, aber … wir können euch leider nicht begleiten. Ich bin im Prager Quartier nicht willkommen.«

»Warum nicht?«, hakte Roxy sofort nach und runzelte die Stirn, als wäre ihr in diesem Moment ein neuer Gedanke gekommen. »Doch nicht etwa, weil du kein geborener, sondern ein freier Hunter bist?«

»Damit hat es nichts zu tun.« Er seufzte. »Sagen wir einfach, dass Krall und ich … eine Geschichte haben. Ich habe schon lange keinen Fuß mehr in dieses Gebäude gesetzt.«

Nanu? Was hatte es mit Li Jun und dem Leiter des Quartiers auf sich? Hatten die zwei persönliche Probleme? Oder hatte Li Jun gelogen und Krall hatte doch etwas gegen Leute, die sich als Hunter bezeichneten, ohne als solche geboren zu sein? Was es auch war, ich war mir sicher, dass wir es eher früher als später herausfinden würden.

»Das Quartier ist nicht weit von hier«, meldete sich überraschend Mara zu Wort. Obwohl ihr Vater nur von sich gesprochen hatte und dass *er* nicht im Quartier erwünscht war, machte auch sie keine Anstalten, uns zu begleiten. »Ihr müsst nur die Brücke überqueren und –«

»Wir haben vorhin eine Brücke überquert«, unterbrach ich sie.

Ihre Mundwinkel verzogen sich zu einem angedeuteten Lächeln, wodurch sie ihrem Vater plötzlich sehr ähnlich sah. »Aber in die falsche Richtung. Ihr müsst zurück. Dann biegt ihr rechts ab und fahrt an der Moldau entlang. Beim Fährterminal Výtoň, kurz vor der Kovařovicova vila, biegt ihr erneut ab und folgt den Gleisen. Ihr könnt es gar nicht verfehlen. Früher war es mal ein Bahnhof.«

Ich blinzelte. Das Hunterquartier in Prag befand sich in einem ehemaligen Bahnhof? Wow. Okay. Das war neu.

»Danke.«

Wir verabschiedeten uns von den beiden Huntern, die sich gleich darauf abwandten und wieder in der Nacht verschwanden. Ich hatte keine Ahnung, was es mit Li Jun und Mara auf sich hatte oder ob wir sie überhaupt noch mal wiedersehen würden, aber sie hatten uns geholfen, als wir dringend Unterstützung gebraucht hatten. Nur darauf kam es an. Und irgendwie war es ein gutes Gefühl zu wissen, dass es überall auf der Welt Hunter gab, die einem zur Seite standen, ganz egal, wo es hinging.

Mithilfe der Koordinaten, die Weston uns geschickt hatte, und Maras Beschreibung fanden wir das Prager Quartier ziemlich problemlos. Fast hätte ich es übersehen, weil in diesem Moment eine Straßenbahn vorbeiratterte, doch Roxy entdeckte den ehemaligen Bahnhof und deutete darauf. Ich drehte bei der nächsten Möglichkeit um und stellte den Wagen auf der gegenüberliegenden Seite ab, da es direkt davor keine Parkplätze gab.

»Das ist es also, huh?«, murmelte ich und starrte auf das Gebäude, das in der Dunkelheit nur schwer auszumachen war. Wir stiegen aus, holten unsere Sachen aus dem Kofferraum und überquerten Straße und Straßenbahngleise. Die Gegend schien ganz nett zu sein, mit drei- bis vierstöckigen Wohnhäusern und kleinen Geschäften im Erdgeschoss, doch je näher wir dem Quartier kamen, desto deutlicher wurden die zahllosen Graffiti an den Hausmauern. Definitiv nicht solche der künstlerischen Sorte. Manche davon waren bereits verblasst oder zusammen mit dem Putz abgefallen. Die Fenster im Erdgeschoss waren vergittert oder von außen mit Brettern zugenagelt. In den oberen beiden Stockwerken waren sie von innen verdunkelt.

Das hier war das Quartier? Nur mit Mühe unterdrückte ich ein Seufzen. Hoffentlich sah es von innen besser aus als von außen. Denn von außen könnte das Ding wirklich eine Renovierung und einen neuen Anstrich vertragen.

»Dann mal los«, murmelte ich und überließ Roxy und Ella den Vortritt, da sie sich im Gegensatz zu mir als offizielle Hunter ausweisen konnten. Wenn ich Pech hatte, würde ich nicht reinkommen, selbst wenn ich die ganze Historie der Hunter auswendig herunterbetete. Shit. Ich sollte wirklich daran arbeiten, endlich diese Prüfung abzulegen und damit offiziell dazuzugehören. Das würde mein Leben um einiges erleichtern.

Wir näherten uns dem Haupteingang. Die massive Holztür war sogar noch schlimmer mit Graffiti verschmiert als der Rest des Gebäudes.

Roxy fand eine Klingel und drückte darauf. Sekundenlang passierte nichts. Erst als sie ein zweites Mal geklingelt hatte, waren schwere Schritte aus dem Inneren zu hören. Gleich darauf ging die Tür einen Spaltbreit auf.

»Kdo jste a co tady chcete?«, fragte eine tiefe Stimme in einer Sprache, die ich nicht verstand. Dann wiederholte er die Worte, diesmal auf Englisch mit einem schweren, brüchigen Akzent. »Wer seid ihr und was wollt ihr?«

»Wir sind Hunter.« Roxy zog ihr Cape und Oberteil ein Stückchen hoch, um die Tätowierung an ihrem Hüftknochen zu entblößen. »Roxana Blake. RB160616LDN.«

»Mariella Matthew.« Ella drehte sich um, nahm ihr Haar zur Seite und offenbarte das Tattoo in ihrem Nacken. Anders als bei dem von Roxy befand sich bei Ella als Zeichen für die Soul Hunter ein schwarzer Punkt in der Mitte des gezackten Symbols. »MM221117EDI.«

Alle Blicke richteten sich auf mich. »Ich bin Shaw. Ohne Huntercode und -tattoo. Noch in Ausbildung.« Ich seufzte und gab mir alle Mühe, bei den widerwilligen Worten nicht allzu bockig zu klingen.

»Er gehört zu euch?«, fragte der Typ, als wäre es nicht völlig offensichtlich, dass wir zusammen hergekommen waren.

»Ja«, antwortete Roxy. »Wenn ihr uns nicht glaubt, könnt ihr euch seine Identität von den Quartieren in London, Edinburgh und Paris bestätigen lassen.«

Ein kurzes Zögern, dann schlug die Tür abrupt zu. Gleich darauf war ein mehrmaliges Klicken von Schlössern zu hören und die Tür ging erneut auf. Diesmal richtig.

»Das wird nicht nötig sein. Willkommen in Prag.«

Der Typ, der uns befragt und die Tür geöffnet hatte, schloss sie ebenso schnell wieder hinter uns, sobald wir eingetreten waren. Obwohl von außen kein Licht zu sehen gewesen war, hing eine Lampe von der Decke und spendete genügend Helligkeit. Wir stellten unsere Ausrüstung und die Reisetaschen im Eingangsbereich ab, dann musterte ich den fremden Hunter von oben bis unten.

Er musste ungefähr in unserem Alter sein und war etwas größer als Ella, aber nicht ganz so groß wie ich. Schlank, mit der Figur eines Athleten. Seine Haut war hell, die Augen dunkel, von Bartstoppeln keine Spur. Das glatte schwarze Haar fiel ihm auf eine Weise in die Stirn, die ungestylt aussehen sollte, es aber nicht war. Er trug ein einfaches Hemd, dessen einer Zipfel vorn aus der Jeans heraushing, dazu Boots und fingerlose Handschuhe. Wo auch immer sich sein Huntertattoo befand, seine Kleidung verdeckte es. Außerdem hatte er ein schmales Schwert umgeschnallt, was mich ein wenig an Warden erinnerte. Nur dass er im Gegensatz zu Warden und trotz seiner etwas schroffen Begrüßung gleich auf den ersten Blick freundlich wirkte, ganz ohne diese umwerfende Ich-werde-alles-niedermetzeln-was-übernatürlich-ist-Ausstrahlung.

»Ich wusste doch, dass ich die Klingel gehört habe«, ertönte eine helle Stimme, bevor sich der Typ vorstellen konnte. »Neue Hunter? Kann das wirklich sein?«

Aus einem Durchgang rechts von uns trat eine attraktive junge Frau. Sie war klein und wirkte geradezu feenhaft mit ihrer sehr hellen, fast durchscheinend wirkenden Haut und den hellbraunen glatten Haaren. Eine einzelne grüne Strähne zog sich auf einer Seite ihres fein geschnittenen Gesichts durch ihr Haar. Dasselbe Grün wie das ihrer Augen. Sie hatte eine schmale Nase, dünne Brauen und einen kleinen Mund. Irgendwie wirkte alles an ihr zierlich. Das schwarze Tattoo an ihrem Hals wies sie als Magic Huntress aus. Zumindest, wenn ich das auf die Entfernung richtig erkannte. Das Zeichen in der Mitte könnte auch etwas anderes sein, ein Blutstropfen zum Beispiel, aber sie kam mir nicht wie eine Blood Huntress vor. Außerdem trug sie eine lange Halskette mit einem hell lilafarbenen Amulett darin, also blieb ich bei meiner ursprünglichen Vermutung: eine Magic Huntress.

»Oh, wie schön!« Leichtfüßig eilte sie auf uns zu, so leise, dass ich ihre Schritte nicht mal hörte. »Ich bin Birdie. Birdie Salzmann. Und dieser unnahbare und schweigsame Typ da ist Trent Zhou.« Sie deutete auf den dunkelhaarigen Kerl. »Oh, war das mal ein Amulett?« Mit einem Satz war sie bei Roxy und begutachtete ihren Anhänger mit dem mittlerweile blassgrauen Stein, der so aussah, als würde er jeden Moment auseinanderfallen. Gleich darauf stand sie vor Ella und inspizierte ihren Ring. »Und ist das eins der Stufe 4? Wie fantastisch!«

»Ja, jetzt kannst du vielleicht endlich lernen, wie man richtig damit umgeht«, kommentierte der Typ, den sie als Trent vorgestellt hatte, und verschränkte die Arme vor der Brust.

Birdie wirbelte zu ihm herum und funkelte ihn an. »Ich weiß sehr wohl, wie man damit umgeht!«

»Der Graben im Vítkov Park erzählt eine andere Geschichte.«

»Das war ein Unfall.«

»So wie all die anderen zuvor?«

Wir verfolgten den Schlagabtausch wie ein Tennisspiel, nur dass es hier wesentlich spannender zuging. Ich hätte nichts dagegen, wenn uns gleich jemand eine Schüssel Popcorn oder Chips vorbeibringen würde.

»Du weißt genauso gut wie ich, dass ich uns oder dieses Quartier niemals absichtlich in Gefahr bringen würde.«

Trents Mundwinkel zuckten. »Das macht es nicht besser. Im Gegenteil sogar.«

Statt einer weiteren Retourkutsche streckte sie ihm die Zunge heraus.

Er lachte leise. »Sehr erwachsen, Birdie, wirklich.«

Roxy räusperte sich. »Ich will euch ja ungern unterbrechen, aber euer Quartiersleiter erwartet uns.«

»Oh ja. Richtig. Ich bringe euch zu Krall«, bot Birdie an, bevor Trent auch nur eine Silbe sagen konnte. Schwungvoll deutete sie hinter sich. »Mir nach!«

Ich wechselte einen schnellen Blick mit Roxy, dann folgten wir der energiegeladenen Magic Huntress durch die Eingangshalle an einigen Türen und Durchgängen vorbei.

Von außen hatte das Gebäude gar nicht mal so groß gewirkt, doch jetzt wurde ich eines Besseren belehrt. Wir passierten zahlreiche Räume, Durchgänge und zwei breite Treppen, die nach oben führten. Obwohl sich hier ganz offensichtlich Menschen aufhielten, wirkte das Quartier auch von innen ziemlich verlassen. Die Wände mussten einmal farbig gestrichen gewesen sein, und an den Decken ließen sich Reste von Stuck erahnen – aber das gesamte Innere hatte einiges mitgemacht, hatte Farbe und Putz verloren, sodass an zahlreichen Stellen nun die Backsteine zum Vorschein kamen. An einigen Wänden zeichneten sich Wasserflecken ab, an anderen blätterte die Tapete in Streifen ab. Nicht alle Lampen schienen zu funktionieren, und der Fahrstuhl, an dem wir vorbeikamen, wirkte alles andere als funktionsfähig.

»Wir bekommen hier nicht allzu viel Besuch, müsst ihr wissen«, erzählte Birdie im Plauderton, während sie uns einen langen Gang entlangführte.

Tatsächlich erschien das Quartier wie ausgestorben, was besonders um diese Uhrzeit merkwürdig wirkte. Es war nicht zu vergleichen mit den unzähligen Leuten, die einem in den unterirdischen Gängen in Edinburgh entgegenkamen, oder den ganzen Huntertrupps, die in London auf die Jagd gingen und sich Nacht für Nacht in der Waffenkammer ausrüsteten. Aber vielleicht gingen die hiesigen Jäger auch einfach früher auf Patrouille. Immerhin hatten wir auch Mara und ihren Vater unterwegs getroffen, und die übernatürlichen Wesen waren in dieser Stadt ziemlich aktiv. Da fing man wahrscheinlich besser früher an als später.

»Wie schützt ihr euch vor ungewollten Besuchern?«, fragte ich. »Von außen sieht das Gebäude verlassen aus.«

»Das soll es auch. Es gehört einem Unternehmen irgendwo im Ausland, allerdings haben die nie groß Interesse daran gezeigt, also nutzen wir es für unsere Zwecke. Und um deine Frage zu beantworten …« Sie deutete auf das Amulett an ihrem Hals.

»Eine Illusion?«, hakte ich ungläubig nach. »Ich dachte, das machen Hunter nur unterwegs, wenn sie kämpfen müssen.«

»Stimmt auch.« Birdie zuckte mit den Schultern. »Aber warum nicht auch das Quartier damit schützen?«

Eine gute Frage, auf die ich keine zufriedenstellende Antwort hatte.

Wir bogen nach rechts ab, gingen durch einen breiten Flur, der von der Größe her genauso gut eine längliche Halle sein konnte, dann durch einen weiteren großen Raum, bis wir vor einer schweren Doppeltür mit ziemlich beeindruckenden Holzschnitzereien anhielten.

Birdie klopfte mit der Faust dagegen. »Krall?«

Von innen ertönte eine gedämpfte Stimme, woraufhin Birdie die Türen schwungvoll aufstieß.

Ich zog überrascht die Augenbrauen hoch. Entweder sahen diese Türen massiver aus, als sie tatsächlich waren, oder in der elfengleichen Gestalt der Magic Huntress steckte mehr Kraft, als ich angenommen hatte.

»Die neuen Hunter aus England sind da«, informierte sie ihn auf Englisch und machte einen Schritt zur Seite, damit wir eintreten konnten.

»Irland«, korrigierte Roxy sie sofort.

»Schottland«, kam es fast im selben Atemzug von Ella.

Ich zuckte nur mit den Schultern, als sich alle Blicke auf mich richteten.

In den vergangenen Monaten hatte ich schon eine Handvoll Quartiersleiter kennengelernt. Jeder von ihnen führte seine Truppe auf andere Weise, was sich sowohl in seiner oder ihrer ganzen Art widerspiegelte als auch in der Umgebung, in der die betreffende Person arbeitete. Maxwell hatte immer die riesige Bibliothek bevorzugt, während sich Nala nach wie vor in der Waffenkammer am wohlsten zu fühlen schien, genau wie Grant in seinem Büro unter dem Calton Hill in Edinburgh. Sebastién dagegen hatte meines Wissens überhaupt kein eigenes Büro, sondern arbeitete im Pariser Quartier Seite an Seite mit seinen Huntern.

Auf Krall, den Leiter in Prag, traf nichts davon zu. Er saß allein an einem massiven Schreibtisch, umgeben von nichts weiter als einem leeren Raum mit verbarrikadierten Fenstern und ausgeblichenen Vorhängen, abblätternden Tapeten und Bodendielen, die eindeutig schon bessere Zeiten erlebt hatten. Von der Decke baumelte ein riesiger Kronleuchter, in dem ein paar Glaselemente fehlten, und vor einer Wand stand eine durchgesessene Couch. Ach ja, und ein Wandschrank, bei dem eine Tür fehlte und der so aussah, als würde er auseinanderbrechen, wenn man ihm zu nahe kam.

Krall musterte uns mit einem undurchdringlichen Blick aus schwarzen Augen, die in einem krassen Kontrast zu seinem blonden Haar standen, das er im Nacken zu einem Zopf zurückgebunden hatte. Er nahm die Füße, die in massiven Stiefeln steckten, vom Tisch und stand in einer fließenden Bewegung auf. Dabei offenbarte er seine große Gestalt mit breiten Schultern sowie von jahrelanger körperlicher Arbeit und der Jagd gezeichneten Händen. Er trug einen braunen Ledermantel, der hinter ihm herflatterte, als er auf uns zukam. Sein Huntertattoo, das er genau wie Grant, der Quartiersleiter in Edinburgh, auf dem Handrücken trug, hob sich von seiner Haut ab, die etwas heller war als meine, aber nicht ganz so blass wie die von Roxy. Aber ich hätte es gar nicht gebraucht, um zu wissen, zu welcher Hunterart Krall gehörte. Das zeigte bereits seine massive Statur, für die die Grim Hunter bekannt waren.

»Willkommen in Prag«, begrüßte er uns mit einem leichten Akzent und gab uns nacheinander die Hand.

Sein Griff war fest und ich fragte mich unweigerlich, ob er Roxys und Ellas Finger genauso zerquetschte wie meine. Nur mit Mühe widerstand ich dem Drang, meine Hand auszuschütteln, aber ich wollte keine Schwäche vor ihm zeigen.

Schlimm genug, dass ich nach den Regeln der Hunter noch kein offizielles Mitglied der Truppe war und in Edinburgh nicht mit auf die Jagd hatte gehen dürfen. Hoffentlich war das hier anders, selbst wenn wir nur kurz bleiben würden.

»Oh, eine Soul Huntress«, stellte Krall fest, als er vor Ella stand. Die Erleichterung ließ seine harschen Gesichtszüge einen Hauch weicher werden. »Wir hatten schon seit zwanzig Jahren keine Soul Hunter mehr in Prag. Deine Fähigkeiten können wir gut gebrauchen. In der Stadt sind Geister. Überall.« Er deutete um sich, als stünden um uns herum Geister. Und vielleicht war das auch tatsächlich so.

Sie lächelte schief. »Ja, das haben wir bemerkt.«

»Wir durften schon mit einigen Bekanntschaft schließen«, murmelte ich gedehnt. »Echt nette Zeitgenossen.«

Krall nickte. »Dann kennt ihr unser Problem.«

Allerdings. Die Ghostbusters und die Winchesters hätten ihre helle Freude an dieser Stadt.

»Ich hoffe, ihr seid unversehrt davongekommen?«, fügte er hinzu.

»Ja, zum Glück haben uns zwei Hunter geholfen, Mara und Li Jun«, erwiderte Roxy und ließ die Worte einen Moment lang in der Luft hängen, ohne den Quartiersleiter aus den Augen zu lassen. »Du kennst sie vermutlich?«

»Selbstverständlich! Mara ist meine Nichte. Hat sie euch begleitet?«

»Nein, sie ist mit ihrem Vater noch auf der Jagd.«

Kralls Miene verdüsterte sich. Er musste es nicht mal aussprechen, um deutlich zu machen, was er von seinem Schwager hielt. »Nun, wie auch immer. Zurück zu euch.« Krall ging wieder zu seinem Schreibtisch und setzte sich auf die Tischkante. Einen Moment lang musterte er uns prüfend, als versuchte er, uns besser einzuschätzen. »Was treibt eine Soul Huntress, eine freie Huntress und einen Hunter-Anwärter ausgerechnet in die Stadt der Geister?«

»Abgesehen davon?«, fragte Roxy und deutete auf ihr Amulett, in dem kein bisschen Magie mehr schwelte. »Wir sind auf der Durchreise und wollen keinen Ärger machen. Wir brauchen nur eine Unterkunft und etwas Ausrüstung.«

Zumindest bis wir diese Rusalka wieder aufgespürt und Roxy sie in die Unterwelt zurückgeschickt hatte. Wer wusste schon, wohin uns der Ghostvision danach schicken würde?

Krall musterte uns noch einen Augenblick länger. »Jeder Hunter ist in den Quartieren willkommen«, sagte er und es klang, als würde er irgendein Regelbuch rezitieren. »Aber wie ihr seht, leben wir hier nicht gerade im Luxus. Unsere Gastfreundschaft wird euch etwas kosten.«

Ich runzelte die Stirn. »Und das wäre?«

Der Quartiersleiter warf mir nur einen kurzen Blick zu, dann heftete sich seine Aufmerksamkeit auf Ella. »Unterstützung bei der Jagd, solange ihr hier seid.«

»Ich fürchte, wir werden nicht lange hier sein.« Roxy sah kurz zu Ella und mir hinüber, ehe sie sich wieder an Krall wandte. »Aber wir werden natürlich alle versuchen, euch zu helfen«, fügte sie hinzu und nahm auf diese Weise die Verantwortung von Ella. »Als Gegenleistung dafür, dass wir ein, zwei Nächte hier schlafen und unsere Vorräte und Munition aufstocken dürfen.«

Krall nickte. »Einverstanden.«

Roxy zögerte kurz. »Wir waren jetzt schon in einigen Quartieren zu Gast und jedes hat seine eigenen Regeln. Wie sieht es hier damit aus?«

»Regeln?« Krall blinzelte verblüfft, gleich darauf dröhnte sein tiefes Lachen durch den Raum und hallte von den Wänden und der hohen Decke wider. Er griff hinter sich und zauberte ein Glas mit einer goldbraunen Flüssigkeit hervor. »Du nimmst dir eine Waffe oder ein Amulett, du kämpfst damit – und überlebst mit etwas Glück.« Er prostete uns zu und trank einen großen Schluck. »Das sind die einzigen Regeln, die hier gelten.«

»Keine Jagd nur in Zweierteams?«, hakte Ella verblüfft nach. »In Edinburgh müssen immer zwei Partner zusammen auf die Jagd gehen.«

»In London auch«, warf Roxy ein.

Kralls Miene verdüsterte sich, aber er schüttelte den Kopf. »Dafür gibt es hier zu viele Monster und nicht genug Hunter. Erst vor einem halben Jahr ist Eliska, eine unserer besten Grim Huntresses, bei einem Werwolf-Angriff gestorben. Wir müssen mit dem auskommen, was uns zur Verfügung steht. Das heißt, wir passen aufeinander auf und helfen uns gegenseitig, aber wenn wir auch nur das Geringste in dieser Stadt bewirken wollen, können wir nicht nur in Teams von zwei Leuten arbeiten.«

Interessant. Und ungewöhnlich. Aber vor allem interessant. Irgendwie konnte ich noch nicht so recht glauben, dass es hier wirklich so gar keine Regeln gab, also beschloss ich, mein Glück auf die Probe zu stellen.

»Was ist mit Leuten, die die offizielle Hunterprüfung noch nicht abgeschlossen haben, aber in Ausbildung sind?«, meldete ich mich zu Wort.

Krall überlegte kurz, als wäre so ein Fall genauso lange her wie der letzte Soul Hunter in Prag, zuckte dann jedoch nur mit den Schultern. »Solange du nicht dabei stirbst und mein Quartier deswegen Ärger bekommt, kannst du meinetwegen tun und lassen, was immer du willst.«

Oh wow. Das war praktisch ein Freifahrtschein für die Jagd. Ganz ohne Regeln. Ganz ohne Konsequenzen.

»Noch Fragen?« Er sah von einem zum anderen.

Niemand antwortete.

»Sehr gut. Pavel wird euch die freien Zimmer zeigen. Morgen könnt ihr euch in der Waffenkammer bedienen.«

Keine Ahnung, wer dieser Pavel war, aber damit waren wir wohl offiziell entlassen. Ich warf einen letzten Blick auf Krall, der es sich wieder hinter seinem Schreibtisch bequem gemacht und die Füße hochgelegt hatte. In der einen Hand das Glas, von dem ich mir ziemlich sicher war, dass es Whiskey enthielt, in der anderen ein Tablet, auf dem er herumtippte. Uns schenkte er keine Beachtung mehr, also folgte ich den anderen zurück in den Gang.

Neue Waffen und Ausrüstung klang großartig, aber Schlafen klang noch besser. Mit einem Mal spürte ich jeden Kilometer der letzten zwei Wochen in den Knochen und konnte es gar nicht mehr erwarten, endlich wieder auf einer richtigen Matratze zu schlafen. Hoffentlich ohne von irgendwelchen Geistern geweckt zu werden.

4. KAPITEL

Roxy

»Hallo, ich bin Pavel«, begrüßte uns ein Mann, der nicht viel älter als Anfang dreißig sein konnte, als wir aus Kralls Büro kamen. Er war groß und wirkte unter dem Pullover und der lockeren Jeansjacke eher schlaksig. Seine Haut war dunkelbraun, aber ich konnte ein paar vereinzelte Sommersprossen auf seinem Nasenrücken und auf den Wangenknochen erkennen. Den Bart und die kurzen schwarzen Haare hatte er ordentlich getrimmt und die Brille mit schmalen goldenen Rändern verlieh ihm etwas Elitäres. »Herzlich willkommen in Prag. Birdie hat mir Bescheid gegeben, dass ich euch zeige, wo ihr euch ausruhen könnt.«

»Das ist nett, danke. Ich bin Roxy.«

»Ella.«

»Und ich bin Shaw.« Er hob grüßend die Hand.

Ich musterte den Mann vor uns genauer. Vielleicht irrte ich mich, aber mein Instinkt sagte mir, dass es sich bei Pavel nicht um einen Hunter handelte, sondern um einen Archivar. Und das war genau das, was ich gerade brauchte. »Bist du ein Archivar?«

Überrascht zog er die Brauen hoch, nickte aber. »Das ist richtig.«

Na also.

»Gibt es hier Amulette?«, fragte ich direkt und deutete auf

den Anhänger, der bleich und zerbrochen um meinen Hals hing. »Ich brauche eins der Stufe 5.«

Aus irgendeinem Grund hatte ich angenommen, das Amulett dieser Stufe, das Maxwell mir nach seinem Tod vermacht hatte, würde länger halten. Und das hätte es wahrscheinlich auch, wenn ich in den vergangenen Wochen nicht so exzessiv auf Geisterjagd gegangen wäre und dabei ständig meine Magie eingesetzt hätte. Jetzt war davon nichts mehr übrig und ich brauchte dringend Ersatz.

»Aber natürlich.« Pavel sah sich kurz um und entdeckte jemanden am anderen Ende des Gangs. »Trent. Zeigst du unseren Gästen, wo sie übernachten können?« Dann deutete er in die entgegengesetzte Richtung und nickte mir zu. »Hier entlang.«

Ich warf Ella und Shaw einen kurzen Blick zu, dann folgte ich Pavel durch eine massive Tür in einen weiteren großen Flur, an ein paar Räumen vorbei, in denen es still war und von denen ich keine Ahnung hatte, ob – und wenn ja, wofür – sie genutzt wurden. Schließlich erreichten wir einen überraschend kleinen länglichen Raum, der von mehreren Deckenlampen geradezu grell erhellt wurde. Die Wände waren von der Decke bis zum Boden mit Regalen gesäumt, in denen unendlich viele Bücher standen. Shaw würde seine helle Freude hier haben. Doch was meine Aufmerksamkeit auf sich zog, war die Vitrine in der Mitte des Raumes, in der mehrere Amulette ausgebreitet lagen, als warteten sie nur darauf, dass ein Hunter oder eine Huntress kam und sie anlegte.

»Wie du siehst, stellen wir selbst keine Amulette her, daher sind wir auf die Produktion aus anderen Quartieren angewiesen. Bedauerlicherweise bin ich im Moment auch der einzige Archivar in Prag.«

Ich nickte nur, während mein Blick über die ausgestellten

Kettenanhänger mit weiß-goldenen und roséfarbenen Steinen glitt. Aber es war kein Amulett der Stufe 5 darunter. Und auch keins der Stufen 3, 4 oder 6.

Ohne ein weiteres Wort holte Pavel eine große schwarze Schatulle aus einem Safe. »Hier sind unsere stärksten Amulette«, erklärte er. »Wir bewahren sie gesichert auf, damit sich niemand einfach so an ihnen bedienen kann. Diese Magie ist gefährlich.«

»Glaub mir, das ist mir durchaus bewusst.«

Er lächelte zurückhaltend. »Ich muss dein Huntertattoo scannen, bevor ich dir die Amulette der höheren Stufen zeigen darf. So sind die Vorschriften.«

»Natürlich«, erwiderte ich sofort und zog mein Cape und das Shirt darunter etwas hoch, damit Pavel mit dem handlichen Scanner an die Tätowierung über meinem Hüftknochen kam. Ein kurzes Piepen ertönte, dann entspannten sich seine Schultern.

»Roxana Blake. Stufe 5«, las er vor und steckte den Scanner weg. Er ging zur Vitrine zurück und tippte eine Zahlenkombination in die Schatulle ein, dann klappte er den Deckel auf und drehte sie zu mir.

Die wenigen Schmuckstücke lagen auf schwarzem Samt und schimmerten im Licht der Deckenlampen. Von wunderschönen Kettenanhängern über filigrane Ringe bis hin zu einem Armband mit einem funkelnden helllilafarbenen Stein darin war alles dabei. Es gab sogar Ohrringe. Aber auch hier weder Stufe 5 noch 4.

»Oh, anscheinend haben wir gar kein Amulett der Stufe 5 mehr da. Tut mir leid.« Pavel wirkte zerknirscht und deutete auf die Sammlung, die nur Steine in blassem Lila und dunkelstem Blau enthielt. »Ich hätte schwören können … egal. Wie wäre es stattdessen mit diesem schönen antiken Stück der Stufe 3? Das muss um die hundert Jahre alt sein, doch die Magie darin ist ungebrochen.«

Ein Amulett der Stufe 3? Das kam nicht infrage. Wenn ich die Rusalka schon nicht mit meinem eigenen Amulett hatte besiegen können, würde ich es mit einem schwächeren erst recht nicht schaffen.

Mein Blick blieb an einem filigranen Armband hängen, in dem ein lilafarbener Stein schimmerte. Er war in Gold eingefasst und wirkte wie ein hübsches, aber eher schlichtes Schmuckstück, wenn man nicht wusste, welche Macht sich darin verbarg.

»Warte mal. Das kommt mir bekannt vor«, murmelte ich und sah zu ihm. »Ich habe vorhin eine andere Huntress getroffen, die genau so ein Amulett getragen hat. Allerdings der Stufe 5.«

Pavels Augen weiteten sich. »Du hast Mara getroffen? Ist sie etwa auch hier?«

»Nein, wir sind ihr nur zufällig in einer kleinen Gasse begegnet. Sie und ihr Vater haben uns im Kampf geholfen.«

»Geht es ihr gut?«

Ich schnaubte. »Zumindest besser als den Geistern, die wir vernichtet haben.«

»Gut, gut. Das ist … gut.«

»Ihr Amulett ist also von hier?«

Pavels Augen weiteten sich kurz überrascht, dann senkte er hastig den Blick und nickte. »Ja. Es war … ein Geschenk.«

Ein Geschenk? Soweit ich wusste, erhielten Hunter die Amulette immer kostenlos von den Archivaren, schließlich waren es auch die Hunter, die dafür sorgten, dass die Archivare überhaupt die Überreste magischer Kreaturen bekamen, um daraus Amulette zu pressen, genauso wie man Diamanten aus Asche herstellte. Zumindest hatte Amelia mir das Verfahren damals so erklärt.

Ich zog die Brauen hoch. »Du meinst, du hast es heimlich mitgehen lassen und ihr dann gegeben?«

»Na ja, ich … also … sie hat eins gebraucht und wollte nicht ins Quartier kommen. Also habe ich … na ja.« Bildete ich mir das ein oder errötete er gerade ein klein wenig? Bevor ich jedoch etwas dazu sagen oder sogar nachfragen konnte, räusperte er sich und deutete auf den Tisch. »Kommt von den anderen Amuletten vielleicht eins für dich infrage?«

Mein Blick glitt über die verschiedenen Steine, die in der Schatulle auf schwarzem Samt gebettet waren, doch das richtige Blau mit den Kupfersprenkeln tauchte nicht wie durch Zauberhand auf, ganz egal, wie sehr ich es mir wünschte. Zögerlich deutete ich auf einen schlichten Anhänger in Tropfenform. Der Stein hatte ein tiefes Mitternachtsblau mit einem goldenen Schimmer im Inneren, das geradezu zu pulsieren schien, je länger ich es betrachtete.

»Was ist damit?«

»Oh, das hier.« Mit spitzen Fingern hob er es auf und hielt es mir hin. »Stufe 6. Es ist vor wenigen Tagen aus Warschau eingetroffen und hat uns als Gegenleistung einige Waffen gekostet, aber die Archivare dort haben wirklich hervorragende Arbeit geleistet.« Er hielt inne und musterte mich aus schmalen Augen. »Hast du nicht gesagt, du möchtest ein weniger starkes Amulett?«

Roxy …

Alles in mir erstarrte, als ich die Stimme in meinem Kopf hörte. Dieselbe liebliche Stimme wie vorhin in der Gasse. Hastig sah ich mich um, wartete darauf, dass das mittlerweile vertraute Brennen in meiner Schulter begann, das mir anzeigte, dass einer der Geister, die ich befreit hatte, in der Nähe war. Doch nichts geschah. Die Narbe an meiner Schulter tat nicht weh. Die Rusalka war nicht hier. Pavel und ich waren allein.

Aber diese Stimme … Hatte ich sie mir nur eingebildet? Drehte ich langsam durch? Oder war ich einfach nur übermüdet und das waren die ersten Nachwirkungen davon, dass ich so viel Magie eingesetzt hatte?

»Roxy?«, fragte Pavel und beäugte mich besorgt durch seine goldenen Brillengläser. »Alles in Ordnung?«

»Ja, natürlich.« Ich schüttelte das seltsame Gefühl ab und griff nach dem Amulett. Die darin eingeschlossene Magie pochte wie ein lebendiges Wesen in meiner Hand. »Ich habe schon mal mit einem Amulett dieser Stufe gekämpft. In Paris. Es müsste in meiner Akte stehen und du kannst es dir vom Londoner Quartier bestätigen lassen.«

Mehr sagte ich nicht dazu, dafür waren die Erinnerungen an die Geschehnisse in Paris und an Maxwells Tod zu präsent, auch wenn sie inzwischen schon einige Monate her waren. Dennoch hatten sie sich in meinem Kopf festgesetzt, genauso wie die Ereignisse am Tag des Blutbades in Edinburgh. So schnell würde ich nichts davon vergessen können.

»Na gut, aber sei trotzdem vorsichtig. Die Magie ist gewaltig.«

Ich nickte nur und nahm meine Kette samt Anhänger ab, um ihn gegen diesen hier zu tauschen. Pavel gab mir ein schwarzes Samtband, das viel besser zu dem Amulett passte als meine lange Kette, also befestigte ich es daran und legte mir das Band um den Hals.

Der Stein lag in einer goldenen Halterung an der schmalsten Stelle zwischen meinen Schlüsselbeinen und wurde nach unten hin wie ein Tropfen etwas breiter. Im ersten Moment fühlte er sich kalt und schwer auf meiner Haut an, doch schon bald erwärmte er sich und ich konnte die darin enthaltene Magie geradezu durch meine Adern fließen fühlen. Der Archivar hatte nicht übertrieben – sie war verflucht stark. Vielleicht sogar zu stark, doch das war mir egal. Denn ganz gleich, was passierte, der Einsatz dieses Amuletts würde mich nicht umbringen. Ich wusste ganz genau, wie ich sterben würde – und es würde nicht durch Amulettmagie geschehen.

Shaw

»Hier könnt ihr übernachten. Am Ende des Flurs gibt es ein Bad, das ihr euch teilen müsst.« Trent deutete auf die Zimmer in der ersten Etage, deren Türen nur angelehnt waren. »Es ist nicht viel, weil die meisten von uns nicht im Quartier wohnen, aber es ist das Beste, was wir auf die Schnelle für euch zusammenstellen konnten.«

»Danke, Mann.«

Kurz ließ ich den Blick wandern. Auch hier oben wirkte alles verlassen und heruntergekommen. Die Wände waren einmal in strahlenden, warmen Farben gestrichen worden, einem sanften Gelb oder Apricot, doch inzwischen war die Farbe verblichen und verdreckt. An einigen Stellen waren die Wände kahl bis aufs Fundament, und zwischen zwei Zimmern hingen Stromleitungen aus der Decke. Es musste einen größeren Wasserschaden im Haus gegeben haben, denn die Flecken davon waren auch hier deutlich sichtbar. Das Prager Quartier war eindeutig nicht das Four Seasons, aber es war besser, als im Auto schlafen zu müssen.

»Gute Nacht.« Trent nickte Ella und mir zu, dann ging er die Stufen hinunter.

Ella suchte sich eines der Zimmer aus und verschwand darin, während ich noch einen Moment unschlüssig im Flur stehen blieb. Von Roxy war weit und breit nichts zu sehen. Ich hätte sie zwar gern noch mal abgefangen und mit ihr geredet, aber ich hatte keine Ahnung, wann sie hier oben auftauchen würde. Also wandte ich mich von der Treppe ab, stellte ihre Reisetasche im ersten Zimmer auf der linken Seite neben die Tür und wählte das zweite Zimmer direkt daneben.

Die Tür knarrte leise, als ich sie hinter mir zudrückte und mich seufzend dagegenlehnte. Meine Reisetasche landete mit einem dumpfen Laut auf dem Boden. Die Waffen legte ich vorsorglich lieber auf dem kleinen Holztisch ab. Dann drehte ich mich langsam im Kreis. Der Raum war nicht besonders groß und hatte nur ein Fenster, das von innen mit Holzbrettern verbarrikadiert war. Die Einrichtung beinhaltete lediglich ein schmales Bett, eine alte Kiste als Nachttisch und einen Tisch mit Stuhl. Mehr nicht. Doch das Bett war frisch bezogen und sah mit seinen Kissen einladender aus als alles, was ich in letzter Zeit gesehen hatte.

Kurz lauschte ich, ob ich Schritte aus dem Flur hören konnte, doch dem war nicht so, also zog ich mir erst das Shirt über den Kopf, dann setzte ich mich auf die Bettkante und zog Schuhe und Hose aus. Nach einem kurzen Trip ins Bad kletterte ich unter die Decke. Es war seltsam, wieder in einem normalen Bett zu liegen, obwohl wir zwischendurch Halt in kleineren Hotels und Ferienhäusern gemacht hatten, wenn wir keine weitere Nacht in meinem Wagen ausgehalten hatten und es uns hatten leisten können. Was selten der Fall gewesen war.

Irgendwie war ich davon ausgegangen, dass ich sofort einschlafen würde, sobald mein Kopf auch nur das Kissen berührte. Leider entsprach das nicht der Realität. Ich lag seit geraumer Zeit auf dem Rücken und starrte an die Zimmerdecke, innerlich hoffend, dass in der Nacht kein Stück davon auf mich herabfiel. Mittlerweile hatte ich auch gehört, wie Roxy hochgekommen und in ihr Zimmer gegangen war. Seither war es beinahe schon gespenstisch still. Ab und zu hörte ich ein Auto vorbeifahren, hörte das Ächzen des alten Gemäuers und spürte das Vibrieren der Straßenbahn, doch ansonsten war es völlig ruhig.

Abgesehen von unserem Begrüßungskomitee waren wir keinen anderen Huntern im Quartier begegnet, aber wahrscheinlich war das nicht weiter verwunderlich. Es war mitten in der Nacht und Prag war eine große Stadt. Mit Sicherheit waren sie gerade auf der Jagd – oder zu Hause, wenn sie, wie Trent gesagt hatte, gar nicht im Quartier übernachteten. Aber ich hoffte, dass wir sie morgen kennenlernen würden.

Obwohl wir nicht viel Zeit hier verbringen würden – nur genug, um die Rusalka zu erledigen –, brannte ich darauf, die Prager Hunter zu treffen und von ihnen zu lernen. Es faszinierte mich, wie unterschiedlich die einzelnen Quartiere agierten, worauf sie Wert legten und welche Dinge ihnen eher egal waren. Mit London und Edinburgh war ich in den größten Quartieren Europas gewesen, aber auch in Paris hatte ich dazugelernt, und hoffte, das in Prag auch tun zu können. Vorzugsweise ohne dass diesmal jemand ums Leben kam.

Ich sträubte mich dagegen, dennoch wanderten meine Gedanken zurück zu dem Tag, an dem Maxwell und Dominique in Paris gestorben waren. Zurück zu dem Tag, an dem so viele der Hunter in Edinburgh gestorben waren. Beide Male hatten wir alles in unserer Macht Stehende getan, um zu helfen. Aber es hatte nicht gereicht, es waren dennoch Hunter und Huntresses und auch Archivare gestorben. Gute Menschen, die eine große Zukunft vor sich gehabt hätten, wenn übernatürliche Kreaturen ihr Leben nicht vorzeitig beendet hätten. Darauf hatten mich weder die ganzen Filme und Serien, die ich geschaut hatte, vorbereitet, noch die unzähligen Bücher, die ich bisher gelesen und aus denen ich gelernt hatte. Aber wie bereitete man jemanden darauf vor, dass man selbst oder die eigenen

Freunde und Kollegen jeden Moment sterben könnten? Dass sie von der einen Sekunde auf die nächste einfach nicht mehr da waren?

Frustriert rieb ich mir mit der Hand übers Gesicht. Ich hasste es, mich so hilflos, so verflucht machtlos zu fühlen. Nur deshalb lernte und trainierte ich Tag für Tag. Nicht, um die Hunterprüfung besonders schnell oder besonders gut zu bestehen, sondern um den Menschen helfen zu können, die mir wichtig geworden waren. Den Menschen, die mir geholfen hatten, als ich mich nicht mal mehr an meinen eigenen Namen hatte erinnern können. Finn und Nala, Ingrid, Weston, Linnea, Warden und all die anderen Hunter und Archivare. Und Roxy. Vor allem Roxy. Das war das Mindeste, was ich tun konnte.

Seufzend drehte ich mich auf die Seite. Der Lattenrost quietschte leise, ein wehleidiges Klagen in der Dunkelheit. Ich schloss die Augen und versuchte, an nichts mehr zu denken, um endlich einschlafen zu können. Mein Körper konnte es weiß Gott gebrauchen, denn ich wusste gar nicht mehr, wie lange ich schon auf den Beinen war, und meine Muskeln erinnerten mich schmerzhaft daran.

Dennoch konnte ich auch in dieser Position nicht sofort einschlafen. Meine Gedanken waren wie Kugeln in diesen alten Flipperautomaten und schossen von einem Thema zum nächsten, teilweise so schnell, dass ich kaum hinterherkam. Das Einzige, was sie gemeinsam hatten, war, dass sie immer wieder zu einem Thema zurückkehrten, genauer gesagt zu einer Person: Roxy.

Seit Maxwells Tod ging sie mir aus dem Weg. Nicht wortwörtlich, aber in unseren Interaktionen hatte sich etwas Grundlegendes geändert. Roxy erzählte weniger und fragte von sich aus nur noch selten nach, außerdem wich sie meinen Blicken eher aus, statt sie festzuhalten so wie früher. Das war seit jenem

Morgen schon so, nachdem sie mich im Pariser Quartier aus meinem Albtraum geweckt hatte und die restliche Nacht über in meinem Bett geblieben war. Und als ich dann herausgefunden hatte, dass sie Giselle berührt und somit eine Vision ihres eigenen Todes gesehen hatte, konnte ich ihre Reaktion sogar verstehen. Wahrscheinlich hätte ich mich an ihrer Stelle auch erst mal von allen anderen abgekapselt. Aber ich gab nicht auf. Ich hatte nicht in Paris aufgegeben, nicht in London und auch nicht in Edinburgh. Eine kleine Weile hatte ich das Gefühl gehabt, dass Roxy mir gegenüber wieder etwas offener geworden war, doch seit dem Tag des Blutbades hatte sie sich wieder ganz von mir zurückgezogen.

Die Reise mit gleich zwei Huntresses, die schweigsam und in Gedanken versunken waren, war alles andere als einfach – oder sonderlich spaßig. Ich konnte nur hoffen, dass Ella in der Stadt der Geister etwas Ablenkung fand. Und Roxy … Mit einem tiefen Seufzen rollte ich mich wieder auf den Rücken. Vielleicht sollte ich es auf die altmodische Weise versuchen und den nächstbesten Burgerladen in der Stadt finden. Übers Essen kam man mit Roxy immer ins Gespräch.

Ich merkte gar nicht, wie mir bei diesen Überlegungen die Augen zufielen, bis sich die nächtlichen Geräusche des alten Bahnhofs mit meinen Gedanken und schließlich meinen Träumen mischten.

Eine kahle Schneelandschaft. Der eisige Wind schneidet wie kleine Glasscherben in meine Haut und ich muss die Augen zusammenkneifen, um überhaupt etwas erkennen zu können. Jeder meiner Atemzüge schwebt als Wolke in der Dunkelheit.

Ich bin wieder da. An dem Ort aus meinen Albträumen. Und wieder gibt es kein Entkommen.

5. KAPITEL

Roxy

Es schneite. Nach unserer Ankunft im Quartier hatte es eine Weile gedauert, bis ich eingeschlafen war, doch dann hatte ich erholsamer geschlafen als … ich wusste gar nicht mehr, wie lange das inzwischen her war. Als ich am nächsten Morgen die Augen öffnete und einen Blick durch den Spalt zwischen den Holzbrettern am Fenster warf, lag eine weiße Schicht auf allem.

Obwohl uns die Kälte schon seit der Abreise aus Edinburgh begleitete, hatte ich nicht damit gerechnet, dass es schneien könnte. Es würde die weitere Jagd nach meinen Geistern mit Sicherheit erschweren, aber das war *Schnee*! Es war ewig her, seit ich das letzte Mal richtigen Schnee gesehen hatte – und dann auch noch so viel davon!

Daneben verblasste sogar das konstante Hämmern in meinem Kopf – die Folge von so viel Magieeinsatz gestern Nacht. Ich bekämpfte sie sofort mit zwei Schmerztabletten und einigen großen Schlucken aus meiner Wasserflasche. Da mir an diesem Morgen sowieso nicht der Sinn nach Gesellschaft stand, blieb ich am Fenster stehen und wartete darauf, dass die Wirkung der Tabletten einsetzte. Probehalber ließ ich die Schulter kreisen, die während des Kampfes gestern etwas in Mitleidenschaft gezogen worden war. Meine Muskeln ziepten noch ein bisschen, aber es war schon deutlich besser gewor-

LYX
© Lorena Lammer

MIDNIGHT CHRONICLES

LYX

den. Spätestens morgen würde ich nichts mehr davon bemerken.

Ich wusste nicht, wie lange ich so dastand und den großen Flocken dabei zuschaute, wie sie vom grauweißen Himmel herabfielen und durch die Luft tanzten, ehe sie sich auf den Dächern und Türmen der Stadt niederließen. Es war ein beruhigendes, geradezu magisches Bild.

Irgendwann meldete sich mein Magen mit einem Grummeln und ich legte mir die Hand auf den Bauch. Der Anblick da draußen war zwar wunderschön, aber noch besser wäre er mit einer heißen Tasse Kaffee – oder heißer Schokolade – und etwas zu essen. *Essen* … Was würde ich nicht alles für einen Triple Chocolate Cake mit flüssigem Kern geben, den ich eingekuschelt im Bett essen könnte, während es draußen vor den Fenstern schneite. Oder Pancakes. Pancakes wären auch gut. Oder Ei mit Bacon und jeder Menge Käse. Meinetwegen auch nur ein einziger winzig kleiner Muffin. Ich seufzte tief und warf sowohl dem verbarrikadierten Fenster als auch dem provisorischen Bett einen kurzen Blick zu. Ein andermal vielleicht.

In wenigen Schritten war ich bei meiner Reisetasche, die gestern Abend genau wie meine Pistolenarmbrust bereits hier im Zimmer auf mich gewartet hatte. *Shaw*. Natürlich hatte er daran gedacht, meine Sachen von unten mitzunehmen und hier für mich abzulegen. Ich biss die Zähne zusammen und vertrieb das warme Gefühl, das sich in mir ausbreiten wollte, mit aller Macht. Stattdessen konzentrierte ich mich darauf, ein paar Wechselklamotten, Duschgel und Trockenshampoo – ein Hoch auf Trockenshampoo! – herauszukramen, und suchte dann das Bad am Ende des Flurs auf. Zur Sicherheit hatte ich meine Stiefel angezogen, da das Gebäude, obwohl es von den Huntern genutzt wurde, wie eine halbe Baustelle aussah. Oder eher wie ein verlassener ehemaliger Bahnhof, der nur ein bisschen Liebe und ein paar Millionen Euro an Baumaßnahmen nötig hatte.

Der von den Wänden herabgefallene Putz knirschte unter meinen Sohlen. Die Geräusche kamen mir extra laut vor, weil es ansonsten völlig still war. Als wäre ich allein in diesem riesigen Gebäude, während der Schnee die Welt dort draußen verstummen ließ. Was so wahrscheinlich gar nicht stimmte, denn zumindest bei Ella war ich mir sicher, dass sie noch tief und fest schlief. Was die anderen betraf, hatte ich keine Ahnung, aber Shaw war bestimmt schon auf den Beinen und im Trainingsraum, den es hier sicher irgendwo gab. Oder er war so verrückt, bei diesem Wetter joggen zu gehen. Zutrauen würde ich es ihm allemal.

Ich hatte Glück: Das Bad war leer und es gab sogar fließendes Wasser. Eiskalt zwar, aber das war ich schon von zu Hause gewöhnt, wo es jeden Morgen wieder ein Glücksspiel gewesen war, ob man warmes oder nur kaltes Wasser bekam. Außerdem machte mich die Dusche so schneller und effizienter wach, als ein Kaffee es je gekonnt hätte. Bibbernd trocknete ich mich ab, streifte mir saubere Klamotten über und zog mein geliebtes rotes Cape mit Kapuze an. Der Gürtel komplettierte mein Jagdoutfit, auch wenn ich damit im Winterwunderland dort draußen ziemlich auffällig war, aber das war mir gleichgültig. Ich hatte nicht vor, mich zu verstecken. Ich wollte meine Mission zu Ende bringen.

Ein Blick in den angelaufenen Spiegel zeigte mir, was ich bereits wusste: zu wenig Schlaf, zu viele Grübeleien. An den Tatsachen konnte ich nichts ändern, aber wenigstens etwas daran, welchen Eindruck ich vermittelte, also schminkte ich mich, bis ich wieder so aussah, als hätte ich alles im Griff. Immerhin etwas.

Die ganze Zeit über spürte ich die Wärme des Amuletts an meinem Hals. Letzte Nacht war es mir nicht aufgefallen, weil ich zu erledigt und abgelenkt gewesen war, doch jetzt bemerkte ich es umso deutlicher: das Pulsieren auf meiner Haut, das Kribbeln in meinen Fingerspitzen, als könnte die Magie in dem dunkelblauen Stein es gar nicht erwarten, endlich zum Einsatz zu kommen. Sehr gut. Da waren wir schon zu zweit.

Ich kehrte in das Zimmer zurück, in dem ich übernachtet hatte, und setzte mich mit dem Ghostvision und meinem Handy aufs Bett. Obwohl ich es inzwischen schon Dutzende Male getan hatte, hasste ich es, mich selbst mit dieser Nadel stechen zu müssen. Ich holte tief Luft, kniff die Augen zusammen und brachte es hinter mich. Gleich darauf erschien ein Tropfen Blut auf meinem Zeigefinger, den ich vorsichtig auf den Teststreifen drückte. Diesen schob ich in das Gerät, das sofort lossummte. Nur Sekunden später leuchtete mein Handy mit den nächsten Koordinaten auf. Stirnrunzelnd betrachtete ich die Zahlen, die mir ziemlich bekannt vorkamen. Prag. Die Rusalka war noch immer in der Stadt, irgendwo zwischen all den anderen Geistern, die die Menschen hier heimsuchten. Womöglich versteckte sich sogar mehr als nur eine der von mir befreiten Seelen in der Stadt, doch solche Details konnte mir das Gerät leider nicht anzeigen.

Seufzend steckte ich das Smartphone wieder ein. Das Einzige, was ich tun konnte, war, auf Geisterjagd zu gehen und mich vom brennenden Gefühl meiner Narbe leiten zu lassen, genau wie früher. Und sobald diese Rusalka aus dem Weg geräumt war, konnte ich nach weiteren Wesen suchen, die ich zurück in die Unterwelt schicken musste.

Es hatte eine Zeit gegeben, in der ich Amelia für das gehasst hatte, was sie mir angetan hatte. Kurz nach ihrem zweiten und diesmal endgültigen Tod, kurz nachdem wir Maxwell verloren hatten, war ich so wütend gewesen. So verzweifelt. So verloren. Mit Warden und den anderen nach Edinburgh zu fahren war mein Rettungsanker gewesen. Stück für Stück hatte ich dort wieder zu mir selbst zurückgefunden, doch ein Teil von mir war für immer verloren. Der Teil, der mit Amelia gestorben war. Mit Maxwell. Genau wie ein anderer Teil von mir, der an dem Tag zerbrochen war, an dem Niall aus meinem Leben verschwunden war.

Ich schloss die Augen und versuchte mich auf meinen Zwillingsbruder zu konzentrieren, doch in letzter Zeit fühlte ich mich ihm ferner denn je. Das letzte Mal, dass wir durch den Schattenblick miteinander in Kontakt getreten waren, war Monate her. Ich hatte nicht die geringste Ahnung, wo er war oder wie es ihm ging.

»Wo bist du nur?«, flüsterte ich in den leeren Raum hinein, erhielt jedoch keine Antwort. Natürlich nicht.

Sollte ich Niall jemals finden, war er mir ein paar Antworten schuldig. Und eine Umarmung. Wenn er nur wieder auftauchte, würde ich ihm sogar freiwillig ein ganzes Jahr lang jedes Essen und jeden Nachtisch ausgeben, den er sich wünschte. Ich konnte es gar nicht erwarten, ihm von allem zu erzählen, was passiert war, weil ich genau wusste, wie er reagieren würde. Obwohl ich noch immer nur den Jungen vor Augen hatte, der er damals gewesen war, meinte ich, ihn mir heute vorstellen zu können. Als erwachsenen jungen Mann. Und er würde genauso reagieren wie früher: mit einem ungläubigen Lachen und einem witzigen Kommentar.

Mit neu gefasstem Mut stand ich auf, steckte mein Handy ein und verließ das Zimmer. Nachdem ich fast das ganze letzte Jahr über immer nur in großen, belebten Quartieren verbracht hatte, war es fast schon unheimlich, wie leer und ruhig es hier war. Keine herumwuselnden Hunter, die sich auf ihre nächste

Mission vorbereiteten, auf dem Weg in die Kantine oder zum Training waren. Keine Hunterfamilien mit kleinen Kindern, die schon jetzt von anderen Huntern unterrichtet wurden, um später auf alles vorbereitet zu sein. Nur Stille. Ich wusste nicht, ob ich es dauerhaft hier aushalten könnte.

Ich nahm die breiten Stufen hinunter ins Erdgeschoss. Bei unserer Ankunft gestern hatte ich noch nicht allzu viel vom Quartier gesehen. Definitiv nicht genug, um mich zu orientieren und zu wissen, wo die Küche war, die Aufenthalts- und Trainingsräume. Also folgte ich den Geräuschen, die die Stille hier unten auf einmal durchbrachen.

Der Gang führte mich auf die andere Seite des Bahnhofs und durch eine Halle hinaus auf den Bahnsteig, an dem früher die Züge gehalten und die Menschen ein- und ausgestiegen sein mussten. Jetzt lagen die Gleise verlassen und verschneit da. Dafür war der Platz hinter dem Bahnhof alles andere als leer.

Während noch immer dicke Schneeflocken herabfielen, half Shaw Birdie gerade dabei, neben den Gleisen eine Kugel für einen Schneemann zusammenzurollen. Ein Stück entfernt arbeitete Trent konzentriert an seinem eigenen Schneemann. Krall hingegen beobachtete das Ganze von seinem Posten auf dem Bahnsteig aus. Nur wenige Meter von mir entfernt lehnte er mit der Schulter an der Mauer und hatte einen amüsierten Ausdruck auf dem Gesicht. In der Hand hielt er eine Pfeife, aus der er nun einen Zug nahm und den Rauch gen Himmel blies.

Bevor ich überhaupt begriff, was hier eigentlich passierte, traf mich unvermittelt etwas am Arm. Ich sah von der Stelle an meinem roten Cape, die verdächtig weiß geworden war, zurück zum Übeltäter. Statt unschuldig zu tun, hob Shaw nur herausfordernd die Brauen.

Ich schnaubte. »Das hast du jetzt nicht wirklich getan …«

»Oh doch«, erwiderte er und bückte sich, um erneut etwas Schnee aufzuheben und einen Ball daraus zu formen. »Was willst du dagegen tun, Darling?«

»Na warte!«

Ich sprang vom Bahnsteig hinunter und landete halbwegs sicher im Schnee. Sofort grub ich meine Hände hinein, presste die weiße Masse zu einem festen Klumpen zusammen und warf ihn Richtung Shaw. Der wich grinsend aus und setzte zum Gegenangriff an, aber da hatte er sich mit der Falschen angelegt. Immer wieder formte ich neue Schneebälle und zielte auf Shaw, bis ich ihn dreimal nacheinander traf.

»Ha!«, rief ich triumphierend und rieb die kalten Hände aneinander. Nach der Schneeballschlacht waren sie nicht nur feucht, sondern auch so durchgefroren, dass ich meine Finger kaum noch spürte.

»Okay, okay, du hast gewonnen«, gab sich Shaw geschlagen. Einen Moment lang beobachtete er, was ich da tat, dann kam er zu mir rüber und nahm meine Hände in seine.

Ich erstarrte. Gleichzeitig hämmerte es in meiner Brust los, obwohl nichts von mir so auf ihn reagieren sollte. Nicht nach allem, was wir bereits erlebt hatten – und erst recht nicht in Anbetracht dessen, was uns noch bevorstand.

»Deine Finger sind eiskalt«, stellte er unnötigerweise fest und begann sie langsam zwischen seinen zu reiben.

»Das ist deine Schuld.« Meine Stimme klang leiser, als sie sein sollte. »Du hast mich herausgefordert.«

»Ist das so?« Seine Mundwinkel wanderten nur ganz leicht in die Höhe. Und da war es wieder, dieses angedeutete Lächeln, das er mittlerweile viel zu gut beherrschte – und von dem er mit Sicherheit genau wusste, welche Wirkung es auf mich hatte. »Dann ist es auch meine Aufgabe, dafür zu sorgen, dass dir nicht die Hände abfrieren. Ich brauche sie schließlich noch.«

Ich zog eine Braue in die Höhe.

Er grinste. »Für die Jagd und damit du deine Magie einsetzen kannst. Woran hast du bitte gedacht?«

Statt einer Antwort schüttelte ich nur den Kopf. Das war so typisch für ihn, dass es fast schon wehtat. Es tat weh, weil ich mich Situationen wie diesen in den vergangenen Wochen ganz bewusst entzogen hatte und ihnen wann immer möglich aus dem Weg gegangen war. Ich konnte nicht ändern, wie mein Leben zu Ende gehen würde, aber ich konnte wenigstens versuchen, diesen Moment für Shaw leichter zu machen. Weniger schmerzhaft. Und das ging nur, wenn ich ihn nicht noch näher an mich heranließ.

»Ich sollte wieder reingehen«, murmelte ich.

Etwas veränderte sich in seiner Miene und ein fragender, fast schon wachsamer Ausdruck trat in seine Augen. »Solltest du oder möchtest du?«

Ich zögerte einen Herzschlag lang, zog meine Hände dann jedoch mit einer entschlossenen Bewegung aus seinen. »Beides«, erwiderte ich mit einem matten Lächeln und wandte mich ab, bevor er genauer nachhaken konnte. Oder bemerken, dass das nur die halbe Wahrheit war. Denn die Wahrheit war, dass ich nicht reingehen *wollte*. Ich wollte Shaw nicht ausweichen, aber ich musste es tun. Das war das einzig Vernünftige. Alles andere wäre einfach nur grausam gewesen und dafür war er mir in der kurzen Zeit, die wir uns kannten, viel zu wichtig geworden.

Drinnen entdeckte ich Birdie, die sich die kalten Hände an einer Heizung wärmte. Ich stellte mich neben sie und streckte ebenfalls die Finger aus. Langsam tauten meine Muskeln wieder auf, was sich als heißes Prickeln wie von lauter Nadeln bemerkbar machte. Ich hatte ganz vergessen, was es bedeutete, draußen in der Kälte herumzutoben und sich anschließend drinnen wieder aufzuwärmen.

Eine Erinnerung schob sich in meine Gedanken. Der Geruch von heißer Schokolade. Die warme Tasse in meinen Händen. Und Niall, der mir ein paar meiner Marshmallows klauen wollte, weil er seine längst aufgegessen hatte. Mein lauter Protest und wie ich mich bei unserer Mutter beschwerte, die nur darüber lachte und uns beiden noch ein paar Marshmallows gab.

»Roxy?«

Ich blinzelte heftig, um diese Erinnerung zu vertreiben, und sah zu Birdie hinüber. »Ja?«

»Alles in Ordnung? Du sahst plötzlich … irgendwie traurig aus.«

Verdammt. Merkte man mir meine Gedanken und Gefühle wirklich so deutlich an? Ich musste dringend an meinem Pokerface arbeiten.

»Das war nur … Nicht so wichtig«, beeilte ich mich zu sagen, bevor ich noch damit anfing, ihr davon zu erzählen. Wozu auch? Es würde nichts an den Tatsachen ändern und das Ganze nur noch schmerzhafter machen, mich erneut jemandem anzuvertrauen. Nicht mal Ella wusste über meinen Bruder Bescheid – und sie war immerhin in meine Mission mit den verlorenen Seelen eingeweiht.

»Ich hab eine Idee.« Unvermittelt strahlte Birdie übers ganze Gesicht. »Lass uns in die Stadt gehen.«

Irritiert runzelte ich die Stirn und nahm die Hände von der Heizung. »Ich dachte, da sind wir bereits?«

»Nein, ich meine in den schönen Teil, dorthin, wo die ganzen Touristen hingehen, um sich alles anzuschauen.«

Diesmal hoffte ich geradezu, dass meine Miene meine nicht

vorhandene Begeisterung widerspiegelte. Doch wenn dem so war, ließ sich Birdie davon nicht beirren.

»Was ist denn hier los?« Eine verschlafene Ella tauchte im Türrahmen auf und sah von einem zum anderen.

»Ich mache eine Stadtführung mit euch«, beschloss Birdie. »Aber vorher besorgen wir euch ein paar wärmere Klamotten. Das wird toll! Außerdem können wir auch gleich frühstücken gehen.«

Und so schnell hatte sie mich überzeugt.

Shaw

»Und das ist die Karlsbrücke!« Birdie deutete schwungvoll auf die mächtige Steinbrücke, die die Moldau überspannt. Eine von mehreren Brücken in dieser Stadt, aber anscheinend war die hier besonders wichtig. »Das ist eine der ältesten in ganz Europa. Außerdem war das früher der Krönungsweg der böhmischen Könige«, erklärte sie und nickte bedeutungsvoll.

Ich wechselte einen kurzen Blick mit Roxy. Sie war in eine dicke Jacke eingepackt, genau wie Ella und ich auch. Die Prager Hunter hatten sie uns aus ihrem Bestand geliehen, aber wenn es auf unserer Reise weiterhin so kalt blieb, sollten wir uns besser selbst ein paar warme Klamotten kaufen.

Nachdenklich beobachtete ich Roxy, die sich leise mit Ella unterhielt. Irgendwie war ich überrascht, dass sie mitgekommen war, wo sie mir heute Morgen doch noch wenig subtil ausgewichen war. Aber jetzt waren wir alle zusammen in Prag unterwegs. Keine Frage, die Brücke vor uns war wirklich schön und … massiv und … voller Statuen von irgendwelchen Heiligen und wichtigen Leuten – aber was genau machten wir eigentlich hier? Nach der Schneeballschlacht war ich zurück ins Haus gegangen, nur um sofort von Birdie gepackt und mitgeschleift zu werden. Anscheinend hatte sie sich ein ausgiebiges Frühstück in der Altstadt samt Sightseeingtour in den Kopf gesetzt und ich lernte ziemlich schnell, dass man sich der quirligen Magic Huntress besser nicht widersetzte. Genauer gesagt ließ sie einem gar keine Chance dazu.

»Wir können noch zur Burg hoch«, schlug Birdie vor und klang dabei so hoffnungsvoll, dass ich lachen musste.

»Ich glaube nicht, dass wir das unbedingt tun müssen«, erwiderte ich. Nicht mal in Edinburgh hatte ich die Burg von innen gesehen – und dort war ich deutlich länger gewesen.

Birdie verzog enttäuscht die Lippen – doch keine Sekunde später strahlte sie schon wieder. »Na gut, aber ihr müsst unbedingt die Astronomische Uhr und das Goldene Gässchen sehen! Und das Tanzende Haus! Und mindestens eine Kirche oder Synagoge. Man kann nicht in Prag gewesen sein, ohne sich etwas davon anzuschauen. Wie steht ihr eigentlich zu Museen?«, fuhr sie, ohne Luft zu holen, fort. »Das Museum für Sexmaschinen soll bei den Touristen ziemlich beliebt sein.«

Das Museum für …? Ich blinzelte. Okay. Wow.

Ella räusperte sich. »Ich dachte, wir sollten euch hier ein bisschen mit den Geistern helfen?« Bei dieser Frage heftete sich ihr Blick auf eine leere Stelle neben uns, die vermutlich nicht so leer war, wie es für mich den Anschein hatte.

»Oh. Ja, natürlich. Wie ihr bestimmt schon bemerkt habt, haben wir ein kleines Problem …« Birdie machte eine dramatische Pause und senkte die Stimme, damit keiner der anderen Passanten sie hörte. »Ein Geisterproblem. Sie sind überall in der Stadt und wir werden sie einfach nicht los. Und jetzt, mitten in den Rauhnächten ist es noch schlimmer als sonst. Das macht sie irgendwie nervös. Ihr seid also genau zur richtigen Zeit gekommen.«

Rauhnächte? Ich war mir sicher, diese Bezeichnung irgendwo schon einmal gelesen oder gehört zu haben, aber ich kam nicht mehr darauf. Während der Zeit in Edinburgh hatte ich mir angewöhnt, kein Zettelchaos mehr zu veranstalten, sondern mir alles kreuz und quer in einem Notizbuch aufzuschreiben. Hoffentlich fand ich darin auch etwas zu diesem Thema … Aber falls nicht, würde ich Pavel danach fragen. Der Archivar konnte mir bestimmt weiterhelfen.

»Es gibt einfach zu viele von ihnen und zu wenige von uns, die diese Wesen vernichten können«, erzählte Birdie weiter, während wir über die Karlsbrücke spazierten, die genauso zugeschneit war wie der Rest der Stadt. Dann wandte sie sich direkt an Ella. »Du siehst sie bestimmt die ganze Zeit, nicht wahr?«

Sie nickte. »Ja, sie spazieren hier überall herum.«

Ich schnaubte. »Klingt gemütlich.«

Ella verzog die Lippen. »Nicht alle von ihnen sind böse oder können sich von einer in die andere Ecke teleportieren, das können nur sehr mächtige Geister«, sagte sie mit einem Seitenblick auf Roxy.

Richtig. In der Gasse waren die Rusalka und einige der anderen Geister vor unseren Augen verschwunden und an anderer Stelle wieder aufgetaucht.

»Da vorn zum Beispiel sitzt eine Gruppe Geister. Teenager«, fügte Ella wie selbstverständlich hinzu und deutete auf das Geländer zwischen zwei Statuen.

Dort stand auch ein Pärchen, das breit grinsend Selfies schoss – ohne zu ahnen, dass da direkt neben ihnen ein Haufen Geister saß. Himmel, nicht mal ich, der mittlerweile in die Welt des Übernatürlichen eingeweiht war, würde etwas davon wissen, hätte Ella uns nicht darauf aufmerksam gemacht. Unwillkürlich lief mir ein Schauder über den Rücken.

»Aber keine Sorge, noch sind sie harmlos. Erst wenn sie genügend Energie angestaut haben, um in eine höhere Phase aufzusteigen, werden sie gefährlich«, ergänzte Ella, der meine Reaktion nicht entgangen war.

Birdie seufzte leise. »Es ist Jahrzehnte her, dass ein Soul Hunter einen Fuß in diese Stadt gesetzt hat, deshalb wissen wir nicht mal, wie viele Geister der Phasen 1 und 2 hier überhaupt existieren.«

»Ziemlich viele«, murmelte Ella, und ich fragte mich unwillkürlich, wie sie es aushielt, ständig all diese toten Menschen zu sehen.

»Ihr scheint generell etwas unterbesetzt zu sein«, stellte Roxy fest, die bisher eher schweigsam gewesen war.

»Kann sein.« Birdie seufzte. »Wir haben Krall schon öfter vorgeschlagen, neue Hunter anzuwerben, aber ich glaube, er ist zu stolz, denn er weigert sich hartnäckig und investiert seine Zeit und unser Geld lieber in eine ordentliche Ausrüstung und Technik. Einige unserer Waffen und Entwicklungen sind in anderen Quartieren sehr gefragt.«

»Und ihr tauscht sie gegen Amulette«, ergänzte Roxy und schob sich die Kapuze über den Kopf, als es wieder zu schneien begann. »Das hat Pavel gestern erwähnt.«

»Unter anderem, genau.« Birdie nickte. »Das ersetzt natürlich nicht den Mangel an Huntern. Und diejenigen, die verschwinden oder im Einsatz sterben, können wir nicht so einfach ersetzen.«

»Sind deine Eltern auch Magic Hunter?«, fragte ich und wich einer Gruppe Touristen aus, die gerade für ein Foto posierten.

Birdie blinzelte überrascht. »Nein, aber es liegt natürlich in der Familie. Ich wohne mit meiner Großmutter zusammen, die ebenfalls eine Magic Huntress ist. Sie ist die Einzige, die ich noch habe. Der Rest meiner Familie ist nicht mehr da.« Sie zuckte mit den Schultern, als würde ihr das nichts ausmachen, als hätte sie sich längst damit abgefunden, aber irgendwie kaufte ich ihr das nicht ab. Ich erinnerte mich nicht mal mehr an meine Familie und merkte trotzdem, dass da irgendetwas in meinem Leben fehlte. Es war wie ein Loch, das sich einfach nicht füllen ließ.

»Was ist mit den anderen?«, hakte ich nach. »Zum Beispiel mit Trent?«

Birdie winkte ab. »Trents Familie besteht aus Generationen von Blood Huntern. Seine Ur-Ur-Ur-Großeltern kamen aus China und haben sich in Prag niedergelassen. Jeder in seiner Familie ist ein Hunter, aber aktuell ist niemand von ihnen hier. Wenn ich mich nicht irre, ist seine Mutter im Quartier in Kapstadt, seine Schwester studiert und jagt in Berlin und sein Vater hat sich kurz vor eurer Ankunft auf den Weg nach Shanghai gemacht. Offenbar gibt es dort irgendwelche Probleme mit einigen Jiang Shi, du weißt schon, diese vampirähnlichen Monster, die einem nicht nur die Lebensenergie aussaugen, sondern auch mit ihrem Giftatem töten können. Oh, seht mal!«, rief sie und deutete auf eines der vielen Gebäude. »Das Museum dort *müsst* ihr euch ansehen. Hm, aber vielleicht erst mal Frühstück. Roxy sieht aus, als würde sie gleich jemanden umbringen, wenn sie nicht schnell was zu essen kriegt. Kommt mit!«

Nach einem ausgiebigen Frühstück in einem der Cafés und dem unvermeidlichen Museumsbesuch, wo ich mir einen Schlüsselanhänger für meine Sammlung kaufte – von nun an würde mich die Astronomische Uhr von Prag im Miniformat begleiten –, zogen wir weiter und erkundeten die Altstadt. Dort konnte ich die Prager Rathausuhr auch im Original bewundern, wir gingen mittagessen und kauften uns anschließend ein paar wärmere Klamotten für die Weiterreise, bevor wir uns am frühen Nachmittag wieder in ein kleines Café setzten. Zum ersten Mal brach die dichte Wolkendecke auf und Sonnenstrahlen tauchten die Häuser in ein goldenes Licht. Würden wir nicht immer wieder über Geister und Jäger sprechen, könnte man uns für ganz normale Touristen halten, die einen Städtetrip machten.

»Du tust fast so, als hättest du seit Wochen nichts mehr zu essen bekommen«, kommentierte ich trocken, als Roxy sich ein Stück Medovnik, einen tschechischen Honigkuchen mit Rum, in den Mund schob. »Dabei waren wir doch frühstücken *und* mittagessen.«

»Das zählt nicht«, nuschelte sie mit vollem Mund, schluckte runter und spülte mit einem großen Schluck heißer Schokolade nach. »Ich hätte nicht gedacht, dass irgendetwas diese Pfannkuchen heute Morgen oder das Gulasch danach toppen könnte, aber das hier?« Sie deutete um sich, als hätte sie den Himmel auf Erden entdeckt. »Hast du die Auswahl an Süßspeisen gesehen? Ich muss unbedingt noch die Marlenka, die Mährischen Kolatschen und diesen Pudding probieren, solange wir hier sind.«

Ich verbarg mein Grinsen hinter meiner Kaffeetasse und nippte daran. Im Gegensatz zu Roxy hatte ich mir nur ein Stück gegönnt, während sie schon bei ihrem zweiten – oder dritten? – war. Die Frau konnte echt essen, als hinge ihr Leben davon ab. Was aber vermutlich auch an den Nachwirkungen der Magie lag. Mittlerweile hatte ich das sowohl bei Roxy als auch bei Ella oft genug miterlebt, um die Symptome zu erkennen, die ziemliche Ähnlichkeit mit einem Kater hatten: heftige Kopfschmerzen, wacklig auf den Beinen und später Heißhunger. Wobei man darüber streiten könnte, ob Heißhunger bei Roxy nicht der Allgemeinzustand war.

Auch Ella schob sich genüsslich eine Gabel voll Karamelltorte in den Mund, doch sie war immer noch bei ihrem ersten Stück.

Mein Blick fiel auf Birdie, die seltsam still geworden war und auf ihr Handy starrte.

»Alles klar?«, fragte ich und deutete mit dem Kinn darauf. »Wenn du weg musst …«

»Nein, schon gut.« Ihre Finger flogen über die Tasten, dann steckte sie das Smartphone wieder ein. »Wie ihr ja schon gemerkt habt, gibt es zu wenige Hunter in Prag, daher haben wir uns angewöhnt, einander immer auf dem Laufenden zu halten.«

Ich blinzelte. »Wie in einer WhatsApp-Gruppe für Hunter? Frei nach dem Motto: Hey, ich habe gerade einen Vampir gekillt, und wie ist eure Nacht so?«

Sie kicherte. »Ja, so ungefähr. Witzigerweise kam die Nachricht auch von einem unserer Blood Hunter. In der Stadt selbst gibt es so gut wie keine Vampire, daher sind all unsere Blood Hunter abgesehen von Trent auf den Außenposten. Mit anderen Kreaturen ist es ähnlich. Es gibt sie zwar, aber sie sind selten. Es scheint fast …«

»Fast …?«, wiederholte ich fragend.

Birdie schob den Zuckerstreuer auf dem Tisch hin und her. »Als hätten die Geister die Stadt fest im Griff. Und als wüssten das die anderen Wesen irgendwie oder würden es zumindest spüren.«

»Hm«, machte ich nachdenklich und zog mein Notizbuch hervor, das inzwischen schon aus allen Nähten platzte.

Ella deutete mit der Kuchengabel darauf. »Das ist aber nicht das Buch für die Ess-Rezensionen.«

Ich grinste. »Nein, die gehören ins Reisetagebuch. Hier kommen meine Notizen rein. Du hast vorhin die Rauhnächte erwähnt«, wandte ich mich wieder an Birdie. »Und ich bin sicher, dass ich dazu vor Kurzem etwas online gehört habe …«

»Vor Kurzem?« Roxy runzelte irritiert die Stirn. »Du bist fast die ganze Strecke gefahren und hast ständig trainiert oder gelesen, wenn du nicht hinterm Steuer saßt. Wann hattest du bitte Zeit, da auch noch etwas zu hören?«

»Während du und Ella geschlafen oder stumm vor euch hin gegrübelt habt, hab ich Podcasts und Hörbücher durchgesuchtet. Es gibt da diesen Hunter in Tokio, der einen richtig guten Podcast betreibt und sogar andere Jäger zu sich in die Show einlädt. Cain hat mir den Tipp gegeben. Und die Archivare in Oslo haben damit angefangen, ihr Wissen als Hörbücher einzusprechen und hochzuladen. Weston hat mir die Zugangsdaten geschickt und ich hab mir die neuesten Ausgaben runtergeladen.«

Statt einer Antwort starrte Roxy mich nur an und schob sich die nächste Gabel voll Torte in den Mund.

»Was denn? Ich lerne eben gern dazu.« Ich zuckte mit den Schultern und blätterte weiter durch das Notizbuch. »Ah, da ist es ja! Die zwölf Nächte vom 25. Dezember bis zum 6. Januar, in denen der Schleier zur Geisterwelt besonders dünn sein soll. Heißt das, dass es dann extra viele Geister gibt?«

Birdie schüttelte den Kopf. »Für die Verstorbenen gibt es kein Zurück aus der Geisterwelt, aber es heißt, dass während der Rauhnächte – und übrigens auch in Vollmondnächten – die Grenze zur Geisterwelt so durchlässig sein soll, dass es als Mensch theoretisch möglich wäre, in die Geisterwelt überzutreten.«

»Hat das schon mal jemand geschafft?«

»Nicht dass ich wüsste«, antwortete Birdie.

Ich sah zu Ella hinüber, um zu hören, was sie dazu zu sagen hatte, doch die war plötzlich sehr an ihrer Torte interessiert und hatte allem Anschein nach nichts zu diesem Thema beizutragen. Dabei waren Geister doch ihr Spezialgebiet. Aber vielleicht dachte sie auch an Owen und ihren Vater, deren Seelen sich mittlerweile bestimmt in der Geisterwelt befanden.

Ich ergänzte meine Notizen mit dem, was Birdie über die Rauh- und Vollmondnächte gesagt hatte, damit ich es nicht vergaß und später weiter recherchieren konnte. So, wie ich es schon tat, seit ich mich entschieden hatte, selbst ein Hunter zu werden.

Ich hatte ein Ziel vor Augen und nutzte jede freie Minute ebenso wie jede Möglichkeit, um zu lernen, zu trainieren und mich auf die Prüfung vorzubereiten. Wobei ... Wenn Krall auch so locker damit umging wie mit den sonstigen Regeln für Jäger, könnte ich mich womöglich früher als gedacht hier in Prag zum freien Hunter erklären lassen. Fehlten nur noch Tattoo und Code – und voilà. Ich gehörte offiziell dazu.

Das löschte zwar nicht dieses riesige schwarze Loch aus, das meine Vergangenheit darstellte, aber es füllte die Leere in mir wenigstens ein kleines bisschen und gab mir etwas zu tun. Etwas, das nicht aus Grübeleien, Frustration und Verzweiflung bestand, weil ich einfach keine Hinweise auf mein früheres Ich fand – abgesehen von den immer wiederkehrenden Albträumen, die ich am liebsten komplett verdrängt hätte. Es fühlte sich beinahe so an, als hätte ich vor dieser Begegnung mit Roxy gar nicht existiert. Aber das war nicht möglich, nicht mal in den Kreisen der Hunter. Eines Tages würde ich eine Spur finden, eine, die mich tatsächlich weiterbrachte – und bis dahin beschäftigte ich mich lieber mit dem, was ich tatsächlich beeinflussen konnte: Nämlich lieber früher als später auch offiziell ein Hunter zu werden.

Apropos ...

»Wie sieht es bei euch eigentlich mit dem Training aus?«, wandte ich mich wieder an Birdie. »Gibt es jemanden, an den ich mich wenden könnte?«

»Kommt drauf an, was für ein Training du meinst.« Sie überlegte kurz und tippte sich gegen das Kinn. »Krall macht das lieber für sich allein, aber Matej ist ständig im Fitnessraum, wenn er nicht gerade auf der Jagd ist. Trent wirbelt dauernd seinen Bo-Stab oder sein Schwert herum, von dem würde ich mich an deiner Stelle also lieber fernhalten, und mit Pandora würde ich mich auch nicht anlegen. Sie hat Matej mal den Arm gebrochen und Trent hatte nach einem Übungskampf mit ihr mal eine fiese Kratzwunde am Hals. Zum Glück heilt er als Blood Hunter schnell.«

Ich blinzelte mehrmals. Oookay. Dann wohl am ehesten noch dieser Matej – wer auch immer das war, denn bisher hatte ich ihn nicht kennengelernt. Vielleicht konnte ich auch Li Jun zu einer Trainingsrunde überreden, falls ich den Mann überhaupt noch mal wiedersah. Aber als freier Hunter hatte er wenigstens keine unfairen körperlichen Vorteile mir gegenüber, wie etwa ein Grim oder Blood Hunter.

»Ich glaube, mir ist schlecht.« Ächzend lehnte sich Roxy in ihrem Stuhl zurück. Trotz ihrer Worte lag ein seliges Lächeln auf ihren Lippen.

Birdie grinste. »Kein Wunder. Ich habe noch nie jemanden so viel Kuchen auf einmal verputzen sehen.«

Roxy seufzte zufrieden. »Und es war jeden einzelnen Bissen wert. Aber ich kann mich keinen Millimeter mehr bewegen. Echt nicht. Lasst mich einfach hier.«

»Hey.« Ich stützte mich mit den Unterarmen auf den Tisch und beugte mich verschwörerisch zu Roxy hinüber. »Auf dem Weg habe ich ein paar Stände mit irgendeiner Süßspeise gesehen. Wie eine Teigtasche mit Eis oder Schokolade.«

»Trdelník«, warf Birdie hilfreich ein.

»Ja, Trell…de … Genau das.«

»Davon gibt es hier eine Menge. Gleich die Straße runter ist ein Stand und –«

Roxy sprang auf. »Okay, lasst uns gehen.«

Nur mit Mühe unterdrückte ich mein Lachen. Nach den letzten beiden Wochen war es schön, mal länger als nur ein paar Stunden an einem Ort zu sein. Innezuhalten, die Stadt und das Essen zu genießen. Und die Gesellschaft. Auch wenn wir nie vergaßen, was noch vor uns lag. Aber diese kurze Pause, zu der Birdie uns mit ihrer Sightseeingtour förmlich genötigt hatte, tat uns allen verdammt gut.

Wir bezahlten und verließen das Café. Wie versprochen gingen wir zu dem Stand und kauften uns dort diese Teigtaschen mit Eis, deren Namen ich nicht aussprechen konnte, aber die wirklich großartig schmeckten. Während uns Birdie weiterhin eine Sehenswürdigkeit nach der anderen zeigte, schenkte ich den Menschen und dunklen Ecken um mich herum nun wesentlich mehr Beachtung als vor unserem Gespräch über die Geister der Stadt. Hin und wieder meinte ich, eine durchscheinende Gestalt zu sehen, die ebenso schnell wieder verschwand, wie sie aufgetaucht war. Das Einzige, was zurückblieb, war meine Gänsehaut. Aber wenn ich Ellas Gesichtsausdruck richtig deutete, hatte sie diese Gestalten ebenfalls gesehen. Und noch so viele mehr, von denen wir anderen nicht den leisesten Schimmer hatten. Birdie und die anderen Jäger hatten echt nicht übertrieben: In dieser Stadt wimmelte es nur so von Geistern.

Im Laufe des Tages wurde Roxy immer ruhiger. Was nicht weiter verwunderlich war, weil sie wahrscheinlich noch immer im Food-Koma war, trotzdem musterte ich sie prüfend.

»Hey …« Ich stieß sie mit der Schulter an, während Birdie und Ella vor uns liefen und sich dabei unterhielten. »Rosi.«

Sie warf mir einen vernichtenden Blick zu.

»Alles okay?«, fragte ich dennoch und bemühte mich, nicht zu belustigt auszusehen. Dass ich sie nach all der Zeit noch immer mit diesen falschen Namen aufziehen konnte, war wirklich erfrischend. Und auf seltsame Weise beruhigend, wie unser ganz privater Inside-Joke.

»Bestens«, behauptete sie und schob den ebenfalls geliehenen Schal etwas zur Seite, um sich über die Stelle zwischen ihren Schlüsselbeinen zu reiben, an der der nachtblaue Stein in Form eines länglichen Tropfens hing. Anders als ihre bisherigen Amulette trug sie dieses nicht an einer langen Kette, sondern an einem Samtband um den Hals.

»Wie ist das neue Amulett?«

»Stark.« Sie zuckte mit den Mundwinkeln. »Aber es wird mir dabei helfen, die Rusalka und alle anderen Seelen zurückzuschicken. Nur das zählt.«

Plötzlich begriff ich, warum Roxy sich so bereitwillig auf diese Sightseeingtour eingelassen hatte – abgesehen von der Aussicht auf Essen. Inzwischen wusste ich, dass uns die Koordinaten vom Ghostvision nur so weit bringen konnten. Letzten Endes hatte immer Roxys Narbe den entscheidenden Hinweis geliefert, um den gesuchten Geist zu finden. Vor allem, um sicher zu sein, dass es sich dabei auch wirklich um eine der Seelen handelte, die sie in die Unterwelt zurückschicken musste. Und was wäre besser dafür geeignet, sich auf die Suche nach der Rusalka zu begeben, als eine Stadtführung, die uns in alle Ecken und Winkel Prags führte?

Ich senkte die Stimme etwas, damit Birdie und Ella nichts von diesem Gespräch mitbekamen. »Hast du schon etwas gespürt?«

Roxy zögerte, schüttelte dann jedoch den Kopf. »Aber sie muss hier irgendwo sein.«

»Wir finden sie«, versicherte ich ihr. Ich konnte ihr zwar nicht versprechen, dass wir alle entflohenen Wesen rechtzeitig aufspüren würden, aber dieses eine hier in Prag? Das würden wir schaffen. Und ich würde ihr dabei helfen.

Roxy antwortete nicht, doch ich meinte, zum ersten Mal seit langer Zeit wieder so etwas wie ein aufrichtiges Lächeln in ihrem Gesicht zu erkennen.

6. KAPITEL

Shaw

Es war schon längst dunkel geworden, als das Quartier wieder in Sichtweite kam. Vom vielen Laufen taten mir die Füße weh, weil ich das nach der ganzen Herumfahrerei echt nicht mehr gewohnt war, und ich war umso froher, sie hoffentlich gleich hochlegen zu können. Zumindest für ein paar Minuten, bevor ich mich ins Training stürzte.

Der Schnee war den Tag über liegen geblieben, und jetzt spiegelte sich das Licht der Straßenlampen und Autoscheinwerfer glitzernd darin wider. Ich legte den Kopf in den Nacken. Hinter den Fenstern der Wohnhäuser brannten viel mehr Lichter als gestern bei unserer Ankunft, also konnte es noch nicht allzu spät sein.

In der Luft lag eine Kälte, die mich trotz Schal und dicker Jacke unwillkürlich schaudern ließ, und es war völlig windstill. Ganz so, als würde die Welt den Atem anhalten, bevor die nächste Katastrophe geschah. Im selben Moment, in dem mir dieser Gedanke kam, schüttelte ich über mich selbst den Kopf. Schwachsinn. Nur weil es mal etwas ruhiger war, musste das nicht zwangsläufig heißen, dass –

»Hey!«, ertönte eine fremde Stimme. Sie gehörte einer kurvigen, aber eindeutig trainierten jungen Frau mit kurzen schwarzen Haaren, dunkel geschminkten Lippen und grimmigem Gesichtsausdruck, die aus dem Schatten des verlassenen Bahnhofsgebäude trat. »Das wird aber auch Zeit. Habt ihr euch jedes Haus einzeln angeschaut, oder was?«

Ich runzelte irritiert die Stirn.

»So ungefähr.« Birdie lächelte nur, als würde ihr die schroffe Art der Fremden nichts ausmachen. Oder als würde sie es gar nicht anders kennen. »Was ist denn los?«

»Hast du es nicht in der Gruppe gelesen? Die Geister veranstalten heute Nacht eine richtige Party in der ganzen Stadt. Gab mehrere Verletzte, zwei Tote beim Pulverturm und einer direkt unter der Burg. Außerdem ist im Strahov-Stadion und bei den Barrandov-Terrassen die Hölle los.« Der Blick der Huntress glitt zwischen Roxy, Ella und mir hin und her, dann wurde ihre Miene eine winzige Spur offener. Verzweifelter. »Wir machen uns gerade fertig und können jede Hilfe gebrauchen.« Damit verschwand sie im Inneren des alten Bahnhofs und ließ die Tür hinter sich zufallen.

Birdie seufzte. »Das war übrigens Pandora.«

Ahh. Die Huntress, die anderen beim Training die Knochen brach. Reizend.

»Sie ist die erste Grim Huntress seit vielen Generationen in ihrer Familie und war, bevor sie zu uns kam, ein paar Jahre lang Soldatin bei den Landstreitkräften der Tschechischen Republik. Bei Waffenfragen wendet ihr euch am besten an sie«, erklärte Birdie hastig, während wir unsere Schritte beschleunigten und das Quartier betraten.

Trent erwartete uns bereits und führte uns vom Eingangsbereich geradewegs zur Waffenkammer, die mit einem Sicherheitsmechanismus samt Code und Fingerabdruckscanner vor Unbefugten geschützt war.

»Das ist alles an Waffen und Ausrüstung, was wir haben«, erklärte er und deutete hinein. »Wenn ihr uns helfen wollt, bedient euch.«

Ich stieß einen leisen Pfiff aus, als ich die Waffenkammer betrat, die anders war als alles, was ich bisher gesehen hatte. Wo die Prager Hunter an ihrem Quartier und ihren Mitgliedern gespart hatten, hatten sie das Geld eindeutig in ihre Ausrüstung gesteckt.

Der Raum war quadratisch, fensterlos und die Wände im Gegensatz zum restlichen Gebäude in einem klaren Blaugrau gestrichen. Keine sich lösende alte Tapete, kein herabfallender Putz, keine Wasserflecken oder sonstige Hinweise darauf, wie alt und verlassen das restliche Gebäude war. Dieser Ort wirkte geradezu wie ein Fremdkörper im restlichen Quartier. Aber ein sehr, wirklich sehr interessanter Fremdkörper.

Breite Metallschränke säumten von der Tür aus gesehen beide Seiten. In der Mitte stand ein massiver Tisch mit Glasplatte, durch die man in die darunterliegenden Schubladen schauen konnte. Und was ich als Erstes sah, war jede Menge Munition, Patronen und Kugeln für Schusswaffen verschiedenster Art, Dolche in allen möglichen Längen und Größen, glänzende Wurfmesser und -sterne.

Während sich um mich herum bereits alle ausrüsteten und genau die Art Trubel herrschte, wie ich es aus den anderen Quartieren am Abend gewohnt war, drehte ich mich langsam im Kreis wie ein Kind im Spielzeugladen. Gegenüber vom Eingang war eine weitere Tür, direkt daneben stand ein langer Tisch, auf dem jede Menge Klingen drapiert waren und nur darauf zu warten schienen, endlich eingesetzt zu werden. Ich musterte die langen und gebogenen Dolche, Säbel, Macheten, Katanas, Schwerter und weitere Waffen, deren korrekte Bezeichnung ich nicht einmal kannte. Außerdem lag in einem weiteren Schrank auf der anderen Seite der Tür auch noch ziemlich viel technisches Zeug herum, dessen Sinn und Zweck sich mir nicht ganz erschloss. Meine Finger kribbelten;

am liebsten hätte ich einfach alles in diesem Raum angefasst, angeschaut und ausprobiert.

Mir war nicht mal aufgefallen, dass Roxy verschwunden war, bis sie jetzt mit unserer Ausrüstung zurückkehrte und mir meine Schrotflinte und die Holster samt Pistolen gegen die Brust drückte.

»Danke«, murmelte ich abgelenkt.

»Habt ihr auch Bolzen für eine Pistolenarmbrust?«, fragte sie und schnallte sich den Köcher über ihr dunkelrotes Cape, das sie gegen die dicke Jacke eingetauscht hatte.

»Selbstverständlich«, erwiderte Pandora in einem Tonfall, als wäre allein die Frage eine Beleidigung, und deutete mit den schwarz lackierten Fingernägeln auf einen Schrank ganz hinten rechts. »Eine Spezialanfertigung in verschiedenen Größen. Die müssten auch für deine Waffe funktionieren.«

Ich konnte nicht anders, als nachzuhaken, während Roxy hinüberging und die Schranktüren öffnete. »Was genau ist daran so speziell?«

»Es gibt verschiedene Ausführungen mit farblichen Markierungen«, erklärte Pandora, während sie sich mit zahllosen Messern ausstattete und diese unter ihrer Kleidung verschwinden ließ. Nur um gleich darauf nach zwei Pistolen zu greifen, diese routinemäßig zu überprüfen und ebenfalls einzustecken. »Gelb bedeutet Gift. Genug, um mit einem Bolzen einen ausgewachsenen Werwolf lahmzulegen. Mit den Grünen kannst du ein dünnes Seil oder einen Draht verschießen und zum Beispiel an einer Mauer befestigen – wenn man etwas Kleineres jagt, kann man es damit auch einfangen. In den roten ist ein kleiner Sprengsatz integriert. Überleg dir also lieber genau, wo und wann du die einsetzen möchtest.«

Roxy drehte sich überrascht um. »Wie stark ist die Sprengkraft?«

Jetzt meldete sich ein großer Typ zu Wort, der sich bisher im Hintergrund gehalten hatte. Er überragte uns alle um mindestens einen Kopf, hatte ein breites Kreuz und trug trotz der winterlichen Temperaturen nur ein ärmelloses Shirt. Das Haar, das von hellblonden bis braunen Strähnen jeden Farbton zu enthalten schien, hatte er sich zu einem Knoten gebunden. Mit dem Dreitagebart und der Holzperlenkette wirkte er einerseits wie ein klassischer sorgloser Surfertyp, andererseits erzählten die Narben auf seiner hellen Haut und der entschlossene Ausdruck in seinen blaugrauen Augen eine andere Geschichte.

»Ungefähr halb so stark wie eine gewöhnliche Granate«, erklärte er in beinahe akzentfreiem Englisch. »Du kannst damit also vielleicht nicht einen ganzen Häuserblock in die Luft jagen, aber wenn du eine Kreatur triffst ... Boom!« Er ahmte eine Explosion mit den Fingern nach. Neuneinhalb statt zehn. Gut möglich, dass er den kleinen Finger bei genau so einer Explosion verloren hatte.

Birdie deutete auf ihn. »Und das ist Matej.«

Er hob mit einem kleinen Lächeln die Hand, während Pandora mich nur kurz von oben bis unten musterte, als wollte sie meine Fähigkeiten als Hunter abschätzen, dann tat sie dasselbe bei Roxy.

»Finger weg von den Blauen«, knurrte sie.

Roxy hatte bereits die Hand danach ausgestreckt und hielt jetzt stirnrunzelnd inne. »Was kann heftiger sein als Sprengstoff?«

»Die Blauen sind noch in der Testphase«, erklärte Matej und schnallte sich sowohl ein Gewehr als auch einen Säbel um. »Wir haben versucht, sie mit der Asche zu kombinieren, aus denen Amulette gepresst werden.«

»Um damit einen Magiebolzen herzustellen?«, riet ich und konnte die Faszination nicht aus meiner Stimme verbannen.

Verdammt, diese Leute waren echt krass drauf. Wenn ich das gewusst hätte, hätte ich schon längst einen Blick in die Waffenkammer geworfen und mich mit allem vertraut gemacht, statt erst jetzt so kurz vor einer Mission.

Matej nickte. »Leider hat es bisher nicht geklappt, aber Pandora und ich arbeiten daran.«

»Was ist mit Munition für Schrotflinten?«, fragte ich in dem Moment, als Krall mit grimmigem Gesichtsausdruck die Waffenkammer betrat. »Habt ihr da auch irgendwelche Spezialanfertigungen?«

»Das nicht, aber ich konnte bei diesen Babys hier die Reichweite und Durchschlagskraft erhöhen.« Matej warf einen kurzen Blick auf meine Flinte. »Wenn du willst, kann ich daran auch ein paar Verbesserungen vornehmen.«

»Du meinst wohl eher, *ich* nehme die Upgrades daran vor und du siehst fasziniert dabei zu«, korrigierte Pandora ihn.

»Egal, wer es macht, die Antwort lautet: Ja. Unbedingt. Danke.« Ich lud die Schrotflinte nach und packte zusätzliche Munition in die Taschen meiner Jacke. Diese zog ich anschließend kurz aus, um das Schulterholster für die Pistolen anzulegen. Sobald ich die Jacke wieder überstreifte, spürte ich einen kurzen Schmerz an meinem Hals.

Ich zuckte zusammen und wirbelte herum. »Hey, was soll das?«, protestierte ich und fasste mir an die Stelle. Dort klebte jetzt etwas Kleines, Rundes, das vorher eindeutig nicht da gewesen war. Und ich war mir ziemlich sicher, dass ein Teil davon auch in meiner Haut steckte.

Pandora verzog keine Miene. »Das ist ein Peilsender. Man kann ihn direkt auf der Haut anbringen oder an der Kleidung.«

»Und du musstest ihn mir ausgerechnet in den Hals rammen?«

»Nein.« Zum ersten Mal überhaupt meinte ich, so etwas wie ein Zucken in ihren Mundwinkeln wahrzunehmen. »Aber so war es interessanter.«

Ich starrte ihr nach, als sie ans andere Ende der Waffenkammer ging.

Trent schnaubte amüsiert. »Jeder von uns trägt einen für den Fall, dass jemand Hilfe braucht, sein oder ihr Handy verliert oder sonst irgendwie in Gefahr gerät, ohne um Hilfe rufen zu können. Das gehört zu den üblichen Sicherheitsvorkehrungen.«

Roxy nahm den Peilsender von Pandora entgegen, die bei ihr anscheinend keinen Grund sah, sich hinterrücks anzuschleichen und ihr das Ding in die Haut zu jagen. Nach kurzem Überlegen befestigte Roxy den Peilsender an ihrem rechten Stiefel.

Pandora beobachtete das mit vor der Brust verschränkten Armen. »Wenn sich ein Hunter zwölf Stunden nach Beginn der Jagd nicht zurückmeldet, nutzen wir den Peilsender, um die betreffende Person zu orten.«

Ein Schatten glitt über Kralls Gesicht. Bisher hatte er sich schweigend ausgerüstet, doch jetzt meldete er sich zu Wort. »Funktioniert leider nicht immer. Manchmal ist es schon zu spät. Aber es ist das Beste, was wir tun können.« Er wandte sich ab und öffnete einen der Schränke, in dem sich so viele verschiedene Gewehre, Pistolen und Flinten befanden, dass ich mich unweigerlich fragte, ob wir noch in einem Hunterquartier oder schon in einem geheimen Militärbunker waren. Er bot auch Ella an, sich zu bedienen, doch die schüttelte stumm den Kopf. Die wichtigsten Waffen hatte sie immer dabei: ihr Amulett und den Seelenblick.

»Früher waren es vierundzwanzig Stunden«, erklärte Birdie leise. »Dann ist Kralls Schwester Tereza verschwunden.«

Moment mal. Kralls *Schwester?* Die verschwundene Magic Huntress, die auch Li Juns Frau und Maras Mutter war? Hatte das etwa zu dem Streit zwischen den beiden Männern geführt?

»Ihr konntet sie mit dem Peilsender nicht orten?«, hakte ich nach.

»Doch. Aber außer dem Peilsender war nichts mehr da. Keine Spur, keine Überreste, gar nichts.«

Instinktiv suchte ich Roxys Blick. Sie schaute bereits in meine Richtung und ich konnte ihr ansehen, dass sie dasselbe dachte wie ich. Weil wir es selbst erlebt hatten. Jäger, die scheinbar ohne jede Erklärung und vor allem ohne Spuren zu hinterlassen einfach so verschwanden und nie wieder auftauchten. So wie Dinah und Ripley in London. Oder wie Roxys Zwillingsbruder, auch wenn das viele Jahre zuvor passiert war.

Doch Roxy sprach das Thema nicht an, also tat ich es auch nicht. In Gedanken machte ich mir allerdings eine Notiz, später mit ihr darüber zu reden. Es wäre ein verflucht großer Zufall, wenn diese Ereignisse nichts miteinander zu tun hätten, insbesondere nachdem Amelia offen gestanden hatte, für das Verschwinden von Niall, Dinah und Ripley verantwortlich gewesen zu sein. Gut möglich, dass sie gelogen hatte, um Roxy zu reizen und ihr wehzutun, aber mit ihrer Vision bezüglich des Vampir- und des Hexenkönigs hatte sie auch recht gehabt. Zumindest dahingehend, dass Hexen in Edinburgh plötzlich aktiv Vampire angriffen, also schien zumindest Baldur ihrer Vision geglaubt zu haben. Doch das Thema hatte sich erledigt, als der König der Vampire gestorben war – und das nicht durch Baldurs Hand.

»Wir gehen heute in Gruppen«, entschied Krall und musterte uns einen nach dem anderen. Seine Worte klangen nicht wie ein Vorschlag, sondern wie ein Befehl, dem niemand zu widersprechen wagte. »Die Gefahr ist zu groß und wir können es uns nicht leisten, jemanden zu verlieren. Wenn diese Angriffswelle vorbei ist, könnt ihr wieder so viel allein jagen, wie ihr wollt.«

Zum ersten Mal bemerkte ich das Amulett, das er an einer Halskette unter seinem Hemd trug. Es hatte die gleiche dunkelblaue Farbe wie Roxys neues Amulett. Also war Krall nicht nur ein Grim Hunter, sondern beherrschte auch die höchste Amulettstufe. Beeindruckend. Und wahrscheinlich notwendig, um in einer Stadt wie Prag überhaupt eine Chance zu haben.

Krall wandte sich an Ella. »Im Moment bist du die Einzige, die Geister in ihrem unsichtbaren Zustand sehen und besiegen kann, also ist genau das deine Aufgabe. Wir kümmern uns um den Rest.« Ein letztes Mal blickte er in die Runde. »Bereit?«

Nicken von allen Seiten.

»Gut. Dann lasst uns diesen Mistviechern in den Arsch treten.«

Roxy

Dieser spontane Einsatz war nicht geplant gewesen. Ich sollte auf der Suche nach der Rusalka sein, statt in Prag Ghostbuster zu spielen. Doch wir waren fast den ganzen Tag unterwegs gewesen und ich hatte weder ein Brennen in meiner Schulter gespürt, noch erneut die Stimme der Rusalka in meinem Kopf gehört. Aber sie war noch immer in der Stadt, wie mir der Ghostvision bestätigt hatte, und ich würde sie finden.

In der Waffenkammer sah ich von einem zum anderen, von Shaw und Ella zu den Prager Huntern und Huntresses, die ich noch keine vierundzwanzig Stunden kannte. Dieselben Leute, die uns, ohne Fragen zu stellen, Unterschlupf gewährt hatten, benötigten jetzt unsere Hilfe. Selbst wenn wir nicht im

Quartier gewesen wären und ich keinen von ihnen je persönlich kennengelernt hätte, hätte ich gar nicht anders gekonnt, als mir meine Pistolenarmbrust zu schnappen und mich für den Kampf bereit zu machen. Denn wenn nicht einmal wir Hunter uns gegenseitig halfen und uns beschützten, wer würde es dann tun?

Vor dem Quartier teilte Krall uns in Gruppen auf, die verschiedene Gebiete in der Stadt übernehmen sollten: Trent und Birdie. Ella und Pandora. Matej und ich. Krall selbst zog mit Shaw los. Auf diese Weise war in jeder Gruppe jemand mit Amulettmagie, der aktiv gegen die Geister vorgehen konnte, ebenso wie ein Jäger, der stark im Nahkampf war, falls es dazu kommen sollte. Krall mochte zwar kein besonders großes Quartier leiten, aber er wusste die Hunter, die ihm zur Verfügung standen, effizient einzusetzen.

Ich spürte Shaws Blick auf mir und erwiderte ihn nur einen kurzen Moment lang, ehe sich unsere Wege trennten.

»Keine Sorge.« Matej führte mich zu einem weißen Jeep, auf dessen Fahrerseite er einstieg, während ich die Beifahrerseite nahm. »Krall passt auf ihn auf.«

Ich schmunzelte – und war erleichtert, es nicht mit einem Kerl zu tun zu haben, der mir versicherte, auf mich aufpassen zu wollen. Das machte Matej sofort um einiges sympathischer.

»Du bist ein Grim Hunter, oder?«

Er nickte und fuhr los. Innerhalb kürzester Zeit fädelten wir uns in den abendlichen Verkehr der Stadt ein.

»In London und Edinburgh kämpfen wir immer mit festen Partnern. Meiner ist auch ein Grim Hunter.«

Finn würde sich dafür in den Hintern treten, dass er das hier verpasste. Wir waren schon an einigen Orten zusammen gewesen, wo er dank mir mit jeder Menge Geistern konfrontiert worden war und ich im Gegenzug dank ihm Bekanntschaft mit unzähligen anderen Kreaturen schließen durfte, wie Werwölfen, Wendigos, Phookas, Onis oder Waldschraten. Ja, auch die gab es wirklich. Irgendwie wartete ich nur darauf, dass uns die leibhaftige Baba Jaga über den Weg lief. Wenn man mit einem Grim Hunter unterwegs war, war jede Jagd wie ein Überraschungsei. Nur ohne Schokolade. Und ohne Spielzeug.

»Wo ist er jetzt, dein Partner?«, fragte Matej und bog ab, damit wir den Fluss über eine breite Brücke überqueren konnten.

Ich wusste nur, dass ein Stadion unser Ziel war, allerdings nicht, wo genau es lag und was der beste Weg war, um es zu erreichen. In diesem Punkt musste ich mich ganz auf Matej verlassen.

»Finn wurde am Tag des Blutbades ziemlich stark verletzt und erholt sich noch davon bei seiner Familie in Schottland. Ich musste ohne ihn weiterziehen«, fügte ich ohne weitere Erklärungen hinzu. Aber das war auch nicht nötig, denn Matej nickte wissend. Was in Edinburgh mit Isaac geschehen war, schien sich in den letzten Wochen herumgesprochen zu haben.

»Na ja, nach diesem Abend kannst du entscheiden, wer von uns der bessere Grim Hunter ist. Ich oder dieser Finn.«

Wider Willen musste ich grinsen. Nicht nur, weil ich genau wusste, dass Finn diese Herausforderung sofort annehmen würde, sondern auch, weil er und Matej sich mit Sicherheit gut verstehen würden.

»Da wären wir«, murmelte er und parkte den Jeep.

Vor uns erstreckte sich ein gigantisches Stadion, das zwar nicht ganz so baufällig aussah wie der verlassene Bahnhof, in dem das Quartier lag, das aber eindeutig auch schon bessere Zeiten erlebt hatte.

»Wird das hier überhaupt noch genutzt?«, fragte ich beim Aussteigen. Die Kälte, die uns sofort einhüllte, nahm ich kaum wahr.

»Ab und zu von einem der hiesigen Fußballvereine oder für Konzerte.« Matej führte mich zu einer Treppe, die nicht sonderlich stabil aussah, dennoch nahm er immer zwei Stufen auf einmal und ich musste mich beeilen, um mit ihm Schritt zu halten. »Aber meistens steht es leer, was echt schade ist. Hier sind ganze acht Fußballfelder angelegt. Man könnte so viel daraus machen.«

Als wir oben ankamen und ich zum ersten Mal die tatsächliche Größe dieses riesigen Bauwerks erfasste, stockte mir der Atem. Was ungünstig war, weil ich nach den ganzen Stufen dringend Sauerstoff benötigte.

»Wow«, entkam es mir, während mein Blick über die schneebedeckten Fußballfelder und die zahllosen Sitzreihen wanderte. Hier mussten einmal Hunderttausende von Menschen reingepasst haben. Manche Reihen schienen noch heil zu sein und genutzt zu werden, während andere bereits von Unkraut überwuchert waren, das selbst zu dieser Jahreszeit durch die Schneedecke lugte.

Die Narbe an meiner Schulter brannte nicht, aber das bedeutete nicht, dass es hier nicht andere gefährliche Geister gab. Ich zog die Pistolenarmbrust aus dem Holster an meinem Rücken. Meine freie Hand schwebte über dem Köcher mit den farblich markierten Bolzen, während wir langsam zwischen den Reihen hinuntergingen. Unsere Schritte waren das einzige Geräusch auf der riesigen Anlage.

»Woher wisst ihr, dass hier Geister sind?«, fragte ich leise.

»Wir haben einen kleinen Deal mit ein paar Jugendlichen und Obdachlosen in der Stadt. Sie halten für uns Ausschau nach übernatürlichen Aktivitäten, dafür kriegen sie etwas Geld von uns. Das hier war ein Tipp von einem Jungen, der hier öfter mit seinen Kumpels Fußball spielt.«

»Und was genau hat er gesagt?«

Matej kam nicht mehr zum Antworten, denn in diesem Moment flog eine lange gelbe Plastikbank samt der Steinplatte, mit der sie verschraubt war, geradewegs auf uns zu.

Ich wich instinktiv aus, genau wie Matej, doch noch während die Bank hinter uns in die Betontribüne krachte, flog schon die nächste auf uns zu. Echt jetzt? Die Geister bewarfen uns mit Bänken?

Am liebsten hätte ich die neuen Bolzen mit der Sprengladung ausprobiert, aber da ich die verantwortlichen Spirits noch nicht ausmachen konnte, musste das noch warten. Ich duckte mich und schob die Pistolenarmbrust zurück in ihre Halterung. Als die nächste Bank auf uns zuraste, wich ich nicht aus, sondern konzentrierte mich auf das neue Amulett an meinem Hals.

Die Magie war gewaltig. Obwohl ich vor wenigen Monaten in Paris eine kleine Kostprobe eines Amuletts der Stufe 6 bekommen hatte, war ich nicht auf das vorbereitet, was mich jetzt erwartete. Wie ich es mir antrainiert hatte, beschwor ich die magische Energie herauf, bis sie sich von meinem Amulett um meine Hände und Finger wand. Doch das heftige Pulsieren, das fast schon unangenehme Prickeln auf meiner Haut war neu. Es fühlte sich ein bisschen so an, als würde ich zu nahe am Feuer stehen – und gleichzeitig war es eisig. Ein kaltes Brennen, das jenseits von allem war, was ich kannte, und das ich damals in Paris bei Maxwells Amulett nicht empfunden hatte.

Doch mir blieb keine Zeit, um darüber nachzudenken. Ich holte aus und feuerte die magische Energie auf die Bank, die durch die Wucht zurückgeschleudert wurde und krachend auf dem Fußballfeld landete.

»Nicht schlecht.« Matej tauchte neben mir auf, musterte mich kurz prüfend von oben bis unten, dann wandte er sich der riesigen offenen Fläche vor uns zu. »Lass uns diese blöden Geister endlich finden.«

Ich nickte. Allerdings waren wir nur wenige Schritte weit gekommen, als sich von allen Seiten Bänke in die Luft erhoben, als würde das ganze Stadion auf einmal zum Leben erwachen. Matej und ich standen Rücken an Rücken, aber egal wohin wir sahen, die Geschosse umringten uns und hingen bedrohlich und abschussbereit in der Luft.

»Das … sieht nicht gut aus«, stieß er hervor.

»Kein Scheiß.«

Sofort spürte ich wieder die heftige Magie auf meiner Haut und zwischen meinen Fingern. Sie durchdrang mich wie ein Stromschlag und ich biss die Zähne zusammen, um sie unter Kontrolle zu behalten. Dann flogen die ersten Bänke auf uns zu, und zum Nachdenken blieb keine Zeit mehr. Wieder und wieder schleuderte ich die Bänke mithilfe der Magie zurück, aber die Attacken kamen zu schnell und ich musste immer öfter ausweichen. Dann stieß Matej mich zur Seite, wodurch ich ins Straucheln geriet, aber er hatte mich vor einem Angriff bewahrt, den ich gar nicht hatte kommen sehen.

»Schluss jetzt!«, rief ich und drängte ächzend zwei weitere Bänke zurück. »Zeigt euch endlich!«

Lachen war zu hören. Nicht das gruselige Kinderlachen aus Horrorfilmen, sondern von Erwachsenen. Von bösartigen Geistern, die nichts Besseres zu tun hatten, als Chaos zu stiften und Menschen anzugreifen. Als würden sie sich nicht länger verstecken wollen, materialisierten sich plötzlich mehrere Gestalten auf den Fußballfeldern vor uns. Aber es war nicht bloß eine Geistergestalt oder zwei. Nein, es wurden zehn, zwölf und dann immer mehr.

Keuchend trat Matej neben mich. Auch er war den Attacken ausgewichen, hatte im Gegensatz zu mir allerdings etwas abbekommen. »Irgendwie hätte ich lieber nicht gewusst, mit wie vielen Gegnern wir es zu tun haben«, murmelte er trocken.

Jetzt, wo ich die kleine Armee sah, die aus mehr als zwanzig Geistern bestand, konnte ich ihm nur stumm beipflichten. Lediglich von herumfliegenden Bänken angegriffen zu werden, war wesentlich beruhigender gewesen, als die ganzen Spirits, die dahintersteckten, mit eigenen Augen zu sehen. Und die Tatsache, dass wir sie sehen konnten, bedeutete, dass sie alle zur Phase 4 gehörten. Ganz toll.

»Wie wäre es mit Verstärkung?«, fragte ich, ohne den Blick von den Geistern zu nehmen.

Statt einer Antwort zog Matej sein Handy hervor und tippte eine schnelle Nachricht ein. Ich atmete derweil tief durch und wappnete mich innerlich. Das hier würde nicht schön werden.

Ich hatte gerade mal den Fuß auf die nächste Stufe gesetzt, als ein Knall ertönte und einer der Geister rechts vor mir geradezu zersprang. Und dann noch einer. *Was um alles in der Welt …?*

Ich lief los, immer darauf bedacht, die Spirits im Auge zu behalten, während ich auf die Person zurannte, die plötzlich unter uns im Stadion aufgetaucht war. »Wo kommst du denn her?«

Mara trug dasselbe dunkle Outfit wie bei unserer letzten Begegnung. Das Amulett an ihrem Handgelenk leuchtete strahlend blau auf. »Spielt das wirklich eine Rolle?« Sie hob den Arm und vernichtete den nächsten Geist mithilfe ihrer Magie. »Wie es aussieht, könnt ihr die Hilfe gut gebrauchen.«

Und wie. Aber noch bevor ich einen Ton sagen konnte, erhoben sich erneut unzählige Bänke aus den Sitzreihen. Dazu einzelne Steinplatten, Teile des Geländers und sogar die Tore von den Fußballfeldern.

Oh verdammt.

Ich schloss die Finger um das Amulett an meinem Hals. Diesmal ignorierte ich jedes unangenehme Prickeln auf meiner Haut. Das dunkelblaue Leuchten mit den goldenen Partikeln pulsierte in dem tropfenförmigen Anhänger und schloss sich um meine Finger. Gleich darauf spürte ich das Kribbeln der Magie in meinen Adern. *Höchste Konzentration und absoluter Fokus.* Das waren die wichtigsten Eigenschaften, um Amulettmagie zu erlernen, und gleichzeitig auch das, woran die meisten Leute scheiterten. Ablenkung konnte verheerende Folgen haben und im Zweifelsfall sogar tödlich enden. Und diesmal konnte ich mir absolut keine Ablenkung erlauben.

Ich schrie auf, während ich alles an Magie einsetzte, um die Attacken von uns fernzuhalten und uns dadurch etwas Zeit zu erkaufen. Zeit, um uns einen Plan zu überlegen, wie wir diese Wesen vernichten konnten, und für die Verstärkung, die hoffentlich jeden Moment eintreffen würde. Doch die Spirits waren stark. Sie hielten dagegen, was zur Folge hatte, dass die ganzen Steinplatten, Bänke und alles andere wie erstarrt in der Luft schwebten.

»Mara!«, keuchte ich.

Sie verstand und nutzte ihre eigene Magie nun gegen die Geister, die für die Wurfgeschosse verantwortlich zu sein schienen. Hinter mir hörte ich einen lauten Knall. Ein Schuss. Wieder und wieder feuerte Matej auf die ganzen Gegenstände, die noch immer in der Luft verharrten, und half uns auf diese Weise dabei, die Geister in Schach zu halten.

Unsere Taktik funktionierte. Zumindest am Anfang. Doch trotz der Hilfe der beiden Hunter merkte ich schnell, dass meine Magie nicht darauf ausgelegt war, es mit den telekinetischen Fähigkeiten der Spirits aufzunehmen. Was für diese Wesen so selbstverständlich war wie für uns Menschen das Atmen, kostete mich Unmengen an Kraft.

»Ich kann sie nicht länger halten«, stieß ich zwischen zusammengebissenen Zähnen hervor. Mein ganzer Körper zitterte. Mein Herz raste und Schweißperlen liefen mir trotz der winterlichen Kälte den Rücken hinab. Mühsam kratzte ich die letzten Reste an Willenskraft und Konzentration zusammen, die ich noch aufbringen konnte. Ich lenkte alles, was ich war, jeden Gedanken, jedes Gefühl, jede Erinnerung und alles, was mich ausmachte, in die Amulettmagie und schleuderte die tödlichen Geschosse auf die Geister zurück. Die Spirits wichen aus, aber wenigstens zerbarsten die Geschosse auf dem Boden und stellten so keine Gefahr mehr da.

Schwer atmend fiel ich auf die Knie. Alles drehte sich. Aber der Kampf war noch nicht zu Ende.

»Roxy!«

Hände griffen nach mir und zogen mich wieder auf die Beine. Ich erkannte Matejs Gesicht, dann das von Birdie, Trent, Pandora und Ella. Sie mussten unserer Bitte um Verstärkung sofort gefolgt sein.

»In Deckung!«, schrie Ella plötzlich.

Ich ließ mich sofort zu Boden fallen, genau wie alle anderen. Einen Herzschlag später manifestierten sich mehrere Geister und rasten über uns hinweg, die Hände wie Klauen nach uns ausgestreckt. Hätte Ella sie nicht dank ihres Seelenblicks wahrnehmen können, hätten sie uns erwischt. Im nächsten Moment machten sie sich wieder unsichtbar und ich hatte keine Ahnung mehr, wo sie waren.

Ächzend richtete ich mich wieder auf und sah mich um.

Mara tauchte an meiner Seite auf. »Kannst du noch?« Im Gegensatz zu den anderen wirkte sie nicht besorgt. Doch sie trug auch ein Amulett der Stufe 5 – sie wusste, was es bedeutete, so starke Magie einzusetzen.

Ich nickte, da mir gar keine andere Wahl blieb. Nur zusammen konnten wir diese Geisterarmee ausschalten. Und genau das würden wir tun.

Wortlos nahm ich meine Pistolenarmbrust und den Köcher ab und übergab beides an Trent. Mit seinem Schwert und dem Bo-Stab würde er auf die Entfernung nicht so viel ausrichten können wie mit den Sprengstoffbolzen. Er verstand sofort und legte den ersten rot markierten Bolzen ein, während wir anderen uns in Position begaben.

Ich warf Mara zu meiner Rechten einen kurzen Blick zu. Der Stein an ihrem Armband leuchtete auf. Ihre Miene war wild entschlossen. Genau wie Ella links von mir. Und genau wie … Nein, Birdie wirkte eindeutig *nicht* konzentriert.

»Wusstest du, dass Krall mit Vornamen eigentlich Konstantin heißt?«, platzte sie unvermittelt heraus. »Aber er hasst es, so genannt zu werden. Genauso wie ich es hasse, bei meinem richtigen Namen gerufen zu werden. Aber wenigstens ist Konstantin moderner als Gretchen. Niemand unter siebenundachtzig heißt heutzutage noch so. Ich weiß echt nicht, was meine Eltern sich dabei gedacht haben.« Als sie unsere Blicke bemerkte, hielt sie inne und ein zerknirschter Ausdruck trat auf ihr Gesicht. »Tut mir leid. Ich fange an zu plappern, wenn ich nervös bin.«

Ganz offensichtlich.

»Birdie …« Ein warnender Unterton lag in Pandoras Stimme.

»Konzentrier dich!«, fuhr Mara sie an.

Birdie senkte den Blick. In diesem Moment tat sie mir irgendwie leid, allerdings blieb uns keine Zeit, um das ausführlich auszudiskutieren, denn die Spirits warteten nicht, bis wir so weit waren. Sie kreisten uns ein und griffen erneut an.

Diesmal war ich nicht damit beschäftigt, die heransausenden Geschosse aufzuhalten, denn das übernahmen Matej, Trent und Pandora. Rings um uns explodierte immer wieder etwas, doch davon ließ ich mich nicht ablenken. Ich formte die Magie in meinen Händen zu einer Kugel, zog sie auseinander und stieß die Hände in schneller Folge erst nach rechts und dann nach links. Die Geister hatten keine Chance. Die Energie durchdrang sie und riss sie in Stücke, bis nur noch ein winziges Funkeln in der Luft von ihnen zurückblieb, das gleich darauf verschwand.

Neben mir taten Ella und Mara das Gleiche. Auch Birdie bemühte sich nach Kräften, kam mit ihrem Amulett der Stufe 3 allerdings nur langsam voran. Wir hatten uns fast durch die Hälfte der Geister gearbeitet, als plötzlich eine Explosion das Stadion erschütterte, so gewaltig, dass die Erde bebte und wir alle zu Boden gingen.

»Was war *das* denn?«, rief ich und rappelte mich wieder hoch. Der Schnee klebte kalt an meinen Händen, hatte den Sturz aber wenigstens abgefedert.

Auch Ella kam wieder auf die Beine. »Sind alle in Ordnung?«

»Ja«, kam es von einer hustenden Birdie. Mit einer Hand versuchte sie den Rauch wegzuwedeln, der sich von der linken Seite der Tribünen ausbreitete und den Himmel verdunkelte. »Nur ein kleiner Unfall.«

»Das nennst du *klein*?«, zischte Mara. »Ein Wunder, dass du nicht das ganze Stadion weggesprengt hast!«

Birdie zuckte zusammen, protestierte jedoch nicht. Ich dachte an das kurze Gespräch bei unserer Ankunft im Quartier – anscheinend war das nicht das erste Mal, dass die Magic Huntress etwas in die Luft gesprengt hatte.

»Niemand verletzt?«, rief ich und wartete die Antworten ab. »Gut. Dann können wir auch weiterkämpfen.«

Vielleicht war es Amelias gnadenloses Training, das mich antrieb, vielleicht der Zeitdruck oder all das, was Maxwell mir beigebracht hatte – und was er mir nicht mehr hatte beibringen können, weil er in meinen Armen gestorben war. Es spielte keine Rolle. Ich machte weiter. Mit Pandora, Matej und Trent als Rückendeckung, Ella und Mara an meiner Seite und mit Birdie, die sich diesmal jedoch zurückhielt.

Es war, als würde die Magie ein Teil von mir werden. Ein Fremdkörper, der sich kalt auf meiner Haut anfühlte, als er sich dort festsetzte. Ich versuchte die unangenehme Empfindung abzuschütteln. Wahrscheinlich lag es nur daran, dass ich es nicht gewohnt war, mit einem Amulett der höchsten Stufe zu kämpfen. Aber welche Wahl hatte ich denn gehabt? Auf Stufe 3 ausweichen und damit weder den Huntern in Prag noch mir selbst eine Hilfe sein? Sicher nicht.

Also biss ich die Zähne zusammen und ignorierte die Empfindung. Stattdessen konzentrierte ich mich darauf, die gewaltige Magie, die mir zur Verfügung stand, zielgerichtet gegen die letzten Geister einzusetzen. Wieder und wieder, bis ich das Gefühl hatte, von innen heraus ausgehöhlt zu werden. Wieder und wieder, bis wir es endlich geschafft hatten und auch das letzte übernatürliche Wesen in diesem Stadion erledigt hatten.

»Das war's!«, rief Mara, die mit Trent eine Runde um die Fußballfelder gelaufen war und jetzt zu uns zurückkehrte. »Ich kann keine Geister mehr finden. Wenn du dich noch mal umschauen würdest, nur um sicherzugehen …«, wandte sie sich an Ella.

Die nickte sofort. »Wird erledigt.«

»Ich komme mit.« Pandora schloss sich ihr an und ich sah den beiden einen Moment lang nach, wie sie das Stadion abliefen, um sicherzugehen, dass wir alle Spirits der Phase 4 erledigt hatten.

Am liebsten wäre ich mit ihnen gegangen, aber meine Muskeln bebten und ich musste die Zähne zusammenbeißen, um auf den Beinen zu bleiben. Meine Brust hob und senkte sich schwer und mir war unglaublich heiß. Aber dafür, dass ich gerade erst zum zweiten Mal in meinem Leben Magie der höchsten Stufe eingesetzt hatte, war das gar nicht mal so schlecht gewesen. Auch wenn die Nachwirkungen in den nächsten Stunden mit Sicherheit höllisch sein würden.

Schwankte der Boden wirklich oder bildete ich mir das nur ein? Verdammt, ich sollte mich besser setzen.

»Roxy?«, fragte Birdie alarmiert. »Geht's dir gut?«

Ich nickte, auch wenn ich mich zunehmend so fühlte, als hätte mich jemand in eine Waschmaschine gestopft und den Schleudergang eingeschaltet. Die Welt um mich herum stand zwar still, aber in mir tobte noch immer das Chaos, als hätte mein Körper noch nicht ganz begriffen, dass der Kampf vorbei war und wir gewonnen hatten. Aber das würde er gleich. Ganz bestimmt.

»Bestens«, murmelte ich und zwang mich, eine neutrale Miene aufzusetzen, damit Birdie und die anderen sich keine Sorgen mehr machten. Aber vor allem, damit ich es nicht tat, denn dieses seltsame Gefühl wollte mich einfach nicht loslassen. Nicht, als wir schließlich alle ins Quartier zurückfuhren und auf die anderen trafen, die zum Glück vollzählig waren. Nicht, als ich Shaw auswich, um einem Gespräch mit ihm aus dem Weg zu gehen. Und auch nicht, als ich mich von den anderen verabschiedete, um ins Bett zu gehen. Es blieb an mir haften und begleitete mich selbst mit Schmerztabletten bis in den Schlaf.

7. KAPITEL

Shaw

Ich renne durch die Finsternis. Der eisige Wind schneidet wie kleine Glasscherben in meine Haut und ich muss die Augen zusammenkneifen, um überhaupt etwas erkennen zu können. Jeder meiner Atemzüge schwebt als Wolke in der Dunkelheit, trotzdem renne ich weiter. Verfolge. Jage. Weiter, immer weiter, vorbei an kahlen Bäumen, bis ich sie sehe.

Das Herz schlägt mir bis zum Hals. In meinen Ohren ist ein Rauschen. Ich habe nur noch ein Ziel vor Augen. Eine Mission. Also packe ich die Waffe in meiner Hand fester und nähere mich nun langsam den beiden Gestalten, die mitten im Wald stehen geblieben sind, sich verzweifelt anschauen und dann zu mir umdrehen.

Ich pirsche mich an sie heran wie ein Raubtier an seine Beute. Bedächtig. Selbstsicher. Meine Mundwinkel wandern nach oben. Das war einfacher als gedacht. Doch noch während ich einen Schritt nach dem anderen auf sie zu mache, beginnt sich ein ungutes Gefühl in mir auszubreiten. Eine dunkle Vorahnung. Ich versuche mich zu stoppen, versuche stehen zu bleiben, aber es funktioniert nicht. Ich gehe immer weiter. Direkt auf den Mann und die brünette Frau zu.

Etwas erhellt die Nacht. Es ist in meiner Hand. Ein Amulett? Magie? Was zur Hölle? Gleich darauf leuchtet etwas vor mir auf und eine heftige Energiewelle schleudert mich zurück … Oder sollte das tun, aber es passiert nichts. Ich strecke die Hände nach vorn und blocke sie ab, als wäre es nichts.

Das Amulett am Hals des Mannes erlischt. Sein Gesicht ist jetzt so bleich wie der Schnee, der bei jedem weiteren Schritt, den ich auf die beiden zu mache, unter meinen Schuhen knirscht. Im fahlen Mondlicht blitzt eine Waffe auf. Ein langes Schwert. Nein, es ist ein Katana, das die Frau jetzt auf mich richtet. In ihrem Gesicht steht keine Angst geschrieben, nur Verzweiflung. Und wilde Entschlossenheit.

Umsonst, denn es gibt kein Entkommen. Nicht für die beiden Hunter. Nicht für mich.

Ich hole aus – und greife sie an.

Mit einem Mal saß ich aufrecht und schwer atmend im Bett. Mein Herz raste. Schweiß klebte an meiner Haut und ich hatte die Finger so fest in die Decke vergraben, dass sie vor Anstrengung zitterten. Ich war nicht mehr dort. Ich war hier. Im Prager Quartier. In Sicherheit. Doch ich müsste nur die Augen schließen und schon wäre ich erneut an diesem kalten Ort. An diesem Ort, der seit Monaten immer wieder in meinen Träumen auftauchte – wie ein Geist, der mich heimsuchte. Wie eine Erinnerung, auch wenn ich keine Ahnung hatte, ob es wirklich eine war, oder nur ein Produkt meiner Fantasie, ein Produkt all dessen, was ich in den vergangenen Monaten erlebt, gesehen, gehört und gelesen hatte. Allerdings hatte ich schon Schnee in meinen Träumen gesehen, bevor es richtig Winter wurde. Wie konnte ich wissen, wie sich Schnee anfühlte und wie er sich anhörte, wenn man hindurchstapfte, bevor ich es im Wachzustand erlebt hatte?

Wenn es nicht immer wieder dieselbe Szene in meinen Träumen gewesen wäre, hätte ich vielleicht geglaubt, ich würde schlafwandeln und mich deshalb so gut an solche Details erinnern können. Doch von den beiden Huntern im Wald hatte ich bereits bei unserem ersten Besuch in Paris geträumt – und der war mittlerweile Monate her. Wie konnte mich dieser Albtraum noch immer verfolgen? Und was, wenn es nicht bloß ein Albtraum, nicht nur irgendeine unbewusste Angst war, sondern tatsächlich eine Erinnerung …?

Shit. Ich hielt es keine Sekunde länger in diesem Bett, in diesem Zimmer aus. Ohne darüber nachzudenken, warf ich die Decke von mir und stand auf. Ich musste mich bewegen und brauchte dringend etwas frische Luft, doch das einzige Fenster in diesem Raum war von innen mit Holzbrettern verbarrikadiert, sodass kein bisschen Sauerstoff von außen hereinkam. Nur das fahle Licht des Mondes schaffte es hindurch und warf ein paar helle Streifen auf den alten Fußboden.

Ich schnappte mir die erstbesten Klamotten aus meiner Reisetasche und zog sie an. Vielleicht war noch einer der anderen Jäger wach, Matej oder Trent. Ich könnte ein paar Trainingsrunden gebrauchen, um mich abzulenken. Zum Teufel, ich würde sogar mit Pandora trainieren, obwohl Birdie mich vor ihr gewarnt hatte. Alles, nur um nicht mehr an diesen Albtraum denken zu müssen.

Ich schnaubte. Als ob das so einfach wäre. Diese Szene hatte sich in mein Bewusstsein gebrannt, ob ich wollte oder nicht. Ich würde sie nicht so einfach loswerden können, es sei denn, ich verlor noch mal mein Gedächtnis, und das kam so was von nicht infrage.

Bisher hatte ich noch niemandem davon erzählt … nicht einmal Roxy, dabei war sie die Einzige, die je etwas von meinen Albträumen mitbekommen hatte. Die mich sogar einmal geweckt hatte. Aber nicht mal ihr hatte ich mich anvertraut, und ich hatte nicht vor, etwas daran zu ändern. Das hier war mein Problem. Und es war ja nicht so, als gäbe es nicht genug andere Dinge, um die wir uns kümmern mussten.

Die Tür knarrte leise, als ich sie öffnete, und ich verzog das

Gesicht. Hielt inne. Lauschte in die Dunkelheit. Als ich niemanden hörte und auch kein Licht im Flur anging, schob ich die Tür weiter auf und ließ sie angelehnt, als ich das Zimmer verließ.

Das Quartier wirkte so ganz ohne Beleuchtung noch gruseliger als bei unserer Ankunft. Nicht nur, dass ich mittlerweile von den vielen, vielen Geistern in Prag wusste und mich nur zu gut an die Jagd mit Krall vor wenigen Stunden erinnern konnte. In jeder dunklen Ecke, hinter jedem Brett, das nicht zum Verriegeln der Fenster genutzt worden war und an der Wand lehnte, könnte etwas Übernatürliches lauern. Von den Geräuschen, die dieser alte Bahnhof mitten in der Nacht von sich gab, ganz zu schweigen.

Ich schüttelte das ungute Gefühl ab und steuerte geradewegs das Badezimmer am Ende des Flurs an. Dort wusch ich mir das Gesicht mit eiskaltem Wasser, was mir dabei half, wacher und auch ruhiger zu werden. Den Blick in den Spiegel vermied ich wohlweislich und trat kurz darauf zurück auf den dunklen Flur.

Der Wind pfiff durch die Ritzen des alten Bahnhofs und strich wie eiskalte Finger über meine Haut. Alte Fensterläden und lose Bretter klapperten irgendwo in der Nähe. Das ganze Gebäude ächzte, als würden unzählige verlorene Seelen in seinen Wänden wohnen. Aber von den anderen Huntern war nichts zu sehen oder zu hören. Schlief überhaupt jemand außer uns hier? Oder waren sie alle bereits nach Hause gegangen? Und wie spät war es eigentlich?

Auf Zehenspitzen steuerte ich die Treppe an … und blieb abrupt stehen. Bildete ich mir schon Dinge ein oder hatte ich tatsächlich eine Stimme gehört? Oder war das etwa ein Geist gewesen, der hier hauste? Bei der Vorstellung kroch mir ein kalter Schauder den Rücken hinab.

Ich erreichte die Treppe und hielt erneut inne. Das war keine Einbildung und auch kein Geist gewesen – hoffte ich zumindest. Ich drehte mich um und folgte der gedämpften Stimme bis zum ersten Zimmer auf der linken Seite. Die Tür war nur angelehnt, und endlich erkannte ich die Stimme. Es war Roxy. Aber mit wem sprach sie mitten in der Nacht? Telefonierte sie mit jemandem? Mit Finn? Warden? Dem Quartier in London oder Edinburgh? Nach der Jagd hatte sie jeden Versuch meinerseits, ein Gespräch anzufangen, ignoriert und sich ziemlich schnell zurückgezogen. War irgendetwas passiert?

Bevor ich genauer darüber nachdenken und mich zurückhalten konnte, blieb ich direkt vor der Tür stehen und lauschte dem Gespräch.

Roxy

Ich konnte nicht schlafen. Obwohl ich körperlich total erledigt war und sogar für eine kleine Weile eingedöst war, kam ich einfach nicht zur Ruhe. Ich wachte immer wieder auf, bis ich gar nicht mehr einschlief und nur noch an die Decke starrte, während es in mir arbeitete. Die Kopfschmerzen waren dank der Schmerztabletten nur ein dumpfes Pochen, das zwar nervig, aber erträglich war. Doch wenn ich nicht bald einschlief, würde morgen nicht nur mein Kopf platzen, ich wäre auch sonst zu nichts zu gebrauchen.

Unruhig wälzte ich mich auf der schmalen Matratze herum, da ich in keiner Position lange liegen bleiben konnte. Mein Körper schien noch immer auf Hochtouren zu arbeiten, dabei war der Kampf gegen die Geister im Stadion schon Stunden her. Ich hatte zwar keine Ahnung, wie spät es genau war, aber ich wusste, dass ich schon ziemlich lange darum kämpfte, endlich einschlafen zu können. Und während mein Körper sich vehement weigerte, begannen meine Gedanken unweigerlich zu wandern.

Ich hatte keine Angst vor dem Tod. Gut möglich, dass es damit zu tun hatte, dass ich inzwischen genau wusste, unter welchen Umständen es mit mir zu Ende gehen würde, aber Sterben machte mir keine Angst, denn dank Giselles Vision hatte ich es bereits erlebt. Ich wusste, wie es sich anfühlen würde. Und wenn ich Kevins Auftrag nicht erfüllen konnte – wovon ich trotz all meiner Bemühungen ausgehen musste –, wusste ich auch genau, wann ich sterben würde. Bis zu diesem Zeitpunkt war ich sicher, also machte ich mir auch darum keine Gedanken. Was mir hingegen Sorgen bereitete, waren die Menschen, die ich zurücklassen würde. Meinen Bruder, den ich immer noch nicht gefunden hatte. Finn, der wie ein Ersatzbruder für mich geworden war. All die Hunter und Huntresses, die ich mittlerweile kennengelernt hatte und die zu meinen Freunden geworden waren. Und Shaw. Ihn würde es am härtesten treffen, denn er würde meinen Tod miterleben.

Am Tag des Blutbades in Edinburgh hatte ich für einen kurzen Moment tatsächlich befürchtet, meine Zeit wäre gekommen. Wir hatten uns mitten im Kampf befunden, Shaw war bei mir und die Überzahl an Vampiren gewaltig gewesen. Als ich damals Kevin in einer Ecke stehen sah, direkt neben den ganzen Kindern, die sich weinend aneinanderklammerten, war ich sicher gewesen, dass es jetzt zu Ende war. Doch der Todesbote hatte nur gelächelt und war gleich darauf verschwunden. Und ich hatte überlebt. Im Gegensatz zu so vielen anderen Huntern, Huntresses und Archivaren hatte ich überlebt.

Dennoch hatte dieses Ereignis mir noch einmal sehr deutlich vor Augen geführt, dass auch mein Tod nicht mehr fern war. Mit dem Ghostvision kamen wir zwar gut voran und ich hatte innerhalb kürzester Zeit so viele Geister vernichtet wie sonst nur ganz am Anfang, kurz nachdem ich sie aus der Unterwelt befreit hatte und sie noch nicht sehr weit gekommen waren. Aber es war noch immer nicht genug. Die Narbe vom Biss des Höllenhundes auf meiner Schulter war noch immer zu groß, zu deutlich sichtbar. Die Zeit würde nicht ausreichen … Dennoch musste ich es versuchen. Es war meine Schuld, dass all diese mächtigen Seelen jetzt in unserer Welt waren statt in der Unterwelt. Ich war diejenige, die diese Wesen auf die Menschheit losgelassen hatte, und ich musste es wiedergutmachen. Selbst wenn ich es nicht schaffte, alle einzufangen, war jeder Geist, den ich zurück in die Unterwelt schickte, ein Problem weniger für die übrigen Jäger und Jägerinnen. Aber vor allem war er eine Gefahr weniger für die Menschen, die nicht einmal etwas von all den Monstern ahnten, die da draußen auf sie lauerten.

Frustriert setzte ich mich auf und rieb mir über das Gesicht. Das Amulett, das ich heute zum allerersten Mal eingesetzt hatte, lag schwer auf meiner Brust und erinnerte mich an meine Pflicht als Huntress. Aber auch an meine Pflicht Niall gegenüber. Ich hatte ihm und mir geschworen, ihn zu finden, und das konnte ich nur, wenn ich diesen Fluch brach, all die Seelen zurück in die Unterwelt schickte und damit die Mission erfüllte, die Kevin mir auferlegt hatte. Aber was, wenn ich es nicht schaffte? Wenn ich meinen Zwillingsbruder nie wieder sah?

»Niall …«, flüsterte ich in die Dunkelheit.

Für einen winzigen Moment hatte ich die Hoffnung, Kontakt zu meinem Zwillingsbruder aufnehmen zu können, doch auch diesmal passierte nichts. Was, wenn es schon längst zu spät war? Was, wenn der Grund, dass uns der Schattenblick nicht mehr miteinander verband, der war, dass mein Bruder … dass Niall nicht mehr am Leben war?

Ich presste mir die Finger gegen die Lippen, um jeden Laut zu unterdrücken. Nach außen hin mochte ich immer ruhig und beherrscht wirken, doch innerlich zerriss mich dieser Gedanke. Allein die Vorstellung, dass alles umsonst gewesen sein könnte, dass ich Niall nie wiedersehen würde, dass ich versagt hatte …

Unweigerlich geisterten mir Amelias Worte durch den Kopf. Sie hatte gestanden, ihn entführt zu haben, genau wie Ripley und Dinah und all die anderen Hunter, die in den letzten Jahren spurlos verschwunden waren. Aber sie hatte uns nicht verraten, was mit ihnen passiert war. Wohin sie sie gebracht hatte und wo sie heute waren. Oder ob sie überhaupt noch lebten.

Ein Vibrieren riss mich aus meinen Gedanken, bevor sie in noch tiefere Abgründe wandern konnten. Ich griff nach dem Handy auf der umgedrehten Obstkiste, die neben dem Bett stand, und runzelte die Stirn.

Der Anruf kam aus dem Quartier in London.

Unwillkürlich drehte sich mir der Magen um. Zwischen Prag und London bestand nur eine Stunde Zeitunterschied, sodass es dort ebenfalls mitten in der Nacht war. Und Anrufe mitten in der Nacht verhießen nie etwas Gutes.

Ich zögerte, doch das Vibrieren hörte nicht auf, also nahm ich den Anruf entgegen und hielt mir das Telefon ans Ohr. »Ja …?«

»Roxy. Geht es dir gut?« Giselles französischer Akzent war selbst durch die Leitung hindurch deutlich zu hören.

Ich runzelte die Stirn. Irgendwie hatte ich mit Nala, Weston oder womöglich sogar Ingrid gerechnet, der Oberärztin des Quartiers, aber definitiv nicht mit Giselle, die zwar die Gegenwart anderer Menschen schätzte, den direkten Kontakt aber noch immer mied. Selbst per Telefon. Als Shaw, Ella und ich für eine Nacht nach London zurückgekehrt waren, hatte ich Giselle nicht mal zu Gesicht bekommen.

»Ja«, erwiderte ich langsam und ließ den Blick durch das kahle Zimmer gleiten. »Warum? Was ist los?«

»Ich wollte mit dir sprechen, wenn du wieder da bist, aber Finn ist allein zurückgekehrt. Du nicht.«

»Er ist schon wieder in London?«

Davon hatte ich nichts gewusst. War er schon fit genug, um das Quartier in Edinburgh zu verlassen?

»Ja, aber er ruht sich noch aus. Ich hatte gehofft, dass du mit ihm zurückkommst und wir uns wiedersehen würden, aber als du nicht dabei warst, da … da konnte ich nicht länger warten.«

»Warten? Worauf? Was ist los, Giselle?«

Sie zögerte, und eine Weile hörte ich nichts außer ihre hastigen Atemzüge. »Du erinnerst dich, was passiert ist, als du mich berührt hast, non? In Paris?«

Übelkeit breitete sich in mir aus. Ich biss die Zähne zusammen und zwang sie mit aller Macht zurück, genau wie die Bilder, die sich unweigerlich in meinen Kopf eingebrannt hatten. Ich sah an mir herab, nur um festzustellen, dass meine Hand auf der Stelle lag, an der mich die Klinge in ungefähr 91 Tagen durchbohren würde.

»Ich erinnere mich«, presste ich hervor und zwang mich dazu, möglichst neutral dabei zu klingen. »Was ist damit?«

»Wann immer ich jemanden berühre, sehen die Person und ich ihren Tod. Immer. Das ist die Strafe, der Fluch des *messager de la mort*. Aber …«

»Aber …?«, hakte ich nach und rieb mir über die brennenden Augen. Es war nur die Müdigkeit. Es musste die Müdigkeit sein, weil ich keine Kraft hatte, mich weiterhin mit meinem bevorstehenden Tod zu befassen. Oder damit, in wessen Armen ich sterben würde. In den letzten Wochen hatte ich das Thema nach außen hin völlig ausgeklammert, es zeitweise sogar verdrängen und mich innerlich von Shaw distanzieren können. Doch die Dunkelheit und Einsamkeit in diesem Raum brachten die Vision nun in aller Klarheit zurück.

»Auf der Trauerfeier für Maxwell …«, begann sie langsam, fast zögernd, als müsse sie sich jedes Wort genau überlegen. »Da ist Shaw … ich habe ihn aus Versehen berührt, als er gegen mich gelaufen ist. Er hat es nicht mal richtig gemerkt, aber …«

Oh Gott. Nein … *Bitte nicht.*

Die Übelkeit war mit einem Mal zurück – und dreimal so schlimm wie zuvor.

»Was hast du gesehen?«

Ach Roxy …

Ich zuckte zusammen. Hektisch glitt mein Blick durch das Zimmer, doch da war nichts. Niemand stand in der Tür, und das Fenster war verriegelt. Hatte ich mir nur eingebildet, diese Stimme zu hören? Schon wieder? Ein kalter Schauder kroch mir den Rücken hinab.

»Das ist es ja …« Verzweiflung schwang in Giselles Stimme mit und lenkte meine Aufmerksamkeit wieder auf das Telefonat. »Ich habe nichts gesehen. Keinen Tod. Gar nichts.«

»Das … Wie kann das sein?«

»Ich weiß es nicht. Ich habe die ganze Zeit darüber nachgedacht, habe nachgeforscht und gelesen, aber keine Antwort gefunden.«

In Gedanken ging ich alles durch, was ich über die Blicke und ihre Wirkweise gelesen, gelernt und erfahren hatte. Vier Blicke. Der Schattenblick verband hauptsächlich Zwillinge miteinander, die zu einer Zeit geboren wurden, in der der Schleier zur Geisterwelt besonders dünn war. Wie Niall und mich.

Der Seelenblick gehörte zu jedem Soul Hunter genauso dazu wie die ungewöhnlich hellen grauen Augen und erlaubte es ihnen, die Aura von Seelen zu sehen, ebenso wie Geister der Phase 1 und 2, die sonst niemand wahrnahm.

Der Schicksalsblick zeigte entweder einen Ausschnitt aus der Vergangenheit oder eine mögliche Zukunft. Eine Zukunft, die veränderbar war. Und er funktionierte nur durch Berührung. Deswegen waren Warden und ich uns auch so sicher gewesen, dass Amelia in Kontakt zum Hexenkönig Baldur gestanden hatte. Nur so hatte sie die Vision von ihm und Isaac, dem König der Vampire haben können.

Und dann war da noch der Todesblick. Der Fluch der Todesboten. Auch er funktionierte nur durch eine Berührung, doch im Gegensatz zum Schicksalsblick gab es hier keinen Interpretationsspielraum. Der Tod war unvermeidlich und erwischte jeden von uns früher oder später.

Wie konnte es also sein, dass Giselle Shaw berührt und … nichts gesehen hatte?

»Als ich Shaw kennengelernt habe, war er von einem Geist besessen«, sinnierte ich und erinnerte mich an unser erstes Zusammentreffen an jenem Abend im Ravenscourt Park in London. »Ich habe ihn von dem Geist befreit, aber er hat … anders reagiert als es besessene Menschen normalerweise tun. Für einen kurzen Moment hatte er keinen Herzschlag, keine Atmung, und ich musste ihn wiederbeleben. Womöglich hat es damit zu tun.« Ich schob die Decke beiseite und stand auf, um im Zimmer herumzulaufen. »Vielleicht konntest du ihn ohne Vision berühren, weil sein Tod genau genommen schon eingetroffen ist, wenn auch nur für ein paar Sekunden.« Sobald ich diese Worte laut ausgesprochen hatte, tauchte eine weitere Erinnerung in meinem Bewusstsein auf. Es war nur ein winziger Moment gewesen, nur ein kurzer Satz, den ich damals gehört und im Anschluss wieder vergessen hatte, weil seither so viel passiert war. »Amelia hat auch so etwas gesagt«, murmelte ich nachdenklich. »Sie hatte es auf dich abgesehen, weil sie ihren eigenen Tod vorhersehen wollte, was sie mit dem Schicksalsblick nicht konnte. Aber sie hat auch nichts gesehen, als sie dich berührt hat, nicht wahr?«

Schweigen am anderen Ende der Leitung. Obwohl es völlig still war, konnte ich Giselle geradezu denken hören. Todesboten, Blicke und Visionen waren keine Wissenschaft, das hatte ich schon früh gelernt, als Amelia mir nicht nur meinen Schattenblick erklärt hatte, sondern auch die Visionen, die sie durch ihren Schicksalsblick erhielt. Kleine Ausschnitte der Zukunft, die mehr oder weniger frei interpretierbar waren. Der Todesblick zeigte einem jedoch genau, wie man sterben würde. Es war unentrinnbar. Weshalb es auch keinen Sinn gemacht hätte, ohne Shaw weiterzuziehen. Der Tod würde mich früher oder später sowieso ereilen, ganz egal, was ich tat und wo ich hinging. Und Shaw würde bei mir sein, ob ich das nun wollte oder nicht.

Was hingegen keiner von uns wusste, war, was passierte, wenn jemand bereits eine Nahtoderfahrung gemacht hatte oder sogar für einen kurzen Zeitraum tatsächlich tot gewesen war, so wie Shaw. Anscheinend hob das die Macht des Todesblicks auf, wenn man Amelia glauben wollte und wenn Giselle tatsächlich nichts bei ihm gesehen hatte. Anders konnte ich mir das nicht erklären.

Doch dann fiel mir etwas anderes ein.

»Hey, aber das bedeutet, dass du endlich jemanden berühren kannst, ohne dass ihr beide seinen Tod seht.«

Und das war etwas Gutes, oder etwa nicht? Zumindest für Giselle, wenn Shaw irgendwann wieder nach London zurückkehrte. Ohne mich.

»Schon, aber …« Giselle zögerte, ganz so, als fiele es ihr schwer, die nächsten Worte auszusprechen. »Der Tod macht keine Ausnahmen, Roxy. Er wird uns alle holen kommen. Amelia war richtig tot, nur noch ein Geist in einem fremden Körper. Shaw war nur für einen kurzen Moment tot – eher wie ein Ausflug, non? Ich hätte auch bei ihm etwas sehen müssen …«

Ich unterdrückte ein Schaudern, kam jedoch nicht gegen die Gänsehaut an, die sich auf meinem ganzen Körper ausbreitete. Irgendwann hatte ich damit aufgehört, auf und ab zu laufen, und war mitten im Raum stehen geblieben. Fröstelnd rieb ich mir über den Arm.

»Tut mir leid, dass ich dich damit belaste«, sagte Giselle schnell. »Es beschäftigt mich sehr, und ich dachte, vielleicht … Aber ich suche weiter. Es gibt bestimmt eine Erklärung.«

»Ja, bestimmt«, murmelte ich, weil es das war, was sie hören wollte. Verflucht, es war das, was ich selbst hören wollte. »Pass auf dich auf, ja? Und grüß die anderen von mir.«

»*Bien sûr!* Gute Nacht, Roxy.« Damit legte sie auf.

Ich ließ das Handy sinken und starrte auf das erlöschende Display. Ich konnte mich nicht mal mehr daran erinnern, wann der Tod nicht mein Leben beherrscht hatte. Erst war Niall verschwunden und alle hatten ihn für tot erklärt, obwohl ich sicher war, dass er noch am Leben war. Dann Amelias grausamer Tod in meinen Armen, dicht gefolgt von meiner Begegnung mit Kevin, dem Todesboten, und seinem Fluch. Dann Maxwells Tod in Paris. Seit unserem ersten Besuch dort verfolgte mich auch noch die genaue Art meines Todes. Man könnte meinen, das würde mir das Leben einfacher machen, nun, da ich wusste, wann und wie ich sterben würde. Doch das Gegenteil war der Fall. Es machte alles nur noch komplizierter – und die wenigen schönen Momente umso bittersüßer.

Als ich mich von Warden und Cain in Edinburgh verabschiedet hatte, war mir klar gewesen, dass es das letzte Mal sein würde, dass ich die beiden sah. Vielleicht hatte ich Glück und würde Finn vorher noch mal sehen und Seite an Seite mit ihm kämpfen können. Viel wahrscheinlicher war jedoch, dass unsere gemeinsame Reise bereits zu Ende war, auch wenn er das niemals akzeptieren würde.

Tagsüber und während der Jagd fiel es mir leichter, all diese Gedanken auszublenden und jede Gefühlsregung zu verdrängen. Es waren diese dunklen, stillen Momente in der Nacht, wenn ich eigentlich schlafen und mich erholen sollte, in denen alles zurückkam und über mir hereinzubrechen drohte. Die Momente, in denen ich völlig allein war.

Ein Knarren ließ mich zusammenzucken. Ganz langsam drehte ich mich zur Tür um – und erstarrte, als ich Shaw dort stehen sah.

8. KAPITEL

Roxy

Er stand im Türrahmen und sah mich an. Sein Gesichtsausdruck war nicht zu deuten. »Hey.«

»Hey …«, erwiderte ich bedächtig.

Keiner von uns bewegte sich, und kurz schien es beinahe so, als wären wir beide in der Zeit, in diesem Moment gefangen. Umgeben von der Stille der Nacht, allein an einem fremden Ort. Doch dann ergriff Shaw das Wort, und der Moment war vorbei.

»War das Giselle?«, fragte er und deutete auf das Handy.

Ertappt legte ich es zurück auf die Kiste neben dem Bett und näherte mich damit unweigerlich der Tür. Und ihm. »Ja.«

»Was hat sie gesagt?«

Ich zögerte. In der Dunkelheit war Shaw nur schwer auszumachen. Das einzige Licht spendete der Mond, dessen Strahlen zwischen den Brettern vor den Fenstern hindurchschienen und auf den Boden fielen. Aber ich hatte mich so lange vergeblich im Bett herumgewälzt, dass sich meine Augen an die Finsternis gewöhnt hatten.

»Ich glaube, das weißt du ganz genau«, erwiderte ich möglichst neutral. »Du stehst da schon eine Weile, nicht wahr?«

Ich hatte ihn nicht gehört, nicht mal gespürt, dass ich beobachtet wurde, weil in meinem Inneren ein einziges Chaos tobte, das meine ganze Aufmerksamkeit forderte. Ich hatte nicht die geringste Ahnung, was Giselles Anruf zu bedeuten hatte oder wie ich mit dieser Information umgehen sollte. Alles an Shaw war ein Mysterium. Seine Vergangenheit. Seine Gegenwart. Und Giselle zufolge jetzt auch noch seine Zukunft. Und genau so musste es auch bleiben, verdammt. Das mit ihm und mir … daraus konnte nie etwas werden. Es würde uns beiden nur unnötig wehtun.

»Stimmt«, gab er zu und löste sich vom Türrahmen. Doch damit machte er auch einen Schritt in das Zimmer hinein. Einen Schritt auf mich zu. »Ich wollte nicht lauschen, ich konnte bloß nicht schlafen.« Er trat in den Schein des Mondlichts.

Jetzt bemerkte ich auch die Schatten unter seinen Augen. Sein Haar war so durcheinander, dass ich ihm seine Worte sofort glaubte. Allem Anschein nach war erholsamer Schlaf für uns beide gerade eine Seltenheit.

»Wieder ein Albtraum?«, hörte ich mich fragen, obwohl es das Gegenteil von dem war, was ich sagen sollte. Ich sollte ihn zurückschicken, ihn aus diesem Zimmer verbannen, das mit einem Mal viel zu klein für uns beide schien. Allerdings erinnerte ich mich nur zu gut an diese eine Nacht in Paris, an seine gequälten Laute und daran, wie ich ihn aus seinem Traum geweckt und ihm dabei geholfen hatte, wieder einzuschlafen. Bei der Erinnerung daran breitete sich eine ungewollte Wärme in meinem Bauch aus.

Shaw nickte knapp. Wir wussten beide, dass es nicht die einzige Nacht gewesen war, in der er nicht hatte schlafen können, auch wenn ich ihn seither nicht mehr geweckt hatte. Ich erinnerte mich daran, dass er in Edinburgh oft müde gewesen war und seine Frustration ins Training gesteckt hatte, wenn er wieder mal nicht hatte schlafen können. Wir hatten zwar nicht darüber gesprochen, aber mittlerweile kannte ich ihn gut genug, um es ihm anzusehen.

Ich wollte gerade etwas dazu sagen oder genauer nachhaken, doch Shaw kam mir zuvor.

»Giselle hat mich also berührt und nichts gesehen«, fasste er das Telefonat mit ihr zusammen. »Das ist nicht normal, oder?«

Ich seufzte. »Nichts hiervon ist normal, Shaw. Amulettmagie, Hunter, Geister … Wir leben in einer Welt, die sich nicht so einfach erklären lässt.«

»Danach habe ich nicht gefragt.« Er machte noch einen kleinen Schritt auf mich zu.

Ich musste mich dazu zwingen, nicht zurückzuweichen, sondern an Ort und Stelle stehen zu bleiben. Selbst wenn das bedeutete, dass dieser Ort direkt neben dem Bett war, in dem ich jetzt eigentlich liegen und schlafen sollte. Ganz eindeutig sollte ich nicht mit Shaw davorstehen und mein Herz sollte auch nicht so verflucht schnell in meiner Brust hämmern.

»Nein …«, antwortete ich nach einem Moment widerwillig und versuchte in seinem Gesicht, in seinen Augen zu lesen, was er vorhatte. Was er mit diesen Fragen bezweckte. »Das ist nicht normal. Die Todesvision ist keine Interpretationssache wie die Visionen beim Schicksalsblick. Was du siehst, wird auch genau so eintreffen.«

Er schien sich diese Worte durch den Kopf gehen zu lassen. »Und wenn man nichts sieht? Wenn es keinen Tod gibt?«

Ich atmete tief ein und langsam wieder aus. »Ich weiß es nicht«, gab ich ehrlich zu. »Eigentlich kann das nicht sein. Niemand ist unsterblich, abgesehen von Todesboten vielleicht. Jeder kann irgendwie getötet werden, selbst ein König der Vampire«, fügte ich hinzu und erinnerte uns beide damit an die Geschehnisse in Edinburgh. Isaac, der König der Vampire war tot, obwohl das niemand für möglich gehalten hatte. Schon gar nicht die Umstände, unter denen es geschehen war.

»Und ihr vermutet, bei mir liegt es daran, dass ich schon mal kurz tot war?«, wollte er leise wissen. »Als du mich von dem Geist befreit und wiederbelebt hast?«

Ich nickte. »Erinnerst du dich inzwischen wieder an etwas von früher?«

In den ersten Monaten hatte ich ihm diese Frage ständig gestellt. In letzter Zeit überhaupt nicht mehr.

Shaw zögerte, schüttelte dann jedoch den Kopf. »Nichts, was irgendwie zielführend wäre. Da sind nur diese nervigen Träume und das, was Ella gesagt hat, als sie dachte, sie hätte mich in dem Café in Edinburgh gesehen, in dem sie gearbeitet hat. Aber wie du weißt, war das eine Sackgasse.«

Ich erinnerte mich vor allem an die Hoffnung in seinen Augen, endlich eine Spur zu seiner Vergangenheit gefunden zu haben. Doch was auch immer Ella geglaubt hatte zu sehen, sie schien sich geirrt zu haben, denn Shaw hatte keinerlei Hinweise gefunden. Weder in diesem Café noch auf dem Campus in der Nähe oder in der Stadt. Allerdings hatte er auch nichts Handfestes gehabt, nach dem er hätte suchen können. Nicht mal seinen richtigen Namen.

»Bist du sicher, dass du das hier willst?«, fragte ich leise und sprach damit einen Gedanken aus, der mich schon längere Zeit begleitete, den ich aber nie hatte aussprechen wollen. Vielleicht, weil ich die Konsequenzen fürchtete, auch wenn es das Richtige war.

Kleine Falten erschienen auf seiner Stirn. »Was meinst du?«

»Bist du sicher, dass du ein Hunter sein willst? Dass du dieses Leben hier willst, wenn es da draußen eines gibt, was nur auf dich wartet? Das Leben, das du vorher geführt hast und die Menschen, die du vorher gekannt hast.«

Und die du geliebt hast.

Schweigen breitete sich zwischen uns aus, und meine Kehle

wurde eng. Ein Teil von mir hatte unbewusst darauf gehofft, dass er sofort lautstark dagegen protestieren würde, dass er sich mit Händen und Füßen gegen diese Möglichkeit wehren würde – schließlich hatte er bereits so viel Zeit und Energie ins Training und Lernen gesteckt. Aber das passierte nicht.

»Schau mir in die Augen und sag mir, was du siehst«, verlangte er und kam noch einen gefährlichen Schritt näher.

Jetzt standen wir so dicht voreinander, dass ich den Kopf etwas in den Nacken legen musste, um ihn weiterhin ansehen zu können. So dicht, dass ich die Wärme auf meiner Haut spürte, die von Shaw ausging. So dicht, dass ich seinen Geruch wahrnahm, der mir mittlerweile viel zu vertraut geworden war.

Ich schluckte hart, brachte jedoch kein einziges Wort hervor. Weil ich in seinen Augen keinerlei Zweifel erkennen konnte. Nicht den geringsten. Nur Entschlossenheit.

Zu meinem Entsetzen hob er die Hand und nahm eine meiner Haarsträhnen zwischen die Finger, obwohl er so etwas wirklich nicht tun sollte. Diese Geste, so klein sie auch sein mochte, war viel zu … vertraut. Viel zu intim.

»Denkst du wirklich, ich würde alles einfach so hinwerfen?«

Ich räusperte mich leise, weil ich plötzlich das Gefühl hatte, meiner Stimme mehr Kraft verleihen zu müssen, um die nächsten Worte auszusprechen. Wenn schon nicht für ihn, dann für mich selbst. »Noch ist es nicht zu spät. Du kannst dich umentscheiden. Du kannst aussteigen.«

»Und so tun, als hätte ich all das nicht erlebt und euch alle nie getroffen? Soll ich wirklich einfach so tun, als gäbe es da draußen keine Geister, Vampire, Hexen, Rusalkas und was weiß ich nicht was? Als würde es die Hunter nicht geben?«

»Es wäre der leichtere Weg.«

»Leichter heißt nicht unbedingt besser.« Er ließ mein Haar los, wich jedoch nicht zurück, sondern blieb noch immer vor mir stehen. Nahe genug, dass mir Bilder durch den Kopf schossen, die da nicht sein sollten, weil es solche Momente nicht zwischen uns geben konnte. Nicht, wenn er derjenige war, der mich sterben sehen würde.

Ich wandte den Blick ab. »Du solltest jetzt besser gehen. Es noch mal mit Schlafen versuchen. Oder mit Training.«

Shaw schwieg so lange, dass ich schließlich nachgab und ihn wieder ansah.

»Tu das nicht, Roxy«, bat er leise.

»Was …?«

»Das, was du schon seit Wochen tust. Seit Paris.«

Mir wurde eiskalt. Dennoch versuchte ich alles, um mich unwissend zu geben. »Und das wäre?«

»Mich abblocken. Mich ausschließen. Dich von allen zurückziehen.«

Das hatte er gemerkt? Wie um alles in der Welt konnte ihm das aufgefallen sein? Und warum war er der Einzige, der mich so gut einschätzen konnte, obwohl wir uns noch nicht mal besonders lange kannten? Was war so besonders an ihm, dass er mich so gut kannte und ich mich in seiner Gegenwart so … *sicher* fühlte? So als hätten all die Dinge, mit denen ich jeden Tag und jede Nacht zu kämpfen hatte, keine Bedeutung mehr. Als könnte mir all das nichts anhaben, solange wir nur zusammen waren und zusammen dagegen ankämpften.

»Ist es wegen der Vision von deinem Tod?«

Ich erstarrte und das Gefühl von Sicherheit zerplatzte. »Woher weißt du davon?«

Denn soweit ich mich erinnerte, hatte ich ihm nie davon erzählt und auch nicht direkt mit Giselle am Telefon darüber gesprochen. Oder etwa doch? Hatte er es gehört?

»Nachdem Amelia sie im Quartier angegriffen hat, hast du erste Hilfe geleistet und sie dabei berührt. Was auch immer du gesehen hast, du hast nicht sonderlich überrascht gewirkt. Also gehe ich davon aus, dass es nicht das erste Mal war, dass du deinen eigenen Tod gesehen hast. Hab ich recht?«

Ich sagte nichts dazu. Ich konnte nicht. Denn wenn ich auch nur ein Wort sagte, auch nur eine Silbe hervorbrachte, würde ich ihm alles erzählen, das wusste ich. Ich konnte ihm nichts vormachen. Nicht hier. Nicht jetzt. Nicht mehr.

»Das ist es, oder?«, hakte er leise nach. »Deshalb hältst du dich von mir fern.«

Ich wandte mich ab und brachte endlich den dringend benötigten Abstand zwischen uns. »Wir reisen zusammen durch die Weltgeschichte. Das kann man wohl kaum *sich fernhalten* nennen.«

Statt einer Antwort folgte mir sein durchdringender Blick durch den Raum. »Du bist eine schlechte Lügnerin.«

Ich blieb abrupt stehen und drehte mich langsam wieder zu ihm um. »Wie bitte?«

»Du hast mich schon richtig verstanden. Du bist eine miserable Lügnerin«, wiederholte er und sah mich dabei so eindringlich an, als würde er mich allein dadurch herausfordern wollen, ihm zu widersprechen. Aber ich tat es nicht. Ich konnte es nicht mehr.

»Okay. Schön. Ja, ich habe meinen Tod gesehen, und ja, deswegen blocke ich dich ab. Bist du jetzt zufrieden?«

»Nein.«

Ich atmete tief ein und wieder aus. Manchmal – so wie jetzt – würde ich ihm liebend gern den Hals umdrehen. Und manchmal fragte ich mich, was passiert wäre, wenn ich an jenem Abend auf dem Weg zurück zu meinem Date nicht durch den Park gelaufen wäre. Wenn ich bei Finn geblieben, einen anderen Weg zurück gewählt oder gar nicht erst dort aufgetaucht wäre. Hätte ich Shaw dann niemals getroffen? Würde ich heute Nacht mit jemand anderem hier stehen und mich streiten? Oder wäre ich dann völlig allein? Und würde mein Tod ein anderer sein?

»Was hast du gesehen, Roxy?« Seine tiefe Stimme klang mühsam beherrscht.

Ich kämpfte noch immer mit mir, kämpfte gegen all das an, was seine bloße Gegenwart in mir auslöste, aber es war vergeblich. Ob ich es wollte oder nicht, Shaw und ich waren miteinander verbunden – bis zum Ende.

Ich setzte mich auf den Rand des Bettes und Shaw folgte meinem Beispiel. Zwischen unseren Knien lagen nur wenige Zentimeter und ich fixierte einen Punkt auf dem Boden, um meine Gedanken halbwegs zu sortieren. Und dann ... dann erzählte ich ihm davon. Ich erzählte ihm von dem fremden Ort, den ich nicht genau hatte erkennen können, genauso wenig wie unsere Gegner. Ich erzählte ihm davon, wie wir gemeinsam kämpften, ich ihn zur Seite stieß, um ihn vor einem Angriff zu bewahren, und wie mich gleich darauf eine Klinge durchbohrte. Und ich beschrieb, wie er mich festhalten und ich in seinen Armen sterben würde.

Als ich geendet hatte, musterte Shaw mich mit unbewegter Miene. »Du hättest mir davon erzählen sollen.«

»Warum?«

»Warum?« Er starrte mich an, als hätte ich den Verstand verloren. »Weil es mich auch betrifft. Weil ich dabei sein werde, verdammt noch mal!«

Ich schüttelte langsam den Kopf. »Das ändert nichts. Die Vision wird sich so oder so erfüllen, ganz egal, was wir tun.«

»Ein Grund mehr, mich einzuweihen«, presste er hervor. Wut blitzte in seinem Gesicht auf, doch dann wurden seine Züge weicher und seine Stimme sanfter. »Du hättest das nicht allein mit dir herumschleppen müssen, Roxy.«

Ich hörte die Worte zwar, aber wir wussten beide, was er eigentlich hatte sagen wollen: *Du hättest mich nicht ausschließen sollen.*

»Und wenn ich es dir gesagt hätte – was dann, hm? Wärst du mir dann nicht mehr von der Seite gewichen? Hättest du nach einem Weg gesucht, um es zu verhindern? Wir können nicht aufhalten, was passieren wird, Shaw.«

Wie oft musste ich das noch wiederholen, damit er es endlich begriff? Damit ihm klar wurde, was ich schon seit dem Tag wusste, an dem ich aus Versehen das Tor zur Unterwelt geöffnet und den Zorn des Todesboten auf mich gezogen hatte – spätestens jedoch seit dem ersten Mal, als ich Giselle berührt und meinen eigenen Tod vorausgesehen hatte. Alles lief auf diesen einen Moment hinaus. Mir war von Anfang an nicht viel Zeit geblieben, doch jetzt … Jetzt waren es nur noch drei knappe Monate, um so viele Seelen wie möglich zurückzuschicken und zu versuchen, Kevins Fluch doch noch irgendwie zu entkommen. Auch wenn dafür ein kleines Wunder nötig war. Ein kleines Wunder, um mir ein wenig Zeit zu erkaufen, um meinen Bruder zu finden – und ihn zu befreien, wo auch immer er sein mochte. Das war alles, was ich erreichen wollte, alles, was ich erreichen *musste*, um ohne Reue sterben zu können. Nichts anderes zählte. Nichts anderes *durfte* zählen.

Doch offenbar sah Shaw das ganz anders, denn jetzt sprang er auf. »Nein, verdammt. Es ist nicht nur deine Wahl. Das Ganze betrifft mich auch, und das hat nichts damit zu tun, ob ich bei deinem Tod dabei sein werde oder nicht. Du kannst diese Entscheidung nicht einfach für uns beide treffen.«

Ich schloss für einen Moment die Augen, um mich zu sammeln. Um mich dazu zu zwingen, die nächsten Worte auszusprechen. Dann hob ich den Blick und sah ihn direkt an. »Das habe ich schon.«

Sekundenlang wirkte es so, als wollte Shaw widersprechen, doch dann klappte er den Mund zu, wandte sich kopfschüttelnd ab und verließ mit langen Schritten das Zimmer.

Ich hatte die Möglichkeit, ihn aufzuhalten, ihn zurückzurufen oder ihm nachzulaufen, aber ich tat es nicht. Auch wenn sich alles in mir dagegen wehrte, blieb ich sitzen und ließ Shaw gehen. Seine Schritte hallten auf dem Flur und der Treppe nach, dann verklangen sie in der Dunkelheit … und ich war wieder allein.

Na also. Ich hatte es geschafft. Ich hatte ihn vertrieben. Diesmal wirklich. Das würde mich zwar nicht vor meinem Schicksal bewahren, genauso wenig wie Shaw davor, ein Teil davon zu sein, aber es war besser so. Für ihn. Und auch für mich. Am Ende würde es ihm nicht so sehr wehtun, mich gehen zu lassen. Nur darauf kam es an. Ganz egal, wie sehr es *mir* in diesem Moment wehtat.

9. KAPITEL

Roxy

»Du musst dich auf die Magie einlassen«, sagte ich am nächsten Abend zum wiederholten Mal und bemühte mich um einen möglichst ruhigen Tonfall. »Sieh sie als einen Teil von dir an, nicht als einen Fremdkörper.«

Wir befanden uns mitten in einem Raum mit hoher Decke, der früher einmal eine Wartehalle oder etwas in der Art gewesen sein musste, als dieser Ort noch als Bahnhof in Betrieb gewesen war. Jetzt deuteten nur noch die vor sich hin rottenden Bänke an den Wänden darauf hin. Auch hier waren die Fenster mit Brettern vernagelt, sodass kaum Tageslicht von draußen hereindrang, aber der einsame Kronleuchter spendete uns trotz ein paar fehlenden Glühbirnen genug Licht. Allerdings wirkte der Raum nicht ganz so verlassen wie andere Teile des Gebäudes, denn wie im großen Trainingsraum auf der anderen Seite des Bahnhofs, in dem gerade Shaw und die anderen Hunter trainierten, war der Boden auch hier mit Matten ausgelegt.

Wahrscheinlich diente das hier als Rückzugsort, wenn man allein trainieren wollte. Oder Amulettmagie üben, wenn ich die Brandflecken an der Decke und der gegenüberliegenden Wand richtig deutete.

Ich saß in bequemer Kleidung im Schneidersitz auf den Matten, Birdie direkt gegenüber.

Bis eben hatte sie die Augen geschlossen gehabt, jetzt riss sie sie auf und verzog angewidert das Gesicht. »Wie soll ich es denn nicht als Fremdkörper sehen, wenn ich die ganze Zeit daran denken muss, dass dieser Stein mal ein übernatürliches Wesen war, das Archivare verbrannt und zu diesem Amulett gepresst haben? Ich trage praktisch ihre pulverisierten Knochen mit mir herum.«

Ich ignorierte ihren Einwand. »Und in diesen Knochen steckt pure Magie. Du kannst sie nutzen, aber du musst dich konzentrieren. Die Magie folgt deinem Befehl, aber nur, wenn du es auch wirklich willst.«

»Ich will es wirklich!«

Kommentarlos zog ich die Brauen in die Höhe. Die Explosion gestern im Stadion war eindeutig nicht Teil des Plans gewesen und hätte für uns alle böse enden können. Es war pures Glück, dass wir an einem verlassenen Ort gewesen waren und nicht mitten in der Stadt, wo so eine fehlgeleitete Attacke Dutzende Menschen hätte verletzen oder sogar töten können. Nach diesem Vorfall hatte ich mir vorgenommen, die wenige Zeit, die ich hier hatte, zu nutzen, um das weiterzugeben, was ich in meiner Ausbildung gelernt hatte. Außerdem würde mich das von der bisher leider vergeblichen Jagd nach der Rusalka und dem Gespräch mit Shaw letzte Nacht ablenken. Hoffte ich zumindest.

»Ugh.« Birdie legte den Kopf in den Nacken und seufzte tief. »Du hast ja recht. Wahrscheinlich mache ich mir zu viele Gedanken um das ganze Drumherum, aber es ist nicht so einfach, sich nur auf diese eine Sache zu fokussieren, wenn einem tausend Dinge durch den Kopf gehen.«

»Ich weiß«, erwiderte ich trocken, schließlich war es mir am Anfang ähnlich gegangen. »Aber wenn du mit Amuletten kämpfen willst, gehört es dazu, deine Gedanken kontrollieren zu können. Du als Magic Huntress hast ein besonderes Talent, eine Affinität für Amulette. Deshalb fällt es dir so leicht, die Magie zu rufen und sie auch einzusetzen. Was wir dir jetzt noch beibringen müssen, ist, sie auch wirklich zu steuern.«

Birdie sah mich wieder an und nickte langsam. »Genau das will ich.«

»Gut.« Ich deutete auf sie. »Dann noch mal. Versuch dich auf eine einzige Sache, eine Empfindung oder meinetwegen auch einen Punkt an der Wand zu konzentrieren. Was auch immer am besten für dich funktioniert. Und wenn du mit den Gedanken abdriftest, kehrst du immer wieder dorthin zurück.«

»Klingt fast, als würde ich meditieren«, murmelte sie, schloss die Augen jedoch brav wieder.

Ich lächelte leicht. »Das ist gar nicht mal so falsch. Also los. Konzentrier dich.«

Birdie atmete tief durch. Ich konnte beobachten, wie sie begann, sich zu entspannen. Ihre Schultern fielen herab, ihre Atmung wurde tiefer und ihre Finger lagen locker auf ihren Knien. Beim nächsten Atemzug leuchtete der Anhänger an ihrem Hals in einem strahlend hellen Lila auf.

»Sehr gut«, lobte ich sie leise. »Falls du es nicht schon tust, richte deine Aufmerksamkeit jetzt auf die Magie. Spüre die Wärme. Das Pulsieren. Aber lass sie nicht los. Betrachte sie nur und mach dich mit diesem Gefühl vertraut.«

Als diese Worte meinen Mund verließen, fiel mir auf, dass es exakt dieselben waren, mit denen Amelia mir Amulettmagie beigebracht hatte. Seit unserem unverhofften Wiedersehen und ihrem Tod in Paris hatte ich jeden Gedanken an sie weit von mir geschoben, doch jetzt kehrten all die Emotionen zurück und prasselten wie ein eisiger Hagelschauer auf mich ein.

Wut. Ungläubigkeit. Verzweiflung. Trauer. Wehmut. Liebe. Obwohl Amelia diejenige war, die mir diese Mission eingebrockt hatte, obwohl sie sich später als machthungriges und rücksichtsloses Miststück herausgestellt hatte, war sie dennoch jahrelang für mich da gewesen. Ich hasste und liebte sie zugleich dafür. Sie hatte mir Niall weggenommen, war mir aber auch lange Zeit eine Mentorin und Ersatzfamilie gewesen. Ich konnte sie nicht nur hassen, genauso wenig wie ich sie nur lieben konnte. Das eine schien ohne das andere nicht existieren zu können, zumindest nicht, was Amelia anging.

Statt mich wie sonst dagegen zu wehren, ließ ich all diese Empfindungen nun über mich hinwegspülen, bis ich wieder ganz im Hier und Jetzt war. Völlig egal, was man von Amelia halten mochte, sie war eine mächtige und begabte Magic Huntress gewesen und hatte mir sehr viel beigebracht. Jetzt gab ich dieses Wissen an Birdie weiter. Und es schien zu funktionieren … Zumindest war bisher noch nichts in die Luft geflogen.

Roxy …

Ich erstarrte. Mein Herz begann zu hämmern. Ich sah mich blinzelnd um, doch bis auf Birdie war niemand im Raum. Wir waren allein. Aber woher war dann diese Stimme gekommen? Sie hatte genauso geklungen wie letzte Nacht, und wie vor zwei Nächten bei unserer Ankunft. Bisher hatte ich es immer als Einbildung abgetan, aber jetzt? Ein-, zweimal mochte vielleicht ein Produkt meiner überaktiven Fantasie oder meiner Erschöpfung sein, aber dreimal? Definitiv nicht. Dreimal war ein Muster.

»Roxy?«, fragte Birdie plötzlich und lehnte sich vor, um mich genau zu mustern. »Was ist los?«

»Nichts«, behauptete ich sofort und schob dieses alarmierende Gefühl beiseite. »Das war sehr gut. Diese Übung machst du jetzt fünfmal am Tag und das für die nächsten zwei Wochen.«

Ihre Augen wurden kugelrund. »*Fünfmal?*«

Ich nickte. »Es ist wichtig, dass du dich mit der Magie dieser Stufe vertraut machst. Sie muss sich anfühlen, als wäre sie ein Teil von dir.«

»Aber … aber … ich kann doch damit kämpfen und Sachen in die Luft sprengen!«

»Kannst du auch *nichts* in die Luft sprengen?«, konterte ich.

Ihre Mundwinkel bogen sich nach unten.

»Fünfmal am Tag«, wiederholte ich gnadenlos. »Mach dir eine Erinnerung ins Handy, und jedes Mal, wenn der Alarm losgeht, suchst du dir einen ruhigen Ort und übst.«

»Okay, okay.« Abwehrend hob sie die Hände, nickte aber auch. »Ich will es ja können. Und niemanden mit meiner Magie gefährden …«, fügte sie etwas kleinlaut hinzu.

»Gut.« Ich betrachtete sie einen Moment lang und erinnerte mich an die letzte Mission. »Warum hilft Mara dir eigentlich nicht? Sie kann mit Amulettmagie kämpfen.« Und das ziemlich gut.

Doch Birdie schüttelte bereits den Kopf. »Wir waren mal Freundinnen. Richtig gute Freundinnen sogar. Aber seit ihre Mutter verschwunden ist, hat sie nur noch ein Ziel vor Augen. Für etwas oder jemand anderen ist da kein Platz mehr.«

Das kam mir erschreckend bekannt vor …

»Wenn ihr Vater nicht wäre, hätte sie sich auf der Jagd mit Sicherheit noch mehr in Gefahr gebracht als ohnehin schon.«

Ich räusperte mich. »Jemanden zu verlieren … egal auf welche Weise … das macht etwas mit dir«, begann ich nachdenklich. »Es verändert dich. Du bist danach nie mehr dieselbe Person wie zuvor.«

»Sprichst du aus Erfahrung?«

Ich zögerte einen Herzschlag lang, nickte dann jedoch. »Ich habe schon ein paar Menschen verloren«, gab ich leise zu.

Niall. Maxwell. Dinah und Ripley, die einfach mitten in London verschwunden waren. Sogar Amelia. Wahrscheinlich auch Finn, denn mit jedem Tag zweifelte ich ein Stückchen mehr daran, dass die mir verbleibende Zeit nicht ausreichen würde, um meinen Kampfpartner wiederzusehen. Und früher oder später würde ich auch Shaw für immer verlieren.

»Das tut mir leid.«

Ich zwang mich zu einem Lächeln, auch wenn mir nicht danach zumute war. »Schon gut. So ist das Leben. Vor allem als Huntress. Wichtig ist, dass wir nicht aufgeben, sondern weitermachen.«

Sie nickte, als wüsste sie genau, was ich meinte. »In Ordnung. Ich werde weiterüben. Irgendwie werde ich die Amulettmagie schon noch knacken. Und dann wird mich nichts mehr aufhalten!«

Diesmal fühlte sich mein Lächeln ehrlich an. »Daran habe ich nicht den geringsten Zweifel.«

Ich stand auf – und streckte reflexartig die Hände aus, als der Boden unvermittelt zu schwanken begann. Was zur Hölle …?

»Hey!« Birdie war sofort auf den Beinen und musterte mich besorgt. »Was ist los? Du bist ja ganz blass.«

»Schon gut«, behauptete ich und ignorierte das seltsame Gefühl von Schwäche, das sich wie eine Welle in meinem ganzen Körper ausbreitete. Meine Beine zitterten und fühlten sich schwer an, und mein Mund war ungewohnt trocken.

Die Nachwirkungen der Magie konnten es eigentlich nicht mehr sein, denn die Kater-ähnlichen Symptome hatte ich bis heute Morgen mithilfe von Schmerztabletten unter Kontrolle bekommen. Wesentlich schneller als erwartet. Anschließend war ich zwar gemeinsam mit Ella auf die Jagd gegangen, aber leider erfolglos, zumindest was meine Suche nach der Rusalka betraf. Immerhin hatte Ella wenigstens ein paar Geistern der Phase 1 und 2 helfen können. Als ich zurück im Quartier den Ghostvision ein weiteres Mal befragt hatte, sendete mir das Gerät dieselben Koordinaten aufs Handy. Prag. Ich war eindeutig am richtigen Ort. Aber wo um alles in der Welt war die Rusalka?

Mit einer Hand rieb ich mir übers Gesicht. Wahrscheinlich machten sich gerade nur die anstrengenden letzten Wochen bemerkbar. Oder auch der wenige Schlaf in letzter Zeit. Und wann hatte ich überhaupt das letzte Mal etwas gegessen? Richtig. Das musste es sein. Ein Mangel an Fast Food konnte Schwindel, Zittern und Schwächegefühle auslösen. Das war bestimmt wissenschaftlich erwiesen. Höchste Zeit, einen Burger oder etwas anderes Ungesundes zu finden und mich danach ein paar Stunden aufs Ohr zu hauen. Diesmal wirklich.

Shaw

Scheiße, tat das weh. Mit dem Handrücken wischte ich mir über die Unterlippe, die gerade Bekanntschaft mit Matejs Faust gemacht hatte. Eine rote Spur zog sich über meine Haut und in meinem Mund breitete sich ein metallischer Geschmack aus. Angewidert verzog ich das Gesicht. Da versuchte ich mich schon abzulenken und etwas Produktives zu tun – und bekam eins auf die Fresse. Und zwar wortwörtlich.

»Willst du aufhören?«, fragte Matej und tänzelte mit erhobenen Fäusten um mich herum.

Birdie hätte wirklich mal erwähnen können, dass ich es hier mit einem ehemaligen Profiboxer zu tun hatte.

»Nein.« Ich wischte mir ein letztes Mal über die blutende Unterlippe und brachte mich dann wieder in Position. »Lass uns weitermachen.«

Wir befanden uns im großen Trainingsbereich des Quartiers. Die hohen Decken mit Stuckverzierungen und den herabhängenden Kristallleuchtern bildeten einen heftigen Kontrast zu den Hanteln in diversen Gewichtsklassen, den drei Boxsäcken und anderen Fitnessgeräten, die überall herumstanden und -lagen. Den meisten Raum nahmen jedoch die Matten auf dem Boden ein, die für das One-on-One-Training gedacht waren.

Ganz in der Nähe boxte Pandora auf einen der Sandsäcke ein. Sie hatte das schwarze Haar zurückgebunden, trug riesige Kopfhörer auf den Ohren und sogar jetzt noch den dunklen Lippenstift. Wenige Meter weiter vollführte Trent irgendwelche Übungen mit seinem Kampfstab. Er wirkte hochkonzentriert und bewegte sich nahezu lautlos. Nur hin und wieder hörte ich den Stab durch die Luft sausen – oder einen Kampfschrei von Trent.

Matej schien das gewohnt zu sein und ließ sich davon weder ablenken noch aus der Ruhe bringen, also versuchte ich es ihm gleichzutun. Wir umrundeten einander mit erhobenen Fäusten und ohne den jeweils anderen aus den Augen zu lassen. Diesmal sah ich den Schlag kommen und wich aus, schaffte es jedoch nicht schnell genug, den Gegenangriff zu starten, sodass Matej mich schon wieder attackierte.

Seine schnellen Bewegungen und der pochende Schmerz in meiner Unterlippe erinnerten mich daran, mich gefälligst zu konzentrieren, und forderten meine gesamte Aufmerksamkeit. Schon bald war mein Kopf auf wunderbare Weise leer gefegt, weil es nur noch darauf ankam, zuzuschlagen, abzublocken und auszuweichen.

Genau das brauchte ich heute. Solange ich mich mit Hunterdingen beschäftigte, lernte und trainierte, konnte ich diese gigantische Lücke in meinem Leben genauso ausblenden wie den Streit gestern Nacht mit Roxy. Doch wie immer, nachdem diese verdammten Träume aufgetaucht waren, kehrte diese Leere in mir unvermittelt und mit voller Wucht zurück. Wie ein schwarzes Loch, das alle neuen Erinnerungen und Erlebnisse in sich aufsog, ganz egal, wie sehr ich dagegen ankämpfte. Und mit ihr kehrten auch die unzähligen Fragen zurück, die mich seither begleiteten.

Hatte Ella doch recht gehabt, als sie behauptet hatte, mich früher schon mal in Edinburgh gesehen zu haben? Hatte ich dort Familie? Freunde? Hätte ich normalerweise in ihrem Kreis vor wenigen Tagen Weihnachten gefeiert? Umringt von den Menschen, die mir am allerwichtigsten waren, mit einem funkelnden Tannenbaum, bunten Geschenken, Kinderlachen, Plätzchen und dem Duft von Kaminfeuer und heißem Kakao in der Nase? Oder waren es nur die ganzen Werbeanzeigen und Filme, die da aus mir sprachen? Denn, seien wir mal ehrlich: Ich hatte nicht die geringste Ahnung, wie ein richtiges Weihnachtsfest aussah. Weder aus meinem früheren Leben noch aus dem jetzigen. Denn während andere Leute Geschenke ausgepackt und Weihnachtslieder gesungen hatten, hatten wir Geister gejagt. Was auch nicht schlecht war, keine Frage. Nur erhielt man dafür weder ein Dankeschön noch Geschenke.

»Konzentrier dich!«, wies Matej mich an und korrigierte noch im selben Atemzug meine Haltung. Kurz nachdem wir angefangen hatten zu trainieren, hatte er mir erzählt, dass er ein paar Jahre Profiboxer im Halbschwergewicht gewesen war. Also verstand er so einiges vom Boxen und ich nahm seine Tipps dankend an.

Zwar hatte ich von Anfang an instinktiv zu kämpfen – oder mich zumindest zu verteidigen – gewusst, aber in den letzten Monaten hatte sich mein Kampfstil eindeutig verbessert. Und mit jedem weiteren Trainingspartner verfeinerte ich ihn. Finn, Dinah und Maxwell hatten mir mit den Grundlagen geholfen. Warden hatte meine Reflexe und Ausdauer gehörig auf die

Probe gestellt. Und Matej arbeitete mit mir an den Feinheiten. Gut möglich, dass es besser gewesen wäre, die Ausbildung von Anfang bis Ende in einem einzigen Quartier durchzuziehen, aber ich war froh über die Abwechslung, froh über die verschiedenen Meinungen und all die Dinge, die ich unterwegs ebenso lernen konnte wie in jedem einzelnen Quartier, das wir besuchten.

Ich verlagerte mein Gewicht, wie Matej es mir befohlen hatte, und fühlte mich sofort fester im Stand, obwohl wir noch immer umeinander herumtänzelten und die Schwachpunkte des jeweils anderen ausfindig zu machen versuchten.

In der nächsten Sekunde raste Matejs Faust auf mich zu und ich kam überhaupt nicht mehr zum Denken. Alles, was ich tat, jede noch so kleine Bewegung, jedes Ausweichen, Abblocken, Ausholen und Zuschlagen geschah reflexartig und war in den vergangenen Monaten hart antrainiert.

»Gut. Sehr gut«, lobte Matej einige Zeit später, obwohl er vor Schmerz das Gesicht verzog. Ich hatte mich erfolgreich für die blutige Unterlippe revanchiert.

Wahrscheinlich wäre es sicherer gewesen, mit Schutzpolstern, Mundschutz oder sogar mit Helm zu trainieren, aber dort draußen gab es auch nichts, was einen vor Angriffen der übernatürlichen Kreaturen schützte. Und einen Schlag einstecken und trotzdem weiterkämpfen zu können, war in manchen Fällen wichtiger, als ohne einen einzigen Kratzer aus der Situation hervorzugehen. Das hatte ich schon am eigenen Leib erfahren müssen.

»Du bist ziemlich gut – für jemanden, der kein Grim Hunter ist«, fügte er mit einem frechen Grinsen hinzu und schlug mir auf die Schulter, als wir die Matten verließen.

»Danke. Denke ich«, erwiderte ich trocken, schnappte mir meine Wasserflasche und trank durstig daraus.

Es hatte gutgetan, sich so zu verausgaben, vor allem, da ich das in den beiden Wochen on the road kaum hatte tun können. Ja, ich war fast jeden Tag joggen gewesen und hatte zwischendurch ein paar Übungen mit Eigengewicht eingeschoben, aber es war ja nicht so, als hätte ich mit Roxy oder Ella trainieren können. Schon beim Vorschlag eines Übungskampfs wären die beiden mit ziemlicher Sicherheit in Lachen ausgebrochen. Oder hätten mich wortlos stehen lassen, um gemeinsam Pommes essen zu gehen.

»Roxy sah heute irgendwie blass aus«, sagte Matej, als würde er ahnen, zu wem meine Gedanken gerade gewandert waren.

»Ach ja?«

Seit unserem nächtlichen Gespräch war gerade mal ein Tag vergangen, aber diesmal war ich derjenige, der Abstand hielt. Ganz bewusst, weil ich angepisst war. Und noch nicht bereit, erneut mit ihr über das Thema zu sprechen – wobei ich stark vermutete, dass wir das auch in Zukunft nicht tun würden, wenn es nach ihr ging.

»Ja«, bekräftigte Matej und deutete auf eine der beiden Türen. »Ich hab sie vorhin mit Birdie auf dem Weg zum kleinen Trainingsraum gesehen.«

Ich biss die Zähne zusammen, kommentierte das aber nicht weiter. Wenn es Roxy nicht gut ging, dann würde sie schon von selbst ... Nein, verdammt, das würde sie nicht! Sie würde es für sich behalten und still vor sich hin leiden, weil sie keine Hilfe in Anspruch nehmen wollte. Manchmal könnte ich sie dafür wirklich erwürgen. Aber ich konnte sie auch nicht zwingen, sich mir mitzuteilen, das hatte mir unser nächtliches Gespräch nur zu deutlich gezeigt.

Heute Vormittag war Roxy zusammen mit Ella auf die Jagd gegangen. Als sie wenige Stunden später ins Quartier zurückgekehrt waren, hatte ich nicht nachgefragt, ob sie Erfolg gehabt hatten – denn wenn ich Roxys grimmige Miene richtig deutete, kannte ich die Antwort darauf bereits. Obwohl uns die Rusalka direkt bei unserer Ankunft in der Stadt angegriffen hatte, hielt sie sich seither versteckt. Und das seit mittlerweile zwei Tagen. Unter anderen Umständen mochte das nicht viel Zeit sein, aber genau hier lag das Problem: Roxy lief die Zeit davon. Ganz egal, wie viele andere Wesen sie in der Zwischenzeit erledigte, sie musste diese Rusalka finden und in die Unterwelt zurückschicken. Nur dadurch würde ein Teil ihrer Narbe verschwinden und wäre der Fluch des Todesboten ein kleines bisschen mehr gebrochen.

Ich hatte mir geschworen, ihr dabei zu helfen und sie nach Kräften zu unterstützen. Nicht nur, weil sie mir damals im Park das Leben gerettet hatte, als sie diesen Geist aus meinem Körper vertrieben hatte. Das war vielleicht anfangs der Hauptgrund gewesen, aber das war er schon lange nicht mehr. Inzwischen begleitete ich Roxy, weil sie mir wichtig geworden war. Weil sie mir etwas bedeutete. Und weil ich es hasste, sie leiden zu sehen. Aber genauso hasste ich es, wenn sie etwas vor mir verheimlichte – wie die Tatsache, dass ich in der Vision ihres Todes vorkam. Das hätte sie mir erzählen müssen. Dass sie es nicht getan hatte, führte mir nur noch deutlicher vor Augen, wie sehr sie es darauf anlegte, mich auf Abstand zu halten. Und das fühlte sich echt beschissen an.

»Wie sieht's aus?«, fragte Matej und rieb sich mit einem kleinen Handtuch das Gesicht trocken. »Lust, auf die Jagd zu gehen? Oder hat dich das Training so geschafft, dass du einen freien Abend brauchst?«

Ich schnaubte. Als ob. Dennoch warf ich einen Blick in Richtung der verriegelten Fenster. Es war zwar schon dunkel, konnte aber noch nicht allzu spät sein. Achtzehn Uhr vielleicht. »Jetzt? Du willst jetzt auf die Jagd gehen?«

Matej zuckte mit den Schultern. »Warum nicht? In dieser Stadt gibt es nicht nur Geister, sondern noch genug andere Kreaturen, die man vernichten kann.«

Apropos andere Kreaturen …

»Was ist eigentlich mit Vampiren? Birdie hat behauptet, Trent wäre der einzige Blood Hunter in der Stadt, weil es hier praktisch keine Vampire gibt. Stimmt das?«

Matej rieb sich nachdenklich über die Bartstoppeln. »Es ist ewig her, seit ich das letzte Mal einen gesehen habe. Allzu viele gibt es hier wirklich nicht, die meisten machen einen großen Bogen um Prag. Und ohne ihren König sind sie jetzt sowieso alle verstreut und wissen nicht, was sie tun sollen.«

»Und welche anderen Kreaturen hast du dann gemeint?«

»Werwölfe zum Beispiel. Meine Spezialität.« Er ließ die Knöchel knacken. »Oder Hexen. Als ich das letzte Mal mit ihnen zu tun hatte, haben sie mich mit ihren Illusionen ganz schon in die Irre geführt. Zum Glück war Birdie dabei.«

Birdie? Bevor ich nachhaken konnte, fiel mir ein, dass sie ja eine Magic Huntress war und diese als einzige Hunter-Art nicht von solchen teuflischen Illusionen getäuscht werden konnten.

»Aber es gibt auch noch Golems, Skinwalker, Sirenen, Krampusse, Wendigos, Ghule oder Opoicas, diese ekligen kleinen Mistviecher.«

»Will ich überhaupt wissen, was Opoicas sind?«

Matej machte eine wegwerfende Handbewegung. »Ach, die sind relativ harmlos, wenn man weiß, womit man es zu tun hat. Im Grunde sind es blutsaugende Geister, die die Gestalt von Blutegeln annehmen. Dann nisten sie sich unter deiner Haut ein und saugen dich von innen heraus aus.«

»Das ist echt widerlich.«

»Besser als ein Drekavac.«

Ich runzelte die Stirn. »Ich glaube, ich will es gar nicht wissen …«

Doch Matej redete schon weiter. »Pandora und ich sind letzte Woche einem auf dem Alten Jüdischen Friedhof begegnet. Den Legenden zufolge sind Drekavacs Babys, die ungetauft gestorben sind. Sie können so laut kreischen, dass deine Ohren anfangen zu bluten. Und dann krabbeln sie ganz schnell über den Boden und an deinem Bein hoch, um –«

Ich hob die Hand. »Okay, danke, das reicht erst mal.«

»Dabei hab ich gerade erst angefangen«, protestierte er grinsend. »Wart's ab, bis ich richtig warm geworden bin.«

Das wollte ich lieber nicht erleben. Und gleichzeitig schon, weil er mir hier Erfahrungen und praktisches Wissen vermittelte, das ich bisher so nicht in den Büchern und Hörbüchern gefunden hatte, die ich für die Prüfung durcharbeitete.

»Also?«, hakte Matej nach und wackelte mit den Brauen. »Wie sieht's aus? Gehen wir auf die Jagd?«

Ich zögerte nur kurz, denn im Grunde hielt mich hier nichts zurück. Weder irgendwelche Regeln, die es mir verboten, jetzt loszuziehen, noch irgendjemand, den es stören würde. Roxy mit Sicherheit nicht, da sie im Moment vermutlich genauso wenig Wert auf meine Gesellschaft legte wie ich auf ihre.

Also nickte ich. »Lass mich kurz duschen, dann bin ich bereit.«

10. KAPITEL

Roxy

Die Papiertüte in meiner Hand war noch warm, als ich ausgerechnet Shaw in die Arme lief. Er kam gerade aus dem Badezimmer und blieb genauso überrascht im Flur stehen wie ich. Seine dunklen Locken waren noch feucht, und der frische, würzige Duft von Zitrone und Tanne, den ich jetzt wahrnahm, kam mir viel zu bekannt vor und schaffte es sogar, die bleierne Müdigkeit zu durchdringen, die mich eingehüllt hatte.

Er musterte mich kurz von oben bis unten. Ich hasste den besorgten Ausdruck, der dabei auf seinem Gesicht erschien. Er sollte wütend auf mich sein. Reserviert. Distanziert. Kühl. Irgendetwas davon, aber nicht *besorgt*.

»Alles okay?«, fragte er leise und kommentierte die Tatsache, dass ich gleich ohne ihn Burger und Pommes essen würde, mit keinem Wort.

Ich nickte eilig, auch wenn allein diese kleine Bewegung dafür sorgte, dass meine Umgebung wieder zu kippen begann. »Bestens«, erwiderte ich, obwohl mir das vermutlich nicht mal jemand abkaufen würde, den ich gerade zum allerersten Mal in meinem Leben traf. Und schon gar nicht Shaw – erst recht nicht, wenn er mich so ansah wie jetzt. Als wäre seine Wut auf mich, die ich ihm heute Vormittag noch deutlich angesehen hatte, plötzlich unwichtig geworden, weil er sich Sorgen um mich machte.

Verflucht. Es wäre besser für ihn und auch für mich, wenn er bis ans Ende meiner Tage sauer auf mich wäre. Allzu lange war das sowieso nicht mehr hin.

Ich gab alles, um nicht zu schwanken, und verbarg meine zitternden Hände, indem ich sie an meinen Seiten zu Fäusten ballte. Hoffentlich sah man mir nicht an, wie warm mir war. Wenigstens hatte diese Empfindung ausnahmsweise nichts mit Shaw zu tun – oder zumindest nicht nur.

»Ich bin nur müde«, behauptete ich, was auch der Wahrheit entsprach. Ich fühlte mich, als hätte mich ein Lastwagen überrollt – und als hätte er dann den Rückwärtsgang eingelegt, um noch mal über mich drüberzufahren.

Roxy …

Die Stimme in meinem Kopf war zurück. Die süße, liebliche Stimme, die so klang, als könne sie keiner Fliege was zuleide tun und die dennoch tödlicher war als die Bolzen meiner Armbrust. Ich versteifte mich. Von einer Sekunde auf die andere war jeder Muskel in meinem Körper angespannt.

Ach Roxy …

Ein helles Lachen streifte meinen Geist. Es klang kindlich und erwachsen zugleich und war mir nach der ersten Begegnung mit der Rusalka nur zu vertraut. Sie war es. Sie war wieder da. Aber wenn das stimmte, warum brannte meine Narbe dann nicht? Denn das tat sie immer, wenn eine Seele in der Nähe war, die ich an ihren Bestimmungsort zurückbefördern sollte. Warum also nicht jetzt? Und warum schien niemand außer mir sie hören zu können?

»Hey …« Shaw trat auf mich zu und hob die Hände, als wollte er sie an mein Gesicht legen, ließ sie jedoch wieder sinken, ohne mich zu berühren. Ganz so, als würde er es nach letzter Nacht nicht mehr wagen, mir näher zu kommen.

Gut so. Genau so sollte es sein. Nur warum wünschte ich mir

dann tief in meinem Inneren etwas anderes? Warum wünschte ich mir, mich einfach in seine Arme fallen lassen zu können und alles um mich herum zu vergessen? Die Vision meines Todes. Die Sorge um Niall. Die imaginäre Uhr über meinem Kopf, die unerbittlich weiterlief und mir mit jedem Tag, mit jeder Stunde und jeder Minute deutlich machte, wie wenig Zeit mir noch blieb? Wenigstens für einen winzig kleinen Moment wollte ich all das einfach nur vergessen.

Aber ich gab dem Drang nicht nach. Selbst wenn es mir jetzt helfen und Shaw mich trösten würde, würde ich ihm damit langfristig gesehen nur noch mehr wehtun, und das konnte ich nicht zulassen. Also behielt ich all meine Gedanken und Gefühle für mich, schloss Shaw aus und hielt ihn auf Distanz wie die ganzen letzten Wochen zuvor.

»Gute Nacht.« Ich machte einen halben Schritt zurück und ging dann mit Sicherheitsabstand an ihm vorbei. Obwohl ich spürte, wie mir sein Blick folgte, zwang ich mich dazu, mich nicht zu ihm umzudrehen. Denn wenn ich es tat, wenn ich seinem Blick aus diesen goldbraunen Augen begegnete und er mich wieder so besorgt, so mitfühlend ansah wie vorhin … dann könnte ich für nichts mehr garantieren.

In meinem Zimmer angekommen, drückte ich die Tür hinter mir zu und lehnte mich dagegen. Meine Beine zitterten und mein Herz hämmerte schmerzhaft schnell. Meine Haut fühlte sich heiß an, obwohl mir schrecklich kalt war. Einzig der Anhänger an meinem Hals schien ein kleines bisschen Wärme auszustrahlen. Die Magie darin leuchtete auf und pulsierte, bis sie im selben schnellen Takt schlug wie mein eigenes Herz. Oder hatte sich mein Herz an die Magie angepasst? Ich wusste es nicht, und es war mir auch egal.

Ich schälte mich aus meinem Cape und den Stiefeln und kuschelte mich unter die Bettdecke. Die Papiertüte mit dem

Burger und den Pommes stand unangetastet auf der Kiste neben dem Bett. Ich wusste, dass ich essen sollte, verspürte aber keinen Hunger. Nicht mal Appetit. Ich wollte nur die Augen schließen und die ganze Welt für eine Weile ausblenden. Vielleicht wurde ich ja krank. Das käme zwar zu einem absolut beschissenen Zeitpunkt, aber ich konnte nicht länger dagegen ankämpfen. Nicht gegen die grenzenlose Erschöpfung, nicht gegen das Zittern in meinen Muskeln, nicht gegen die Kälte.

Roxy …

Ich schlug die Augen auf und fand mich im Dunkeln in derselben Position auf dem Bett wieder, in der ich mich hingelegt hatte. War ich eingeschlafen? Wie viel Zeit war vergangen?

Ich weiß, dass du mich hören kannst, Roxy.

Die Stimme in meinem Kopf war zurück. Sie legte sich wie ein Schleier über meine Sinne, ganz so, als würde allein der Klang ausreichen, um mich zu benebeln. Ich blinzelte heftig, kam aber nicht gegen diese Empfindung an.

Und ich weiß auch, was mit dir passiert …

Von wegen. Wie sollte diese Stimme das wissen, wenn ich es nicht mal selbst verstand? Wahrscheinlich hatte ich mir irgendeinen Infekt eingefangen. Es war zwar eine Ewigkeit her, seit ich das letzte Mal krank gewesen war, aber ich erinnerte mich dunkel an die Symptome: Schüttelfrost, schmerzende Gliedmaßen, ein trockener Hals, Schwindel, Kopfschmerzen. Jepp, jepp, jepp, jepp und jepp. Alles davon traf auf mich zu.

Ach Roxy …

Das Lachen der fremden Stimme hallte wie ein endloses Echo in meinen Gedanken wider. Ich verzog das Gesicht und drückte mir die Hände auf die Ohren, aber es half nichts.

Du bist so beschäftigt … so fokussiert … du merkst nicht mal, was los ist.

Ich ignorierte die Worte, auch wenn es mir zunehmend schwerer fiel.

Die Magie zerfrisst dich. Sie saugt dir all deine Lebensenergie aus, bis nichts mehr von dir übrig ist.

Die Magie? Aber wie …? Mein Arm fühlte sich schwer an, als ich nach meinem Amulett tastete. Meine Finger strichen über den warmen Stein. Sofort leuchtete er auf und kleine tiefblaue Fäden schlossen sich um meine Fingerkuppen. Ich erstarrte. Das sollte eigentlich nicht passieren. Normalerweise hatte ich die Magie so weit unter Kontrolle, dass ich sie nicht aus Versehen aktivierte – geschweige denn einsetzte, wie Birdie im Stadion. Dennoch war da dieses Leuchten, das mich blendete und dazu zwang, die Augen zusammenzukneifen und den Kopf zurück ins Kissen fallen zu lassen.

Wenigstens war die Magie warm … denn mir war noch immer so verdammt kalt.

Ich kann dir helfen, Roxy.

Ja, wenn du eine Schmerztablette oder ein Antibiotikum bist, dachte ich und schnaubte leise.

Komm zu mir. Ich helfe dir. Ich …

»Glaub ihr kein Wort.«

Ich erstarrte und mein Blick flog ans andere Ende des Raumes. »Kevin …?«, stieß ich hervor, doch meine Stimme war nur ein schwaches Krächzen.

Dafür konnte ich die Gestalt des Todesboten neben dem Tisch umso deutlicher erkennen. Er hatte wieder das Aussehen eines kleinen Jungen angenommen. Dunkelblaues T-Shirt, abgewetzte Hose und neue, überraschend weiße Sportschuhe. Wäre da nicht das pastellfarbene Armband an seinem Handgelenk, das ihn als Fan einer ganz bestimmten Band auszeichnete, hätte ich ihn für einen ganz normalen kleinen Jungen gehalten.

Nichts an ihm war normal.

Außerdem hatte er seit dem Tag, an dem er mich verflucht hatte, kein einziges Wort mehr mit mir gesprochen. Warum sollte er es also jetzt tun? Halluzinierte ich das etwa auch? Was war hier los?

»Das passiert nicht wirklich«, murmelte ich und starrte wieder an die Decke. »Ich bin im Fieberwahn oder so.«

Das musste es sein. Das war die einzig logische Erklärung für meine Symptome, ebenso wie für die Dinge, die ich hörte und sah, die aber gar nicht wirklich da waren. Nicht wirklich da sein konnten.

»Das ist keine Einbildung«, knurrte der Junge jetzt. »Was du hörst, ist die Rusalka. Das Miststück hat eine telepathische Verbindung zu dir aufgebaut und spielt mit dir. Sie tut es schon seit Tagen.«

Die Rusalka? Ich wusste ja, dass sie ihre Opfer gern mit Psychospielchen und ungewollten Wahrheiten quälte, aber das hier? In Gedanken mit mir kommunizieren? Mich geradezu stalken? Das war neu. Nirgendwo stand geschrieben, dass eine Rusalka so etwas tat. Aber normalerweise erledigte man sie auch bei der ersten Konfrontation und verlor nicht ihre Spur, so wie ich. War das die Strafe dafür? Hatte ein einziger Fehler meinerseits dafür gesorgt, dass mich dieser Geist als sein neuestes Lieblingsopfer auserkoren hatte?

»Egal, was sie sagt, egal, was sie dir anbietet, du darfst nicht auf sie hören!«, warnte Kevin.

»Und ich dachte immer, Rusalkas offenbaren einem nur die Wahrheit über einen selbst.«

»Das tun sie auch – während sie dich in den sicheren Tod locken. Noch hast du Zeit, Roxy.« Seine Stimme wurde drängender, klang fast schon … besorgt.

Aber das konnte nicht sein, oder? Warum sollte sich ausgerechnet der Todesbote, der mich verflucht und meine Lebenszeit auf 449 Tage verkürzt hatte, plötzlich um mein Wohlergehen kümmern? Außerdem wusste ich doch, wie ich sterben würde – und das würde definitiv nicht durch eine Rusalka geschehen. Es sei denn, diese Geister benutzten neuerdings Klingen, um ihre Opfer hinterrücks zu erstechen.

Komm zu mir, Roxy. Ich kann dir helfen. Ich bin die Einzige, die dir helfen kann.

Die süße Stimme hüllte mich wieder ein, legte sich wie eine Barriere zwischen mich und den Rest der Welt und ließ jeden anderen Gedanken, jeden Zweifel und jeden Protest in mir verblassen. Ich hatte nicht mehr die Kraft, um mich dagegen zu wehren.

Ich merkte nicht einmal, wie ich mich im Bett aufsetzte und die Beine über den Rand schwang, bis meine Füße den Boden berührten und ich nach meinen Stiefeln griff.

All das geschah so automatisch, so selbstverständlich, als hätte ich keine Kontrolle mehr über mein Handeln. Ich schlüpfte erst in den einen Stiefel, dann in den anderen und stand schließlich auf.

Schwindel erfasste mich und ließ die ganze Welt zur Seite kippen. Instinktiv stützte ich mich mit einer Hand an der Wand ab und wartete mit geschlossenen Augen, bis der Anfall vorbei war. Mein Herz raste wie verrückt, obwohl ich mich kaum bewegt hatte. Dennoch öffnete ich jetzt wieder die Augen und setzte mich langsam in Bewegung.

Mein Cape, meine Waffen, mein Handy – all das war unwichtig. Genauso wie jemandem Bescheid zu geben, nachdem ich die Tür geöffnet und die Stufen nach unten genommen hatte. Weit entfernt hörte ich leise Geräusche, gedämpfte Stimmen. Doch mir begegnete niemand, während ich mit langsamen, aber zielstrebigen Schritten durch den alten Bahnhof ging. Keiner hielt mich auf, als ich die Hintertür öffnete und ins Freie trat.

Keiner, abgesehen von Kevin, der jetzt wieder in derselben Gestalt neben mir auftauchte. »Tu das nicht, Roxy!«

Ich ignorierte ihn. Der Todesbote war derjenige, der mich dazu verdammt hatte, etwas Unmögliches zu schaffen. Er hatte mir nie geholfen – warum sollte er mir also jetzt auf einmal wohlgesonnen sein?

Nein. Ich glaubte ihm kein Wort.

So ist es gut. Komm, Roxy. Komm zu mir.

»Roxy!«

Ich hörte nicht mehr auf ihn, sondern folgte der Stimme der Rusalka über die Bahngleise und durch den Schnee ins Unbekannte.

Shaw

Ich stieg aus dem Auto und rollte mit den Schultern. Nach dem intensiven Training und der Jagd mit Matej war ich total erledigt, aber – verdammt! – hatte das gutgetan. Es hatte gutgetan, einfach mal nur auf die Jagd zu gehen. Keine Suche nach bösartigen, aus der Unterwelt befreiten Seelen, die es zurückzuschicken galt. Kein Angriff einer durchgeknallten Armee aus blutdurstigen Vampiren oder übermächtiger und uralter Geister. Einfach nur eine ruhige, erfolgreiche Jagd auf einen Werwolf und zwei Golems, die mich mit einem Adrenalinhoch ins Quartier zurückkehren ließ. So langsam verstand ich, warum Hunter ständig jagen gingen. Es war nicht nur eine Pflicht, sondern fühlte sich – zumindest in manchen Fällen – sogar richtig gut an, Kreaturen zu vernichten und die nichts ahnende Bevölkerung auf diese Weise zu beschützen.

Es war spät, als wir ins Quartier zurückkehrten, wahrscheinlich zwei oder drei Uhr nachts. In der Waffenkammer legte ich die Ausrüstung ab. Roxys Pistolenarmbrust wartete auf einem der Tische darauf, von Pandora und ihren Kollegen verbessert zu werden. Ich legte meine Schrotflinte und die Pistolen dazu und wünschte Matej eine gute Nacht, dann nahm ich die Treppe nach oben in das Stockwerk, in dem sich unsere Zimmer befanden. Ella hatte ich den ganzen Tag über nur einmal kurz gesehen. Nach dem, was Matej mir vorhin während unserer Jagd erzählt hatte, schien sie sich der Aufgabe ernsthaft angenommen zu haben, in Prag aufzuräumen. Zumindest war sie seit unserer Ankunft Tag und Nacht unterwegs. Hoffentlich war sie vorsichtig dabei. Cain würde uns alle einen Kopf kürzer machen, wenn ihrer besten Freundin etwas zustieß, nur weil wir sie allein auf die Jagd gehen ließen.

Ich kam an Roxys Zimmer vorbei und warf einen kurzen Blick in die Richtung, blieb jedoch nicht stehen. Zumindest nicht sofort. Im ersten Moment wusste ich gar nicht, was mich innehalten ließ. Erst als ich mitten im Flur umdrehte und zurückging, erkannte ich, was es gewesen war: Die Tür zu dem Zimmer, in dem Roxy schlief, war nur angelehnt. Ich sah mich kurz um, aber außer mir befand sich niemand auf diesem Stockwerk. Zögernd näherte ich mich dem Raum und klopfte leise gegen den Türrahmen. Vorhin war sie mir ausgewichen und hatte nicht mit mir reden wollen, aber mir war nicht entgangen, wie blass und erschöpft sie gewesen war. Vielleicht redete sie ja jetzt mit mir – und wenn nicht, hatte ich wenigstens kurz nach ihr gesehen.

Ich klopfte noch mal, erhielt aber keine Antwort. Aus irgendeinem Grund begann mein Puls zu rasen. Womöglich ahnte ein Teil von mir bereits, dass irgendetwas nicht stimmte, auch wenn mein Verstand es noch nicht wahrhaben wollte.

Nicht einmal dann, als ich die Tür langsam aufschob. Sie gab mit einem leisen Knarren nach und der Lichtschein aus dem Flur fiel ins Zimmer.

Mein Blick flog durch den kleinen Raum und landete auf dem Bett. Zerwühlte Bettwäsche, ein zerknautschtes Kissen. Aber keine Spur von Roxy.

Vielleicht war sie nur kurz ins Bad gegangen oder … hatte sich etwas zu essen geholt, genau. Doch dann bemerkte ich die Papiertüte auf dem Nachttisch. Sie sah vollkommen unberührt aus, und das passte so gar nicht zu der Frau, die ich kannte.

Ich folgte meinem Instinkt und hämmerte gegen Ellas Tür, erhielt jedoch keine Antwort. Ein winziges bisschen Hoffnung keimte in mir auf. Womöglich war Roxy einfach wieder mit Ella auf die Jagd gegangen.

Sicherheitshalber begann ich dennoch, nach ihr zu suchen, erst im Badezimmer hier oben, dann unten in der Küche, in den Trainings- und Planungsräumen, selbst in Kralls Büro. Aber ganz egal, wo ich nachschaute, ich konnte sie nicht finden.

Im Eingangsbereich stieß ich fast mit Ella zusammen, die gerade von der Jagd zu kommen schien und sich den Mantel auszog.

»Ist Roxy bei dir?«, fragte ich ohne Umschweife.

»Nein.« Ella runzelte die Stirn. »Ich habe sie seit heute Vormittag nicht mehr gesehen. Wollte sie nicht mit Birdie Amulettmagie trainieren?«

»Hat sie auch. Danach ist sie in ihr Zimmer gegangen, um sich auszuruhen, aber jetzt ist sie weg.« Ich lief bereits weiter den Flur hinunter.

»Was meinst du mit *weg*?«, rief Ella mir hinterher, aber ich antwortete nicht darauf.

Wie auch? Ich hatte ja selbst nicht die geringste Ahnung, was hier los war.

»Hey«, fing ich Matej vor der Waffenkammer ab. »Hast du Roxy gesehen?«

Er schüttelte sofort den Kopf. »Das letzte Mal heute Nachmittag. Warum?«

»Ich kann sie nirgendwo finden. Ihre Sachen sind noch da«, fügte ich hinzu, denn das dunkelrote Cape, das über dem Stuhl in ihrem Zimmer hing, war mir selbst in der Dunkelheit nicht entgangen. »Bevor wir auf die Jagd gegangen sind, habe ich sie noch gesehen.« Ich zog mein Handy aus meiner Hosentasche und warf einen schnellen Blick aufs Display. »Scheiße. Das war vor über sechs Stunden.«

»Dann muss sie in dieser Zeit verschwunden sein«, stellte Ella leise fest, die mir nachgekommen war.

Verschwunden … Das Wort hallte in meinem Kopf nach und weckte unliebsame Erinnerungen in mir. Denn es waren schon andere Leute vor Roxy verschwunden. Jäger wie Ripley und Dinah, die ich gekannt und gemocht hatte. Ich würde nicht zulassen, dass Roxy eine von ihnen wurde.

Einem spontanen Impuls folgend wählte ich ihre Nummer und hielt mir das Handy ans Ohr. Sekundenlang geschah nichts, dann hörte ich es klingeln. Allerdings nicht nur über die Verbindung, sondern auch ganz leise in der Nähe.

Mit hämmerndem Herzen lief ich durch die Gänge, dann die Treppe hinauf, bis ich ihr Zimmer erreichte – und ihr Handy auf der Kiste entdeckte, die als Nachttisch diente. Sie hatte es nicht mitgenommen.

»Fuck!« Ich legte auf und musste mich davon abhalten, mein eigenes Smartphone gegen die Wand zu werfen.

Roxy konnte nicht verschwinden. Nicht einfach so. Nicht wie all die anderen Hunter. Und Amelia war nicht mehr da, wer also sollte dahinterstecken? Doch dann fiel mir ein, was Li Jun und Birdie erzählt hatten. Über Tereza, die Magic Huntress, die von einem Tag auf dem anderen einfach … fort gewesen war. Ohne eine Nachricht, ohne den geringsten Hinweis. Wenn ich mich richtig erinnerte, war das jetzt ungefähr anderthalb Jahre her, und bisher hatte niemand sie gefunden. Würde Roxy nun dasselbe Schicksal widerfahren? Sollte unser letztes richtiges Gespräch wirklich dieser dumme Streit gewesen sein?

»Ganz ruhig.« Matej war mir gefolgt und tauchte jetzt im Türrahmen auf. »Mit etwas Glück trägt sie noch den Peilsender von der letzten Mission. Lass uns nachsehen.«

»Gute Idee.« Ich folgte ihm zurück nach unten und in einen Planungsraum, der einen großen Tisch ohne Stühle in der Mitte sowie zwei Schreibtische mit Computern beinhaltete. An einem davon saß Pavel, der Archivar, den wir an unserem ersten Abend hier getroffen hatten. Auch Ella hatte sich bereits hier eingefunden. Obwohl sie erschöpft aussah, schien sie entschlossen zu sein, bei der Suche zu helfen.

»Roxy ist weg«, begann Matej ohne Umschweife und ging zu seinem Kollegen hinüber. »Kannst du ihren Peilsender orten?«

»Ich kann es versuchen.« Pavels Finger flogen über die Tastatur. Gleich darauf erschien eine Karte auf dem Monitor. Erst Europa, dann Tschechien, und schließlich Prag. Die leuchtenden Punkte, die an einem Ort versammelt waren, mussten das Quartier darstellen. Plötzlich zoomte Pavel wieder heraus, suchte, klickte mehrfach herum, bis ein anderer Teil anvisiert wurde. Nicht in Prag selbst, sondern ein Stück außerhalb.

»Ich hab sie«, sagte er und fuhr mit dem Finger eine dunkle Linie auf dem Bildschirm entlang. »Sie ist an der Rokytka. Das ist ein Fluss außerhalb der Stadt, mit dem Auto knapp eine halbe Stunde entfernt. Zu Fuß sind das locker über dreieinhalb Stunden.«

»Also passt es zeitlich«, stellte Matej fest.

»Ein Fluss«, wiederholte ich stirnrunzelnd, während es in mir arbeitete. Fieberhaft ging ich in Gedanken die Ereignisse der letzten Tage und alles, was ich gelernt hatte, durch. »Warte mal. Rusalkas sind Wassergeister, nicht wahr? Menschen, die früher mal ertrunken sind oder ertränkt wurden?«

Ellas Augen weiteten sich. »Denkst du etwa …?«

Also hatte Roxy sie doch noch gefunden. Oder eher: Die Rusalka hatte sie gefunden. Und jetzt war Roxy dort draußen im Kampf gegen dieses Miststück. Ohne ihr Cape. Ohne Ausrüstung. Ohne Rückendeckung.

Sie war ganz allein.

11. KAPITEL

Roxy

Ich nahm alles nur noch wie durch einen dichten Nebel wahr. Die Luft fühlte sich kalt und feucht an, genau wie der Boden unter mir, der nicht mehr fest war, sondern unter jedem meiner Schritte nachgab wie matschige Erde. Hatte ich mir überhaupt Schuhe angezogen oder war ich einfach blindlings losgelaufen? Ich sah kurz an mir hinunter. Doch, da waren meine Stiefel. Aber ich hatte mein Cape und auch die warme Jacke zurückgelassen und war nur in dem dünnen Shirt losgezogen, das ich im Bett angehabt hatte. Wenigstens hatte es lange Ärmel, dennoch zitterte ich am ganzen Körper.

»Wo gehen wir hin?«, fragte ich in die Stille hinein, hielt aber nicht an. Ich konnte nicht anhalten. Meine Beine bewegten sich wie von selbst, machten einen Schritt nach dem anderen und trugen mich immer weiter.

Wir sind gleich da. Vertrau mir.

Wieder war da diese Stimme in meinem Kopf, diese sanfte, einlullende Stimme, der ich einfach alles geglaubt hätte.

Dennoch drangen vereinzelte Gedanken durch den Nebel in meinem Kopf. Ich konnte nicht mehr in der Stadt sein, oder? Ich meinte, mich an eine weiße Brücke erinnern zu können, aber mehr auch nicht. Jetzt gab es keine Gebäude mehr um mich herum, keine Straßen, keine Geschäfte, keine Menschen. Nur wilde Natur in tiefer Dunkelheit, tot und erstarrt unter der dicken Schneeschicht. Wie weit war ich gelaufen? Wie lange war ich schon unterwegs?

So ist es gut. Nur noch ein kleines bisschen weiter. Gleich hast du es geschafft.

Das Knirschen des Schnees begleitete jeden meiner Schritte und war das einzige Geräusch, abgesehen von meinem unsteten Atem und einem leisen Plätschern. Moment. Ein Plätschern? War ich in der Nähe der Moldau? Ich hatte nicht die geringste Ahnung, wie ich überhaupt hierhergekommen war. Und dennoch konnte ich nicht anhalten. Mein Körper zwang mich dazu, weiterzugehen. Immer weiter, solange es mir die Stimme in meinen Gedanken befahl.

Es fühlte sich an, als wäre ich schon seit Stunden unterwegs. Ich legte den Kopf in den Nacken. Über mir funkelten die Sterne und eine schmale Mondsichel war am wolkenlosen Himmel auszumachen. Ich war mitten in der Nacht losgegangen, also konnte noch nicht allzu viel Zeit vergangen sein, wenn der Morgen noch nicht angebrochen war. Richtig …?

Gott, selbst das Denken fiel mir schwer. Jeder einzelne Gedanke fühlte sich an, als würde ich durch ein Moor waten.

Und noch immer war mir gleichzeitig heiß und kalt. Eine Gänsehaut lag auf meinen Armen und Beinen, gleichzeitig fühlte es sich so an, als würden Tausende von Ameisen über meine Haut krabbeln. Ich wusste nicht mehr, ob ich vor Kälte oder Müdigkeit zitterte. Es grenzte an ein Wunder, dass ich überhaupt noch einen Fuß vor den anderen setzen konnte. Dabei kannte ich nicht einmal das Ziel. Ich tat es einfach. Ich folgte der sanften Stimme, allen Warnungen zum Trotz. Es war wie ein innerer Zwang, der mich immer weiter trieb, und ich hatte nicht mehr die geringste Kraft, um mich dagegen zu wehren.

Meine Augen waren an die Dunkelheit gewöhnt und ich erkannte Bäume und kahle Sträucher neben etwas, das unter dem Schnee ein Trampelpfad durchs Unterholz sein musste. Ein umgefallener Baumstamm, der wie eine natürliche Brücke von der einen Seite des Flusses zur anderen führte. Aber da waren keine Geräusche einer nahen Straße, keine Lichter in der Ferne.

Ich war ganz allein.

Obwohl mir das Denken noch immer so verflucht schwerfiel, klärte sich mein Verstand allmählich etwas. Vielleicht war es die Kälte oder die Erkenntnis, dass ich seit Stunden unterwegs sein musste, um mich so weit von jeglicher Zivilisation entfernt zu haben. Vielleicht waren es auch meine Instinkte als Huntress oder Amelias hartes Training, doch langsam kam ich wieder zu mir.

Kevin … Er hatte versucht, mich zu warnen. Der Todesbote hatte mir zum ersten Mal tatsächlich zu helfen versucht – und ich hatte nicht auf ihn gehört. Ich war der Rusalka gefolgt und folgte ihr auch jetzt noch, tiefer in den Wald hinein, am Fluss entlang. Vermutlich hatte sie mich seit unserer ersten Begegnung hierherlocken wollen. Deshalb hatte ich sie in der Stadt auch nicht mehr finden können. Deshalb hatte meine Narbe mir keinen Hinweis gegeben. Weil dieses Wesen nie direkt in meiner Nähe gewesen war, sondern mich aus der Ferne beobachtet und immer wieder den Kontakt gesucht hatte, indem sie in Gedanken mit mir gesprochen hatte. Sie hatte mich so lange eingelullt, bis ich gar nicht anders gekonnt hatte, als ihrem Befehl zu gehorchen. Und ich hatte niemandem Bescheid gesagt, keinem anderen Hunter, nicht einmal Shaw …

Hitze und Kälte tobten in mir, als würden sie einen Kampf gegeneinander ausfechten, und die Welt begann ein weiteres Mal zu schwanken.

»Wo sind wir hier?«, stieß ich hervor und stützte mich mit der Hand an den dünnen Baumstämmen ab, die den Weg säumten, weil ich mich kaum noch auf den Beinen halten konnte. Ich war schon vorher müde gewesen, doch nun war ich völlig erledigt. Und durchgefroren, nachdem ich eine halbe Ewigkeit ohne Jacke durch den Schnee gestapft war. Das war nicht gut. Wenn ich noch länger hier draußen in der Kälte blieb, würde ich erfrieren.

Unvermittelt blieb ich stehen. Ich hatte die Stimme der Rusalka kein weiteres Mal in meinem Kopf gehört. Mein Körper tat einfach, was er wollte. Nein, was *sie* wollte.

Plötzlich materialisierte sich eine Gestalt nur wenige Meter vor mir. Eine junge Frau mit endlosen schwarzen Haaren und leeren Höhlen, wo Augen sein sollten. Sie trug ein schmutziges weißes Kleid und ihre nackten Füße schwebten über dem Boden. Die Rusalka. Sie war es wirklich. Sie hatte mich hierhergelockt – und jetzt schwebte sie einfach nur vor mir herum und sagte nichts? Ihre spröden Lippen verzogen sich zu einem Lächeln, aber sie schwieg noch immer.

»Du hast gesagt, du kannst mir helfen«, erinnerte ich sie und erschrak über den schwachen, krächzenden Klang meiner eigenen Stimme. Meine Narbe brannte wie Feuer.

»Dein Amulett.« Etwas glühte in den Augenhöhlen der Rusalka auf. Mit ihrer knochigen Hand deutete sie auf den Anhänger an meinem Hals. »Die Magie darin ist … anders. Unnatürlich. Nicht du benutzt sie, sie benutzt dich.«

»Was soll das heißen?«

Ich hatte dieses Amulett sehr wohl benutzt, schließlich hatte ich damit im Stadion so einige Geister vernichtet. Aber wenn ich genauer darüber nachdachte, musste ich widerwillig zugeben, dass sich diese Magie tatsächlich von Anfang an anders angefühlt hatte. Nicht nur mächtiger, wie es bei einer höheren Stufe auch sein sollte, sondern geradezu fremdartig und … unangenehm. Als ich Maxwells Amulett nach seinem Tod an mich genommen und damit gekämpft hatte, war die darin enthaltene Magie gewaltig gewesen, aber auch vertraut. Wie etwas, auf das ich mich mein Leben lang vorbereitet hatte. Doch das hier? Dieses Amulett war etwas völlig anderes.

»Du spürst es, nicht wahr?«, säuselte die Rusalka weiter und ein teuflisches Grinsen umspielte ihre Lippen. »Wie sie dich verzehrt, dir all deine Energie raubt, dich aussaugt, bis nichts mehr von dir übrig ist. Du leidest … Aber ich kann dir helfen.«

Ich erstarrte, spürte nur noch das heftige Pochen meines Herzens in meiner Brust. In meinem Kopf wirbelten die Gedanken durcheinander und formten sich schließlich zu einem neuen schrecklichen Verdacht. »Nein, das … das kann nicht sein. Du bist das. Du hast mir das angetan.«

Die Rusalka lachte, und das Geräusch hallte zwischen den Bäumen und dem Fluss wider. »Ach Roxy. Ich habe nur genutzt, was schon da war. Hast du überhaupt nicht aufgepasst? Ich kann über große Entfernungen hinweg mit dir sprechen, dir die am tiefsten in dir verborgenen Wahrheiten zeigen, aber ich kann dir nicht deine Lebensenergie aussaugen. Das hast du ganz allein dem Amulett an deinem Hals zu verdanken.«

Übelkeit breitete sich in mir aus und mein Magen zog sich schmerzhaft zusammen. Wenn das die Wahrheit war …

»Was wird mit mir passieren?«, presste ich hervor. »Wird mich die Magie umbringen?«

»Nicht, wenn du den Stein vorher abnimmst.«

»Das geht nicht. Man kann ein Amulett nicht mehr abnehmen, wenn man es einmal angelegt hat. Es sei denn …« Ich hielt inne, als mir der wahre Grund dämmerte, aus dem mich dieses Wesen hierher gelockt hatte. »Es sei denn, man stirbt.«

Ihr Lächeln war so breit, es reichte ihr von einer Seite des Gesichts zur anderen. »Für gewöhnlich stimmt das. Aber ich kann dir helfen, es loszuwerden, ohne dass du dabei zwangsläufig sterben musst.«

Misstrauisch kniff ich die Augen zusammen. »Und wie?«

»Ganz einfach. Beantworte mir drei Fragen wahrhaftig, dann erlöse ich dich von der Macht des Amuletts.«

Ich zögerte. Das erschien mir viel zu einfach.

»Und wenn nicht? Wenn ich dein Spielchen nicht mitspiele, was dann? Ertränkst du mich im Fluss?«

»Nein.« Das Lächeln der Rusalka jagte mir einen Schauder über den Rücken. »Wenn du nicht mit mir spielen möchtest, überlasse ich dich deinem Amulett ... und sehe dabei zu, wie es dich zerstört. Unaufhaltsam. Mit jeder Minute ein bisschen mehr. Du wirst ganz allein sterben, Roxy. Einsam und allein.«

Ich schluckte hart. Das war nicht die Art, wie ich sterben würde. Das war nicht Giselles Vision gewesen. Und dennoch ... Das Bild, das die Rusalka da malte, war grausam – und erschien mir in diesem Moment mehr als real.

Unter anderen Umständen hätte ich mich nie auf einen solchen Deal eingelassen, sondern den Geist geradewegs in die Hölle geschickt. Aber ich spürte, dass sie mit dem Amulett recht hatte. Jeder Atemzug fiel mir ein bisschen schwerer als der vorherige. Mittlerweile stützte ich mich nicht mehr nur mit der Hand am Baumstamm ab, sondern lehnte mit dem Rücken dagegen, weil ich mich kaum noch aufrecht halten konnte. Die Magie im Amulett hingehen war stark, und sie würde mich verzehren, bevor ich es schaffte, sie vollständig zu verbrauchen. Denn das war der einzige andere Weg, um ein Amulett wieder loszuwerden, nachdem man es angelegt hatte.

Ich brauchte einen Plan. Es musste noch eine weitere Möglichkeit geben. Eine, die nicht beinhaltete, einen Handel mit einem hinterlistigen Geist einzugehen – oder bei dem Versuch, ihn zu vernichten, zu sterben. Diese Rusalka war unglaublich mächtig, das wusste ich jetzt. Andernfalls hätte sie nie so einfach über die Entfernung Kontakt zu mir aufnehmen können. Andernfalls hätte ich sie schon bei unserer ersten Begegnung besiegt.

»Woher willst du wissen, dass ich wirklich die Wahrheit sage?«, fragte ich in dem Versuch, noch etwas Zeit zu schinden. Zeit, um mir etwas zu überlegen, um eine andere Lösung zu finden.

Jedes Lächeln verschwand aus dem durchscheinenden Gesicht des Geistes. »Ich kann die Wahrheit erkennen. Wir haben eine Verbindung, Roxy, nur deshalb hörst du meine Stimme in deinem Kopf. Ich habe dich seit deiner Ankunft beobachtet und weiß alles über dich, sogar mehr als du selbst, und mehr, als du je zugeben würdest. Also versuch gar nicht erst, mich zu betrügen.«

Ich biss die Zähne zusammen. In meinem Kopf arbeitete es fieberhaft, aber ich hatte nicht die geringste Ahnung, wie ich es das lebend überstehen sollte. Mittlerweile spürte ich das Amulett immer deutlicher. Als ich es das erste Mal angelegt hatte, war es mir vorgekommen, als würde die Magie durch meine Adern fließen. Jetzt wusste ich, dass es stimmte. Allerdings nicht, um mich mit magischer Energie zu erfüllen – sondern um mir meine eigene auszusaugen. Der Stein war wie ein Parasit, der mich von Minute zu Minute schwächer werden ließ. Schweiß trat mir auf die Stirn, obwohl ich vor Kälte erstarrt war.

Verdammt.

»Drei Fragen«, wiederholte ich zur Sicherheit. »Und dann hilfst du mir, das Ding abzunehmen. Sofort danach.«

»Aber ja doch.« Wieder umspielte dieses Lächeln ihre Lippen.

Ich traute ihr nicht. Kein bisschen. Aber mir blieb keine andere Wahl. Wenn es auch nur den Hauch einer Chance gab, dass sie mir helfen konnte … Dann musste ich es versuchen. »In Ordnung.«

»Wie wundervoll! Ich wusste, dass ich mich auf dich verlassen kann.« Die Rusalka klatschte begeistert in die Hände wie ein Kind, das gerade ein neues Spielzeug bekommen hatte.

Ich konnte nur hoffen, dass nicht ich dieses Spielzeug war und das Ganze nicht mit meinem Tod enden würde. Zum ersten Mal überhaupt begann ich, an Giselles Vision zu zweifeln. Der Tod war zwar nicht aufzuhalten, aber konnte sich eine Todesvision doch als falsch erweisen, wenn sich die Umstände gravierend änderten? Bestand die Möglichkeit, dass ich doch nicht so sterben würde, wie Giselle es vorhergesehen hatte, sondern auf ganz andere Weise?

»Du wirst es nicht bereuen, Roxy. Dafür sorge ich.« Ein unheimlicher Unterton schwang in diesen Worten mit.

»Fang einfach an«, stieß ich zwischen zusammengebissenen Zähnen hervor.

»So ungeduldig …« Sie schnalzte mit der Zunge. »Aber du hast Glück. Ich hatte ein paar Tage Zeit, um dich kennenzulernen und mir die richtigen Fragen zu überlegen.«

Was es auch war, ich würde damit umgehen können. Zumindest redete ich mir das ein. Außerdem war es ja nicht so, als hätte ich andere Optionen. Ich hatte nicht die geringste Ahnung, wo ich mich befand, und war völlig allein mit diesem Wassergeist. Weglaufen war zwecklos, ich würde nicht weit kommen. Ich konnte mich ja kaum auf den Beinen halten, davon, Amulettmagie gegen den Geist einzusetzen, ganz zu schweigen. Niemand wusste, wo ich war. Die Kavallerie würde nicht eintreffen. Was auch immer geschah, ich musste mir selbst helfen.

»Erste Frage: Ich weiß von deinem Fluch. Das arme, arme Mädchen, das von einem Todesboten zum Tode verurteilt wurde.« Ihr gespielt mitleidiges Lächeln prallte an mir ab. Ich verzog keine Miene. »Denkst du, du hast dieses Schicksal verdient?«

Alles in mir wollte Nein schreien, wollte sich gegen diese Unterstellung wehren. Niemand sollte auf so eine grauenvolle Weise bestraft werden. Aber wenn ich ganz ehrlich mit mir war … Wenn ich daran dachte, wie blind ich Amelia vertraut und was ich für sie getan hatte, ohne jemals die Hintergründe für ihr Handeln oder ihre Bitten zu hinterfragen … Dann gab es nur eine richtige, nur eine wahre Antwort.

»Ja.«

Ich hatte es verdient, von Kevin bestraft zu werden. Nicht für die Tat an sich – die hatte ich in bester Absicht ausgeführt, und hätte ich vorher gewusst, was ich damit anrichten würde, hätte ich einen anderen Weg gefunden, um meiner Mentorin ihren letzten Wunsch zu erfüllen. Aber meine Blindheit, meine Naivität Amelia gegenüber – die hatte ich selbst zu verantworten.

Das hieß aber nicht, dass ich aufhören würde, zu kämpfen.

»Gut, sehr gut.« Ihr Lachen war so eiskalt wie die Luft um uns herum. »Das war fast zu einfach, aber wir fangen ja auch gerade erst an. Jetzt wird es kniffliger.«

Statt einer Antwort fixierte ich sie mit meinem Blick. Wahrscheinlich erwartete sie sowieso keine Reaktion darauf, sondern wollte nur mit mir spielen. Aber dieses Spiel würde ich gewinnen. Ich hatte gar keine andere Wahl.

Ohne den Blick von mir zu lassen, ging sie langsam um mich herum. Oder eher *schwebte* um mich herum, denn ich konnte keinen einzigen ihrer Schritte hören. Da war kein Knirschen im Schnee, kein Knacken von Zweigen. Das Einzige, was ich hörte, waren meine eigenen abgehackten Atemzüge und das Gluckern des Flusses neben uns.

Obwohl sich alles in mir dagegen sträubte, mich in eine so angreifbare Position zu begeben, wenn ich die Rusalka nicht mehr im Sichtfeld hatte, blieb ich, wo ich war, und wartete ab. In Gedanken zählte ich meine Herzschläge, bis der Wassergeist auf meiner anderen Seite wieder auftauchte.

Sie blieb vor mir stehen, so dicht, dass ich geradewegs in die Tiefen ihrer schwarzen, emotionslosen Augenhöhlen starren konnte. »Wer«, begann sie mit derselben lieblichen Stimme, die mich in den vergangenen Tagen eingelullt und heute hierhergelockt hatte, »ist der wichtigste Mensch für dich, Roxy? Wer ist dir so wichtig, dass du alles für sie oder ihn tun würdest? So wichtig, dass du sogar für diese Person sterben würdest?«

Ich öffnete bereits den Mund, um zu antworten, doch sie fuhr mir dazwischen.

»Überleg dir gut, was du jetzt sagst. Ich dulde keine Lügen.« Ihr toter Zeigefinger streifte meine Wange und hinterließ eine kalte Spur auf meiner Haut.

Meine erste Reaktion und mein erster Instinkt war es, Nialls Namen zu nennen. Schließlich versuchte ich nicht nur deshalb, Kevins Mission zu erfüllen, um mein eigenes Leben zu retten, sondern vor allem, um überhaupt noch eine Chance zu haben, meinen Zwillingsbruder wiederzusehen. Für ihn würde ich alles riskieren. Immer. Und doch …

Auf dem blassen Gesicht der Rusalka erschien ein Lächeln, als kenne sie die Antwort bereits und warte nur darauf, dass ich sie aussprach. Natürlich. Rusalkas genossen es, ihre Opfer mit der Wahrheit zu quälen und sie leiden zu sehen, bevor sie sie töteten. All das war nur ein Spiel für sie. Aber wenn mich nicht die Rusalka im Fluss ertränkte, würde mich das Amulett an meinem Hals zerstören. Ich konnte es spüren. Mittlerweile war mir nicht mehr nur schwindlig. Meine Beine waren taub – ob vor Kälte oder weil mir das Amulett immer schneller die Energie entzog, wusste ich nicht. Aber ich wusste, dass eine Flucht ausgeschlossen war, ebenso wie ein Kampf.

Wieder schwebte der Geist um mich herum, doch diesmal kam sie mir ganz nahe, schlich sich von der Seite an mich heran und brachte ihren Mund an mein Ohr. »Wer ist der wichtigste Mensch für dich, Roxy?«

Ihr frostiger Atem sorgte dafür, dass sich eine Gänsehaut auf meinem ganzen Körper ausbreitete, und ich grub die Finger noch fester in die Rinde hinter mir.

Ich wollte nicht darüber nachdenken, weigerte mich, auch nur einen einzigen Gedanken in diese Richtung zuzulassen. Weil es … weil es unmöglich war. Weil es keine Zukunft gab. Nicht für mich. Nicht für uns beide. Und trotzdem war Shaw immer an meiner Seite gewesen, sogar dann, als er meine dunkelsten Geheimnisse erfahren hatte. Er war mit mir quer durch Europa gereist, obwohl ich das nie von ihm verlangt hatte. Obwohl er es nicht hätte tun müssen. Er hätte sich einfach ein Quartier aussuchen können, um dort so lange zu lernen und zu trainieren, bis er die Prüfung ablegen und sich ganz offiziell Hunter nennen konnte. Das wäre die sicherere Wahl gewesen. Die klügere. Aber das hatte er nicht getan. Stattdessen war er mit mir gekommen. Und ich … ich würde dasselbe für ihn tun. Mehr noch. Ich würde *alles* dafür tun, dass er in Sicherheit war, dass es ihm gut ging und er weiterleben konnte, wenn ich nicht mehr da war.

»Sag es«, hauchte mir die Rusalka ins Ohr. »Sprich den Namen aus.« In einer beinahe liebevollen Geste strich sie mir eine Haarsträhne hinters Ohr. »Nenn mir den Namen desjenigen, für den du alles opfern würdest.«

Es war immer Niall gewesen. Seit seinem Verschwinden hatte sich mein ganzes Leben um meinen Zwillingsbruder gedreht. Seinetwegen hatte ich mich von Amelia ausbilden lassen. Seinetwegen hatte ich Amulettmagie gelernt. Seinetwegen kämpfte ich noch immer so verbissen, damit ich ihn eines Tages wiedersehen konnte. Es hatte nie Platz für jemand anderen gegeben, und nach Amelias Tod hatte ich niemanden mehr so nahe an mich herangelassen, dass mir sein oder ihr Verlust wehtun könnte. Dass mein eigener Tod Spuren hinterlassen würde. Aber dann war ich an diesem einen Abend im Ravenscourt Park gewesen und … alles hatte sich geändert. Einfach alles.

Etwas Heißes lief mir über die Wange. Ich bohrte die Fingernägel so fest in den Baumstamm hinter mir, dass ich am ganzen Körper zitterte. Ich wollte es nicht einsehen, wehrte mich noch immer mit aller Macht dagegen, aber etwas anderes als die Wahrheit ließ die Rusalka nicht zu. Selbst wenn es eine Wahrheit war, die ich nicht einmal vor mir selbst zugeben wollte.

»Shaw«, stieß ich kaum hörbar hervor und hasste mich im selben Moment dafür. Weil es unmöglich war. Weil es ein Verrat an Niall war. Und weil es dennoch die Wahrheit war.

Das helle Lachen der Rusalka hallte zwischen den kahlen Bäumen wider. »Na, das war doch gar nicht so schwer, oder?« Sie hielt drei Finger in die Höhe. »Zeit für die letzte Frage.«

Ich versuchte mich innerlich zu wappnen, aber ich fühlte mich roh, bloßgelegt und wund. Als könnte der Geist nicht nur in meinen Kopf sehen, sondern würde jede Wunde in meinem Inneren finden, die jemals existiert hatte, und sie neu aufbrechen. So lange und so oft, bis ich nicht mehr konnte.

Aber das stimmte nicht. Ich musste nur noch einmal durchhalten, nur noch eine Frage beantworten.

»Na los«, brachte ich hervor.

Die Rusalka ließ sich nicht zweimal bitten.

»Wer«, sie lächelte diabolisch, »trägt wirklich die Schuld am Verschwinden deines Bruders?«

Ich erstarrte. Alles in mir, jeder Muskel, jede Zelle, einfach alles erstarrte. Das konnte sie nicht ernst meinen. Ich würde diesen schrecklichen Moment nicht erneut durchleben, nicht einmal in meinen Erinnerungen.

Komm schon, Roxy, ertönte ihre liebliche Stimme in meinem Kopf, ohne dass sich ihre Lippen bewegten. *Du musst dich schon ein bisschen anstrengen. Erzähl es mir. Erzähl mir alles.*

Ich schluckte hart. Obwohl ich mich dagegen wehrte, fielen mir die Worte von den Lippen, und jedes davon fühlte sich an wie Splitter aus Eis. »Es war spätabends … vielleicht auch schon mitten in der Nacht. Wir konnten nicht schlafen. Wir waren so aufgeregt, weil wir tagsüber an den Klippen gespielt und einen geheimen Pfad entdeckt hatten. Aber bevor wir nachschauen konnten, ob er wirklich in eine Schmugglerhöhle führte, hat Dad uns wieder nach Hause geholt.« Die Erinnerung spielte sich so klar und deutlich vor meinem inneren Auge ab, dass es wehtat, hinzusehen. Das Ganze noch mal zu erleben. Dennoch machte ich weiter. »Wir waren uns so sicher, dort unten einen Piratenschatz zu finden, und haben uns vorgestellt, wie es wäre, ihn zu bergen, die Kiste voll mit Gold nach Hause zu bringen und Moms und Dads Gesichter zu sehen. Wir hatten nie viel Geld, also war das eine große Sache«, fügte ich leise hinzu.

So leise. Waren es die Erinnerungen, die mich so schwach klingen ließen, die Kälte oder der konstante Einfluss des Amuletts an meinem Hals? Ich lehnte noch immer am Baumstamm. Meine Arme hingen kraftlos an meinen Seiten herab. Ich hätte mich nicht mal mehr bewegen können, wenn mein Leben davon abhänge. Was passierte hier …?

»Weiter«, drängte die Rusalka. »Das war noch keine Antwort auf meine Frage.«

»Wir wollten den Schatz unbedingt bergen, also haben wir uns warm eingepackt und sind mitten in der Nacht durch die Hintertür nach draußen geschlichen. Die Klippen waren ganz in der Nähe und – «

»Nein, Roxy!«, fauchte sie. »Sag die Wahrheit! Sag mir, was damals wirklich passiert ist!«

»Aber das *ist* die Wahrheit«, beharrte ich, meine Stimme kaum mehr als ein Flüstern.

»Oh, du machst es dir wirklich leicht, indem du diese eine Sache, dieses winzige Detail aussparst.« Diesmal glich ihr Lächeln einer unheimlichen Fratze. »Du kannst dir vielleicht selbst etwas vormachen, aber nicht mir. Ich habe alles von dir gesehen. Sag sofort die Wahrheit oder ich werde dafür sorgen, dass du in diesem Fluss ertrinkst und auf ewig mit der letzten Erinnerung an deinen Bruder gequält wirst.«

Ganz langsam schüttelte ich den Kopf. »Du bist nicht diejenige, die mich töten wird. Und es wird auch nicht hier sein«, fügte ich hinzu und ließ meinen Blick durch den Wald und über das Flussufer wandern.

»Bist du dir da wirklich sicher?« Mit einem Mal stand die Rusalka direkt vor mir und brachte einen Schwall feuchter Kälte mit sich, die mich schaudern ließ. »Wer trägt die Schuld am Verschwinden deines Bruders? Sprich es aus.«

Amelias Name lag mir auf der Zunge, aber ich brachte ihn nicht über die Lippen. Nicht, wenn dieser verfluchte Geist mich so bohrend ansah, als würde er bis ins Tiefste meiner Seele hineinblicken, bis zu den dunkelsten Punkten, die ich nicht einmal selbst wahrhaben wollte und vor denen ich mich mein Leben lang versteckt hatte.

»Sag es!«

Mein Herz hämmerte wie verrückt und meine Fingernägel bohrten sich in meine Handflächen, während sich in meinem Kopf immer wieder dieselben Szenen abspielten. Niall und ich in unserem Zimmer. Wie wir über den Piratenschatz geredet hatten und uns all diese schönen Dinge ausgemalt hatten. Wie wir beschlossen, mitten in der Nacht noch mal nachzuschauen, nur um sicherzugehen, dass der Pfad auch wirklich da war. *Nein,* korrigierte ich mich in Gedanken selbst. Nicht *wir* hatten das beschlossen, sondern ... *ich.*

»Es war meine Schuld«, flüsterte ich erstickt. »Ich wollte unbedingt, dass wir nachts rausgehen. Nur wegen mir sind wir wieder zu den Klippen gegangen, aber ich ... ich hätte doch niemals ... wenn ich gewusst hätte, was passieren würde ...«

»So ist es richtig. Fühle den Schmerz, den du in diese Welt gebracht hast. Wenn du das damals nicht vorgeschlagen hättest, würde dein Bruder heute noch leben. Niall wäre noch bei dir. Eure Familie wäre vereint und glücklich. Das alles ist ganz allein deine Schuld.«

Ihre Worte prasselten auf mich ein. Zuerst fühlten sie sich an wie ein Regenschauer, dann wie Hagel und schließlich wie Steine, die sie auf mich niedergehen ließ. Meine Knie gaben unter mir nach und ich sank zu Boden. Meine Finger gruben sich in Erde und Schnee.

»Du hast deinen Bruder ans Messer geliefert, Roxy. Damals schon. Ohne dich wäre er heute noch hier. Ohne dich würde auch Shaw ein ganz normales Leben führen und dir nicht durch ganz Europa folgen. Ohne dich wären all diese bösen Geister nie in diese Welt gekommen. Ohne dich wäre Finn nicht verletzt worden. Maxwell und Dominique wären jetzt noch am Leben. Ohne dich wäre all das nie passiert. Es ist deine Schuld, Roxy. *Ganz allein deine Schuld!*«

Wenn ich damals nur meinen Mund gehalten hätte, wenn

ich nicht so neugierig, so ungeduldig gewesen wäre, dann wäre mein Zwillingsbruder heute noch hier. Amelia hätte ihn niemals entführt und an einen Ort verschleppt, von dem es kein Entkommen gab und den auch ich nicht erreichen konnte. Ich wäre nie Amelias Schülerin geworden, hätte nie das Tor zur Hölle geöffnet und damit Amelias Seele befreit – zusammen mit all den anderen Seelen, die nun in der Welt ihr Unwesen trieben. All das wäre nie passiert.

Die Rusalka hatte recht. Es war alles meine Schuld. Meine ganz allein.

Tropfen fielen neben meinen Händen in den Schnee. Es dauerte einen Moment, bis ich begriff, dass es Tränen waren. Und als es so weit war, konnte ich nicht mehr aufhören. Ich konnte es nicht länger in mir verschließen. Ich weinte um Niall und all die Dinge, die er nie hatte erleben können, weil ich ihm diese Chance genommen hatte. Ich weinte um die Menschen, die meinetwegen verletzt worden oder sogar gestorben waren. Und ich weinte um das kleine Mädchen, das nicht gewusst hatte, welche Konsequenzen ihre Taten haben würden.

Der Schmerz war schlimmer als alles, was das Amulett mir hätte antun können. Schlimmer als jeder körperliche Schmerz. Doch irgendwo tief unter all dem Schmerz und den Schuldgefühlen regte sich etwas in mir. Vielleicht war es mein Verstand, vielleicht mein Instinkt oder der pure Überlebenswille.

»Du hast versprochen, mir zu helfen …«, flüsterte ich. Und obwohl es mich alles an Kraft kostete, die Worte hervorzubringen, schaffte ich es auch, den Kopf zu heben. »Du hast versprochen, mir zu helfen, wenn ich deine Fragen beantworte.«

»Oh, habe ich das?« Die Rusalka lächelte langsam. »Nun, du weißt selbst, dass es nur zwei Arten gibt, ein Amulett abzunehmen, nachdem man es angelegt hat. Und ich helfe dir gern bei der naheliegendsten.«

Meinen Tod. Sie meinte meinen Tod. Wenn ich starb, würde sich das Samtband von meinem Körper lösen lassen, aber dann wäre es zu spät. Dann hätte die Rusalka gewonnen. Kevin hätte dann gewonnen. Und Amelia, die mir all das eingebrockt hatte. Wenn ich jetzt aufgab, wenn ich jetzt starb, dann wäre wirklich alles umsonst gewesen.

Kälte fraß sich durch meine Stiefel und meine Kleidung. Der Schock rüttelte mich plötzlich wach. Die eisigen Wellen des Flusses umspülten meine Gliedmaßen. Ich hatte nicht einmal gemerkt, dass ich mich bewegt hatte und ins Wasser gewatet war. Ich hatte das Spiel der Rusalka gespielt – und war ihr geradewegs in die Falle gelaufen.

Mein Herz hämmerte wie wild in dem Versuch, mich am Leben zu halten. Das Blut rauschte in meinen Ohren. Ich spürte meine Hände und Füße nicht mehr. Nur das Amulett an meinem Hals pulsierte heiß auf meiner unterkühlten Haut, als wollte mir die Magie auch das letzte bisschen Energie aussaugen. Nur noch ein paar Minuten, vielleicht auch nur ein paar Sekunden und es wäre vorbei. Die Rusalka musste gar nichts weiter tun – das Amulett übernahm diese Aufgabe für sie.

Nein! Nein, nein, und nochmals nein. So nicht!

Ächzend richtete ich mich auf den Knien auf. Tropfen fielen aus meinen Haaren und meiner Kleidung ins Wasser. Der Boden war glitschig, voll mit Steinen, Matsch, Ästen und Lebewesen, die sich bewegten und die ich in der Dunkelheit nicht erkennen konnte.

»So einfach … mache ich … es dir nicht.« Obwohl ich vor Kälte meinen Körper kaum noch spüren konnte, obwohl meine Zähne klapperten und meine Gedanken so langsam schienen, als würde ich sie durch Treibsand ziehen, konzentrierte ich mich auf die Magie in dem Stein an meinem Hals. Das Amulett saugte mich aus, seit ich es angelegt hatte, aber ich hatte es auch schon im Kampf eingesetzt. Ich konnte die Magie für mich nutzen, konnte sie lenken. Und wenn es nur ein allerletztes Mal war. Denn wenn Giselles Todesvision doch falsch gewesen war und ich heute sterben sollte, dann würde ich die Rusalka verdammt noch mal mit mir in die Unterwelt nehmen. Denn das war das Schicksal, das uns beide erwartete.

Nein, hörte ich wieder ihre Stimme in meinem Kopf, doch nun hatte sie nichts Sanftes, nichts Liebliches und Einlullendes mehr an sich. Sie klang erschrocken, fast schon panisch. *Das kannst du nicht tun!*

»Ach nein? Dann pass mal gut auf.«

Ein tiefblaues Leuchten ging von dem Amulett aus, durchsetzt mit goldenen Sprenkeln wie ein Sternenhimmel. Irgendwie schaffte ich es, ganz aufzustehen, auch wenn mich das mehr Energie kostete, als ich übrig hatte. Meine Sicht verschwamm, aber ich sah die Rusalka deutlich über dem Fluss schweben – und das war alles, was ich brauchte.

Mit letzter Kraft stieß ich die Hände nach vorn, geradewegs auf den Geist zu – und die Magie folgte der Bewegung, direkt aus dem Amulett heraus. Sie raste in einem tiefblauen Energiestrahl auf die Rusalka zu und durch sie hindurch. Für einen kurzen Moment war alles um uns herum in grelles Licht getaucht, als wäre es plötzlich Tag geworden – dann erlosch die Magie genauso schnell wieder, wie sie aufgetaucht war. Zwei, drei Sekunden starrte ich noch in die leeren, toten Augen der Rusalka, dann begann sie sich aufzulösen, bis auch von ihr nur noch ein entferntes Funkeln in der Luft zu sehen war, das schließlich ganz verschwand.

Ich spürte einen Stich in der Brust und tastete nach dem Amulett an meinem Hals, fühlte jedoch keine Wärme mehr. Die Magie war verbraucht. Der Stein zerbrochen. Es war vorbei.

Ich hatte es geschafft. Ich hatte es wirklich geschafft. Doch wo Freude und Erleichterung sein sollten, war … nichts. Ich hatte keine Kraft mehr. Ich hatte … gar nichts mehr.

Meine Gliedmaßen gehorchten mir nicht länger und ich sank zurück ins eisige Flussbett.

Das Plätschern des Wassers übertönte jedes andere Geräusch. Meine stockenden Atemzüge. Das Rauschen meines Blutes in den Ohren. Sogar das panische Hämmern in meiner Brust. Da waren nur noch Kälte und eine endlose Dunkelheit.

12. KAPITEL

Shaw

»Sie muss hier irgendwo sein!«, beharrte ich.

Wir waren schon seit einer Stunde unterwegs und hatten noch immer kein Lebenszeichen von Roxy entdeckt. Keine Spuren in der Dunkelheit. Nichts. Wo zum Teufel steckte sie? War sie auf der Jagd gewesen? Aber ohne ihr Cape oder ihre Jacke? Ohne Handy? Und ohne ihre Pistolenarmbrust, die noch immer auf dem Tisch in der Waffenkammer lag? Das konnte ich mir nicht vorstellen. Selbst wenn Roxy plötzlich die Gegenwart der Rusalka gespürt und ihre Narbe angefangen hätte zu brennen, wäre sie nicht so unvorbereitet losgestürmt. Das passte einfach nicht zu ihr.

»Laut Tracker müssen wir in diese Richtung.« Matej streckte den Arm aus und deutete tiefer zwischen die Bäume, dem Flussverlauf folgend.

Unsere Lichtkegel zuckten über den Boden, doch da waren nur ein paar kahle Büsche und jede Menge glitzernder Schnee. Keine Spur von Roxy, nur …

»Wartet!« Ich richtete den Strahl meiner Taschenlampe auf den Boden direkt vor mir und ging in die Hocke.

»Sind das Fußspuren?«, fragte Ella, die als Erste neben mir auftauchte.

Ich nickte. Von der Größe her könnten sie passen.

Sobald wir mit dem Auto nicht weitergekommen waren,

hatten wir uns aufgeteilt und mit mehreren Metern Abstand zueinander so viel Fläche wie möglich durchkämmt. Ich war mir ziemlich sicher, dass niemand von uns diesen Weg entlanggelaufen war, was nur einen Schluss zuließ: Roxy musste hier gewesen sein.

Ihr Peilsender hatte uns ein gutes Stück weit geholfen, allerdings waren diese Dinger bei Weitem nicht so genau, wie ich es mir erhofft hatte. Am Ende zeigte er uns nur einen Radius von ungefähr fünfzig Metern auf, in dem sie sich befinden sollte, und nicht ihre genaue Position.

»Sie führen dorthin. Da ist ein schmaler Weg.« Ich folgte den Spuren und lief dabei die ganze Zeit neben dem Pfad entlang, um ja nichts zu übersehen.

Das Plätschern des Flusses wurde lauter, die Luft mit jedem Atemzug kühler. Es war eisig hier draußen, viel kälter als in der Stadt selbst, wo die Häuser und engen Gassen wenigstens etwas Wärme speicherten und einen vor dem schneidenden Wind schützten.

Hier draußen waren wir dem frostigen Winterwetter völlig ausgeliefert.

Ich schob ein paar Äste beiseite und ging weiter, ohne auf die anderen zu warten. Irgendetwas in mir drängte mich zur Eile. Vielleicht war ich nur überbesorgt, aber alles deutete darauf hin, dass Roxy in der Klemme steckte. Unweigerlich fiel mir unsere letzte richtige Unterhaltung ein. Wie sie mir erzählt hatte, dass sie in meinen Armen sterben und die Höllenhunde sie holen würden. Ich biss die Zähne zusammen. Das würde nicht passieren. Nicht hier. Nicht heute. Nicht, wenn ich es verhindern konnte.

Ich kämpfte mich weiter durch den Schnee, rutschte aus, stützte mich an einem Baumstamm ab und hastete weiter. Am Fluss entlang, dessen Rauschen inzwischen wie ein Dröhnen in meinen Ohren klang, während das Licht meiner Taschenlampe über den Weg vor mir zuckte.

Plötzlich streifte der Lichtkegel etwas im Fluss. Ich blieb abrupt stehen. Genau dort, mitten im Wasser, lag eine vertraute Gestalt. Sie verschmolz beinahe mit der dunklen Umgebung; wären da nicht die langen hellblonden Haare gewesen, hätte ich sie vielleicht übersehen.

»Roxy!«

Sie antwortete nicht. Sie lag einfach da, völlig reglos, während das Wasser ihren Körper umspülte. Und für einen winzigen Moment glaubte, nein, befürchtete ich, dass es das gewesen sein könnte. Dass ich zu spät gekommen war.

Wasser spritzte bei jedem meiner Schritte auf und fraß sich sofort durch meine Schuhe und Hose, sobald ich neben ihr auf die Knie ging. Hastig befestigte ich die Taschenlampe an meiner Jacke und drehte Roxy behutsam um.

»Roxy … Hey …«

Sie war bleich, ihre Haut kalt und fast schon bläulich angelaufen. Nasse Haarsträhnen klebten an ihrer Stirn und Wange. Meine Finger zitterten, als sie nach der richtigen Stelle an ihrem Hals tasteten. Sekundenlang spürte und hörte ich nichts außer meine eigenen keuchenden Atemzüge und das wilde Hämmern in meiner Brust, doch dann registrierte ich ein leichtes Pochen unter meinen Fingerspitzen. Ein Puls. Sie lebte noch. *Oh Gott sei Dank.*

Schritte erklangen irgendwo hinter mir, als sich die anderen Hunter aus verschiedenen Richtungen näherten. Wahrscheinlich hatten sie die nähere Umgebung auf Gefahren und mögliche Angreifer überprüft. Ich sah nur kurz auf.

»Hier ist nichts!«, meldete Matej.

»Hier auch nicht«, kam es beinahe gleichzeitig von Trent und Birdie.

»Wir sind hier!«, rief ich. »Ich hab sie gefunden!«

Doch von Erleichterung war nichts zu spüren, zumindest nicht bei mir. Behutsam schob ich die Arme unter Roxys reglosen Körper, doch in dem Moment, in dem ich sie aus dem Wasser heben wollte, schoss ein blitzartiger Schmerz in meinen linken Unterarm.

»Scheiße! Was war das!?«

Der Lichtschein einer Taschenlampe landete auf meinem Unterarm und ich hörte Trent fluchen. »Opoicas! Raus aus dem Wasser!«

Mit Matejs Hilfe hob ich Roxy hoch und legte sie vorsichtig am Ufer ab. Birdie war sofort an meiner Seite und wickelte einen Gürtel um meinen Unterarm, knapp über dem Ellbogen.

»Wir dürfen nicht zulassen, dass der Opoica tiefer in deinen Körper eindringt«, erklärte sie hastig und zog den Gürtel so fest zu, dass sie jede einzelne Blutbahn damit abdrückte. »Trent?«

»Schon da.« Er packte meinen Arm.

Ich reckte den Kopf und sah, wie Matej und Ella sich über Roxy beugten und sie in eine Rettungsdecke wickelten, um sie aufzuwärmen. Ich wollte zu ihr und helfen, aber vor allem wollte ich mich versichern, dass sie auch weiterhin am Leben blieb. Doch Trent und Birdie forderten meine ganze Aufmerksamkeit.

»Wir müssen ihn rausziehen, bevor er sich festbeißt«, erklärte er. »Danach kann man ihn nur noch operativ entfernen.«

Wie bitte?!

Wieder schoss ein scharfer Schmerz durch meinen Unterarm und ich biss die Zähne zusammen. Als mein Blick auf der Stelle landete, musste ich gegen meine plötzliche Übelkeit ankämpfen. Der Blutegel war nicht nur in meinen Arm geschlüpft, ich konnte ihn sogar unter meiner Haut sehen – und konnte erkennen, wie er sich Zentimeter für Zentimeter vorwärtsschlängelte, während ein Teil seines dunklen wurmartigen Körpers noch aus der Wunde herausragte.

Trent sah zu mir auf. »Willst du oder soll ich?«

Shit. Was ich wollte, war, dass *kein* solches Geister-Blutegel-Ding in meinem Arm steckte und sich unter meiner Haut einnistete.

»Wie mache ich es?«, fragte ich widerwillig.

»Pack das Ende mit Daumen und Zeigefinger und pass auf, dass er dir nicht entwischt.«

Allein bei der Vorstellung, dieses Ding auch noch anzufassen, drehte sich mir erneut der Magen um, dennoch ließ ich die Finger einen Moment lang über dem glänzenden Blutegel schweben, dann packte ich fest zu.

»Und jetzt zieh ihn heraus. Langsam!«, warnte Trent. »Sonst reißt du ein Stück ab und der Rest bleibt unter deiner Haut.«

»Danke, Kumpel.« Angewidert verzog ich das Gesicht und zog langsam an dem sich windenden Egel. »Du hast es gerade noch ekliger gemacht.«

»Gern geschehen.«

»Ist mit Roxy alles okay?«, wollte ich wissen und warf erneut einen Blick in ihre Richtung.

»Sie lebt noch«, rief mir Ella über die Schulter zu. Mehr Informationen bekam ich nicht, aber ich meinte zu sehen, wie sie Roxy abtastete, als würde sie nach Verletzungen oder Blutegeln suchen, die sich auch in ihrem Körper eingenistet hatten.

Wer wusste schon, wie lange sie in dem eisigen Flussbett gelegen hatte? Sie musste völlig unterkühlt sein. Und wenn mich so schnell eines dieser Viecher angegriffen hatte, dann mit Sicherheit auch sie.

»Konzentrier dich.« Trent lenkte meine Aufmerksamkeit wieder auf sich und auf das kleine Problem in meinem Unterarm.

Igitt. Ich wollte gar nicht näher hinschauen, aber es musste sein. Gut möglich, dass ich eines Tages keine ganze Huntertruppe bei mir haben würde und es allein hinkriegen musste, mich von einem solchen Viech zu befreien. Also würde ich das jetzt auch schaffen.

Ich packte das wurmähnliche Ding noch etwas fester am hintersten Teil und zog es ganz langsam heraus. Mein Arm brannte wie Feuer und der Blutegel wand sich nach Kräften. *Shit, shit, shiiit.* Stück für Stück wurde mehr von der Kreatur sichtbar. Schweiß trat mir auf die Stirn und ich biss die Zähne zusammen.

»Weiter so«, flüsterte Birdie. Ihr Gesicht wurde auf geisterhafte Weise von ihrem Amulett erhellt. Sie schien sich bereit zu machen, die Kreatur zu vernichten. »Du hast es fast geschafft.«

So fühlte es sich aber nicht an. *Scheiße, tat das weh!*

Mit einem letzten Ruck zog ich den Blutegel aus meinem Arm und hielt ihn in die Höhe. Er wand sich wie wild zwischen meinen Fingern. Blut tropfte herab und landete zwischen uns im Schnee.

Birdie streckte die Hand aus, die jetzt ganz ähnlich leuchtete, wie ich es immer bei Roxy beobachtet hatte, wenn sie ihre Magie einsetzte. Nur dass kein gezielter Energiestrahl die Kreatur traf, sondern sie förmlich in Stücke gerissen wurde. Ein Knall erschütterte den Wald und schräg hinter mir ächzte ein Baum getroffen. Rauch stieg von dem Stamm auf.

Ich blinzelte mehrmals und starrte auf das letzte Zipfelchen des Wesens, das zwischen meinen Fingern hing. Hastig ließ ich es fallen, sprang auf und zertrat es unter meinem Schuh.

»Gut gemacht.« Trent räusperte sich. »Zum Glück hast du nicht Shaws ganze Hand weggesprengt.«

»Wie bitte? Das stand zur Debatte?«

Er zuckte mit den Schultern und löste den Gürtel von meinem Arm. »Sagen wir, es war eine reelle Möglichkeit.«

Birdie erhob sich ebenfalls und warf ihm einen bitterbösen Blick zu. »Ein simples *Gut gemacht* hätte es auch getan.« Dann wandte sie sich an mich. »Alles okay?«

»Ja, alles bestens«, murmelte ich abgelenkt und eilte zu den anderen hinüber. Dass mein Unterarm von der Geistegel-Attacke noch immer etwas blutete, war mir egal. Ich musste zu Roxy.

Als ich näher trat, entdeckte ich auch auf ihrem Arm zwei kleine Blutspuren und verzog mitfühlend das Gesicht. Mit diesen Opoicas war echt nicht zu spaßen, auch wenn das gerade vermutlich Roxys kleinstes Problem war. Hastig ließ ich meinen Blick über ihren restlichen Körper wandern. Sie schien nirgendwo sonst verletzt zu sein, war aber so blass, wie ich sie nie zuvor gesehen hatte. Und das Amulett an ihrem Hals wirkte stumpf und erloschen.

»Sie muss dringend ins Warme«, sagte Ella und sah von einem zum anderen. »So wie wir alle.«

Ich nickte nur, beugte mich hinunter und schob die Arme unter Roxys Rücken und ihre Knie. Behutsam drückte ich sie an mich, dann stand ich zusammen mit ihr auf. »Lasst uns zurückgehen.«

Im Auto hielt ich sie auf dem Rücksitz im Arm und versuchte sie zusätzlich zur Decke mit meinem Körper zu wärmen. Die Fahrt hierher war mir wie eine halbe Ewigkeit vorgekommen, vor allem in Anbetracht der Ungewissheit, was mit Roxy passiert war. Die Fahrt zurück verging dagegen rasend schnell.

Da es im Prager Quartier keine Krankenstation gab, trug ich Roxy die Treppe nach oben in ihr Zimmer. Dort angekommen setzte ich sie behutsam auf einem Stuhl ab. Eigentlich hatte ich das Bett anvisiert, aber Roxys Klamotten waren noch immer durchnässt und klebten an ihrem Körper, genau wie mittlerweile auch meine eigenen.

»Okay, alle raus«, wies Ella die Truppe an. »Wir kümmern uns um sie.«

Nur Birdie durfte bleiben, damit sie Ella dabei helfen konnte, Roxy aus ihren nassen Klamotten zu befreien und ihr etwas Trockenes anzuziehen.

Schweigend und etwas verloren standen wir zu dritt vor der Tür, bis Trent sich schließlich räusperte und mit dem Daumen Richtung Treppe deutete. »Ich gebe mal besser Krall Bescheid, was vorgefallen ist.«

»Ja«, bestätigte Matej und fuhr sich durch das Haar. »Und ich gehe … auch … Dinge tun.«

Ich nickte den beiden zu und ging kurz ins Zimmer nebenan, um mich ebenfalls umzuziehen.

Bereits wenige Minuten später saß ich auf einem Stuhl an Roxys Bett. Sie war noch immer schrecklich bleich, aber sie atmete. Sie war am Leben. Und gerade schlief sie und erholte sich dabei hoffentlich. Das neue Amulett schon so schnell zu verbrauchen, musste sie unheimlich viel Energie gekostet haben, also war sie definitiv in einen Kampf verwickelt gewesen. Einen Kampf, den sie fast nicht überlebt hätte.

Ich fuhr mir mit beiden Händen über das Gesicht und durch das Haar. Es war so verflucht knapp gewesen, dass mir bei ihrem Anblick, wie sie da leblos im Fluss gelegen hatte, schier das Herz stehen geblieben war. Und jetzt … jetzt war ich auch nicht viel ruhiger. Vielleicht, weil mich das Bild einer blassen, bewusstlosen Roxy an unsere allererste Begegnung mit Amelia in London erinnerte. Vielleicht auch, weil mir inzwischen klar war, wie knapp es gewesen war. Wenn wir sie nur etwas später – oder gar nicht – gefunden hätten …

Ich schüttelte den Kopf. Alles in mir sträubte sich dagegen, auch nur in Gedanken weiter in diese Richtung zu gehen. Ich konnte sie nicht verlieren. Ich weigerte mich. Und ich würde alles in meiner Macht Stehende tun, um das zu verhindern.

13. KAPITEL

Roxy

Mein Kopf dröhnte. Mein ganzer Körper fühlte sich an, als wäre er aus Glas und könnte bei einer einzigen falschen Bewegung in tausend Stücke zersplittern. Dennoch musste ich mich bewegen, musste die Finger krümmen und die Beine ausstrecken, um sicherzugehen, dass ich noch existierte. Dass ich noch am Leben war.

Kühle Laken rieben über meine nackten Beine und ich hielt inne, während mein Verstand zu begreifen versuchte, was geschehen war. Langsam öffnete ich die Augen. Erst waren meine Wimpern zu verklebt, doch beim zweiten Versuch klappte es. Ich blinzelte mehrmals, damit mein Sichtfeld scharf wurde.

Ein kleiner Raum. Verblichene Tapeten. Ein mit Brettern vernageltes Fenster, durch das nur dünne Sonnenstrahlen hereinfielen und ein bizarres Muster auf die alten Holzdielen warfen. Einzelne Staubkörner tanzten durch die Luft, völlig losgelöst von Zeit und Raum.

Ich war in Prag. Im Quartier. In dem Zimmer, das ich hier bewohnte.

Mein Blick fiel auf den Mann, der an der gegenüberliegenden Wand am Tisch saß. Seine braunen Locken fielen ihm in die Stirn, die er konzentriert gerunzelt hatte. Sein Blick war auf das Notizbuch gerichtet, das er aufgeschlagen vor sich liegen hatte – aber vielleicht war es auch das Reisetagebuch, in das er die jüngsten Erlebnisse schrieb. Als er umblätterte, sah er auf und bemerkte mich.

»Hey.« Shaw klemmte den Stift zwischen die Seiten und stand auf. Langsam kam er zum Bett herüber.

»Déjà-vu …«, murmelte ich. Nach unserer ersten Begegnung mit Amelia in London hatte ich auch als Erstes Shaw gesehen, als ich wieder zu mir gekommen war. Nur hatte ich mich damals im Vergleich zu heute geradezu fit gefühlt.

Er lächelte schief. »Ja, für mich auch.« Neben dem Bett stand ein weiterer Stuhl, auf dem Shaw sich nun niederließ. Unter seinem intensiven Blick wurde mir unweigerlich wärmer, dabei war er wahrscheinlich nur um meine Gesundheit besorgt.

»Du hast fast zwölf Stunden durchgeschlafen«, informierte er mich leise. »Wir haben uns abgewechselt, damit immer jemand bei dir ist. Wie fühlst du dich?«

Irgendwie gelang es mir, mich aufzusetzen, auch wenn jede noch so kleine Bewegung schmerzte. Als ich endlich mit dem Rücken am Kopfende lehnte, hämmerte mein Herz zehnmal so schnell.

Ich verzog das Gesicht. »Als hätte ich fünf Nächte durchgemacht, nur um dann von Höllenhunden in die Unterwelt gezerrt, dort in die Mangel genommen und danach wieder ausgespuckt zu werden.«

Ein mitfühlender Ausdruck trat auf Shaws Gesicht. »Du warst total unterkühlt, als wir dich gefunden haben. Ein bisschen länger dort draußen und du wärst erfroren oder im Fluss ertrunken.«

Der Fluss … *richtig.* Ich erinnerte mich nur dunkel an das Plätschern und das Gefühl, als sich das eiskalte Wasser in meine Kleidung gefressen hatte. Zwar hatte ich dabei unter dem Einfluss der Rusalka gestanden, aber es war ja nicht so, als hätte sie mich reingeschubst. Es war ganz allein meine Entscheidung gewesen, bei ihrem dämlichen Spiel mitzumachen. Und wäre ich nicht im letzten Moment wieder zur Besinnung gekommen und hätte mich gegen den Geist gewehrt, wäre genau das passiert, was Shaw gesagt hatte. Ich wäre allein mitten im Nirgendwo gestorben.

Ich runzelte die Stirn. »Du hast mich dort gefunden?«

»Ja. Der Peilsender, den sie uns bei unserer ersten Mission hier gegeben haben, hat geholfen. Erinnerst du dich noch?«

Suchend wanderte mein Blick durch den Raum und blieb an meinen Stiefeln hängen. Nach meinem Abenteuer letzte Nacht müssten sie dreckig und voller Schlamm sein, aber sie sahen überraschend sauber aus. Hatte sie etwa jemand für mich geputzt?

»Ich hatte ganz vergessen, dass ich den Peilsender noch trage«, murmelte ich.

»Zum Glück.« Shaw stützte sich mit den Ellbogen auf die Oberschenkel und verschränkte seine Finger miteinander. »Ohne den hätten wir dich niemals so schnell aufgespürt.«

Und wir wussten beide, was dann geschehen wäre.

»Danke«, flüsterte ich.

Er nickte nur, als würde es nichts bedeuten, als wäre es nicht so verdammt wichtig. Aber ich hatte auch keine Worte dafür, was es mir bedeutete, dass er nach mir gesucht und mich gerade noch rechtzeitig gefunden hatte – ganz besonders nach unserem letzten Gespräch.

Es war die richtige Entscheidung gewesen, mich von Shaw zu distanzieren und ihm zunächst nichts von der Todesvision zu erzählen. Es war das Vernünftigste gewesen. Allerdings wusste ich nach allem, was in der letzten Nacht passiert war, nicht mehr, ob ich mich auch weiterhin daran halten konnte … Oder ob ich das überhaupt wollte.

Ich senkte den Kopf, wodurch mein Blick auf meinen linken

Unterarm fiel, genauer gesagt auf die beiden rötlichen Male dort. Eines war ganz klein und sah wie ein seltsam geformter Stern aus, das andere schien dieselbe Form gehabt zu haben, war aber eindeutig ein Schnitt, der jetzt mit durchsichtigen Pflasterstreifen beklebt war. Um beide Stellen hatten sich dunkle Blutergüsse in beeindruckendem Blaulila gebildet. Es sah aus, als wäre ich in einen heftigen Nahkampf verwickelt gewesen. Allerdings konnte ich mich an nichts davon erinnern. Ich hatte die Rusalka nicht einmal berührt.

Stirnrunzelnd wandte ich mich an Shaw. »Was ist das?«

Ein amüsiertes Lächeln schlich sich auf seine Züge. »Ach, du kanntest die auch noch nicht?« Er winkte lässig ab, bevor ich antworten konnte. »Das waren Opoicas. Geister, die die Form von Blutegeln annehmen, unter deine Haut kriechen und dich dann von innen heraus aussaugen.«

Ich starrte ihn an. Wartete, dass er in Gelächter ausbrach oder sonst irgendwie deutlich machte, dass das ein Scherz war. Aber nichts davon geschah.

»Du meinst …«, begann ich und sah von Shaw zu meinem Unterarm und wieder zurück. »Ich hatte zwei von diesen Dingern *in mir drin*?«

Er grinste. »Jepp. Immerhin keine Drekavacs«, fügte er hinzu und schüttelte sich bei der Vorstellung.

Ich blinzelte nur.

»Die Opoicas waren im Fluss. Zum Glück haben dich nur zwei davon erwischt. Ich hab auch ein kleines Andenken.« Zum Beweis streckte er den Arm aus, auf dem ebenfalls ein blauer Fleck prangte. Es dauerte einen Moment, dann hatte ich die kleine sternförmige Wunde auf seiner Haut entdeckt. Auf den ersten Blick sah sie nicht allzu schlimm aus, aber die Vorstellung, dass ein Blutegel ihn gebissen und dann in seinen Arm geschlüpft war … *brrr!*

»Das ist echt widerlich.«

Seine Augen funkelten vergnügt. »Genau dasselbe hab ich auch gesagt! Und dann musste ich mir das Ding auch noch selbst rausziehen.«

»Eww!« Ich hielt mich nicht gerade für zartbesaitet, aber das war echt keine angenehme Vorstellung.

»Du hattest wirklich Glück.«

Ich sah von ihm zu den Blutergüssen auf meinem Arm und wieder zurück. »Das hatten wir beide.«

»Glaub mir, wenn ich gewusst hätte, dass mörderische Geister-Blutegel in diesem Fluss sind, wäre ich nicht einfach so reingerannt, um dich zu retten.« Er schüttelte sich.

»Danke, dass du es trotzdem getan hast«, erwiderte ich.

Auch Shaw wurde jetzt ernster, aber seine Mundwinkel hoben sich leicht. »Immer wieder gern, Darling.«

Ich verdrehte die Augen. Obwohl ich alles gab, um bloß nicht zu lächeln, verlor ich diesen Kampf. »Wirst du jemals damit aufhören, mich so zu nennen?«

Jetzt grinste Shaw ganz offen. »Niemals.«

Ich schüttelte den Kopf, doch es gelang mir nicht mehr, ernst zu bleiben und böse zu gucken. »Typisch.«

Shaw lehnte sich in seinem Stuhl zurück, streckte die Beine aus und überkreuzte sie lässig an den Knöcheln, als gäbe es nichts auf der Welt, um das er sich Sorgen machen müsste. »Du kennst mich doch.«

Das stimmte nicht – zumindest nicht ganz. Ich kannte Teile von ihm, aber bei Weitem nicht alles. Nicht so, wie ich ihn gern kennen würde, auch wenn es für uns beide so viel einfacher wäre, wenn ich diesen Wunsch gar nicht erst hegen würde.

Mit dem Kinn deutete Shaw auf meinen Unterarm. »Ella und Matej haben sich um dich gekümmert und die Viecher rausgeholt.«

»Ihr wart alle da?«

Er wirkte ehrlich überrascht. »Natürlich. Du warst verschwunden, Roxy. Ohne Waffen, ohne Handy, sogar ohne dein Cape. Wäre es dir lieber gewesen, wir hätten bis zum nächsten Abend gewartet, um nach dir zu suchen?«

Dann wäre ich mit Sicherheit tot gewesen. Seit Giselle meinen eigenen Tod vorhergesehen hatte, war ich mir absolut sicher gewesen, dass es genau so passieren würde. Mehr noch: Ich hatte mir eingeredet, dass mir nichts und niemand etwas anhaben könnte, weil ich genau wusste, wann und unter welchen Umständen ich sterben würde. Alles, was bis zu diesem Moment geschah, könnte mich zwar verletzen, aber nicht töten. Ich hatte mich für unbesiegbar gehalten. Doch jetzt, nach dem Erlebnis mit der Rusalka, war ich mir da nicht mehr so sicher.

Amelias Zukunftsvisionen waren Interpretationssache gewesen. Oft waren sie zwar eingetroffen, allerdings nicht so, wie sie oder die betreffende Person es vermutet oder erhofft hatte. So langsam begann ich mich zu fragen, ob das bei den Todesvisionen ähnlich war und ob auch diese in Wahrheit nur eine Möglichkeit darstellten statt einer Tatsache. Vielleicht hatte ich nur gesehen, wie ich am wahrscheinlichsten sterben würde. Womöglich hatte sich diese Todesvision inzwischen geändert, weil sich die Umstände geändert hatten und ich nicht länger in Paris oder London war, sondern am anderen Ende von Europa und es mit einer Rusalka aufgenommen hatte. Ich könnte Giselle zwar fragen, was sie von dieser Theorie hielt, aber austesten und damit beweisen konnten wir sie leider nicht. Zumindest nicht, solange Giselle nicht hier war und ich sie nicht berühren konnte.

Aber wenn das stimmte … bedeutete das dann, dass ich Kevins Auftrag vielleicht doch noch schaffen konnte? Dass ich, sobald meine Zeit abgelaufen war, nicht genau so enden würde, wie Giselles Vision es mir prophezeit hatte? Dass ich vielleicht sogar … *leben* würde?

Und wenn es auch nur den Hauch einer Chance gab, dass das, was ich gesehen hatte, nicht mein Tod sein würde … Hatte ich Shaw dann ganz umsonst auf Abstand gehalten? Hatte ich die ganzen letzten Wochen nur … verschwendet? Ich hatte keine Ahnung, was ich noch denken sollte.

»Hey …« Shaw beugte sich ein wenig vor und suchte meinen Blick. »Alles klar?«

Ich nickte langsam, auch wenn überhaupt nichts klar war. Nichts war noch in Ordnung. Die Begegnung mit der Rusalka hatte meine ganze Welt auf den Kopf gestellt.

Wobei das so nicht ganz stimmte. Das Wesen hatte nur Wahrheiten zutage gefördert, die schon da gewesen waren, wenn auch unbewusst, weil ich sie mir nie zuvor eingestanden hatte. Doch nun, da ich sie laut ausgesprochen hatte, konnte ich sie nicht mehr in den hintersten Winkel meiner Seele verbannen, fest verschlossen in einer Kiste, die ich niemals öffnen würde. Jetzt waren sie draußen – und ich … ich musste irgendwie damit zurechtkommen.

Mit dem Gedanken, dass ich verdiente, was mir passiert war.

Mit dem Wissen, dass es meine Schuld war, dass Niall entführt worden war.

Und was Shaw betraf … Ich wusste nicht, wie das hatte passieren können, wo ich doch von Anfang an alles daran gesetzt hatte, genau das zu verhindern. Dennoch hatte Shaw es irgendwie geschafft, so unheimlich wichtig für mich zu werden. Mehr noch: zum für mich wichtigsten Menschen.

Shaw. Nicht Niall. Nicht irgendjemand sonst. Wie konnte ich ihn da weiterhin auf Abstand halten? Wie konnte ich ihm überhaupt noch etwas vormachen? Aber ich konnte auch nicht zulassen, dass *das hier* weiterging … oder? Völlig egal, ob sich die Todesvision genau so erfüllte, oder nicht – ich würde sterben. Mir blieben nur noch um die 90 Tage, gerade mal drei Monate, dann war es vorbei. Was hatte Giselle doch gleich gesagt? *Der Tod macht keine Ausnahmen.* Er würde uns alle holen kommen.

Ich schloss die Augen und atmete tief durch. Dann zwang ich mich dazu, sie wieder zu öffnen und endlich auf Shaws Frage zu antworten. »Die Rusalka ist tot. Ich hab sie in die Unterwelt zurückgeschickt.«

Keine Reaktion. Bis eben hatte er völlig ruhig, geradezu erleichtert gewirkt. Doch jetzt spannten sich seine Kiefermuskeln an und die Knöchel an seinen Fingern traten hervor, als würde er sich nur mühsam beherrschen können.

»Was ist?«, hakte ich leise nach.

»Du hast die Rusalka getötet – und dich fast gleich mit, nicht wahr? Dein Amulett …« Statt weiterzureden, deutete er nur darauf.

Ich tastete nach dem Anhänger an meinem Hals. Da war keine Wärme mehr, als meine Finger ihn berührten. Keine pulsierende Energie. Nur die Splitter eines zerstörten Steins und –

»Aua!« Blitzschnell zog ich die Hand zurück. Auf meinem Zeigefinger erschien ein kleiner Blutstropfen, wie sonst, wenn ich den Ghostvision befragte. Nur dass ich diesmal nicht nach dem nächsten Geist suchte, sondern mich an den Überresten meines zerstörten Amuletts geschnitten hatte. Wenigstens dahingehend hatte die Rusalka Wort gehalten. Sie hatte mir tatsächlich dabei geholfen, gegen die alles verzehrende Magie anzukommen und das Amulett loszuwerden, wenn auch nicht so, wie sie es geplant hatte.

»Dich sollte man im Moment echt nicht aus den Augen lassen.« Shaw setzte sich neben mich aufs Bett und griff nach meiner Hand. Seine Haut war warm, ganz im Gegensatz zu meiner. Behutsam wickelte er ein Papiertaschentuch um meinen verletzten Zeigefinger und drückte leicht zu, um die Blutung zu stoppen. »Na also. Halb so wild.«

Als er den Kopf hob, trafen sich unsere Blicke und ich hielt unwillkürlich den Atem an. Denn obwohl wir in der kurzen Zeit, die wir uns kannten, schon so viel zusammen erlebt hatten, kam es mir plötzlich so vor, als würde ich ihn zum ersten Mal sehen. *Richtig* sehen.

Etwas hatte sich zwischen uns verändert … Etwas, das ich mir bisher nie hatte eingestehen wollen und das ich immer weit von mir geschoben hatte. Aber nun erwischte ich mich bei dem Gedanken, dass ich dieses Etwas greifen und festhalten wollte.

Die Luft um uns herum schien sich zu verändern, wurde dichter, schien geradezu zu vibrieren. Ich war mir ziemlich sicher, dass Shaw es auch spürte, dennoch sagte keiner von uns ein Wort.

Ein Teil von mir wollte, dass ich meine Hand zurückzog, den Kontakt abbrach und so viel Abstand wie nur möglich zwischen uns brachte. Weil es sicherer war. Aber der andere Teil von mir … Dieser Teil wollte mehr. Mehr Fühlen, mehr Berühren und Ertasten, mehr Nähe zu diesem Mann, der sich so unmerklich einen festen Platz in meinem Leben geschaffen hatte, dass ich es erst realisiert hatte, als es schon längst zu spät war. Für mich. Für ihn. Für uns beide.

»Tut mir leid, dass ich einfach abgehauen bin«, wisperte ich, ohne den Blickkontakt abzubrechen. *Und dass ich dir nicht schon viel früher von der Todesvision erzählt habe*, fügte ich in Gedanken hinzu.

»Warum hast du es getan?«, hakte Shaw leise nach und ich meinte, einen leichten Vorwurf aus seinen Worten herauszuhören. »Ich weiß, wir hatten davor eine … Diskussion, aber ich hätte dir geholfen. Jeder hier hätte dir helfen können«, fügte er nach einem Moment hinzu.

Ich zögerte. Aus irgendeinem Grund hämmerte es plötzlich viel zu heftig in meiner Brust. Vielleicht, weil Shaw meine Hand noch immer festhielt. Oder weil ich sie ihm noch immer nicht entzogen hatte. Nicht einmal dann, als er anfing, ganz sachte mit den Fingerspitzen seiner anderen Hand über mein Handgelenk zu streichen. Ich wusste nicht mal, ob ihm überhaupt bewusst war, was er da tat, wohingegen ich es überdeutlich wahrnahm. Das leichte Streichen seiner rauen Haut auf meiner. Das heiße Prickeln, das selbst so eine kleine Berührung von ihm in mir auslöste. Wie würde es sich dann erst anfühlen, wenn …

»Ich weiß, aber … ich hab nicht mal daran gedacht«, beeilte ich mich zu sagen, bevor meine Gedanken weiter in diese eine ganz bestimmte Richtung wandern konnten. Ich räusperte mich. »Die Rusalka war in meinem Kopf. Schon seit Tagen. Ich habe die ganze Zeit ihre Stimme gehört und … ich denke, mit jedem Kontakt, den sie zu mir hatte, hat sie ihren Einfluss auf mich verstärkt. Sogar Kevin – du weißt schon, der Todesbote – hat versucht, mich zu warnen, aber ich habe nicht auf ihn gehört.«

Shaws Brauen wanderten in die Höhe. »Der Todesbote hat mit dir gesprochen?«

»Zum ersten Mal. Ich wusste ja, dass er ständig mit Warden redet, aber mich hat er bisher immer nur beobachtet.«

Dass er sich ausgerechnet diesen Moment ausgesucht hatte, um mich das erste Mal, seit er mich verflucht hatte, wieder anzusprechen – und dann auch noch zu warnen –, rechnete ich ihm hoch an. Selbst wenn es nur aus Eigennutz heraus geschehen war, weil er derjenige sein wollte, der mich nach Ablauf meiner Zeit holen kam, hätte er das nicht tun müssen. Generell durften sich Todesboten nicht in die Geschicke der Lebenden einmischen – davon, sie zu warnen oder ihnen zu helfen, ganz zu schweigen –, aber Kevin hatte es getan.

»Und du bist trotzdem mit der Rusalka gegangen?«, hakte Shaw leise nach.

Widerwillig nickte ich. »Ich war wie in Trance. Ich glaube, ich war nicht dazu in der Lage, überhaupt auf jemanden zu hören. Sie hat mich eingelullt und mir versprochen, mir zu helfen, also bin ich ihr gefolgt.«

»Womit wollte sie dir helfen?«

»Damit.« Ich versuchte, erst mit einer Hand, den Verschluss der Halskette in meinem Nacken zu öffnen, musste dann jedoch einsehen, dass es nicht funktionierte, also entzog ich Shaw meine Hand und nahm sie zu Hilfe. Im nächsten Moment landete das zerstörte Amulett zusammen mit dem Samtband in meinem Schoß und wir starrten beide auf die Überbleibsel. Zahllose Risse zogen sich durch den Stein, der jetzt vor unseren Augen in seine Einzelteile zerfiel.

Das Ganze war einfach nur seltsam. Mittlerweile hatte ich schon ein paar Amulette verbraucht, erst während Amelias hartem Training, dann im Laufe meiner Jagd auf all die Seelen, die ich selbst befreit hatte. Ich wusste, wie es sich anfühlte, wenn die Magie nachließ und schließlich ganz verschwand. Doch noch während ich die Splitter des Steins betrachtete, wurde mir klar, dass ein verbrauchtes Amulett nicht so aussehen sollte wie das hier. Nicht so, als hätte eine übernatürliche Kreatur mit unzähligen spitzen Zähnen den Stein zerfetzt.

»Ich habe noch nie eine so mächtige Magie gespürt«, überlegte ich laut. »Selbst für ein Stufe-6-Amulett war es … es war kaum auszuhalten. Die Rusalka hat gesagt, die Magie würde mich verzehren, mich von innen heraus aussaugen.«

Shaw beugte sich näher, um die Überreste des Steins zu inspizieren, und ich versuchte sowohl seine Nähe auszublenden als auch den mittlerweile viel zu vertrauten Duft, der mir jetzt in die Nase stieg.

»War das wirklich so?«, hakte er leise nach. »Oder hat die Rusalka das nur behauptet, um dich wegzulocken?«

Ich wollte schon antworten, hielt dann jedoch inne. Nach all der Zeit war ich die Nachwirkungen von Magie gewohnt und wusste, wie ich damit umzugehen hatte. In der Regel halfen Schmerztabletten, ein paar Stunden Schlaf und ein ruhiger Morgen, um schnell wieder auf die Beine zu kommen. Diesmal war es anders. Diesmal war ich so erledigt, als hätte mir etwas all meine Lebensenergie ausgesaugt – das konnte nicht nur an der stundenlanden Wanderung durch den Schnee oder daran liegen, dass ich in diesem eisigen Fluss gelegen hatte. Es ging so viel tiefer als eine Unterkühlung oder der Einfluss einer übernatürlichen Kreatur. Die Rusalka konnte nicht schuld daran sein, genauso wenig wie diese Opoicas im Fluss, sonst wäre auch Shaw total erledigt. Es musste am Amulett liegen. Ein Amulett, dessen magische Energie viel zu mächtig gewesen war – und auch viel zu schnell wieder verbraucht.

»Was tust du da?«, fragte ich, als er wortlos sein Handy hervorzog und hastig etwas eintippte.

»Pavel Bescheid geben. Von ihm hast du das Amulett. Vielleicht kann er uns mehr dazu sagen.«

»Das muss er gar nicht«, murmelte ich und betrachtete wieder die grauen Bruchstücke auf der Bettdecke, die einst ein Amulett gewesen waren.

Es war so offensichtlich, dass ich mich wunderte, warum es mir nicht schon früher aufgefallen war. Aber dann wiederum hatte ich noch nie Erfahrungen mit dieser Art von Amuletten gemacht.

»Es war ein Dunkelsplitter.«

»Ein Dunkelsplitter?«, wiederholte Pavel rund zwanzig Minuten später und sah mich stirnrunzelnd an, während er die Überreste des Amuletts mit einer Pinzette einsammelte, um sie später zu untersuchen. »Bist du sicher?«

»Ziemlich.«

»Das ist schon ewig nicht mehr vorgekommen. Die Methoden der Archivare werden immer besser, und die Fehlerquote bei Amuletten der höchsten Stufen liegt bei unter einem Prozent. Genauer gesagt bei 0,79 Prozent.« Die letzten Worte waren nur noch ein fassungsloses Murmeln.

»Ich weiß.«

Amelia hatte mir alles darüber beigebracht. Auch dass die Fehlerquote in ihrer Anfangszeit als Jägerin noch bei rund drei bis vier Prozent gelegen hatte. Zwar hatte ich es bisher noch nie mit einem Dunkelsplitter zu tun gehabt, dennoch war mir sicher, dass es sich hierbei um einen handelte.

»Dieses Amulett war viel zu stark«, erklärte ich ruhig und wartete, bis Pavel auch die letzten Splitter eingesammelt und sich auf den Stuhl neben das Bett gesetzt hatte. »Stärker, als eins der Stufe 6 sein sollte. Außerdem war die Magie … anders. Normalerweise fühlt es sich so an, als könnte ich sie nach Belieben erwecken und einsetzen, aber solange ich sie nicht nutze, bleibt sie im Amulett gefangen. Bei diesem war es, als würde sie die ganze Zeit durch mich hindurchfließen. Als würde nicht ich den Stein beherrschen, sondern als würde er *meine* Energie benutzen. Als würde … als würde er mich aussaugen.«

Wie ein Vampir. Diesen Vergleich sprach ich zwar nicht aus, aber ich meinte, mich dunkel daran erinnern zu können, dass die Rusalka so etwas gesagt hatte. Sie musste von Anfang an gespürt haben, was für ein Amulett ich mir da umgehängt hatte.

»Aussaugen?«, wiederholte Pavel irritiert und sah von seinem

Tablet auf, in dem er sich meine Aussage notierte. »Warte mal. Ah, da haben wir es ja. Das Amulett stammt von den Archivaren aus Warschau und … das kann nicht sein.«

»Spann uns bloß nicht auf die Folter«, kommentierte Shaw trocken. Er saß noch immer auf der Bettkante neben mir und wartete genauso ungeduldig wie ich darauf, dass Pavel weitersprach.

»Hier steht, dass dieses Amulett aus einem Vampir hergestellt wurde.«

Ich schüttelte langsam den Kopf. »Das ist unmöglich. Vampire sind nicht mächtig genug für ein so starkes Amulett.«

Und genau deshalb waren die Amulette der höchsten Stufe auch so selten. Es bedurfte der stärksten Kreaturen, wie etwa mächtige Hexen und Hexer, um so viel konzentrierte Magie zu erhalten, dass sich der Stein dunkelblau verfärbte und darin goldene Sprenkel funkelten – ein deutliches Anzeichen der wahren Stärke. Aus Vampiren wurden in der Regel Amulette der mittleren Stufen hergestellt, nicht mehr und nicht weniger. Doch selbst wenn das in diesem Fall tatsächlich so war – letzten Endes hatte keiner von uns ahnen können, dass wir es mit einem Dunkelsplitter zu tun hatten.

»Das steht hier«, bestätigte Pavel, auch wenn er genauso wenig überzeugt wirkte wie ich. »Von so etwas höre ich auch zum ersten Mal.«

Shaw machte sich mit einem Räuspern bemerkbar. »Überprüft ihr die Amulette nicht, die ihr bekommt, bevor ihr sie den Huntern aushändigt?«

»Unsere Geschäfte mit den anderen Quartieren beruhen auf einem Vertrauensverhältnis«, erklärte Pavel mit angespannter Stimme. »Sie vertrauen uns mit den Waffen und Upgrades, wir ihnen mit den Amuletten. Oder habt ihr etwa alle Waffen überprüft, die ihr hier im Quartier bekommen habt?«

»Touché«, murmelte Shaw. »Aber das bedeutet nicht, dass …«

Die beiden diskutierten noch einen Moment weiter, aber ich blendete sie völlig aus. Meine Gedanken rasten – was in meinem aktuellen Zustand alles andere als angenehm war.

Schließlich legte ich die Hand auf Shaws Arm und brachte ihn so zum Schweigen. »Hast du mein Handy gesehen? Oder deins gerade da?«

»Klar.« Shaw zog sein Handy hervor und hielt es mir hin. »Warum? Was ist los?«

»Ich muss im Quartier in Edinburgh anrufen.« Da ich nicht die Nummer der dortigen Archivare hatte, wählte ich die von Warden.

Pavel erhob sich von seinem Stuhl. »Ich werde die Überreste sofort untersuchen. Und, Roxy … Tut mir leid, dass du das erleben musstest.«

Ich nickte ihm dankbar zu und sah ihm nach, während es einige Male klingelte. Plötzlich erklang ein Rascheln, und dann erschien Wardens mürrisches Gesicht auf dem Display. »Weißt du eigentlich, wie spät es ist?«

Ähm … ups?

»Die Sonne scheint, oder nicht?«, konterte ich, auch wenn es draußen bereits dämmerte. »Es ist Tag.«

»Ja, aber ich war die ganze Nacht unterwegs.«

»Tut mir leid, aber ich wusste nicht, wen ich sonst anrufen sollte.«

Ich hörte ein erneutes Rascheln im Hintergrund. Die Bettdecke? Zumindest stand Warden jetzt auf. »Was ist los?« Mit einem Mal klang er hellwach.

Ich wechselte einen kurzen Blick mit Shaw, der neben mir das Gespräch schweigend mitverfolgt hatte, dann erzählte ich Warden alles. Angefangen bei unserer Ankunft in Prag, den Geistern und dem neuen Amulett, bis hin zur Rusalka und dem Moment, in dem ich die Magie des neuen Amuletts verbraucht hatte.

»Ich bin mir ziemlich sicher, dass es sich dabei um einen Dunkelsplitter gehandelt hat«, endete ich.

»Ein Dunkelsplitter?«, wiederholte Warden ungläubig.

»Ja.«

»Okay. Und wie genau soll ich dir dabei helfen?«

»Es stammt aus Warschau. Den Aufzeichnungen der Archivare zufolge bestand das Amulett aus einem Vampir.«

»Welche Stufe hatte das Amulett?«, hakte Warden nach.

»Sechs.«

»Unmöglich. Normale Vampire sind nicht mächtig genug für ein so starkes Amulett.«

»Diesmal schon. Aber da ist noch was …« Ich zögerte und suchte nach den richtigen Worten, doch ein kurzes Klopfen unterbrach mich.

Das Geräusch kam nicht von meiner Tür, sondern von Wardens, der jetzt aufstand und sie öffnete. Eine Stimme, die ich nicht sofort zuordnen konnte, grüßte ihn.

»Moment, ich telefoniere gerade mit Roxy.«

Ein anderes Gesicht schob sich an Warden vorbei vor die Kamera. Schwarzes Haar. Unverwechselbare hellgraue Augen. Wayne.

»Hey«, begrüßte er uns. Seine Stimme klang träge und er sah so müde aus, als hätte er ebenfalls einen Kampf gegen eine Rusalka hinter sich.

»Roxy hat mir eben von ihrem neuen Amulett erzählt, ein Dunkelsplitter der Stufe 6, der angeblich aus einem Vampir gewonnen wurde.«

Wayne blinzelte. »Seid ihr euch sicher?«

Ich nickte. Je länger ich darüber nachdachte, desto sicherer war ich mir – und nicht nur, weil es in den offiziellen Aufzeichnungen so festgehalten war. Meine eigenen Erlebnisse mit diesem Amulett bestätigten sie.

»Wenn du sagst, dass ein normaler Vampir nicht mächtig genug für ein solches Amulett sein kann, was ist dann mit Isaac?«, fragte ich. »Was habt ihr mit seinen Überresten gemacht? Kann es sein, dass daraus ein Amulett hergestellt wurde?«

Auch wenn mir schleierhaft war, wie Isaacs tote Überreste nach Warschau gekommen sein sollten. Und dass ausgerechnet dieses Amulett von Warschau nach Prag und dort in meine Hände gelangt war? Zugegeben, das war weit hergeholt, aber es wäre wenigstens eine Erklärung für diese geballte, zerstörerische Macht.

Warden schüttelte den Kopf. »Isaacs Überreste wurden verbrannt und vernichtet. Wir waren dabei. Kein Amulett sollte so mächtig sein und aus den Überresten eines der vier Könige bestehen.«

»Sicher?«

»Absolut.«

»Okay«, gab ich nach und verwarf diese Theorie wieder. »Woran könnte es dann liegen? Der Archivar hier ist absolut sicher, dass das Amulett aus einem Vampir gemacht wurde.«

»Ist es denn ausgeschlossen, dass es dort draußen noch andere Vampire wie Isaac gibt?«, fragte Shaw und lehnte sich zu mir herüber, um seinen Kopf ins Bild zu schieben.

Doch während er Warden und Wayne kurz zuwinkte, konnte ich nur seinen Duft wahrnehmen, der mir jetzt in die Nase strömte. Frisch, als hätte er erst vor Kurzem geduscht. Mit einem Hauch von Kaffee, den er getrunken haben musste. Und der Wärme nach zu urteilen, die sein Körper ausstrahlte, hatte er entweder sehr heiß geduscht oder vorher Sport gemacht. So oder so spürte ich die Hitze auf meiner Haut prickeln und hatte Mühe, mich wieder auf den Videocall zu konzentrieren.

»Wenn es um Magie und die Kreaturen der Nacht geht, ist nichts unmöglich«, sagte Wayne. Er rückte näher an Warden heran und erst jetzt bemerkte ich den Gehstock, den er noch immer in der Hand hielt. Am Tag des Blutbades war er schwer verletzt worden, aber ich hatte angenommen, dass seine Blood-Hunter-Gene ihn längst wieder geheilt hatten.

»Ich werde mich bei unseren Archivaren erkunden«, versprach Warden. »Die haben schon jede Menge Vampire zu Amuletten verarbeitet. Wenn jemand etwas darüber weiß, dann sie.«

»Danke, Warden.«

»Danke!«, rief auch Shaw.

Ich wollte gerade auflegen, als sich plötzlich Wayne noch einmal ins Bild schob. »Warte!«

»Ja?«

»Wie geht es Ella?«

»Ella?« Überrascht runzelte ich die Stirn. »Ich hab sie heute noch nicht gesehen, aber den Umständen entsprechend, würde ich sagen. Sie verbringt viel Zeit auf der Jagd. Prag ist voller Geister, da gibt es viel für sie zu tun.«

»Wer begleitet sie auf der Jagd?«

Diesmal war Shaw derjenige, der antwortete: »Niemand. Hier gibt es so wenige Hunter, dass die Regel, nur in Zweierteams unterwegs zu sein, nicht gilt. Jeder kann kommen und gehen, wie er oder sie will.«

Waynes Blick wurde hart. »Das ist nicht sicher.«

Unweigerlich fragte ich mich, ob da die Regeln aus ihm sprachen, echte Sorge um Ella oder einfach nur Machogehabe. Denn als Warden allein auf die Jagd gegangen war, hatte Wayne keinen Mucks dazu gesagt – im Gegenteil. Soweit ich wusste, hatte er ihm sogar dabei geholfen, seine Spuren zu verwischen. Warum sollte das bei Ella anders sein?

»Ella kann sehr gut auf sich selbst aufpassen.«

Schließlich war sie eine Soul Huntress mit Amulettstufe 4. Zwar war sie kein Profi im Kampfsport oder im Umgang mit Schusswaffen, aber sie konnte sich dennoch gut zur Wehr setzen. Außerdem war es ja nicht so, als würde sie in der Stadt der Geister allzu oft in einen Nahkampf verwickelt werden.

»Ich weiß, aber …« Wayne brach mitten im Satz ab, als er Wardens verwunderten, aber zugleich auch amüsierten Blick bemerkte. »Sie soll einfach vorsichtig sein.«

»Das ist sie«, versicherte ich Wayne. »Außerdem hat sie jederzeit Verstärkung, wenn sie die braucht. Aber da fällt mir noch etwas ein. Hier gibt es keine Amulette der Stufe 5, und 4 fehlt auch. Warden, könntest du mir welche aus Edinburgh schicken lassen? Sonst frage ich mal in London nach.«

Nach dem Erlebnis mit dem Dunkelsplitter und dem Nahtoderlebnis mit der Rusalka war ich nicht scharf darauf, es wieder mit Stufe 6 zu probieren. 5 war gut. 5 war sicher. Ich würde dabeibleiben.

»Kein Problem«, antwortete Warden. »Es könnte ein paar Tage dauern, aber dann sind sie bei euch.«

»Super. Danke! Bis dann.« Ich gab Shaw sein Handy wieder und ließ mich erschöpft ins Kissen zurücksinken.

Das ersparte mir einen Anruf in London – und eine Erklärung für die Quartiersleiterin Nala, der ich dann ebenfalls die ganze Geschichte mit dem Dunkelsplitter erzählen müsste. Dabei wollte ich gerade nur noch die Augen zumachen und schlafen.

Shaw betrachtete mich nachdenklich, aber da lag auch etwas Mitfühlendes in seinem Blick. »Du solltest dich noch etwas ausruhen.«

Ich nickte, weil das ganz großartig klang.

»Brauchst du noch etwas?«, fragte er und strich mir eine Haarsträhne hinters Ohr.

Die Berührung war so klein, kaum spürbar und weckte dennoch so viel Wärme in mir, dass ich unwillkürlich den Atem anhielt. Stumm schüttelte ich den Kopf.

»Okay.« Er zögerte. »Birdie hat bei unserem Sightseeingtrip die Rauhnächte erwähnt und dass der Schleier zur Geisterwelt besonders dünn ist und sie deshalb im Moment noch mehr Probleme mit Geistern haben als sonst.«

Ich nickte langsam, denn ich erinnerte mich daran. Aber worauf wollte Shaw hinaus?

»Ich musste die ganze Zeit darüber nachdenken, weil mir das so bekannt vorkam und ich so etwas Ähnliches schon früher mal gehört habe. Dann ist es mir eingefallen. In London hast du mir erzählt, dass der Grund, warum du und dein Zwillingsbruder den Schattenblick habt, der ist, dass ihr zu einer Zeit geboren wurdet, in der der Schleier zur Geisterwelt besonders dünn ist.«

»Das stimmt.«

»Zum Beispiel während der Rauhnächte«, schlussfolgerte er. »Also hast du bald Geburtstag? Oder hattest du schon?«

Ich zögerte einen Herzschlag lang. »Niall und ich … wir haben am 31. Dezember Geburtstag.«

Nicht nur mitten in den Rauhnächten, sondern auch noch an der Schwelle zwischen dem alten und dem neuen Jahr.

»Warte mal …« Shaw richtete sich abrupt auf. »Das ist heute.«

»Was? Wirklich?«

Er nickte. »Heute ist Silvester.«

Oh. Wow. Irgendwie war mir das gar nicht klar gewesen. Aber ich hatte schon Weihnachten verpasst, warum dann nicht auch Silvester und meinen eigenen Geburtstag? Irgendwie bereute ich es jetzt ein wenig, es Shaw gesagt zu haben, denn ich wollte nicht, dass er oder irgendjemand sonst Aufheben davon machte.

»Tja, wie es aussieht, werde ich meinen Geburtstag im Bett verbringen.« Ich sah mich kurz um, dachte an die vergangenen Wochen und zuckte mit den Schultern. »Gibt Schlimmeres.«

Was Leckeres zu essen, ein himmlisches Dessert und ein Laptop, um mir irgendetwas anzuschauen, und schon könnte das der Himmel auf Erden sein. Zumindest, wenn mir nicht alles wehtun und ich mich nicht so verdammt schwach fühlen würde. Im Moment kostete es mich sogar unglaublich viel Kraft, einfach nur die Hand zu heben. Ans Aufstehen und ins Bad gehen oder mir etwas zu futtern zu holen, wollte ich da gar nicht erst denken. Also würde ich mich wohl oder übel fürs Erste nur mit dem Bett zufriedengeben müssen.

Shaw stand abrupt auf. »Ich muss mal eben weg. Bin bald zurück. Wehe, du gehst irgendwohin.«

Sehr witzig. Als ob ich in meinem Zustand einfach so aufstehen und einen Spaziergang machen könnte. Also blieb ich im Bett sitzen und sah Shaw stirnrunzelnd nach, bis die Tür hinter ihm zufiel. Was um alles in der Welt hatte er vor?

14. KAPITEL

Roxy

Wie vermutet, verbrachte ich auch den Rest des Tages im Bett. Wenn ich nicht vor Erschöpfung schlief, bekam ich Besuch von den anderen Huntern. Als es Abend wurde, hatte Birdie schon zweimal vorbeigeschaut, sogar Pandora war vorbeigekommen und hatte mir Suppe von zu Hause mitgebracht, die ihre Freundin gekocht hatte. Außerdem waren auch Trent und Matej da gewesen, um sich nach mir zu erkundigen und sich meinen Arm anzusehen. Finn, der als Einziger von meinem Geburtstag wusste, hatte aus dem Quartier in London angerufen und sein Handy einfach weitergereicht, damit auch Nala, Weston und Linnea, Ingrid, Giselle und all die anderen mir gratulieren konnten. Dieser Verräter. Dennoch freute ich mich insgeheim darüber, denn so viele Glückwünsche hatte ich wahrscheinlich noch nie an meinem Geburtstag bekommen. Und es führte mir deutlich vor Augen, wie sehr sich mein Leben in diesem einen Jahr verändert hatte.

Vor einem Jahr war ich noch Amelias Schülerin gewesen. Vor einem Jahr hatte ich noch nichts von dem Verrat meiner Mentorin geahnt und was dieser für mich und den Rest meines Lebens bedeuten würde. Seither war so unglaublich viel passiert und ich hatte so viele Menschen kennengelernt, die mir beigestanden hatten, dass ich gar nicht wusste, wohin mit den ganzen Empfindungen.

Mittlerweile war es später Abend und draußen dunkel geworden.

Ächzend setzte ich mich auf und schaltete die Nachttischlampe ein. Sobald sich meine Augen an die Helligkeit gewöhnt hatten, schwang ich die Beine über die Bettkante und stand auf. Jede Bewegung tat weh. Meine Gliedmaßen waren schwer, und allein schon nach einer Hose zu greifen und diese anzuziehen erforderte so viel Energie von mir wie normalerweise eine komplette Sporteinheit. Aber ich gab nicht auf.

Irgendwie schaffte ich es, mich ins Bad und wieder zurück zu schleppen. Mein Herz hämmerte wie verrückt in meiner Brust, mein Atem kam keuchend und ein leichter Schweißfilm lag auf meiner Haut, als ich mich wieder aufs Bett setzte. Ich hatte mich nie zuvor so fertig gefühlt … höchstens einmal als Kind, als Niall und mich eine heftige Grippe erwischt hatte und wir beide tagelang mit Fieber und Gliederschmerzen flachlagen. Doch das war so lange her, dass es gar nicht richtig mit meinem aktuellen Zustand zu vergleichen war.

Ich hatte enorm viel Magie eingesetzt. Nicht nur letzte Nacht gegen die Rusalka, gegen die ich sogar die Magie eines ganzen Stufe-6-Amuletts – wenn auch eines Dunkelsplitters – verbraucht hatte, sondern auch in all den Wochen zuvor. Die Pausen waren nur minimal gewesen und meist hatte ich jeglichen Schmerz und jede Schwäche mit Tabletten betäubt. Nahm man dann noch meinen unfreiwilligen Ausflug in die Kälte dazu und dass ich wer weiß wie lange in diesem Fluss gelegen hatte, grenzte es an ein Wunder, dass ich überhaupt noch gerade stehen konnte, statt mit einer lebensbedrohlichen Lungenentzündung im Bett zu liegen. Ich hatte wirklich Glück gehabt, auch wenn es sich gerade nicht so anfühlte.

Ächzend ließ ich mich in die Kissen zurücksinken und verfluchte meinen Körper dafür, dass er mich so im Stich ließ, obwohl ich nur den Flur hinuntergegangen war. Mehrere Minuten blieb ich bewegungslos sitzen, die Hände an meinen Seiten in die Matratze gekrallt, und wartete darauf, dass der Boden aufhörte, unter mir zu schwanken wie ein Boot bei hohem Seegang, und mein Sichtfeld wieder klarer wurde.

Doch das passierte nicht. Egal wie sehr ich mich anstrengte, egal wie oft ich blinzelte, alles verschwamm nur noch mehr. Wogende Schatten tauchten am Rande meines Blickfelds auf und nahmen es immer mehr ein. Mein Magen zog sich zusammen. Instinktiv hielt ich den Atem an, denn ich wusste genau, was jetzt passierte.

Niall …

Ich sprach seinen Namen nicht aus, denn diesmal wurde ich so heftig an diesen anderen, diesen fremden Ort geschleudert, dass mir davon übel wurde. Obwohl ich noch immer das Bettlaken unter meinen Fingern spüren konnte, befand ich mich im Geiste schon längst nicht mehr im Quartier.

Langsam ließ ich den Blick wandern. Es war dunkel um mich herum – und gleichzeitig auch nicht. Tausende winzig kleine Lichter funkelten über mir und bewegten sich wie ein Meer aus Sternen. Das Plätschern und Tropfen von Wasser drang an mein Ohr und ein kühler Windhauch streifte mein Gesicht. Ranken wuchsen an steinernen Wänden entlang und bunte Blüten zogen meine Aufmerksamkeit auf sich. Ich hatte solche Pflanzen nie zuvor gesehen, zumindest nicht mit eigenen Augen. Nur hier. An diesem Ort, an dem Niall schon so lange sein musste. Aber wo –

»Roxy!«

Schlagartig brach die Verbindung ab. Mein Herz raste und Übelkeit breitete sich in mir aus. Ich musste mehrmals tief durchatmen, um überhaupt wieder richtig zu mir zu kommen und zu verstehen, was passiert war. Verschwunden war dieser seltsame Ort. Ich befand mich wieder im Prager Quartier und verstand im ersten Moment nicht, was den Schattenblick so abrupt beendet hatte. Bis ich Ella neben mir auf dem Bett sitzen sah, die Augen besorgt aufgerissen. Ihre helle Haut wirkte noch bleicher als sonst und die Spuren von zu vielen durchgemachten Nächten zeichneten sich deutlich in ihrem Gesicht ab.

»Alles in Ordnung?«, fragte sie leise. »Du warst wie in Trance und hast nicht reagiert, obwohl ich dich mehrmals angesprochen habe.«

»Ich …«, begann ich und schüttelte dann den Kopf. Doch die Bilder wollten nicht so einfach aus meinem Bewusstsein verschwinden. Dieser Ort war fest darin verankert, genauso hartnäckig wie die Verbindung zu meinem Zwillingsbruder.

Niall … Eine gewaltige Erleichterung durchflutete meinen Körper. Ich hätte wissen müssen, dass er ausgerechnet an unserem Geburtstag Kontakt zu mir aufnehmen würde. Gab es ein eindeutigeres Zeichen dafür, dass er noch am Leben war? Aber warum war er nach all dieser Zeit noch immer am selben Ort?

»Es geht mir gut«, behauptete ich, nur um gleich darauf eine Grimasse zu ziehen. »Na ja, so gut es mir nach dem Dunkelsplitter und dem Treffen mit einer Rusalka gehen kann.«

Mitfühlend verzog Ella das Gesicht, doch ihr Lächeln war schwach. Sie wirkte erschöpft, aber etwas von der Schwere und Stille, die sie in den letzten Wochen umgeben hatten wie ein Mantel, schien verschwunden. Offenbar hatte sie mit den Geistern in Prag etwas gefunden, das sie von ihrem Kummer ablenkte. »Du hast hier ganz schön viel zu tun, was?«

»Prag wird nicht umsonst die Stadt der Geister genannt.«

Ich nickte langsam. Oh ja, an Geistern mangelte es hier definitiv nicht.

»Das eben …«, setzte Ella an, geriet dann jedoch ins Stocken. »Du hast den Schattenblick.«

Es war keine Frage, sondern eine Feststellung, die mich eigentlich nicht überraschen sollte. Schließlich war Ella eine Soul Huntress und besaß selbst einen der vier Blicke. Dennoch zögerte ich. Es gab nur sehr wenige Menschen, die von meiner Verbindung zu Niall wussten – und die meisten von ihnen waren tot. Allerdings hatte ich Ella bereits von der Mission erzählt, die mir der Todesbote auferlegt hatte, und sie wusste über Amelia Bescheid. Warum also nicht auch über Niall? Ich hatte ohnehin nichts mehr zu verlieren.

»Stimmt«, antwortete ich leise und suchte in ihrer Miene nach einer Reaktion. Nach Überraschung, Verwirrung oder irgendetwas anderem. Was ich hingegen nicht erwartet hatte, war … Verständnis.

»Keine Sorge, ich werde niemandem davon erzählen.« Sie hob beschwichtigend die Hände. »Möchtest du darüber reden, was du gesehen hast?«

Diesmal zögerte ich nicht. Es war fast schon eine Befreiung, es jemandem zu erzählen. Jemand, der wusste, wie es war, anders zu sein. Jemand, der selbst ständig Dinge wahrnahm, die sonst niemand bemerkte. Jemand, der meine Erlebnisse nicht als seltsam oder ungewöhnlich abtat, sondern sie einfach akzeptierte.

»Du erinnerst dich an Niall?«

Ella nickte. »Ja, natürlich. Du hast mir im Auto von ihm erzählt.«

Ich wusste genau, wann wir dieses Gespräch geführt hatten. Auf der Fahrt von Paris nach Brüssel hatten wir darüber philosophiert, warum die meisten Hunter Einzelkinder waren. In diesem Zusammenhang hatte ich ihr von Niall erzählt. »Wir sind seit der Geburt durch den Schattenblick miteinander verbunden. Früher hatten wir natürlich noch keinen Namen dafür, wir fanden es einfach lustig, für einen kurzen Moment durch die Augen des anderen sehen zu können. Dann ist Niall eines Nachts verschwunden.«

Ich hielt inne, als ich mich daran erinnerte, wie die Rusalka mich dazu gebracht hatte, mir die Wahrheit einzugestehen. »Es war meine Schuld, dass wir damals noch mal rausgegangen sind«, gab ich leise zu und lächelte matt, obwohl mir nach Weinen zumute war. »Alle dachten, er wäre die Klippen hinuntergestürzt, dabei hat Amelia ihn entführt und irgendwohin verschleppt. Ich habe nie herausfinden können, wohin. Aber was ich seitdem sehe, wenn der Schattenblick uns verbindet, ist immer dasselbe.«

»Was siehst du?«

»Im ersten Moment wirkt es wie ein Sternenhimmel in einer tiefdunklen Nacht, aber ich bin mir ziemlich sicher, dass es eine Höhle mit funkelnden Lichtern ist. Vielleicht auch Glühwürmchen. Ich kann immer das Plätschern von Wasser ganz in der Nähe hören. Und da sind Pflanzen. Leuchtende Blüten in einer Farbe, für die ich gar keine richtigen Worte habe, und endlose Ranken, die ich noch nie irgendwo auf der Welt gesehen habe. Ganz egal wie oft ich danach recherchiert oder wen ich gefragt habe, niemand kennt diese Pflanzen oder diesen Ort.«

»Das klingt wunderschön«, sagte Ella schließlich. »Und gleichzeitig unendlich traurig.«

Ich nickte langsam und rieb mir mit der Hand über das Gesicht. »Du weißt wahrscheinlich auch nicht, was das für ein Ort ist, oder?«

Als Ellas ehemaliger Kampfpartner Owen noch gelebt hatte, war sie viel mit ihm auf Reisen gewesen – so viel hatte ich während meines Aufenthaltes in Edinburgh mitbekommen. Und vielleicht hatte ich einen winzigen Hoffnungsschimmer. Einen Hoffnungsschimmer, der jedoch gleich darauf wieder erlosch, als Ella den Kopf schüttelte.

»Nein, tut mir leid.«

»Schon okay«, murmelte ich.

Ella biss sich auf die Unterlippe. Zögerte. Es schien, als wollte sie etwas sagen, aber wäre sich unsicher, ob sie es wagen konnte, die Worte wirklich auszusprechen. »Wenn du willst, kann ich andere Soul Hunter fragen.«

»Danke, aber lieber nicht.« Ich wusste ihr Angebot zwar zu schätzen, allerdings wollte ich nicht, dass andere von dem Schattenblick erfuhren. »Aber wo wir schon bei anderen Soul Huntern sind: Wayne hat nach dir gefragt.«

Ella blinzelte. »Du … du hast mit ihm gesprochen?«

Ich nickte und erzählte ihr von dem Telefonat mit Warden, in das Wayne hineingeplatzt war. »Er scheint sich Sorgen um dich zu machen.«

Sie wandte den Blick ab, zeigte sonst aber keine Reaktion. »Vermutlich wegen seiner Einsatzpläne. Nun, da mein Dad tot ist, sind Wayne und ich die einzigen verbleibenden Soul Hunter in Edinburgh, und er selbst geht nicht so gern auf Geisterjagd.«

Ich beobachtete sie genau. Aus irgendeinem Grund hatte ich das Gefühl, dass das nicht die ganze Wahrheit war. Aber das war in Ordnung. Jeder hatte ein Recht auf Geheimnisse und vielleicht war ich nicht die richtige Person, um Ellas Geheimnisse zu ergründen.

»Gut möglich«, erwiderte ich daher und kräuselte leicht die Nase. »Er war nicht sonderlich begeistert davon, zu hören, dass du allein auf die Jagd gehst.«

»Was hast du gesagt?«

»Dass du sehr gut auf dich selbst aufpassen kannst.« Ich zuckte mit den Schultern. »Auch ohne regelmäßigen Sport und intensives Kampftraining.«

Der Zusatz entlockte ihr ein winziges Lächeln. »Das können wir beide.«

Ich lächelte langsam. Auch wenn mir noch immer alles wehtat, wusste ich, dass sie recht hatte. Shaw und die anderen mochten mich zwar gefunden und zurück ins Quartier gebracht haben, aber ich hatte die Rusalka besiegt. Ich hatte ihre Psychospielchen überstanden, mich von ihrem Einfluss befreit und sogar einen verdammten Dunkelsplitter der höchsten Stufe überlebt. Ella hatte recht. Wir konnten beide gut auf uns selbst aufpassen.

Und um das auch weiterhin zu tun, musste ich nur dafür sorgen, dass ich schnell wieder fit wurde und weitermachen konnte. Langsam ließ ich den Blick durch den kahlen Raum wandern.

»Ich werde bald aufbrechen müssen.«

Die nächsten Geister suchen und vernichten, sobald ich wieder dazu in der Lage war und die Amulette aus Edinburgh hier ankamen. Ich würde nicht mehr Zeit als nötig verschwenden.

»Ich denke, ich werde noch etwas länger in Prag bleiben«, kam es von Ella. Sie deutete um sich. »Das Geisterproblem.«

»Was auch immer es ist, ich hoffe, du findest, wonach du suchst, Ella. Das hoffe ich wirklich.«

Sie lächelte traurig. »Danke.«

Obwohl wir beide in Edinburgh nicht den allerbesten Start gehabt hatten, hatte ich zumindest jetzt das Gefühl, eine neue Freundin gewonnen zu haben. Auch wenn wir uns mit ziemlicher Sicherheit nie mehr wiedersehen würden, sobald ich Prag verlassen hatte.

Unvermittelt stand Ella auf. »Ich glaube, ich sollte jetzt los.«

»Los? Ich dachte, du kommst gerade erst von der Jagd?«

»Ja, aber … du weißt doch: Die Geister schlafen nicht.«

Erneut hatte ich das Gefühl, dass Ella etwas verheimlichte, aber ich war zu erschöpft, um nachzuhaken. Ella war eine erfahrene Huntress. Sie wusste schon, was sie tat.

»Okay. Dann viel Erfolg. Und danke für den Besuch.«

Sie lächelte. »Jederzeit.«

Dann war sie verschwunden. Und obwohl ich gern noch länger wach geblieben wäre, machte sich eine bleierne Müdigkeit in mir breit. Ich merkte nicht mal, wie mir die Augen zufielen und ich erneut einschlief, bis es irgendwann an der Tür klopfte.

Ich blinzelte müde. »Ja …?«

Die Tür ging auf und Shaw kam herein. In den Händen balancierte er ein Tablett mit Papiertüten und Bechern samt Strohhalm, das er auf den Nachttisch stellte.

Ich setzte mich langsam auf. Unweigerlich begann mein Herz schneller zu schlagen und meine Finger kribbelten vor Aufregung.

»Was ist das?«, fragte ich, obwohl mir der Duft von Fett und Pommes bereits in die Nase drang. Mein Magen reagierte sofort mit einem begeisterten Knurren darauf.

»Das hier? Nur eine Kleinigkeit.« Shaw reichte mir eine Papiertüte mit buntem Logo. »Happy Birthday, Darling.«

Ich konnte gar nicht anders, als zu lächeln. Einen Moment lang hielt ich seinen Blick fest, während mir von Sekunde zu Sekunde wärmer wurde, dann zwang ich mich dazu, mich loszureißen. Raschelnd öffnete ich die Tüte und holte einen Burger, eine große Packung Pommes, Ketchup, Mayo und sogar einen abgepackten Schokoladenmuffin heraus.

»Keine Ahnung, ob das so gut ist wie in unserem Lieblingsladen in London«, begann Shaw und öffnete eine zweite Papiertüte. »Aber wir sollten es herausfinden und diese Tradition fortführen.«

Als ich ihn diesmal ansah, hämmerte mein Herz nicht nur aufgrund des Essens deutlich schneller. »Danke«, brachte ich hervor. Aus irgendeinem dämlichen Grund brannten meine Augen und meine Kehle fühlte sich an wie zugeschnürt.

Dass Shaw sich die Mühe gemacht hatte, Fast Food aufzutreiben, damit wir es zusammen essen und so meinen Geburtstag feiern konnten, bedeutete mir mehr, als ihm überhaupt klar sein konnte. Er hatte es nicht aus Pflichtgefühl getan, weil er glaubte, mir irgendetwas schenken zu müssen, sondern einfach nur, um mir eine Freude zu bereiten. Und das war so viel mehr wert.

Die ganze Zeit über war ich mir sicher gewesen, allein zu sein. Allein mit dieser Aufgabe, mit Kevins Mission, mit der Suche nach Niall. Dabei hatte ich immer Leute um mich herum gehabt, die mir beigestanden hatten. Finn, Maxwell, Nala und alle anderen in London. Sogar Warden, Ella und die Hunter in Edinburgh ebenso wie die Truppe hier in Prag, die mich kaum kannte. Und Shaw. Immer Shaw, seit dem Moment, in dem Maxwell mir die Verantwortung für ihn übertragen hatte.

Ob wir heute so zusammensitzen würden, wenn ich damals in London nicht in den Ravenscourt Park gegangen wäre? Wenn Finn mich nicht wegen des dort spukenden Geists angerufen hätte? Oder wenn ich einfach einen anderen Weg gewählt, einen anderen Ausgang angesteuert hätte? Wäre ich Shaw dann niemals begegnet? Anfangs hatte ich mir genau das gewünscht, doch mittlerweile … mittlerweile konnte ich mir ein Leben ohne ihn an meiner Seite nicht mehr vorstellen. Und das konnte ich mir nun auch endlich eingestehen – zumindest mir selbst gegenüber.

»Willst du nicht probieren?« Shaw deutete auf das Essen und biss herzhaft von seinem eigenen Burger ab.

Lächelnd tunkte ich die Pommes in die Dips und schob sie mir in den Mund. Mhmmm. Knusprig und weich zugleich. Würzig. Lecker.

»Wo hast du das alles aufgetrieben?«, nuschelte ich und befreite den Burger aus seiner Verpackung. Ich hatte ewig suchen müssen, um einen annehmbaren Fast-Food-Laden in der Nähe zu finden.

Shaw zuckte lediglich mit den Schultern, dabei wirkte er jedoch sehr zufrieden mit sich. »Ein Gentleman verrät niemals seine Geheimnisse.«

»Du. Ein Gentleman.« Ich prustete und schob mir noch ein paar Pommes in den Mund. »Wenn du ein Gentleman bist, dann bin ich die Queen.«

Er grinste nur und schnappte sich ebenfalls zwei Pommes.

Als draußen die ersten Feuerwerkskörper knallten, legte Shaw hastig seinen Burger ab und wischte sich die Finger an einer Serviette ab. »Oh, da war ja was. Hätte ich fast vergessen.« Von irgendwoher zauberte er etwas hervor, das stark nach einem Schraubenzieher aussah und ging damit zum verbarrikadierten Fenster.

»Was wird das?«, fragte ich von meinem Platz im Bett aus.

»Heute ist Silvester«, erinnerte er mich, als hätte ich das plötzlich vergessen. »Es ist zwar noch nicht Mitternacht, aber ich habe mir sagen lassen, das wird ein Schauspiel, das man sich nicht entgehen lassen darf. Und wenn du nicht zum Feuerwerk kannst, weil du dich ausruhen musst, dann kommt das Feuerwerk eben zu dir.«

Mit diesen Worten löste er das erste Brett vom Fenster und lehnte es gegen die Wand daneben. Kurz darauf folgte das nächste. Dann wieder eins und noch eins, bis er alle Planken entfernt hatte und ich selbst vom Bett aus einen guten Ausblick auf die verschneiten Bäume und Häuser hinter dem Bahnhof hatte. Und auf den Nachthimmel, der nicht nur von einer Handvoll Sterne erhellt wurde, sondern immer wieder auch von einzelnen Feuerwerkslichtern.

Ohne uns absprechen zu müssen, rutschte ich auf dem Bett zur Seite und machte Platz für Shaw, damit er sich neben mich setzen und anlehnen konnte. Wir aßen schweigend und vergaben Noten für Burger, Pommes und Dips. Zugegeben, das Essen war nicht ganz so gut wie in meinem Lieblingsladen in London, aber den hatten wir auch erst durch monatelanges Herumprobieren und Austesten gefunden. In Anbetracht dessen war dieses Fast Food großartig.

Und als die Kirchturmuhren der Stadt Mitternacht schlugen, sahen wir uns das Feuerwerk an, das den Nachthimmel von Prag in die buntesten Lichter tauchte und das neue Jahr einläutete.

15. KAPITEL

Shaw

»Sicher, dass du aufhören willst?« Matej tänzelte mit erhobenen Fäusten in der Trainingshalle um mich herum. »Du hättest mich fast erwischt.«

»Ach, echt?« Grinsend deutete ich auf sein sich langsam verfärbendes Kinn. »Und was ist das da?«

Matej rieb ich mit dem Daumen über die Stelle. »Maximal ein Kratzer.«

Ich schüttelte belustigt den Kopf, ließ die Fäuste jedoch sinken. Keine Ahnung, wie normale Leute den Neujahrstag begingen, aber ich hatte ihn mit einem Serienmarathon gestartet, nachdem ich mit Roxy zusammen das Feuerwerk von ihrem Zimmer aus angeschaut hatte. Wahrscheinlich hätte sie es niemals offen zugegeben, aber sie war noch immer total erledigt und wäre beinahe mit dem Kopf an meiner Schulter eingeschlafen. Und so gern ich auch bei ihr geblieben wäre, das war weder der richtige Ort noch der richtige Zeitpunkt dafür gewesen. Also hatte ich ihr dabei geholfen, sich bequemer hinzulegen, ihr eine gute Nacht gewünscht und war gegangen.

In meinem eigenen Zimmer hatte ich die nächsten Stunden am Laptop verbracht und Sam und Dean bei der Dämonenjagd zugeschaut, dann etwas geschlafen und morgens Frühstück für alle Anwesenden im Quartier geholt. Dann hatte ich mir einige von Pavels Büchern aus seiner Archivarensammlung ausgeliehen, was er mir freundlicherweise erlaubt hatte, und jetzt trainierte ich mit Matej. Roxy war den ganzen Tag über in ihrem Zimmer geblieben und erholte sich von den Erlebnissen mit der Rusalka und dem Dunkelsplitter. Was gut war. Es machte mich fertig, sie so erschöpft im Bett sitzen zu sehen, und gleichzeitig war ich so dankbar, dass sie überhaupt dort saß.

»Ich denke, mir reicht es für heute.« Ich rieb mir über meinen Kiefer, der viel zu nahe Bekanntschaft mit Matejs Faust gemacht hatte. Dennoch sprühte ich nur so vor Energie, weil ich mit jedem Tag mehr dazulernen und meine vorhandenen Fähigkeiten verbessern konnte. Und damit rückte auch die Hunterprüfung in immer greifbarere Nähe. Zumindest, sobald ich mich auch mal in der Praxis damit beschäftigt hatte, Amulettmagie der Stufe 1 zu lernen.

Mit Handy, Wasserflasche und Handtuch in der Hand verließ ich die Trainingshalle und begegnete auf dem Weg nach oben Ella, die ich heute zum ersten Mal sah. Sie war blass und hatte tiefe Ringe unter den Augen.

»Hey.« Ich blieb am Fuß der Treppe stehen, die sie gerade herunterkam. »Alles in Ordnung?«

»Klar. Ich war letzte Nacht nur zu lange feiern.«

Schien ja eine großartige Silvesterparty gewesen zu sein, wenn sie selbst jetzt, am späten Nachmittag noch so erledigt war.

»Wie war dein Abend?«, fragte sie.

Ich zuckte mit den Schultern. »Ruhig. Hab mir mit Roxy das Feuerwerk angeschaut.«

Ihre Mundwinkel hoben sich. »Nur ihr zwei? Ganz allein?«

»Nicht so, wie du denkst.«

Ella gab ein Brummen von sich, das ich nicht ganz deuten konnte. »Schade eigentlich.«

Ich schnaubte leise, musste aber auch irgendwie lachen. War ja klar, dass so was von Ella kam, die zwei Wochen lang auf engstem Raum mit Roxy und mir durch die Gegend gereist war.

Dennoch ging ich nicht weiter auf ihre Andeutung ein. Das war etwas, was nur uns beide etwas anging. Und vielleicht bildete ich es mir nur ein, aber ich hatte den Eindruck, dass Roxy seit der Sache mit der Rusalka mir gegenüber wieder offener und … ja, zugänglicher geworden war. Aber was genau das zu bedeuten hatte – für mich, für uns –, würde ich erst noch herausfinden müssen.

»Was steht bei dir an?«, wechselte ich also das Thema.

Ella seufzte tief. »Erst mal etwas essen und dann geht's wieder auf die Jagd. Wie immer.«

»Kann ich mitkommen?«

Sie blinzelte. »Du willst mit mir kommen?«

Ich zuckte lässig mit den Schultern. »Ja, warum nicht?«

»Weil das vermutlich nicht allzu spannend wird. Ich werde nur herumspazieren und Geistern der Phase 1 und 2 dabei helfen, in die Geisterwelt überzugehen.«

»Na und? Wir zwei waren noch nie allein unterwegs und ich nehme jede Erfahrung mit, die ich kriegen kann. Außerdem ist es auch mal ganz nett, einfach nur spazieren zu gehen und anderen bei der Arbeit zuzusehen«, fügte ich mit einem Grinsen hinzu.

Ella zögerte, nickte dann jedoch. »Meinetwegen.«

»Super. Lass mich nur kurz duschen, dann bin ich zu allen Schandtaten bereit.« Noch während ich die Worte aussprach, nahm ich immer zwei Stufen nach oben.

Im Bad duschte ich extra schnell und zog mir saubere Sachen an. Ich sah kurz nach Roxy und gab ihr Bescheid, dann rüstete ich mich in der Waffenkammer aus, zog mir den neuen

Parka über und kehrte zu Ella zurück, die bereits im Eingangsbereich auf mich wartete.

»Kann losgehen!«

Wir verließen das Quartier, waren aber nur zwei Straßen weit gekommen, als Ella unvermittelt stehen blieb.

»Hey, ich bin Ella«, sagte sie und es dauerte einen Moment, bis ich begriff, dass sie nicht mit mir sprach, sondern mit einem Geist.

Fasziniert verfolgte ich die einseitige Unterhaltung mit dem Spirit, bei der Ella offensichtlich versuchte, die verstorbene Person davon zu überzeugen, dass sie in der Geisterwelt besser aufgehoben war als hier.

Obwohl ich den Geist nicht sehen konnte, verursachte mir allein das Beobachten dieser Szene eine Gänsehaut. Und es erstaunte mich, wie viel Zeit sich Ella für das Gespräch nahm. An einer Stelle lachte sie sogar über etwas, das der Geist gesagt hatte, doch schließlich streckte sie ihre Hand aus und für den Bruchteil einer Sekunde sah ich die Gestalt des Spirits aufblitzen, ehe er diese Welt verließ.

»Wie viele Geister der ersten Phasen schwirren hier eigentlich herum?«, fragte ich, als wir uns wieder in Bewegung setzten.

Ella hob die Brauen. »Willst du das wirklich wissen?«

»Klar.«

Wir hatten eine Kreuzung erreicht. Geradeaus ging es in einen Park, weshalb die Straße für Autos gesperrt war, nach links führte die Straße weiter.

Ella deutete auf die parkenden Autos am Straßenrand. Manche von ihnen waren völlig eingeschneit, als würden sie schon seit Wochen vergessen unter den kahlen Bäumen stehen, während andere wie frisch aus der Garage geholt aussahen.

»Auf der Motorhaube des silbernen Skodas hockt ein kleiner Junge«, begann Ella. »Hinter dem Auto daneben steht ein älterer Mann. Und aus dem Rundfenster dort rechts beobachtet uns eine Frau, um nur ein paar zu nennen.«

Ich sah an dem beigefarbenen zweistöckigen Gebäude hoch und entdeckte das Fenster, von dem Ella gesprochen hatte. Natürlich konnte ich nichts sehen, aber allein die Vorstellung, dass wir von all diesen unsichtbaren Wesen umgeben waren, ließ mich schaudern.

»Wie machst du das?«, murmelte ich, während wir uns dem silbernen Skoda näherten. »Wie kannst du so ruhig bleiben?«

Wie konnte sie nicht durchdrehen, wenn sie eine der ganz wenigen Hunter auf der Welt war, die diese Geister überhaupt sehen konnten? Wie ging man damit um, ständig etwas wahrzunehmen, das sonst niemand bemerkte?

»Ich kenne es nicht anders«, erwiderte sie leise. »Immerhin sehe ich schon seit meiner Geburt Geister. Außerdem sind, entgegen deinen bisherigen Erfahrungen mit Roxy, die meisten Geister nicht böse, sondern nur … verloren. Ich helfe ihnen dabei, Frieden zu finden. Hallo«, ging sie nahtlos ins Gespräch mit dem Geist des kleinen Jungen über.

Einen Moment lang beobachtete ich das Ganze fasziniert, dann konzentrierte ich mich wieder auf meine eigentliche Aufgabe, nämlich die Umgebung im Auge zu behalten und Ella den Rücken zu decken.

Als sie fertig war und auch dem Geist des älteren Mannes geholfen hatte, gingen wir weiter.

Eine Weile liefen wir nur schweigend nebeneinanderher, bis ein Vibrieren die einvernehmliche Stille unterbrach. Ella holte ihr Handy hervor, warf einen kurzen Blick aufs Display und runzelte die Stirn.

»Wer war das?«, fragte ich, als sie den Anrufer wegdrückte – wie so oft in den letzten Wochen.

»Niemand.« Sie steckte das Handy rasch wieder ein.

»Ach wirklich?«, hakte ich nach und konnte nicht verhindern, dass ein neckender Unterton in meiner Stimme mitschwang. »In letzter Zeit hat *Niemand* aber ganz schön oft versucht, dich zu erreichen.« Bevor sie darauf reagieren konnte, fiel mein Blick auf ihre Hand und ich blieb abrupt stehen. »Hey, wo ist eigentlich dein Ring?«

Bisher hatte sie immer ein Amulett in Form eines Ringes am Mittelfinger der rechten Hand getragen. Aber jetzt war er verschwunden, und auch ihre anderen Finger waren schmucklos.

»Aufgebraucht, und Pavel hat kein Amulett der Stufe 4 mehr da.«

»Roxy hat mit Warden gesprochen, er wollte ein paar Amulette schicken. Die Lieferung müsste in den nächsten Tagen hier eintreffen«, sagte ich.

Als es dunkel wurde, spendeten uns die antiken Straßenlampen noch genügend Licht – oder in dunkleren Ecken meine Taschenlampe. Zwischendurch hielten wir an, um uns kurz vor Verkaufsschluss in einer der vielen Buden eine Kleinigkeit zu essen und etwas Heißes zu trinken zu kaufen, dann gingen wir weiter.

Immer wieder hielt Ella an, um mit einem Geist zu reden, den ich nicht sehen konnte. Anfangs war es mir noch seltsam vorgekommen, aber ich hatte mich schnell daran gewöhnt und gab ihr Rückendeckung, während sie ihre Arbeit als Soul Huntress erledigte. Ich hatte zwar gewusst, dass es in Prag viele Geister gab, aber dass wir praktisch alle paar Meter anhalten mussten, erschütterte mich doch ziemlich. Wenigstens konnte ich mir halbwegs sicher sein, dass das Quartier geisterfrei war … oder? Der Gedanke, dass mir tote Menschen beim Duschen zusahen, behagte mir absolut nicht. Ich schüttelte den Kopf. Zeit für einen Themenwechsel.

»Welche Farbe hat meine Aura?«, fragte ich einem spontanen Impuls folgend. Obwohl ich schon eine ganze Weile mit Ella unterwegs war, hatte ich sie das bisher noch nie gefragt.

Ella betrachtete mich von Kopf bis Fuß. »So leicht ist das gar nicht zu beschreiben, denn eigentlich ist jede Seele ein Regenbogen, nur manche Farben sind kräftiger als andere. Deine Aura ist kühl, mit vielen Facetten aus Blau und Grün und einem Hauch von Rot.«

»Und was sagt das über mich aus?«

Ella lachte. »Ich bin keine Wahrsagerin, Shaw. Ich weiß nicht, wie ein Mensch tickt, nur weil ich seine Seele sehen kann. Es gibt Richtwerte, demnach sind Menschen mit einer kühlen Aura ruhiger und gelassener als Menschen mit einer warmen Aura, aber das muss nicht so sein. Wayne hat eine sehr warme Aura und er ist immer sehr entspannt.«

Interessant, dass sie ausgerechnet Wayne als Beispiel nannte, doch bevor ich sie danach fragen konnte, redete sie bereits weiter. »Roxy hat auch eine sehr warme Aura, die von Birdie ist kühl-violett und Kralls Aura ist sehr warm, aber auch sehr dunkel.«

»Und obwohl du jeden Tag Dutzende dieser Auren siehst, bist du dir sicher, mich schon einmal vor unserem Kennenlernen getroffen zu haben?«, hakte ich nach. Ich hatte in Edinburgh viel Zeit damit verbracht, nach meiner Vergangenheit zu forschen, jedoch ohne Erfolg.

»Ich denke schon.« Sie zögerte und musterte mich aus weißgrauen Augen. »Aber Seelen verändern sich, denn Menschen verändern sich. Meistens ist eine sichtbare Veränderung erst nach längerer Zeit zu erkennen, aber schwere Schicksalsschläge beschleunigen diesen Vorgang. Es wäre also möglich, dass ein Zwischenfall vor deiner Amnesie oder die Amnesie selbst die Farbe deiner Aura beeinflusst hat, wodurch sie anders aussieht als zuvor.«

Huh. Mit so einer Antwort hatte ich nicht gerechnet, aber irgendwie klang es logisch. Ich hatte mich verändert. Wie könnte ich das auch nicht, nach allem, was ich seither erlebt hatte? Und nach allem, was wir alle verloren hatten?

Schweigend ging ich weiter und ließ Ella ihr Ding machen, während es in mir arbeitete. Konnte es wirklich so einfach sein, wie sie gesagt hatte? Dass ich mich einfach nur verändert hatte? Sicherheitshalber sollte ich mich noch mal in Edinburgh umsehen, wenn ich das nächste Mal dort war. Womöglich hatte ich ja doch irgendetwas übersehen, und sei es nur ein kleiner Hinweis, der …

Ein Kreischen unterbrach meine Gedanken und ich blieb abrupt stehen. Ella und ich sahen uns stumm an, dann lenkte ich den Schein meiner Taschenlampe in die unscheinbare Gasse links von uns. Dort stand ein Mann mit Vollbart, gekleidet in einen alten zerfetzten Anzug, der aussah, als würde er aus einem anderen Jahrhundert stammen.

»Oh Shit.« So viel zum Thema herumspazieren und gemütlich Geister der Phase 1 und 2 beim Übergang helfen. Denn das Wesen vor uns gehörte eindeutig der Phase 4 an und war alles andere als erfreut, uns hier zu sehen.

Die Müllcontainer in der Gasse begannen zu beben, die Deckel erzitterten und flogen in die Luft.

Ich warf Ella einen schnellen Seitenblick zu. »Sicher, dass du kein Amulett dabeihast?«

Sie musste es ja nicht mal tragen. Ein Notfall-Stein oder Ersatzamulett in ihrer Tasche würde mir schon reichen. Irgendetwas, um wenigstens die Hunter-typische Illusion herzustellen, die uns vor den Augen und Ohren der normalen Bevölkerung verbarg.

Ella schüttelte den Kopf. »Leider nicht.«

»Wundervoll.«

»Aber das bekommen wir schon hin, wir müssen uns nur beeilen. Schaffst du einen Kopfschuss?«

»Ich denke schon.« Ich entsicherte meine Pistole und zielte auf den Kopf des Geistes, dessen Füße einige Zentimeter über dem Boden schwebten. Immerhin war es kein Vampir.

Ella hob die Hand. »Nicht jetzt, warte noch.«

Worauf? Die Frage blieb mir in der Kehle stecken, denn bereits im nächsten Augenblick warf sich Ella dem Geist entgegen. Sie stürzte in die Gasse, wich einem herumfliegenden Müllcontainer aus und schlitterte über den vereisten Weg, geradewegs auf den Spirit zu. Er löste sich jedoch in Luft auf.

Panisch sah ich mich um, konnte ihn aber nirgendwo ausmachen. Ella hingegen schien ihn bereits wieder entdeckt zu haben. Sie wirbelte herum, schlug einen Haken und rannte auf den unsichtbaren Feind zu. Sie machte einen Hechtsprung und bekam den Geist zu fassen. Flirrend, wie das Bild eines Fernsehers mit Empfangsstörung, materialisierte sich der Geist erneut vor meinen Augen. Ella hatte ihn am Arm gepackt. Mit der freien Hand holte der verstorbene Mann aus und verpasste Ella mit erstaunlicher Treffsicherheit einen Schlag gegen die Schulter.

»Jetzt!«, brüllte Ella, das Gesicht vor Schmerzen verzerrt.

Ich sollte schießen? *Jetzt?!* Was sollte das bringen? Ich verstand nicht, da Waffen nichts gegen Geister auszurichten vermochten, dennoch fixierte ich die Stirn des Geistes und drückte ab.

Ein Knall ertönte. Der Kopf des Geistes wurde zurückgerissen, kurz bevor sein Körper in tausend Lichtkristalle zersprang, so wie ich es schon Dutzende Male bei Roxy beobachtet hatte. Fassungslos wanderte mein Blick von der Stelle, an der eben noch der Spirit gestanden hatte, zu der Waffe in meiner Hand. »Wie …?«

»Gut getroffen«, sagte Ella und klopfte sich den Schnee von den Knien, bevor sie unter den Kragen ihrer Jacke spähte, wie um nachzusehen, wie schlimm der Hieb des Geistes sie getroffen hatte.

Ich runzelte die Stirn und drehte die Waffe in meiner Hand. »Danke. Aber ich … ich versteh das immer noch nicht. Was war das eben? Ich dachte, Geister können nur von Amuletten und Soul Huntern vernichtet werden.«

»Oder mit Waffen, wenn der Geist von einem Soul Hunter berührt wird«, erklärte Ella und deutete mir an, ihr zu folgen. Da wir eben nicht den Schutz eines Amuletts genossen hatten, war es wohl besser, so schnell wie möglich zu verschwinden. Vermutlich würde hier bald die Polizei aufschlagen, um der Quelle des Schusses auf den Grund zu gehen.

»Das hat mir niemand gesagt.«

»Wofür auch? Es gibt nicht gerade viele Soul Hunter, weshalb dieser Fall nur selten eintritt.« Sie zuckte mit den Schultern. »Der Grund, weshalb Waffen bei Geistern der Phase 4 nichts ausrichten können, ist, dass sie ihren Körper zwar materialisieren, aber auch schnell wieder entmaterialisieren können. Doch die Berührung eines Soul Hunters verhindert das und die Wucht einer Waffe kann Wirkung zeigen.«

Darüber hatte ich noch nie nachgedacht, aber so wie Ella das erklärte, ergab es durchaus Sinn. »Und warum hast du nicht einfach deine Soul-Hunter-Fähigkeiten eingesetzt, um den Kerl zu vernichten?«

»Einen Geist der Phase 4 rein mit meiner Soul-Hunter-Magie und ohne Amulett zu vernichten, ist ziemlich anstrengend, vor allem da es nicht der erste Spirit heute war. Da war ein Kopfschuss die sicherere Wahl.«

»Was, wenn ich nicht getroffen hätte?«

»Hast du aber«, antwortete Ella und bedachte mich mit einem stolzen Lächeln. »Lass uns zurück zum Quartier gehen, ich glaube, ich habe genug für heute.«

Rund eine Stunde später stand ich unter der Dusche und freute mich auf mein Bett. Meine Muskeln schmerzten vom Training mit Matej und mein Verstand war voll von all dem neuen Wissen, das ich dank Ella gewonnen hatte. Nach diesem Tag sehnte ich mich nur noch nach etwas Leckerem zu essen und ein paar Folgen einer meiner Lieblingsserien. Vielleicht hatte Roxy ja Lust, sich zusammen mit mir etwas anzuschauen.

Ich drehte das Wasser ab, griff nach einem Handtuch und zog mir saubere Klamotten an. Kurz rieb ich mir auch noch die Haare halbwegs trocken, dann machte ich mich auf den Weg zu Roxy.

Die Tür zu ihrem Zimmer war nur angelehnt und ich hörte die Stimmen schon beim Näherkommen. Sie gehörten zu Roxy, Birdie – und Wayne.

Ich schob die Tür auf und lehnte mich gegen den Rahmen. »Hey, was ist denn hier los? Feiert ihr ohne mich eine Party?«

»Wayne ist extra hergeflogen, um mir die Amulette vorbeizubringen«, antwortete Roxy, die im Schneidersitz auf dem Bett saß. Sie wirkte noch immer ziemlich müde, war aber nicht mehr ganz so blass wie noch einen Tag zuvor.

»Hey Mann.« Ich klopfte Wayne zur Begrüßung auf die Schulter. Zwar hatte ich nicht damit gerechnet, ihn ausgerechnet hier und jetzt wiederzusehen, aber es war eine willkommene Überraschung. »Wie geht es dir?«

»Beschissen.«

Da war sie, die direkte, ehrliche Art, die ich schon in Edinburgh an ihm kennengelernt hatte.

Ich sah an ihm hinunter. »Ist das Bein immer noch nicht besser?«

»Es war besser, aber der Flug hat mich gekillt.«

»Brauchst du Medikamente?«, fragte Birdie und war sofort bei der Tür. Offensichtlich freute sie sich über Waynes Besuch ebenso wie über unseren. Das bestätigte meinen Eindruck, dass wirklich nicht oft fremde Jäger ins Prager Quartier kamen.

Wayne schüttelte den Kopf. »Aber ein Zimmer und etwas zu essen wäre nett.«

»Ich kümmere mich darum«, erwiderte sie und verließ den Raum.

Ich sah ihr kurz nach, bis mein Blick auf die Tasche fiel, die Wayne mir hinhielt. Ich nahm sie an mich und ging damit in die Hocke, um die Amulette, die sich zwischen den Klamotten verbargen, eines nach dem anderen herauszuholen.

»Lass die schwarze Schatulle mit dem Ring der Stufe 4 drin«, wies Wayne mich an.

»Ein Geschenk für Ella?«, fragte ich schmunzelnd.

»Vielleicht«, wich er aus. »Aber angenommen, es wäre ein Geschenk … Wo finde ich sie?«

Roxy deutete Richtung Tür. »In ihrem Zimmer.«

»Und wo ist ihr Zimmer?«

»Den Flur entlang links«, antwortete ich und überreichte Roxy einen Samtbeutel, an dem ein kleiner Zettel mit ihrem Namen hing.

»Danke«, sagte Wayne gepresst. Er wollte schon gehen, aber Roxy hielt ihn auf.

»Warte mal.«

»Was ist?«

Ich trat zu ihr und spähte über ihre Schulter.

In ihrem Schoß lagen zwei Amulette. Eines, das so aussah wie das, was sie von Maxwell geerbt hatte: tiefblau mit winzigen kupferfarbenen Elementen. Und dann noch ein zweites Amulett im dunkelsten Blau, das ich jemals gesehen hatte. Darin funkelten unzählige Goldsprenkel, als würde man geradewegs in einen sternenübersäten Nachthimmel blicken. Ein Amulett der Stufe 6. Und das, obwohl Roxy nach der Sache mit der Rusalka explizit nur nach einem Stein der Stufe 5 gefragt hatte.

Ich schnaubte. *Warden, dieser perfide Mistkerl.* Wahrscheinlich war das seine Art, Roxy zu zeigen, dass er sie für fähig und bereit hielt, um mit der stärksten Form von Magie zu kämpfen, ganz egal, was dieser Dunkelsplitter angerichtet hatte. Eigentlich sollte mich das nicht weiter überraschen, schließlich war Warden damals in Paris dabei gewesen, als Roxy ihre ehemalige Mentorin mit Maxwells Amulett vernichtet hatte. Er hatte gesehen, was sie draufhatte. Genau wie ich.

Innerlich stimmte ich Warden zu und dankte ihm in Gedanken für diese Aktion. Wenn Roxy sich dafür entscheiden sollte, das Amulett der höchsten Stufe anzulegen, würde es ihr guttun festzustellen, dass sie trotz der Erlebnisse mit dem Dunkelsplitter damit zurechtkam. Denn ich war mir absolut sicher, dass das der Fall sein würde. Zumindest, wenn es sich dabei nicht wieder um einen fehlerhaften Stein handelte. Aber so, wie ich das verstanden hatte, kamen Dunkelsplitter äußerst selten vor. Wahrscheinlich war es nur Pech oder ein dummer Zufall gewesen, dass Roxy ausgerechnet an solch einen Stein geraten war.

Normalerweise würde ich das Thema damit abhaken, zumal höhere Amulettmagie nicht auf meinem selbst gestalteten Lehrplan stand. Und ich wollte mich zuerst um die Basics kümmern, denn mein Hauptziel war es, mir so schnell wie möglich das Huntertattoo zu verdienen. Allerdings hatte mich das, was Roxy mir über den Stein und seine Wirkweise erzählt hatte, einfach nicht losgelassen. Also hatte ich noch mal in meinen Büchern und Notizen nachgeschaut und auch in Pavels kleiner Bibliothek explizit danach gesucht. Und die Wahrheit war: In all diesen Büchern und Niederschriften war nirgendwo von der energiezehrenden Wirkung eines Dunkelsplitters die Rede gewesen. Normalerweise funktionierten Dunkelsplitter nicht richtig, weil bei der Herstellung irgendetwas schiefgegangen war. Die Magie war instabil und ließ sich nicht richtig einsetzen – ich hatte Berichte gelesen von ungeplanten Explosionen; am häufigsten schien es jedoch so zu sein, dass die Magie sich nicht aus dem Stein rufen ließ und ihre Anwender schutzlos dastehen ließ. Aber Roxy hatte mit dieser Magie kämpfen und sie nach ihrem Willen nutzen können. Und dafür beinahe mit ihrem Leben bezahlt.

»Wieso ist hier ein Stufe-6-Amulett?« Roxy fixierte Wayne, der mitsamt seiner Tasche schon auf halbem Weg zur Tür war, aus zusammengekniffenen Augen.

Wayne hob abwehrend die Hand. »Ich bin nur der Bote. Warden hat sie besorgt und mir mitgegeben.«

Bevor Roxy noch etwas dazu sagen konnte, verschwand Wayne im Flur und zog die Tür hinter sich zu. Entweder wollte er sich nicht auf eine Diskussion einlassen … oder dringend Ella sehen.

»Ich schätze, Warden hat damit auf seine typische Art deutlich gemacht, was er von deinen Fähigkeiten hält«, stellte ich nicht ohne Amüsement fest.

Roxy warf mir einen zweifelnden Blick zu. »Denkst du das auch?«, fragte sie nach einem Moment leise.

»Soll das ein Scherz sein? Ich habe dich erlebt, Darling. Wenn du es gleichzeitig mit einer telepathischen Rusalka *und* einem lebenszehrenden Dunkelsplitter aufnehmen kannst, kannst du auch mit Amuletten der höchsten Stufe kämpfen. Und wenn nicht, hast du immer noch mich und meine Waffen.«

»Ja, weil Schrotflinten und Pistolen so wirkungsvoll gegen Geister sind.«

»Pssst! Zerstör nicht diesen Moment der tiefen Verbundenheit.«

»Verschwinde«, sagte Roxy lachend.

Nur das hatte ich erreichen wollen. Sie wieder lachen zu sehen gab mir mehr Energie als alles andere.

»Eines Tages wirst du mich anflehen, zu bleiben, Darling. Wart's nur ab.«

»Das hättest du wohl gern.« Sie griff nach ihrem Kissen und holte aus, also sah ich besser zu, dass ich das Zimmer verließ. Nicht jedoch ohne ihr an der Tür noch mal kurz zuzuzwinkern.

Eines Tages …

16. KAPITEL

Roxy

Mein Blick fiel auf die gepackte Tasche auf dem Bett. Seit meiner Begegnung mit der Rusalka waren vier Tage vergangen. Vier kostbare Tage, die ich größtenteils im Bett verbracht hatte, damit sich mein Körper von den Strapazen erholen konnte. Aber jetzt hatte ich mich genug ausgeruht. Es war an der Zeit, endlich weiterzuziehen. Ich sah ein letztes Mal aus dem Fenster, das Shaw an Silvester von den Brettern befreit hatte, dann wandte ich mich von dem Anblick der Stadt ab.

Ich hatte den Ghostvision gestern befragt und vor wenigen Minuten noch mal, um sicherzugehen, dass wir keine der entflohenen Seelen übersahen. Das Ergebnis war dasselbe gewesen: Obwohl Prag die Stadt der Geister war, gab es hier für mich nichts mehr zu tun. Unser nächstes Ziel war Wien.

Ich wollte gerade nach der Reisetasche greifen, als das Handy direkt daneben zu vibrieren begann. Ein kurzer Blick aufs Display genügte, um den Anruf sofort entgegenzunehmen. »Hallo Warden.«

Kurz hatte ich überlegt, mich wegen des Stufe-6-Amuletts bei ihm zu melden, hatte es aber gelassen. Mir neben dem Stufe-5-Amulett auch eines der mächtigsten Sorte zu schicken, war ein Vertrauensbeweis. Und wenn Warden, Shaw und alle anderen das Vertrauen in mich hatten, dass ich mit dieser starken Magie umgehen konnte, dann hatte ich es auch.

»Ich habe wegen deinem Dunkelsplitter nachgeforscht«, sagte Warden statt einer Begrüßung. »Unsere Archivare haben bestätigt, dass man keine Amulette der Stufe 6 aus gewöhnlichen Vampiren gewinnen kann.«

Stirnrunzelnd setzte ich mich auf die Bettkante. »Was willst du damit sagen?«

»Erinnerst du dich noch an Jules?«

Selbstverständlich tat ich das. Jules war von Isaac, dem König der Vampire entführt worden, und man hatte ihn für tot erklärt. Finn und ich waren Teil des Suchtrupps gewesen, auch wenn es letzten Endes Cains Hartnäckigkeit zu verdanken war, dass man ihn gefunden hatte. Nur dass von dem aufgeweckten Grim Hunter nichts mehr übrig gewesen war. Isaac hatte ihn in einen Vampir verwandelt. Nicht durch einen Biss, sondern durch ein künstlich erschaffenes Serum, das ausgerechnet von Wardens Vater entwickelt worden war.

»Ich erinnere mich«, erwiderte ich gedehnt und wusste nicht so recht, ob mir gefiel, welche Richtung dieses Gespräch nahm. »Bitte sag mir nicht, dass Jules mein Dunkelsplitter war.«

»Was?! Nein, natürlich nicht. Zumindest nicht dass wir wüssten. Allerdings vermuten wir, dass Jules nicht der einzige künstliche Vampir ist. Wahrscheinlich hat Isaac in mehreren unabhängigen Laboren forschen lassen, um nicht alles auf ein Pferd zu setzen. Offenbar war Jules das erfolgreichste Experiment, aber wer weiß, was dabei noch alles rausgekommen ist.«

»Und ihr vermutet, dass mein Amulett aus den Überresten eines dieser Experimente hergestellt worden ist«, schlussfolgerte ich.

Der Stein war übermäßig stark gewesen, genau wie Jules als künstlicher Vampir viel stärker war als seine durch einen Biss entstandenen Artgenossen. Hätte ich nie mit Maxwells Amulett gekämpft, wäre mir das wahrscheinlich gar nicht aufgefallen, weil ich keinen Vergleich hatte. Die Magie des Dunkelsplitters hätte mich verzehren können und ich hätte es für ganz normal gehalten. Doch mir war aufgefallen, dass etwas nicht stimmte. Zwar erst, als es fast zu spät gewesen war, aber immerhin.

»Das würde erklären, warum sich die Magie so falsch angefühlt hat«, stellte ich fest.

»Und warum es für dich so war, als würde sie dich aussaugen, genau.«

Heilige Scheiße. Die Rusalka musste das gewusst haben. Sie war die Erste gewesen, die dieses Wort benutzt hatte, um das zu beschreiben, was das Amulett mit mir getan hatte: Es hatte mich *ausgesaugt.*

Plötzlich kam mir ein Gedanke, der noch viel beunruhigender war als alles, was ich gerade erfahren hatte.

»Sind noch mehr solcher Dunkelsplitter im Umlauf?«, hakte ich nach. Denn niemand sollte sich mit so etwas herumschlagen müssen. Ich hatte gerade noch mal Glück gehabt; anderen könnte es ganz anders ergehen.

»Wir haben noch zwei gefunden, eins in Rom und eins in London, und sie aus dem Verkehr gezogen.«

»Gut. Danke. Wie geht es jetzt weiter?«

»Wir werden versuchen, die anderen Labore zu finden und auszuheben, sofern sie nach Isaacs Tod überhaupt noch aktiv sind. Und wir werden alle Quartiere alarmieren, dass vorerst keine Amulette mehr aus Vampiren hergestellt werden sollen, solange Isaacs Experimente auf freiem Fuß sind«, erwiderte er.

»Alles klar. Passt auf euch auf, ja?«

»Immer«, erwiderte er nur. »Ihr auch auf euch.«

»Und … Warden?«

»Ja?«

»Danke.«

Es war nur ein so kleines Wort, doch ich meinte es voll und ganz ehrlich. Ohne Warden wäre ich mit ziemlicher Sicherheit nicht so schnell daraufgekommen, was es mit dem Dunkelsplitter auf sich hatte. Genauso wenig wie auf die beruhigende Erkenntnis, dass es nicht an mir gelegen hatte. Ich war nicht zu schwach für das Amulett gewesen. Niemand hätte damit umgehen können, nicht einmal Amelia oder Maxwell.

»Kein Problem. Bis dann, Roxy.«

Damit beendete ich das Gespräch, schrieb eine kurze Nachricht an Finn mit der Info, dass Shaw und ich Prag heute verlassen und nach Wien weiterfahren würden, während Ella und Wayne noch etwas länger hierblieben, dann stand ich auf und schob das Handy in meine Hosentasche. Mit wenigen Schritten war ich bei den beiden Stühlen am schmalen Tisch und streifte mir mein weinrotes Cape über. Der Stoff schmiegte sich an meine Haut und ich legte mir den dazugehörigen Gürtel um. Meine Pistolenarmbrust samt Bolzen warteten noch in der Waffenkammer, wo ich sie in den letzten Tagen für weitere Upgrades gelassen hatte. Ich würde sie auf dem Weg nach draußen abholen.

Wieder fiel mein Blick auf die gepackte Reisetasche. Diesmal hielt mich nichts davon ab, sie zu nehmen und mir umzuhängen. An der Tür blieb ich stehen und schaute noch einmal zurück in das kleine Zimmer, das ich so viel länger bewohnt hatte als ursprünglich geplant. Dieses Quartier war mit Sicherheit kein richtiges Zuhause, weder für mich noch für die anderen Hunter, die hier ein und aus gingen. Aber es war eine Zuflucht, ein Ort, um stärker zu werden. Und genau das war ich in Prag geworden: stärker als jemals zuvor.

Da draußen gab es noch jede Menge Seelen, die ich zurück in die Unterwelt schicken musste. Nur weil Kevin mich vor dem sicheren Tod durch die Rusalka gewarnt hatte, bedeutete das nicht, dass der Auftrag des Todesboten damit erledigt war. Aber zum ersten Mal fühlte ich mich dafür gewappnet.

Mir blieben noch 86 Tage – und ich würde jeden einzelnen davon nutzen.

Shaw

Ich wartete in der Eingangshalle auf Roxy und, wenn ich ehrlich war, konnte ich es kaum erwarten, mich wieder hinters Steuer meines Chevrolet Camaro zu setzen.

Wir waren ein paar Tage länger in Prag geblieben als ursprünglich geplant, aber Roxy musste sich auch von dem Dunkelsplitter, der Begegnung mit der Rusalka und ihrem Nahtoderlebnis erholen. Ich hatte die Zeit genutzt, um ausgiebig mit Matej, Trent und, ja, sogar mit Pandora zu trainieren – und das, ohne mir dabei eine blutige Nase oder gebrochene Knochen zuzuziehen. Auch wenn mich die Blutergüsse an meinen Rippen noch eine ganze Zeit lang an meine Begegnung mit der Grim Huntress erinnern würden. Sie könnte glatt Dinah Konkurrenz machen, der damals besten Kämpferin im Londoner Quartier, nur dass die wenigstens einigermaßen fair kämpfte, ganz im Gegensatz zu Pandora. *Aua*.

Auch mit dem theoretischen Stoff war ich gut vorangekommen und hatte mich in den letzten Tagen mit Pavels Unterstützung intensiver in die Amulettmaterie eingearbeitet, als für die Prüfung unbedingt nötig war. Aber nach dem, was Roxy passiert war, wollte ich unbedingt mehr darüber erfahren.

»Hast du auch alles eingepackt?«, fragte Ella mit einem müden Lächeln. Sie sah etwas mitgenommen aus, anscheinend hatte sie sich auf der Jagd nach Geistern erneut die Nacht um die Ohren geschlagen.

»Ja«, versicherte ich ihr und sah zu Wayne, der auf seinen Gehstock gestützt ein paar Schritte entfernt stand. »Und danke für das Essen.«

Wayne hatte gekocht und uns Proviant für die Reise mitgegeben. Ich wusste, dass Roxy kein Fan seines gesunden Essens war, aber ich mochte es, denn er war ein verdammt guter Koch.

»Bereit?« Auch Trent tauchte in der Eingangshalle auf, den Bo-Stab in der Hand, als würde er nur eine kurze Trainingspause einlegen, um sich zu verabschieden.

»Jepp.« Ich deutete auf die Reisetasche zu meinen Füßen, aus der die Schrotflinte herausragte.

Jetzt erschien auch Matej und warf mir zwei Packungen mit Munition für die Flinte und die Pistolen zu. Ich fing sie reflexartig auf und schmunzelte.

»Nur zur Sicherheit«, kommentierte er.

»Danke, Mann.« Ich stopfte die Munition ebenfalls in die Tasche, dann richtete ich mich wieder auf. »Und sag Pandora danke für die Waffenupgrades.«

»Wird gemacht. Lass uns wissen, wie alles läuft. Und wenn ihr irgendwann wieder in der Gegend sein solltet, dann schaut gefälligst vorbei.«

»Auf jeden Fall. Danke. Auch fürs Training und so.«

»Du meinst dafür, dass ich dich verprügelt habe?« Er grinste. »Jederzeit wieder.«

Bevor ich Luft holen und protestieren konnte, meldete sich jemand anderes zu Wort.

»Du meinst wohl, *ich* hab ihn verprügelt«, kam es von Pandora, die mit vor der Brust verschränkten Armen an der Wand lehnte. Auch sie schien ihr Training für unsere kleine Verabschiedungsrunde unterbrochen zu haben.

»Oh ja, das hast du. Ich werde mich noch wochenlang an dich erinnern.«

Zum ersten Mal, seit ich sie getroffen hatte, sah ich sie grinsen – und war ein bisschen stolz darauf, das erreicht zu haben. Ich hatte keinen Schimmer, wie es passiert war, aber irgendwie hatte ich angefangen, mich an diese Leute, an dieses Quartier und an die ganze Stadt zu gewöhnen. Es war anders als die anderen Quartiere, dennoch gefiel es mir hier ziemlich gut. Ich mochte die Leute, ich mochte ihre Einstellung zum Jagen, und es gefiel mir, dass ich innerhalb kürzester Zeit so viel hatte dazulernen können. Allerdings bedeutete das nicht, dass ich Roxy allein weiterziehen lassen würde. Auf keinen Fall. Außerdem hatte ich Finn versprochen, in seiner Abwesenheit für sie da zu sein. So schnell wurde Roxy mich also nicht los.

Wie auf Kommando tauchte sie jetzt auf der Treppe auf und kam diese mit raschen Schritten herunter. Das dunkelrote Cape flatterte hinter ihr her, ein starker Kontrast zu dem langen hellblonden Haar, das ihr über die Schultern auf den Rücken fiel. Ihre Haut hatte wieder ihre übliche Färbung, und sie wirkte ausgeruht und mehr als bereit, einigen Geistern in den Hintern zu treten.

Als sich unsere Blicke begegneten und sich ihre Lippen zu einem Lächeln verzogen, wurde mir unweigerlich warm. Selbst wenn ich mich mit aller Macht dagegen gewehrt hätte, hätte ich nichts gegen die Wirkung tun können, die diese Frau auf mich hatte. Von dem Moment an, in dem ich im Londoner Quartier auf der Krankenstation die Augen aufgeschlagen und sie gesehen hatte, bis heute. Und diese Empfindung war mit der Zeit nur noch stärker geworden. Selbst wenn ich Finn nicht dieses Versprechen gegeben hätte, würde ich sie heute begleiten. Weil es keinen anderen Ort gab, an dem ich lieber wäre.

»Hast du nicht was vergessen?«, fragte ich sie und musterte sie von oben bis unten. Dabei blieb mein Blick an der Halskette mit dem neuen Amulett hängen, das im Licht funkelte. Es war ein schlichter runder Anhänger aus Gold, in dessen Mitte ein Stein in tiefem Nachtblau mit goldenen Partikeln darin eingefasst war. Sie hatte sich für die höchste Stufe entschieden und ich konnte gar nicht anders, als verdammt stolz auf sie zu sein.

»Nein.« In einer fließenden Bewegung zog Roxy ihre Pistolenarmbrust aus der Halterung an ihrem Rücken, die ich übersehen hatte, weil ich so von ihrer Trägerin fasziniert gewesen war.

»Pass mit den Bolzen auf.« Pandora nickte erst Roxy, dann mir zu und verschwand wieder im Trainingsbereich.

Wie es aussah, war jetzt die Zeit gekommen, Abschied zu nehmen. Krall schüttelte uns die Hand und verschwand dann wieder in seinem Büro. Trent und Matej gaben uns nacheinander die Hand und klopften mir zusätzlich freundschaftlich auf die Schulter.

»Wenn du mal ein paar modifizierte Waffen brauchst oder das Bedürfnis verspürst, dich wieder mit Opoicas und anderen Geistern anzulegen …«, begann Trent grinsend. »Dann weißt du ja, wo du uns findest.«

Ich schnitt eine Grimasse. »Auf die Waffen komme ich gern zurück. Beim Rest überlege ich es mir noch mal.«

Eine Begegnung mit Geister-Blutegeln hatte mir gereicht. Ich war nicht scharf darauf, dieses Erlebnis allzu schnell zu wiederholen. Am besten nie wieder.

Während Roxy ein paar Worte mit Wayne wechselte, blieb ich vor Ella stehen. Obwohl wir uns noch nicht allzu lange oder gut kannten, war es seltsam, ohne sie weiterzufahren, also musste ich einfach fragen. »Sicher, dass du nicht mitkommen willst?«

»Sicher. Ich werde hier gebraucht«, sagte sie.

Im ersten Moment dachte ich, dass sie von den Geistern sprach, doch dann zuckte ihr Blick zu Wayne. Der Moment war nur flüchtig, blieb mir aber nicht verborgen.

Ich lächelte langsam, sagte aber nichts, sondern umarmte sie stattdessen zum Abschied fest. »Sei vorsichtig, okay?«

Sie nickte. »Ihr auch.«

»Aber klar doch.«

Ich würde auf Roxy achtgeben, auch wenn sie das nicht wollte – und meistens auch nicht brauchte, weil sie sehr gut allein zurechtkam und all den Kreaturen da draußen mehr als gewachsen war. Ich hatte Roxy schon begleitet, bevor sie mir von der Todesvision erzählt hatte. Jetzt würde ich ihr erst recht nicht mehr von der Seite weichen. Wir würden das zusammen durchstehen und im Idealfall verhindern. Es musste einen Weg geben – und wir würden ihn finden.

Zum Abschied klopfte ich Wayne auf die Schulter, allerdings nicht zu fest, weil er echt nicht gut aussah. »Es war ein kurzes Vergnügen, aber ein Vergnügen.«

Er lächelte nur und nickte mir zu.

Auch Roxy sagte den Huntern Lebewohl. Im Gegensatz zu ihnen wusste sie, dass es das letzte Mal sein könnte, dass sie diese Leute sah. Sie ließ sich zwar nichts davon anmerken, aber ich registrierte die kleinen Details dennoch. Das kurze, tiefe Durchatmen. Das hastig aufgesetzte Lächeln. Der fast schon wehmütige Blick. Und die feste Umarmung, mit der sie sich von Ella verabschiedete. Trotz allem, was in der kurzen Zeit in Prag passiert war, war ich mir ziemlich sicher, dass auch Roxy sich hier wohlgefühlt hatte. Dass sie vielleicht sogar gern zurückkehren würde. Irgendwann. Vielleicht.

»Grüß Mara und Li Jun von mir«, wandte sie sich zuletzt an Birdie und umarmte auch sie kurz.

»Das mache ich. Lasst ab und zu mal von euch hören!«

Roxy lächelte – und da war sie wieder. Diese unterschwellige Traurigkeit, diese innere Distanz, die sie aufrechtzuerhalten versuchte und die niemand sonst zu bemerken schien.

Sie sah zu Ella hinüber und deutete dann mit einem Nicken auf Birdie. »Pass auf, dass sie nichts in die Luft sprengt.«

Ella schmunzelte. »Das werde ich.«

»Hey!«, rief Birdie empört. »Ich habe schon seit fünf Tagen nichts mehr explodieren lassen!«

»Du weißt, wie ich das meine. Üb weiter mit dem Amulett. In ein paar Wochen wirst du nichts mehr in die Luft jagen, es sei denn, du willst es so.«

Birdies Augen leuchteten auf und sie strahlte Roxy an. »Das werde ich. Ich werde so was von üben!«

»Sehr gut.«

Ich hob die Hand zum Abschied, dann schnappte ich mir meine Tasche und verließ das Quartier Seite an Seite mit Roxy. Vor drei Tagen hatte es aufgehört zu schneien, aber die klirrende Kälte hatte Prag noch immer fest im Griff. Wir überquerten die Straße und verfrachteten unser Gepäck in den Kofferraum des Camaro, dann ließ ich mich mit einem tiefen Seufzen auf den Fahrersitz fallen. Nur Sekunden später saß Roxy neben mir und schnallte sich an.

»Also …« Ich startete den Motor und sah zu Roxy hinüber. »Auf nach Wien, hm?«

In Gedanken rief ich alles ab, was ich über Wien zu wissen glaubte, was, zugegebenermaßen, nicht viel war. Nur einer Sache war ich mir absolut sicher: »Wir müssen dort unbedingt so viel essen, wie wir nur können.«

Roxy lachte auf. »Unbedingt. Dinah hat mal erzählt, dass die Sachertorte zum Sterben gut sein soll. Ich *muss* sie probieren.«

Ich grinste. »Dann los!«

17. KAPITEL

Roxy

»Wir hätten wirklich mehr Proviant mitnehmen sollen«, nuschelte Shaw mehr als achtundvierzig Stunden später und schob sich den Rest der Palatschinke in den Mund, nur um sich im Anschluss die Marillenmarmelade von den Fingern zu lecken.

Ich starrte sehnsüchtig darauf. Natürlich auf die Süßspeise und nicht darauf, was Shaw da mit seinen Lippen und seiner Zunge anstellte. Meine eigenen Palatschinken hatte ich mit Schokolade bestellt und schon vor Stunden aufgegessen. So kurz wir auch in der Hauptstadt Österreichs gewesen waren, so sehr hatten wir das Essen dort genossen. Irgendwie tat es mir fast ein bisschen leid, dass wir den Geist dort so schnell gefunden hatten und schon wieder hatten weiterziehen müssen. Das war wirklich eine Schande. Ich hätte mich noch tage- und wochenlang durch die ganzen Cafés, Restaurants und Kaffeehäuser futtern können. Vor allem die Sachertorte und der Apfelstrudel hatten es mir angetan. Warum hatte ich nicht auch noch etwas davon für die Weiterreise mitgenommen?

Doch ganz egal, wie gern wir in Wien geblieben wären, die nächsten Koordinaten des Ghostvision hatten uns dazu gezwungen, die Stadt schon am nächsten Tag wieder zu verlassen. Kurz hatte ich zwar mit dem Gedanken gespielt, die nächsten 84 Tage meines Lebens damit zu verbringen, Kaffee zu trinken, Desserts zu essen und mich durch alle Restaurants der Stadt zu probieren, verwarf die Idee jedoch schnell wieder. Ich tat das alles schließlich nicht nur für mich – oder für Kevin, der sich seit dem Vorfall mit der Rusalka nicht mehr hatte blicken lassen –, sondern für all die Menschen, die nur meinetwegen in Gefahr waren, und allem voran für meinen Bruder. Niall zu finden hatte mich stets angetrieben und tat es auch jetzt noch, ganz egal, wie winzig die Chance war, zu überleben und dann auch noch meinen Bruder zu finden.

Also hatten wir Wien am Morgen hinter uns gelassen und waren weiter nach Osten gefahren, wo es immer kälter wurde und ich zwei weitere Geister dorthin zurückgeschickt hatte, wo sie hingehörten. Das neue Amulett war gewaltig, aber ich beherrschte seine Macht – ohne mich davon beherrschen zu lassen. Und auch wenn ich es nur ungern zugab – und Shaw gegenüber niemals laut aussprechen würde –, war ich froh um seine Gesellschaft. Ich war froh, ihn bei mir zu wissen und das Ganze nicht allein zu Ende bringen zu müssen.

Vor allem war es angenehm, uns beim Fahren abwechseln zu können. Von Wien nach Budapest war Shaw hinterm Steuer gewesen, danach hatte er mir den Autoschlüssel in die Hand gedrückt, an dem jetzt auch ein rot-weißes Schlüsselband mit Motiven von Wien hing. Vor ein paar Stunden hatten wir uns an der Grenze zu Rumänien erneut abgewechselt. Unser nächstes Ziel war ein Geist, der etwa zwanzig Kilometer von Bukarest entfernt sein sollte. Aber dahin mussten wir erst mal kommen, und zwar trotz des ganzen Schnees, der unsere Fahrt zunehmend verlangsamte.

Ich starrte aus dem Fenster und betrachtete die vorbeirauschende flache Landschaft mit den vielen Wiesen und Feldern, die alle unter der Schneedecke begraben waren. Wir folgten einer einsamen, nicht befestigten Straße, und kleine Kiesel prasselten gegen die Karosserie. Es war ein gleichmäßiges, fast schon einlullendes Geräusch, bei dem meine Gedanken zu wandern begannen.

Ich merkte erst, was ich da gerade tat, als meine Finger bereits die Narbe an meiner Schulter berührten. Die Narbe, die mittlerweile deutlich kleiner geworden, aber noch lange nicht verschwunden war. Und jetzt blieben mir nur noch knapp 84 Tage. Keine drei Monate mehr, bis sich Giselles Vision erfüllen und ich sterben würde. Daran führte kein Weg vorbei.

Wenigstens war unterwegs zu sein eine willkommene Ablenkung, denn so musste ich nicht ständig daran denken, was heute für ein Tag war. Denn heute, am sechsten Januar, war es auf den Tag genau ein Jahr her, seit sich alles verändert und mein Leben eine völlig neue Wendung genommen hatte. Genau heute vor 365 Tagen hatte ich in diesem Steinkreis in Irland gestanden und Amelias Amulett zerstört. Es hatte mich alles an Willenskraft und Konzentration gekostet, die Magie auf diese Weise einzusetzen, und es schien beinahe so, als hätte mich meine Mentorin für genau diesen Tag, für diesen Moment so hart trainiert. Denn ich schaffte es: Ihr Amulett zersplitterte vor meinen Augen.

Im ersten Moment war ich erleichtert gewesen – so sehr, dass meine Beine unter mir nachgegeben hatten und ich auf die Knie ins feuchte Gras gesunken war. Amelia mochte fort sein, aber ich hatte ihren letzten Wunsch erfüllt. Ich hatte ihr Amulett an diesem heiligen, an diesem magischen Ort zerstört, bevor es in die falschen Hände geraten konnte.

Wenn ich heute die Augen schloss, konnte ich noch immer die ersten Strahlen der aufgehenden Sonne auf meiner Haut spüren, genau wie den schneidenden Januarwind. Und das Beben im Boden, denn im nächsten Moment war das reinste Chaos ausgebrochen. Zum allerersten Mal in meinem Leben hatte ich Bekanntschaft mit einem Todesboten machen dürfen – und mit Höllenhunden, Kreaturen, die ich bisher nur aus Büchern und Amelias Erzählungen gekannt hatte. An jenem Morgen hatte ich diese Biester näher kennengelernt, als mir lieb war.

Ein Jahr. Seither war so viel passiert und dennoch verfolgte mich dieser Moment noch immer. Dieser Fehler, von dem ich nicht einmal gewusst hatte, dass es einer war. Bis es zu spät gewesen war.

»Alles okay?« Shaws Stimme holte mich aus meinen Gedanken zurück in die Gegenwart. Genau wie seine Hand, die plötzlich auf meiner lag.

Ein warmes Kribbeln und Wehmut breiteten sich gleichzeitig in mir aus, aber ich brachte ein Nicken zustande. Und ich drückte seine Hand für einen winzigen Moment. »Ich war nur in Gedanken.«

»Gute Gedanken?« Wieder warf er mir einen Blick zu und diesmal bemerkte ich das schelmische Funkeln in seinen Augen.

Meine Mundwinkel zuckten. »Das wüsstest du wohl gern …«

Statt einer Antwort schmunzelte er nur und konzentrierte sich wieder aufs Fahren, zog seine Hand aber nicht zurück. Und ich … ich ließ sie auch nicht los, obwohl mir das Herz bis zum Hals schlug. Und als das Gedankenkarussell von Neuem beginnen wollte und ich mich fragte, was um alles in der Welt ich hier eigentlich tat, schob ich all das entschieden beiseite. Ich wollte nur … diesen winzig kleinen Moment genießen. Einmal nur wollte ich nicht an die Zukunft denken, sondern ganz selbstsüchtig die Gegenwart genießen. Die Gegenwart mit Shaw. Das konnte nicht zu viel verlangt sein, oder?

In den nächsten Stunden fuhren wir durch kleine Dörfer und über endlose Straßen immer tiefer ins Landesinnere.

Die weiten Wiesen und Felder machten Platz für Berge und geschützte Nationalparks mit Wäldern, Seen und versteckten Wasserfällen. In der Ferne konnte ich den Moldoveanu, den höchsten Berg Rumäniens erkennen, was bedeutete, dass wir inzwischen in den Transsilvanischen Alpen gelandet waren.

Mittlerweile hatte es angefangen zu dämmern und wir folgten der gewundenen Straße immer tiefer in die schier endlose Landschaft hinein. Hin und wieder kamen wir an winzigen Häusern und kleinen Dörfern vorbei. An einer Stelle passierten wir die Überreste eines riesigen Hauses, womöglich ein ehemaliges Hotel. Es war bis auf die Grundmauern niedergebrannt. Bei dem Anblick kroch mir unweigerlich ein Schauder den Rücken hinab und ich war froh, als wir das Haus hinter uns ließen.

Selbst jetzt, im tiefsten Winter und bei einsetzender Dunkelheit, war die Gegend wunderschön. Aus irgendeinem Grund hatte ich nicht damit gerechnet, genoss diesen Anblick aber dafür umso mehr. Nach den ganzen Städten, nach London, Paris, Edinburgh, Prag und Wien, die alle auf ihre ganz eigene Art und Weise faszinierend waren, aber eben auch sehr groß und voller Menschen, tat es unheimlich gut, wieder in der freien Natur zu sein. Obwohl die beiden Orte im Grunde gar nicht miteinander zu vergleichen waren, weckte dieser hier dennoch die Sehnsucht nach meiner Heimat in mir. Nach den saftig grünen Wiesen mit all den niedrigen Steinmauern, den kleinen Cottages und den vielen Schafen. Man konnte über Irland sagen, was man wollte, aber nirgendwo leuchtete die Natur in so kräftigen Farben wie zu Hause.

Wir fuhren um eine Kurve und ich hielt unwillkürlich den Atem an, denn vor uns erhob sich eine beleuchtete Burg, die malerisch auf einem Hügel über einer Schlucht thronte. Am

Fuße des Hügels standen einige Häuser, von denen gleich mehrere aussahen, als wären es Pensionen. Shaw setzte den Blinker und steuerte geradewegs darauf zu.

»Was hast du vor?«

»Der Tank ist fast leer«, erwiderte er, ohne den Blick von der Straße zu nehmen. »Ich hoffe, dass wir hier endlich mal eine Tankstelle finden, sonst haben wir bald ein Problem.«

»Ein paar Schneeketten wären auch nicht schlecht, wenn das so weitergeht.«

Ich hatte geglaubt, in Prag viel Schnee gesehen zu haben, aber der Weg von Wien über Budapest bis ins ländliche Rumänien, wo manche Straßen überhaupt nicht geräumt waren, hatte mich eines Besseren belehrt. Wenn wir Pech hatten, würden wir Bukarest – und den Geist, der dort ganz in der Nähe auf mich wartete – nicht vor morgen früh erreichen. Noch mehr Zeit, noch mehr kostbare Stunden, die mir durch die Lappen gehen würden … Ich nahm die Hand von meiner Schulter, die ohne mein Zutun erneut zu meiner Narbe gewandert war. Es half nichts, sich über das Wetter zu ärgern. Wir würden ankommen, wenn wir ankommen würden, und in jedem Fall half uns ein leerer Tank auch nicht weiter.

Diesmal hatten wir Glück. Shaw parkte den Wagen an einer Tankstelle, die genauso einsam und verlassen wirkte wie dieser ganze Ort. Zu jeder anderen Jahreszeit musste es hier, so nahe bei der Burg, vor Touristen nur so wimmeln. Jetzt hingegen? Jetzt konnten wir froh sein, wenn wir überhaupt auf eine Menschenseele trafen.

Ich stieg aus, atmete tief die kalte Luft ein und faltete die Karte auf, die ich in einem Kiosk auf dem Weg gekauft hatte, da der Handy- und GPS-Empfang zwischendurch nicht der beste gewesen war. Der Verkäufer hatte mir mit einem fetten X markiert, wo wir uns befunden hatten, also musste ich danach wenigstens nicht suchen, sondern nur dem Straßenverlauf folgen. Laut Karte befanden wir uns bei Schloss Bran. Von hier aus führten nicht viele Wege in die Hauptstadt. Genau genommen gab es nur zwei Richtungen, da ein riesiges Gebirge den direkten Weg versperrte und wir nur auf die eine oder andere Weise drumherum fahren konnten.

»Und? Was denkst du?«, fragte Shaw, der direkt neben mir den Tankdeckel seines Wagens zudrückte. Er machte einen Schritt auf mich zu und blieb dann hinter mir stehen, um über meine Schulter ebenfalls in die Karte zu schauen.

Viel zu nahe. Das war es, was ich dachte. Shaw stand viel zu dicht hinter mir. So dicht, dass mein Körper unweigerlich auf ihn reagierte. Hitze breitete sich tief in meinem Inneren aus, während sich gleichzeitig die kleinen Härchen in meinem Nacken aufstellten und eine kribbelnde Gänsehaut meine Arme überzog. Zum Glück trug ich etwas Langärmliges, sodass er nichts davon mitbekommen würde. Erst recht nicht von dem plötzlichen Drang, mich gegen ihn zu lehnen und ihm auf diese Weise noch näherzukommen, so nahe wie seit Ewigkeiten niemandem mehr. Denn dafür war kaum Zeit gewesen, und ich war auch nicht in der richtigen Stimmung gewesen, um den Kopf für eine kleine Weile auszuschalten und mich mit einem Fremden zu vergnügen.

Aber bei Shaw? Bei ihm konnte ich mir viel zu gut vorstellen, alles um mich herum zu vergessen. Alles, was nicht er war.

Ich räusperte mich und deutete die Straße hinunter, die alles andere als geräumt aussah. »Ich denke, wir müssen da lang. Die Strecke sieht ein kleines bisschen kürzer aus. Falls wir überhaupt weit kommen.«

Mittlerweile war es vollständig dunkel geworden und ich wollte nur ungern nachts auf schneebedeckter Fahrbahn mitten durchs Niemandsland rutschen. Schon gar nicht, wenn die

Straßenbeleuchtung hier in etwa genauso war wie zu Hause in Irland in den entlegeneren Gegenden. Also quasi nicht vorhanden.

»Ich schaue mal, ob wir hier Schneeketten kriegen«, sagte Shaw hinter mir, und seine warme Stimme sandte einen weiteren Schauer über meinen Rücken. »Sonst müssen wir uns wohl oder übel eine Unterkunft suchen und fahren morgen früh weiter.«

Ich nickte nur, da sich meine Kehle auf einmal trocken anfühlte und ich mir nicht sicher war, ein klares Wort über die Lippen zu bringen.

Shaw blieb noch einen kurzen Moment lang dicht hinter mir stehen, dann entfernte er sich langsam und ich wagte es, wieder weiterzuatmen.

Die Stimmung zwischen uns war nicht mehr wie früher. Nicht wie in London und erst recht nicht wie nach den Geschehnissen in Paris und Edinburgh. Etwas hatte sich verändert, nicht nur für mich, seit ich mich den Wahrheiten der Rusalka gestellt hatte, sondern für uns beide. Ich wusste nur noch nicht, was ich jetzt tun und wie ich damit umgehen sollte. Oder vielmehr, wie ich es noch länger aushalten sollte, *nichts* zu tun.

»Roxy!?«

Panik schwang in Shaws Stimme mit und vertrieb schlagartig jedes bisschen Wärme, das seine Gegenwart bis vor wenigen Sekunden noch in mir ausgelöst hatte.

»Was ist los?«, rief ich und folgte ihm in das Tankstellenhäuschen.

Er stand hinter der Kasse und starrte auf etwas auf dem Boden. Das Herz klopfte mir bis zum Hals, da ein Teil von mir bereits ahnte, was ich gleich sehen würde – dennoch drehte sich mir der Magen um, als es so weit war.

Rot. Der ganze Boden hinter dem Verkaufstresen war blutverschmiert. In einer dunklen Lache lag ein älterer Mann mit grauen Schläfen und einem übergroßen braunen Pullunder. Seine Haut war gräulich-blass und geradezu ausgetrocknet, und sein ganzer Körper wirkte ausgemergelt.

Obwohl sich alles in mir dagegen sträubte, stieg ich vorsichtig über ihn hinweg und ging neben ihm in die Hocke – immer darauf bedacht, nicht in Kontakt mit dem Blut zu kommen und keine Spuren zu hinterlassen. Meine Finger zitterten leicht, als ich seinen Kopf anstupste. Sofort rollte er auf die andere Seite und gab den Blick auf seinen Hals frei.

»Sind das …?«

»Bissspuren«, bestätigte ich und richtete mich langsam wieder auf.

»Vampire? Hier? Jetzt?«

Bildete ich mir das ein, oder war seine Stimmlage etwas höher geworden? Dabei hatten wir es inzwischen doch schon oft genug mit Vampiren zu tun gehabt.

»Sieht ganz danach aus.«

Shaw schluckte und sah erst auf den Toten am Boden und dann zu mir. »Das Blut ist noch nicht getrocknet. Lass mich raten: Wer oder was auch immer das getan hat, muss noch ganz in der Nähe sein.«

Ich nickte nur, denn mir gefiel das Ganze genauso wenig wie ihm. Wir hatten nur hier Halt gemacht, um zu tanken, damit wir weiter in unserer Mission vorankamen. Und nun waren wir über das Opfer eines Vampirangriffs gestolpert.

Ich griff nach Shaws Arm und zog ihn mit mir nach draußen. Mein Blick zuckte von links nach rechts, suchte in der Dunkelheit nach dem Vampir, der dafür verantwortlich war, aber ich konnte nichts entdecken. Allerdings bedeutete das nicht, dass da auch nichts war. Schade, dass weder Warden noch Cain hier waren – sie hätten den Blutsauger einfach riechen können.

»Was jetzt?«, fragte Shaw widerwillig. Auch er sah sich zu allen Seiten um. »Wir sollten nach weiteren Spuren suchen, oder? Sichergehen, dass nicht noch mehr Leute verletzt wurden oder in Gefahr sind.«

»Erst leite ich Linnea die Info weiter und bitte um Verstärkung«, erklärte ich, das Smartphone bereits in der Hand. »Sie kann in den umliegenden Quartieren anrufen. Vielleicht haben wir Glück und ein paar Blood Hunter sind in der Nähe oder auf der Durchreise, dann können sie sich darum kümmern.«

Shaw runzelte die Stirn. Die Zweifel waren ihm deutlich ins Gesicht geschrieben. »Und wenn nicht?«

»Dann haben wir beide hoffentlich genug in Edinburgh gelernt.«

18. KAPITEL

Roxy

Wir hatten kein Glück. Natürlich nicht. Die nächsten Blood Hunter befanden sich in der Slowakei und in Belarus und damit viel zu weit entfernt. Sie könnten frühestens morgen hier sein. Auch im Quartier in Bukarest konnte niemand einen Jäger erübrigen. Mal ganz davon abgesehen, dass es auch von dort Stunden dauern würde, bis sie hier waren. Also blieb uns die Wahl: Entweder wir verschlossen die Augen davor und zogen weiter – oder wir kümmerten uns selbst darum, auch wenn wir keine Blood Hunter waren.

Ich war schon immer schlecht darin gewesen, die Hände in den Schoß zu legen und nichts zu tun, also machten wir uns an die Arbeit und durchsuchten die Tankstelle. Eine dünne Blutspur führte uns durch den Hintereingang nach draußen, dann jedoch zurück zur Straße, und wir setzten uns wieder in den Camaro, um ihr Stück für Stück zu folgen.

Wenigstens hatte uns das Prager Quartier für alle Eventualitäten ausgerüstet. Ursprünglich hatte ich das für etwas übertrieben gehalten. Was sollten wir mit den ganzen Messern, Macheten, modifizierten Bolzen und Schusswaffen gegen die Seelen ausrichten, die ich nur mit meiner Amulettmagie zurück in die Unterwelt befördern konnte? Doch jetzt war ich dankbar dafür, dass wir nicht Nein gesagt, sondern das ganze Zeug mitgenommen hatten. Und dass ich für den Notfall noch ein weiteres Amulett zur Verfügung hatte, das Warden mir aus Edinburgh geschickt hatte. Nicht dass ich hoffte oder glaubte, mein aktuelles Stufe-6-Amulett so schnell zu verbrauchen wie das letzte, aber es war gut zu wissen, dass Ersatz da war, selbst wenn der eine Stufe niedriger war.

Die Spur führte uns die Straße entlang in Richtung des Schlosses, das über dem Dorf aufragte, umgeben von verschneiten Hügeln voller Bäume. Die Äste und Tannenzweige bildeten in der Dunkelheit einen unheimlichen Kontrast zur hellen Fassade der von mehreren Scheinwerfern angestrahlten Burg.

Schon von Weitem erweckte das Gebäude trotz seiner Beleuchtung einen seltsam verlassenen Eindruck, der sich nicht besserte, je näher wir kamen. Der Schnee knirschte unter den Reifen des Sportwagens, der definitiv nicht für dieses Winterwetter gemacht war. Aber Shaw würde ihn mit Sicherheit nirgendwo stehen lassen und auf ein anderes, besser für diese Verhältnisse geeignetes Auto umsteigen, also schlug ich es gar nicht erst vor.

Tagsüber und bei besserem Wetter musste es hier voll sein mit parkenden Fahrzeugen und Touristen, doch jetzt mitten im Winter war es geisterhaft leer. Die kleinen Läden rund um den Hügel, auf dem die Burg thronte, waren allesamt geschlossen, sogar der Supermarkt und die kleine Apotheke, die ich nur an dem grün-weißen Schild mit dem Kreuz darauf erkannte, wirkten fest verriegelt. Ein paar vereinzelte Autos standen herum, doch sie waren eingeschneit und von ihren Besitzern war weit und breit nichts zu sehen. Ein dumpfes Gefühl grub sich in meine Magengrube, als ich darüber nachdachte, was ihnen zugestoßen sein könnte.

Stück für Stück näherten wir uns dem offiziellen Eingang. Ein etwa zwei Meter hoher schwarzer Zaun schützte das

Schloss und die umliegende Landschaft vor unliebsamen Gästen. Leider schien das nicht ausgereicht zu haben, um auch Vampire fernzuhalten, denn genau hier endete die Blutspur im Schnee.

»Ich wünschte wirklich, Warden wäre hier«, murmelte Shaw und warf einen Blick am Zaun vorbei Richtung Burg. »Ihn könnten wir allein da reinschicken, er hätte den Spaß seines Lebens und würde den Vampir wahrscheinlich im Alleingang erledigen.«

»Zu dumm, dass er in Edinburgh ist.«

Shaw erwiderte nichts darauf, sondern parkte den Sportwagen direkt neben dem Eingang und schaltete den Motor ab. Wir stiegen aus, sahen uns kurz um und holten dann Waffen und Ausrüstung aus dem Kofferraum. Ab hier ging es zu Fuß weiter.

Die Absperrung war nur ein kleines Hindernis. Shaw half mir über das Gitter. Kurz musste ich aufpassen, dass ich nicht mit meinem langen Cape an den Spitzen hängen blieb, dann landete ich sicher auf der anderen Seite. Für meinen Geschmack war das genug Sport für einen Tag gewesen, auch wenn ich Shaw ein wenig darum beneidete, wie leicht es ihm fiel, ganz ohne Hilfe über den Zaun zu klettern und auf der anderen Seite herunterzuspringen. Und das, ohne außer Atem zu sein. Ganz im Gegensatz zu mir.

Wir gingen am Tickethäuschen vorbei und begannen den Aufstieg, indem wir etwas folgten, das wie ein gewundener Pfad aussah, auch wenn das unter all dem Weiß kaum zu erkennen war. Ich konnte keinerlei Fußabdrücke im Schnee vor uns entdecken, genauso wenig wie Blut. Aber die Spur hatte uns geradewegs hierhergeführt, also musste der Vampir, der den Tankwart getötet hatte, ganz in der Nähe sein.

»Erklär mir noch mal, warum wir, statt weiter deine Geister zu verfolgen, plötzlich Buffy und Angel spielen und einen Vampir jagen?«, fragte Shaw nach einer Weile, während sein Blick unruhig hin und her huschte. Doch zwischen den Bäumen blieb es still. Kein einziger Laut war zu hören.

Ich hoffte nur, dass das nicht die berühmte Ruhe vor dem Sturm war.

»Weil diese Kreatur hier frei herumläuft und wir nicht einfach zulassen können, dass sie weitere Menschen tötet«, erinnerte ich ihn leise. »Außerdem kann ich mit meiner Armbrust ziemlich wirkungsvoll auf Vampire schießen.«

Im Gegensatz zu Geistern, sofern diese körperlos waren. Und selbst mit einem Körper konnten normale Waffen sie nicht wirklich verletzen, sondern nur ablenken. Irgendwie ziemlich unfair. Wenigstens kam ich jetzt endlich dazu, die präparierten Bolzen aus Prag zu testen. Hoffentlich waren sie so gut, wie Pandora, Matej und die anderen behauptet hatten.

»Ich halte das trotzdem für keine gute Idee, Rox.«

»Ist notiert.«

Es war auch keine gute Idee. Überhaupt nicht. Aber ich konnte nicht einfach wegsehen. Wir mussten es wenigstens versuchen. Für den Tankwart war es schon zu spät, aber wenn wir den Vampir erwischten, könnte das das Leben von weiteren unschuldigen Menschen retten.

Die Burg ragte wie ein unbezwingbares Ungetüm vor uns auf. Sie schien geradezu aus dem Felsen herauszuwachsen, war jedoch aus hellem, beigefarbenen Stein, mit kleinen Fenstern und mehreren Türmen, deren rote Dachziegel im Mondlicht leuchteten. Von außen sah sie uneinnehmbar aus – und vielleicht war sie das tatsächlich. Vielleicht war das der Grund, warum sie heute überhaupt noch hier stand.

Shaw legte den Kopf in den Nacken und stieß einen leisen Pfiff aus. »Nette Burg.«

»Sie heißt Schloss Bran.« Ich blieb vor einer steinernen Treppe stehen, die an der Burgmauer hinaufführte, und deutete auf die Infotafel, die man für die Touristen hier hingestellt haben musste. »Auch als Draculaschloss bekannt.«

Shaw hielt mitten in der Bewegung inne. Ganz langsam drehte er sich zu mir um und zog die Brauen so weit hoch, dass sie unter seinen Haaren verschwanden. *»Wie bitte!?«* Er kam herüber und überflog den geschichtlichen Abriss auf der Tafel. »Hier steht, dass das Schloss einst auch Vlad dem Dritten gehört hat. Du weißt schon – Vlad Drăculea. Der brutale Fürst aus dem 15. Jahrhundert, der Bram Stoker zu seinem Roman über Dracula inspiriert hat!«

Ich blinzelte mehrmals, dann schüttelte ich langsam den Kopf. »Du solltest wirklich aufhören, so viel über Vampire zu lesen.«

»Ich bin lieber informiert als tot.«

Ich gab ein Geräusch von mir, das eine Mischung aus Lachen und Schnauben war. Ohne darüber nachzudenken, legte ich Shaw die Hände an die Wangen und sah ihn durchdringend an.

»Keine Panik, okay? Dem Text zufolge hat das Schloss nicht wirklich etwas mit Dracula zu tun. Außerdem wissen wir alle, dass der Urvater der Vampire Isaac hieß. Und Isaac ist tot. Wir haben seine Überreste selbst gesehen – und zwar Hunderte von Kilometern von hier entfernt. Dracula ist nur eine nette Geschichte, mehr nicht.«

»Vielleicht hat sich Isaac im Laufe der Zeit einfach nur umbenannt«, brummte Shaw. »Damit es nicht mehr so offensichtlich ist.«

»Klar. Wenn ich meinen Namen ändern wollte, würde ich von Dracula auch ausgerechnet zu Isaac wechseln. Total naheliegend.«

Shaw warf mir einen vielsagenden Blick zu. »Schön zu sehen, dass du wieder fit genug für solche Sprüche bist.«

Diesmal versuchte ich nicht mal, mein Schmunzeln zu unterdrücken. »Gern geschehen. Und jetzt sei leise. Ich will dich wirklich nicht ausgerechnet auf dem Draculaschloss an einen Vampir verlieren.«

»Nicht hilfreich, Darling. Absolut nicht hilfreich.« Doch ab jetzt hielt Shaw den Mund, also hatte ich mein Ziel erreicht.

Ich zog meine Pistolenarmbrust aus der Halterung an meinem Rücken und legte den ersten Bolzen ein. Nacheinander gingen wir die steinerne Treppe hinauf und betraten durch einen Durchgang den Innenhof der Burg. Auch hier lag Schnee auf den Pflastersteinen und alles wirkte verlassen. Keine Fußabdrücke. Keine Geräusche. Es war gespenstisch still. Unter anderen Umständen hätte ich vielleicht angenommen, dass wir uns geirrt hatten und die Blutspur woanders hinführen müsste, doch mein Instinkt sagte mir etwas anderes. Und nur, weil wir etwas weder sehen noch hören konnten, bedeutete das nicht, dass es nicht da war.

Shaw und ich trennten uns kurz, um den Innenhof auf der Suche nach Spuren abzulaufen, und trafen uns beim Brunnen wieder. Ein weiteres Schild verwies auf das Museum im Innenbereich, das sich über mehrere Stockwerke erstrecken sollte. Ich wechselte einen kurzen Blick mit Shaw und er nickte mir zu.

Mein Nacken kribbelte vor Anspannung, als ich die Stufen nach oben nahm. Shaw folgte mir dicht auf und deckte mir den Rücken. In der einen Hand hielt ich die Pistolenarmbrust, in der anderen eine Taschenlampe, mit der ich uns den Weg leuchtete.

Im ersten Stockwerk angekommen lauschte ich in die Dunkelheit. Zuerst meinte ich, nichts zu hören, abgesehen von meinem eigenen schnellen Herzschlag, doch dann erstarrte ich. Da war etwas gewesen. Ein Laut, bei dem sich die Härchen auf meinen Armen und in meinem Nacken aufrichteten. Ein Schmatzen, das mir einen eisigen Schauder über den Rücken jagte.

Shaw blieb ebenfalls stehen und berührte mich leicht an der Schulter. Er musste es auch gehört haben. Zusammen folgten wir dem Geräusch, das uns den Gang hinunter in einen größeren Raum führte, der Teil des Museums sein musste. Weiße Wände, dunkelbraune Balken, ein kostbarer Teppich auf dem dunklen Holzboden, ein Bett und eine Kiste. Wie es aussah, waren wir in einem ehemaligen Schlafgemach gelandet. Und in der Mitte des Raumes saß nicht bloß ein Vampir, der sich über einen Snack hermachte – sondern gleich drei. Drei Vampire! Ihr Opfer musste ein Hausmeister oder verirrter Tourist sein. Jetzt rührte er sich nicht mehr und sein Blut sickerte in die Holzdielen. Das gierige Schmatzen und Schlürfen klang unnatürlich laut in der Stille, die uns ansonsten umgab.

Bei dem Anblick und den Geräuschen drehte sich mir der Magen um. Mit einer raschen, lautlosen Bewegung befestigte ich die Taschenlampe mit Clip an meinem Cape und hob die Pistolenarmbrust an. Aus dem Augenwinkel registrierte ich, dass Shaw dasselbe mit seiner Schrotflinte tat. Wir mussten schnell und effizient sein, nur so hatten wir überhaupt eine Chance gegen gleich drei Gegner. Der rot markierte Bolzen, den ich in die Armbrust gespannt hatte, wartete nur darauf, zum Einsatz zu kommen. Ich visierte mein Ziel an – und schoss.

Der Bolzen raste durch die Luft und traf einen von ihnen in der Brust, wenn auch nicht direkt im Herzen. Der Vampir taumelte von der Wucht zurück, sah kurz an sich herab und fletschte die Zähne. Zähne, die völlig anders waren als die der

Vampire, die ich kannte. Sie waren länger – und die Gesichter der Vampire wirkten eingesunkener, fast so, als bestünden sie nur aus Haut und Knochen. Ihre Augen waren riesig und glühten leuchtend rot auf, als sie sich nun zu uns umwandten.

In dem Moment, in dem sie sich auf uns stürzen wollten, erfüllte ein ohrenbetäubender Knall die Luft. Die Druckwelle der Explosion ließ mich zurückstolpern. Putz rieselte von der Decke und ein gefährliches Beben ging durch die Wände.

Heilige Scheiße! In diesem riesigen Stadion in Prag waren mir die Explosionen nicht so gewaltig vorgekommen.

»Alles okay?«, rief Shaw und ich nickte sofort, während ich bereits nach dem nächsten Bolzen griff.

Denn der Sprengstoff mochte einen der Vampire zerfetzt haben, doch die beiden anderen waren noch da und griffen jetzt an. Shaw versuchte sie mit seiner Schrotflinte in Schach zu halten, während ich in Windeseile meine Armbrust spannte. Gerade noch rechtzeitig, bevor mich eine der Kreaturen ansprang.

Reflexartig wich ich aus, wirbelte herum und visierte ihn an. Nur dass er nicht allein war. Aus zwei Vampiren waren mehrere geworden. Verflucht! Die Explosion musste sie angelockt haben. Jetzt stürmten immer mehr dieser Monster in den Raum und kreisten uns ein. Und je mehr dazukamen, desto deutlicher wurde, dass sie keine klassischen Vampire waren, wie wir sie in Edinburgh erlebt hatten. Dazu waren sie zu dürr, wenig mehr als mit Haut überzogene Skelette – ihre Brustkörbe waren so eingesunken, dass es aussah, als klaffte ein Loch in ihrem Oberkörper. Und obwohl sie die typischen Vampirmerkmale besaßen – spitze Eckzähne, leuchtend rote Augen, zu Krallen geformte Hände –, wirkten diese Wesen noch viel unmenschlicher, und sie bewegten sich rasend schnell.

Oh verdammt …

»Das sind Strigoi!«, rief ich. Ripley hatte mir mal von seiner Begegnung mit Strigoi erzählt – und davon, wie verflucht schwer sie zu vernichten waren.

Und es war nicht nur einer, wie wir nach den Spuren in der Tankstelle vermutet hatten, sondern eine ganze Horde. Verdammt.

»Denkst du immer noch, dass das die richtige Entscheidung war?« Grimmig ließ Shaw die Schrotflinte zu Boden fallen und riss die Pistolen aus den Holstern.

»Nein.« Ich feuerte und legte den nächsten Bolzen ein, während wir Rücken an Rücken standen und diese Biester zu bekämpfen versuchten. »Aber dafür ist es jetzt zu spät!«

Trotz Sprengstoff und Schusswaffen konnten wir sie uns kaum vom Leib halten. Aus dem Augenwinkel sah ich, wie einer der Vampire Shaw ansprang und dieser in letzter Sekunde auswich, bevor er ihm mithilfe einer Machete den Kopf abtrennte. Ein Move, den er mit Sicherheit von Warden oder Wayne gelernt hatte. Plötzlich wünschte ich mir, das körperliche Training nicht so sehr vernachlässigt zu haben, dann hätte ich jetzt vielleicht auch ein paar Tricks gegen die Strigoi drauf.

Panik legte sich schwer auf meine Brust. Ich war den Fernkampf gewohnt, aber diese Monster ließen sich nur kurzzeitig fernhalten. Egal, wie viele ich von ihnen in die Luft jagte, sie kamen immer näher … und näher … bis ich das leuchtende Rot ihrer Augen überdeutlich wahrnahm und der faulige Geruch aus ihren Mündern alles andere überdeckte.

Wenn wir hier lebend rauskommen wollten, musste ich die geballte Macht meines Amuletts einsetzen – und das nicht bloß gegen wild gewordene Geister, die uns mit Bänken angriffen, sondern gegen richtige Kreaturen. Strigoi, die uns bei lebendigem Leib aussaugen und töten würden. Ich musste handeln. Jetzt sofort.

In einer schnellen Bewegung klappte ich die Pistolenarmbrust zusammen und schob sie zurück in die Halterung auf meinem Rücken. Dann umklammerte ich das Amulett an meinem Hals. Warden hätte mir diesen Stein nicht geschickt, wenn er nicht daran glauben würde, dass ich damit umgehen konnte. Er glaubte an mich. Genau wie Maxwell. Genau wie Shaw. Jetzt musste ich nur noch an mich selbst glauben.

»Ich kann sie nicht länger in Schach halten!«, rief Shaw und feuerte immer wieder auf unsere Gegner.

»Musst du auch nicht.«

Der Stein in meinem Anhänger leuchtete ganz von allein auf und tauchte alles in ein dunkelblaues Licht.

»Roxy!«

Die Magie kribbelte auf meiner Haut und ein leises Knistern drang an mein Ohr. Mein Puls raste. Meine Hände zitterten. Aber mein Fokus war da. Ich hatte nur noch ein Ziel vor Augen. Die Magie sammelte sich zwischen meinen Händen – und dann ließ ich die geballte Energie auf die Strigoi los, die uns den Ausgang versperrten.

Die Explosion war sogar gewaltiger als die der Sprengladung meiner Bolzen. Der Boden bebte. Die Wände ächzten unter der gewaltigen Druckwelle. Putz rieselte auf uns herab und ein Balken brach knirschend entzwei.

»Lauf!«, schrie ich über den Staub und das Chaos hinweg. »Jetzt!«

Shaw zögerte nur eine Sekunde, ganz so, als wollte er sichergehen, dass ich ebenfalls losrannte, dann griff er seine Schrotflinte und setzte sich in Bewegung. Unsere Schritte donnerten über den Boden und die Stufen hinunter. Hinter uns hörte ich bereits die Strigoi, die ich nicht mit der Attacke erwischt hatte.

Wir erreichten den Innenhof, rannten zum Tor und die Stufen hinunter. Weiter, immer weiter, bis die Schritte und das Zischen hinter uns verklangen. Und selbst dann hasteten wir den Hügel hinunter und kletterten wieder über den Zaun.

Normalerweise ging ich immer in den Angriffsmodus. Flucht war keine Option. Aber diesmal war es unsere *einzige* Option, wenn wir nicht gebissen und getötet oder – noch schlimmer – selbst in Vampire verwandelt werden wollten. Anders als Blood Hunter waren Shaw und ich nämlich nicht immun gegen den Biss eines Vampirs, und unsere Wunden heilten auch nicht so schnell. Wir mussten uns zurückziehen und uns einen neuen Plan überlegen. Denn das hier war noch nicht vorbei.

»Gott, ich hasse Vampire!«, knurrte Shaw, nachdem wir in den Camaro gesprungen waren. Dann legte er den Rückwärtsgang ein. »Die Viecher sind scheiße gruselig.«

»Das waren keine klassischen Vampire, sondern Strigoi«, murmelte ich und behielt alles, was sich vor uns im Schloss abspielte, genauestens im Auge.

»Vampire. Strigoi. Opoicas. Völlig egal. Sie wollen mir alle das Blut aussaugen.«

»Das wollen Moskitos auch.«

»Aber die sind wenigstens nicht tödlich!«, konterte er, nur um gleich darauf die Stirn zu runzeln und mir einen fragenden Seitenblick zuzuwerfen. »Oder …?«

Zu meiner eigenen Überraschung musste ich lachen – und nach dem Kampf gerade, bei dem es ziemlich eng für uns geworden war, tat das verdammt gut. »Fahr einfach.«

Und das tat er.

19. KAPITEL

Shaw

Zwanzig Minuten nach der Aktion im Schloss raste mein Puls noch immer. Außerdem brannte meine linke Hand ein wenig. Glücklicherweise nicht aufgrund eines Bisses – sonst wäre ich jetzt vermutlich tot –, sondern wegen einer Schürfwunde, die ich mir im Kampf zugezogen hatte. Ausgerechnet gegen Vampire. Dabei hatte ich echt gehofft, dass sich das Thema für mich nach dem Tag des Blutbades erledigt hatte und ich es nicht mehr mit diesen Viechern aufnehmen musste. Auf unserer Reise durch Europa waren wir unterwegs keinen Blutsaugern mehr begegnet – von den Opoicas in Prag mal abgesehen. Tja, zu früh gefreut. Aber vielleicht waren wir auch selbst schuld. Was hätte man auf dem Draculaschloss auch anderes erwarten sollen als einen Haufen Vampire – korrigiere: einen Haufen Strigoi?

»Alles gut?«, fragte ich und sah kurz zu Roxy hinüber. Sie schien nicht verletzt zu sein, aber ich wollte sichergehen.

Sie nickte und musterte mich genauso wie ich sie zuvor. Nur konnte sie das länger und ausgiebiger tun, da sie sich nicht aufs Fahren konzentrieren musste.

Wir tuckerten im Schneckentempo durch die Dunkelheit, immer die Straße entlang und weg vom Schloss. Keiner von uns sagte ein Wort. Ich war voll darauf konzentriert, es mit dem Schnee und der rutschigen Fahrbahn aufzunehmen und dafür zu sorgen, dass wir nicht in einem Graben landeten, und

Roxy tippte auf ihrem Handy herum. Wahrscheinlich informierte sie Linnea über die Strigoi im Schloss.

Hoffentlich waren die Blood Hunter schnell hier, denn allein konnten Roxy und ich die Vampire nicht vernichten. Wir hatten es versucht und waren grandios gescheitert. Beim nächsten Mal waren wir wenigstens besser vorbereitet und wussten, was uns erwartete. Ich hoffte nur, dass die Strigoi, bis es so weit war, weiterhin auf dem Schloss blieben, das sie als ihr Nest auserkoren zu haben schienen. Die Tatsache, dass sie uns nicht weiter verfolgt hatten, stimmte mich vorsichtig optimistisch.

»Da vorn!«, rief Roxy unvermittelt und deutete geradeaus durch die Windschutzscheibe.

Es dauerte einen Moment, bis ich erkannte, was sie meinte und die vereinzelten Lichter sich wenige Minuten später als eine kleine Ansammlung von Häusern herausstellte. Rund um das Schloss gab es unzählige Pensionen, Hotels und Bed and Breakfasts. Es war keine Touristensaison, also war alles geschlossen und sah verlassen aus. Ganz so, als hätten die Besitzer ebenfalls ihre Zelte abgebrochen und wären den Winter über woanders hingezogen. Aber hier brannte hinter ein paar Fenstern noch Licht. Vielleicht hatten wir ja Glück und fanden eine Unterkunft, sodass wir nicht direkt vor den Toren von Schloss Bran übernachten mussten. Wenn es nach mir ging, konnte ich gar nicht genug Abstand zwischen uns und diese Strigoi bringen.

Wenn wir uns ihnen das nächste Mal entgegenstellten, brauchten wir dringend einen besseren Schlachtplan. Und dass es ein Wiedersehen geben würde, wusste ich mit absoluter Sicherheit. Dazu musste ich nur in Roxys entschlossenes Gesicht sehen.

Ich hielt vor dem ersten beleuchteten Haus am Straßenrand und schaltete den Motor aus. Womöglich fand ich ja auch noch einen Ort, um den Camaro für die Nacht unterzustellen. Am besten in einer Garage. Der ganze Schnee und die Minusgrade bekamen dem Baby nicht, und ich wollte unbedingt mal wieder einen Blick unter die Motorhaube werfen, um sicherzustellen, dass alles in Ordnung war.

»Bist du okay?«, fragte Roxy unvermittelt und berührte mich leicht an der Hand.

Ihre Fingerspitzen waren kühl, trotzdem tat allein diese kleine Geste so verflucht gut. Und sie lenkte mich so sehr ab, dass ich ein paar Sekunden brauchte, bis mir klar war, worauf sich ihre Frage bezog.

»Nur ein Kratzer«, behauptete ich und drehte die Hand im Licht der Innenbeleuchtung, ehe ich wieder zu Roxy sah. Auf einmal hatte ich einen Kloß im Hals.

Sie hielt meinen Blick einen Moment lang fest und zog auch nicht die Finger sofort zurück. Warum musste ich ausgerechnet jetzt an den Moment außerhalb von Prag denken, als ich sie beinahe verloren hätte? Als sie blass und durchgefroren in meinen Armen gelegen hatte? Und warum bekam ich das Bild nicht aus dem Kopf, was passieren würde, wenn ich mich jetzt einfach zu ihr hinüberbeugte? Wenn ich ihr die langen blonden Haarsträhnen hinters Ohr strich und meine Lippen auf ihre drückte?

»Okay«, wisperte sie und schluckte hart. Wenn ich genau hinsah, konnte ich das schnelle Pochen ihres Pulses an ihrem Hals erkennen. »Wir sollten das trotzdem desinfizieren, damit es sich nicht entzündet.«

Ich nickte nur, weil ich kein Wort hervorbrachte. Nicht mal irgendeinen dämlichen Spruch mit Doktorspielchen – und das, obwohl sie mir die perfekte Vorlage geliefert hatte. Doch irgendwie war hier und jetzt nicht der richtige Zeitpunkt für solche Scherze.

Mit heftig hämmerndem Herzen beugte ich mich ein Stückchen näher zu ihr. Nur ein kleines bisschen, um herauszufinden, wie sie darauf reagierte.

Roxy wich nicht zurück. Sie ließ mich nicht aus den Augen. Keine Sekunde lang. Ihre Lippen öffneten sich ganz leicht und sie kam mir langsam entgegen. Nur noch ein kleines bisschen näher, nur noch ein paar Zentimeter und …

Laute Stimmen und Gelächter von draußen brachen den Bann. Hastig richtete ich mich wieder auf und wandte den Blick ab. Denn ganz egal, wie sehr ich es mir gerade wünschte, wir waren nicht allein auf der Welt. Und wir sollten dringend eine Unterkunft finden, wenn wir nicht bei Minusgraden im Auto schlafen wollten. Wobei wir uns dann auf der Rückbank auch ganz eng aneinanderkuscheln oder andere Wege finden könnten, damit uns warm wurde …

Ganz falsche Richtung, Shaw. Ganz falsche Richtung.

Ich räusperte mich und hoffte, dass man mir nichts von meinen Gedanken ansah. Als ich ausstieg, traf mich die Kälte wie eine Ohrfeige ins Gesicht. Mein Atem kondensierte in der eisigen Winterluft und ich rieb die Hände aneinander. Wenigstens kam ich so auch ganz schnell wieder zur Vernunft.

»Da drinnen scheint ein Fest stattzufinden«, stellte ich fest und deutete auf das dreistöckige Gebäude vor uns. *Pension Dimitrescu* stand in geschwungener Schrift darauf. Alle Fenster im Erdgeschoss waren hell erleuchtet, die Tür stand weit offen, Blumen und Girlanden schmückten den Eingang.

Ohne uns absprechen zu müssen, setzten Roxy und ich uns gleichzeitig in Bewegung und betraten die Pension. Vom ebenfalls geschmückten Eingangsbereich führte ein langer Flur in einen Saal. Von dort kamen auch Musik und Stimmen.

Die Rezeption stand leer, und obwohl ich mehrfach auf die bereitstehende Klingel drückte, erschien niemand, um uns ein

Zimmer anzubieten. Was wahrscheinlich ohnehin schwierig war, denn dort, wo die ganzen Zimmerschlüssel hängen sollten, herrschte bis auf zwei einsame Schlüssel gähnende Leere. Außerdem machte uns ein Schild darauf aufmerksam, dass man hier nur bar und in der Landeswährung bezahlen konnte. Nicht mit Karte. Nicht in Pfund oder Euro. Ganz toll.

Ich sah mich nach Roxy um und entdeckte sie in der Tür zum Festsaal. Ein letztes Mal noch schaute ich mich im Eingangsbereich um, dann folgte ich ihr und blieb hinter ihr stehen.

»Ist das …«, begann Roxy und zog langsam die Brauen hoch, »… eine Hochzeit?«

Auf einer kleinen Bühne spielte eine Kapelle ein Lied, das ich nicht so recht zuordnen konnte. Vielleicht etwas Traditionelles, etwas, das typisch für diese Gegend war?

Auf der rechten Seite des Saals standen unzählige Tische, an denen sich Leute versammelt hatten, miteinander plauderten, aßen, tranken und lachten. An der linken Wand zog sich ein riesiges Buffet fast durch den ganzen Saal. Ein Buffet, von dem sicher Hunderte Leute satt werden konnten.

»Ich bin mir nicht sicher, ob an Hochzeiten das ganze Dorf teilnimmt«, gab ich zu bedenken, denn das hier waren wirklich eine Menge Menschen. Und da fast alle anderen Häuser in der Umgebung im Dunkel lagen, nahm ich an, dass sich die meisten Bewohner des Ortes hier versammelt hatten.

»Sie trägt ein weißes Kleid. Und der Kerl neben ihr einen Smoking.« Roxy deutete auf ein ziemlich glücklich aussehendes Paar an einem der Tische.

»Oh. Shit.« Ich zog Roxy etwas zur Seite, als ein paar Partygäste an uns vorbei in den Saal gingen. Allerdings beachteten sie uns überhaupt nicht. »Du hast recht. Vielleicht sollten wir einfach wieder gehen.«

Die Frage war nur: Wohin? Es war Abend, draußen war es

dunkel, die Straßen waren schneebedeckt, teils sogar vereist, und eine Beleuchtung praktisch nicht vorhanden. Es wäre glatter Selbstmord, jetzt weiterzufahren. Zumal wir ohnehin nicht allzu weit kommen würden, schließlich gab es da noch immer das kleine Problem mit den Strigoi auf Schloss Bran. Wir mussten also zumindest in der näheren Umgebung bleiben, bis wir diese Kreaturen vernichtet hatten oder Unterstützung von anderen Huntern bekamen. Und laut Linnea würde das mindestens bis morgen früh dauern.

Langsam ließ ich meinen Blick über die vielen festlich gekleideten Leute wandern. Nicht alle trugen einen Smoking oder ein teures Abendkleid, aber alle Anwesenden hatten sich definitiv herausgeputzt.

»Oder … Wir könnten auch hierbleiben, uns unter die Gäste mischen und am Buffet bedienen«, schlug ich vor und versuchte dabei möglichst unschuldig zu klingen.

»Ach, wirklich?« Roxy drehte sich halb zu mir um und sah erst an sich, dann an mir hinunter.

Okay, Punkt für sie. Wir sahen echt nicht so aus, als wären wir geladene Gäste. Weder Roxy mit ihrer dicken Jacke über dem Cape noch ich in meinem Parka mit Kapuze und der zerschlissenen Jeans. Aber vielleicht ließ sich ja etwas daran ändern. Mein Blick heftete sich auf ein dunkelblaues Jackett, das einsam und verlassen ganz in der Nähe über einer Stuhllehne hing. Bingo.

»Hier sind über hundert Leute«, stellte ich fest. »Locker zweihundert. Denkst du wirklich, dass wir da auffallen? Außerdem können wir uns vielleicht eines der Zimmer schnappen.«

Sie wirkte nicht überzeugt.

»Es ist schließlich eine Hochzeit«, erklärte ich schulterzuckend. »Irgendjemand wird mit irgendwem ungeplant im

Bett landen und sein oder ihr Zimmer für die Nacht nicht mehr brauchen.«

Roxy runzelte die Stirn, aber ich meinte, auch ein Zucken in ihren Mundwinkeln zu sehen. »Hast du neben all den Folgen Supernatural, Buffy und Co. etwa auch noch RomComs und Hochzeitsfilme geschaut?«

Ertappt presste ich die Lippen aufeinander. »Nur zu deiner Info: Mit Buffy und Angel bin ich längst durch und gerade bei The Vampire Diaries und The Originals.«

Sie warf mir einen zweifelnden Blick zu.

Ich seufzte tief. »Ja, okay, ich hab die eine oder andere Liebeskomödie zur Entspannung angeguckt und darin ging es gelegentlich auch um Hochzeiten. Verklag mich doch. Ich brauche nun mal nicht viel Schlaf und muss mich irgendwie beschäftigen«, fügte ich brummend hinzu.

Roxy schüttelte den Kopf, aber ihre Mundwinkel bebten. Außerdem … bildete ich mir das ein, oder … lachte sie? Tatsächlich, Roxy Blake lachte. Es war ein seltener und wunderschöner Anblick. Auf einmal schämte ich mich überhaupt nicht mehr, das zugegeben zu haben.

»Okay, das ist der Plan.« Ich legte die Hand an ihren Ellbogen und zog sie noch ein Stück zur Seite, weg von der Tür. »Wir holen unsere besten Klamotten aus dem Wagen, ziehen uns auf den Toiletten um und mischen uns unter die Gäste, als würden wir dazugehören.«

»Du willst das wirklich durchziehen?« Vielleicht versuchte sie empört oder ungläubig zu klingen, doch das abenteuerlustige Funkeln in ihren hellbraunen Augen verriet sie. Roxy hatte schon jetzt Spaß an der Sache.

»Jepp. Ich lasse dir auch den Vortritt«, fügte ich hinzu und deutete mit dem Kopf nach draußen Richtung Wagen.

Roxy schnaubte. »Zu gütig.« Aber sie zögerte nicht länger,

sondern machte sich auf den Weg, während ich ihr einen Moment lang nachsah.

Diese ganze Aktion war völlig durchgeknallt und womöglich sogar gefährlich, falls uns jemand erwischte. Aber, ganz ehrlich? Wem sollten wir zwischen den unzähligen anderen Gästen schon auffallen? Außerdem konnte ein wütendes Brautpaar, das die Polizei rief, nicht schlimmer sein als die Strigoi auf Schloss Bran. Unwillkürlich schauderte ich. *Nichts* war schlimmer als blutsaugende Kreaturen. Eine Zeit lang hatte ich geglaubt, je mehr ich darüber las, je mehr Filme und Serien ich mir anschaute, desto weniger gruselig und bedrohlich würden sie auf mich wirken. Und Damon Salvatore hätte es auch *fast* geschafft, mich zu überzeugen – aber dann musste sein Bruder Stefan ja unbedingt durchdrehen und als Ripper jeden niedermetzeln. Vielen Dank auch.

Kopfschüttelnd wandte ich mich ab und betrat den Saal. Im Vorbeigehen griff ich so selbstverständlich nach dem Jackett, als würde es mir gehören und ich hätte es nur versehentlich hier liegen lassen. Dann machte ich auf dem Absatz kehrt und verließ den Saal. Niemand achtete auf mich. Niemand lief mir schreiend hinterher. Sehr gut. Dann konnte der Abend ja beginnen.

Als ich den Wagen erreichte, war von Roxy nichts mehr zu sehen. Wahrscheinlich zog sie sich bereits um. Ich öffnete den Kofferraum, zog den Reißverschluss meiner Reisetasche auf und begann darin herumzuwühlen, bis ich eine schwarze Hose fand, schlicht genug, um nicht damit aufzufallen, und passend zu dem Jackett, das ich mir bereits ausgeliehen hatte. Eine Krawatte würde ich nicht in der Tasche finden, selbst wenn ich sie bis zum Sankt Nimmerleinstag durchsuchte, also begnügte ich mich mit einem weißen Hemd. Es hatte hier und da ein paar Falten, aber das würde das Jackett bestimmt kaschieren. Zuletzt schnappte ich mir noch ein paar Dinge aus dem Erste-Hilfe-Kit und ging dann zurück in die Pension.

Auf den Herrentoiletten angekommen, säuberte und desinfizierte ich als Erstes die Schürfwunde an meiner Hand und wickelte einen Verband darum. Nicht besonders schick, aber notwendig. Danach zog ich mich um.

Glücklicherweise passte das Jackett einigermaßen, auch wenn es an den Schultern und im Kreuz etwas spannte. Vor dem Spiegel fuhr ich mir mit den Fingern durchs Haar und brachte es etwas in Ordnung. Mehr konnte ich nicht tun.

Als ich die Toiletten wieder verließ, fiel mein Blick als Erstes auf Roxy, die im Gang stand und auf mich wartete. Und ihr Anblick ließ mich abrupt innehalten.

Unter den gegebenen Umständen sollte das gar nicht möglich sein, aber sie sah atemberaubend aus. Ihre Augen waren kaum geschminkt, aber sie hatte roten Lippenstift aufgetragen, der meine Aufmerksamkeit sofort auf ihren Mund lenkte. Das lange Haar hatte sie auf der linken Seite eng an den Kopf geflochten, während es ihr rechts in leichten Wellen über die Schulter fiel.

Langsam wanderte mein Blick tiefer. Das Amulett hatte sie selbstverständlich nicht abnehmen können, jetzt wirkte es jedoch nur noch wie ein edles Schmuckstück, vielleicht ein Stein, der schon seit Generationen in der Familie war und nur zu besonderen Anlässen getragen wurde. Die Kette lag lose um ihren Hals, während der Stein ihr Dekolleté zierte.

Die rote Bluse schmiegte sich an ihren Oberkörper und wurde von einem schmalen Gürtel mithilfe eines kompliziert aussehenden Knotens auf Taillenhöhe zusammengehalten. Dadurch, dass der Stoff so lang war, wirkte es tatsächlich wie ein Kleid. Lang genug, um nicht zu aufreizend zu wirken, und kurz genug, um ihre langen Beine zu betonen. Beine, die ich so zum ersten Mal zu Gesicht bekam. Na gut, da hatte es diesen kurzen Moment in London nach der Trauerfeier für Maxwell gegeben, als ich Roxy weinend in der Dusche gefunden hatte, aber zu dem Zeitpunkt hatte ich wirklich Besseres zu tun gehabt, als auf ihre nackten Beine zu achten. Ganz anders als jetzt.

Seit ich ohne Gedächtnis im Quartier der Londoner Hunter aufgewacht war, hatte ich innerhalb weniger Monate neu herausfinden müssen, was ich mochte und was nicht. Was mir in diesem Moment jedoch klar wurde, war, dass ich auf lange Beine stand. Ganz besonders auf Roxys. Wobei, nein, das war nicht ganz richtig: Ich stand auf alles an Roxy – und ich beschloss in diesem Moment, mir keine Mühe mehr zu geben, das zu verheimlichen.

Zu dem Blusenkleid trug sie die Halbstiefel mit den mörderisch hohen Pfennigabsätzen, die ich noch aus London kannte und die knapp über ihren Knöcheln endeten. Wahrscheinlich war es gar nicht beabsichtigt, aber auf mich wirkte diese Kombination unglaublich sexy.

Ich merkte nicht einmal, dass ich mich wieder in Bewegung setzte, bis ich direkt vor ihr stehen blieb. »Wow«, stieß ich hervor und ließ meinen Blick erneut an ihr auf und ab wandern. »Wir sollten öfter eine Hochzeit crashen.«

Sie lachte leise und betrachtete mich auf eine Weise von oben bis unten, dass ich mir wünschte, sie würde niemals damit aufhören. »Du siehst aber auch nicht übel aus. Wo hast du das Jackett her?«

Ich zuckte lässig mit den Schultern. »Geborgt.«

»Geborgt also, hm?« Ein amüsiertes Lächeln umspielte ihre Lippen. »Dann sollten wir uns besser unter die Partygäste mischen, damit der Besitzer nicht doch noch danach sucht und uns hier findet.«

Statt einer Antwort bot ich ihr meinen Arm an. Nach einem kurzen Zögern hakte sie sich bei mir ein und wir liefen an der noch immer verwaisten Rezeption vorbei zurück zum Festsaal.

Darin war es stickig und laut, aber auch voller Menschen, die eine gute Zeit hatten. Obwohl die Musik echt nicht meins war und ich keine Ahnung hatte, was die Kapelle da überhaupt spielte, gewöhnte ich mich nach einer Weile daran – oder wurde einfach besser darin, sie auszublenden.

Als Erstes schnappten wir uns Teller und stellten uns so selbstverständlich beim Buffet an, als wären wir nur zwei weitere Gäste. Niemand nahm von uns Notiz. Eine ältere Frau im pinken Zweiteiler sagte sogar etwas auf Rumänisch zu mir, das ich nicht verstand, aber ihrem empörten Tonfall nach zu urteilen, beschwerte sie sich über etwas. Ich nickte nur und gab einen zustimmenden Laut von mir, was sie zufriedenzustellen schien. Dann füllte ich meinen Teller mit allem, was lecker aussah.

»Sieh mal.« Ich drehte mich zu Roxy um und deutete auf die mit Schokolade gefüllten Teigrollen. »Hier gibt es auch diese Trell-Dinger wie in Prag.«

»Was?« Mit einem Satz war Roxy bei mir und schaufelte sich gleich drei Stück davon auf den Teller. »Hier heißen sie Baumstriezel, nicht Trdelník.« Bevor ich fragen konnte, woher sie das wusste, deutete sie auf das kleine Kärtchen vor der Schüssel, auf der diese beiden Namen sowie weitere Bezeichnungen aufgeführt waren.

»Huh«, machte ich und nahm mir ebenfalls etwas von dem Kuchen.

Als auch Roxys Teller so voll war, dass beim besten Willen nichts mehr darauf Platz fand, stellten wir uns in eine ruhige Ecke und futterten los. Endlich! Bei manchen der Sachen hatte ich zwar keine Ahnung, was ich da eigentlich aß, aber in meinem ausgehungerten Zustand schmeckte alles köstlich. Vor allem die Süßspeisen.

Während ich aß, ließ ich den Blick durch den Saal wandern und schüttelte langsam den Kopf. Heute Morgen waren wir noch in Wien gewesen, hatten Kaffee getrunken und Marillenknödel zum Frühstück gegessen. Vor rund einer Stunde hatten wir im Draculaschloss gegen verdammte Vampire gekämpft und jetzt waren wir auf einer Hochzeit, auf die wir nicht mal eingeladen waren. Dieser Tag konnte unmöglich noch verrückter werden.

»Und?«, hakte ich nach, als sich unsere Teller leerten. »Welche Note gibst du dem Buffet?«

»Das wäre unfair. Das sind schließlich keine Burger und Pommes.«

Da hatte sie nicht ganz unrecht, denn normalerweise bezog sich unsere Benotung ausschließlich auf Fast Food von allen möglichen Restaurants. Doch warum nicht mal etwas Neues wagen?

»Aber wenn du eine Note geben müsstest?«

Sie seufzte und schob sich den letzten Bissen Baumstriezel in den Mund. »Eine Sieben«, sagte sie, sobald sie heruntergeschluckt hatte. »Wenn ich nur das Gebäck benoten müsste, wären wir bei einer Acht.«

Ich schmunzelte. Nicht nur, weil sich Roxy darauf eingelassen hatte, sondern weil meine Bewertung ähnlich aussah. Was Essen anging, hatten wir wirklich dieselben Vorlieben. Nicht zum ersten Mal fragte ich mich, ob das auch für andere Lebensbereiche galt, sprach diesen Gedanken jedoch nicht aus.

Wir stellten die Teller beiseite und schnappten uns etwas zu trinken. Die ganze Zeit über blieben Roxy und ich für uns und mieden Gespräche mit anderen Gästen, denn spätestens in dem Moment würde auffallen, dass wir nicht dazugehörten. Wir verstanden ja nicht einmal die Landessprache. Glücklicherweise konnte man bei einer Party nicht allzu viel falsch machen. Es wurde gegessen, jede Menge getrunken, getanzt und gelacht. Das schien überall gleich zu sein.

»Wie sieht's aus?« Mit dem Kopf deutete ich Richtung Tanzfläche und hielt Roxy die Hand hin. »Ziemlich lange her, seit wir das letzte Mal getanzt haben.«

»In London.« Ein fast schon wehmütiges Lächeln erschien auf ihrem Gesicht. »In Nalas Bar. Ich erinnere mich.«

Ich auch. Und wie ich das tat. Es war das erste Mal gewesen, dass ich Roxy so nahe gekommen war. Das erste Mal, dass sich ihr Körper an meinen geschmiegt und ich ihren Duft wahrgenommen hatte. Wir hatten so lange, so eng miteinander getanzt, dass unsere Körperwärme miteinander verschmolzen war, bis keiner noch hätte sagen können, wer von uns mehr Hitze ausstrahlte. Und vielleicht wäre die Nacht damals anders ausgegangen, wenn Roxy nicht die betrunkene Dinah zurück ins Quartier begleitet hätte. Ich war mir sogar sicher, dass jene Nacht ganz anders geendet hätte, hatte das allerdings nie angesprochen. Keiner von uns hatte das.

Ohne meinen Blick loszulassen, legte Roxy ihre Hand in meine und ich schloss die Finger um ihre. Es sollte kaum möglich sein, dass selbst diese kleine Berührung einen Hitzeschauer in mir auslöste, aber so war es. Vor allem, wenn Roxy mich dazu noch so ansah wie jetzt. Obwohl ich anfangs wütend auf sie gewesen war, dass sie mir nichts von der Todesvision erzählt hatte, in der ich eine gar nicht mal so kleine Rolle spielte, konnte ich sie mittlerweile verstehen. Wäre ich an ihrer Stelle gewesen, hätte ich ihr das wohl auch verheimlicht, um sie zu schützen. Doch jetzt stand dieses Geheimnis nicht länger zwischen uns. Wir wussten beide, was passieren würde. Aber statt uns auseinanderzutreiben, brachte uns dieses Wissen näher zusammen. Vielleicht, weil uns beiden klar geworden war, wie schnell alles vorbei sein konnte. Und dass wir im Grunde nichts mehr zu verlieren hatten.

Ich wollte Roxy gerade in die Mitte des Saals zu den anderen tanzenden Paaren führen, als eine junge Frau mit braunen Haaren und elegant geschnittenem Kleid neben uns stehen blieb und irgendetwas zu uns sagte. Zu mir, um ganz genau zu sein.

Irritiert runzelte ich die Stirn.

»Ich glaube, sie will wissen, wer wir sind oder zu welchem Teil des Brautpaares wir gehören«, zischte Roxy, setzte jedoch sofort ein Lächeln auf. »Oder sie schmeißt sich gerade an dich ran.«

Fast hätte ich losgelacht. Es würde schon eine Menge Dreistigkeit brauchen, um einen Kerl anzumachen, wenn seine Freundin, deren Hand er gerade hielt, neben ihm stand. Oder … was auch immer Roxy für mich war. So genau wusste ich das selbst nicht, aber mir war ziemlich klar, welches Bild wir nach außen hin abgaben.

»Sorry«, sagte ich mit einem entschuldigenden Lächeln zu der Fremden und zog Roxy mit mir zur Tanzfläche. In diesem Moment gab es nur eine Sache, die ich tun wollte, und das war mit Roxy zu tanzen.

Dennoch warf ich einen kurzen Blick zurück. Die junge Frau stand noch immer dort, redete nun jedoch hektisch auf einen Mann in unserem Alter ein. Ob sie gemerkt hatte, dass wir uns auf die Party geschlichen hatten? Der Mann schüttelte erst den Kopf, sah dann jedoch in unsere Richtung, als hätte er gespürt, dass ich die beiden beobachtete. Hastig wandte ich den Blick ab und konzentrierte mich lieber ganz auf die Frau in meinen Armen.

»Alles in Ordnung?«, fragte sie sofort.

»Ja. Nein. Keine Ahnung«, gab ich zu und ignorierte das warnende Prickeln in meinem Nacken. »Ich hab ein komisches Gefühl.«

»Sollen wir lieber verschwinden?«

Mein erster Impuls war es, Ja zu sagen, einfach nur, um dieser schrägen Situation zu entkommen – und um wieder mit Roxy allein sein zu können. Aber wir hatten noch immer keine Übernachtungsmöglichkeit gefunden und würden die Nacht in meinem frostigen Sportwagen verbringen müssen, was unter anderen Umständen sicher reizvoll gewesen wäre, allerdings nicht Anfang Januar, wenn es noch so kalt und verschneit war.

Also schüttelte ich den Kopf. »Nein. Aber vielleicht wäre es besser, wenn wir hier nicht so auf dem Präsentierteller sind.«

Ich spürte ein Ziehen an meiner Hand und sah zu Roxy hinunter. Sie sagte kein Wort, sondern führte mich von der Tanzfläche herunter und damit weg von den Blicken, die mittlerweile auf uns gerichtet waren. Blicke, die uns jetzt auch noch folgten.

»Vielleicht sollten wir uns aufteilen«, schlug Roxy vor. »Uns unter die Partygäste mischen.«

Das wäre zumindest unauffälliger, als jetzt zu zweit hektisch den Saal zu verlassen.

»Okay«, murmelte ich widerwillig und drückte Roxys Hand kurz, bevor ich sie losließ. »Dann schaue ich auch gleich mal, ob ich uns irgendwie ein Zimmer besorgen kann.«

20. KAPITEL

Roxy

Nur wenige Minuten später schwirrte mir bereits der Kopf, dabei hatte ich noch nicht mal einen Schluck des Sekts getrunken, der auf der Feier ausgeschenkt wurde und aus der Gegend zu stammen schien. Aber ohne Shaw an meiner Seite kamen mir das Summen der vielen Gespräche, das Gelächter und auch die Musik zu laut und die Luft hier drinnen zu stickig vor. Ich brauchte nur einen Moment für mich. Nur etwas Ruhe, um mich zu sammeln.

Im Vorbeigehen schnappte ich mir ein Sektglas und verließ den Saal durch eine Seitentür. Die dröhnende Musik und die vielen Stimmen waren sofort nur noch gedämpft zu hören. Einen Moment lang blieb ich einfach so stehen, gegen die geschlossene Tür gelehnt, machte die Augen zu und atmete erleichtert auf.

Bis eben hatte ich nichts davon gemerkt, doch jetzt holte mich dieser ganze Tag ein. Die ewig lange Fahrt hierher. Der tote Tankwart. Der Kampf gegen die Strigoi. Diese bunte, laute Hochzeitsfeier. Shaw und ich auf der Tanzfläche …

Das Blut rauschte in meinen Ohren und mein Gesicht fühlte sich viel zu warm an. Unwillkürlich tastete ich nach meinem Amulett. Der Stein lag kühl in der runden Goldfassung auf meinem Dekolleté.

»Keine Sorge, das ist kein Dunkelsplitter.«

Überrascht riss ich die Augen auf. Im ersten Moment erkannte ich den Mann mittleren Alters mit den leicht ergrauten Schläfen nicht, der an der Wand lehnte, doch dann bemerkte ich den Spruch auf seinem weißen Shirt – *Sorry, Jungkook is mine!* – und stieß die angehaltene Luft zischend aus. »Kevin.«

Er hob grüßend die Hand. »Freut mich auch, dich wiederzusehen. Schön, dass du noch lebst.«

»Du wirst mich nicht in Ruhe lassen, bis ich deine Aufgabe erfüllt habe, oder?«

Scheinbar nachdenklich wiegte er den Kopf hin und her. »Nope. Das gehört zu meinem Job.«

Wahrscheinlich sagte er da sogar die Wahrheit. Was aber eindeutig nicht zu seinem Job gehörte, war, mir zu Hilfe zu eilen, und ich wusste bis heute nicht, warum er das eigentlich getan hatte. Dennoch war ich es ihm schuldig, es zumindest anzusprechen.

»Danke, dass du versucht hast, mich vor der Rusalka zu warnen.«

»Awww.« Grinsend fasste er sich an die Brust. »Heißt das, wir sind jetzt Freunde?«

Ich schnaubte. »So weit würde ich nicht gehen.«

Schließlich hatte er noch immer ein Todesurteil über mich verhängt, wenn ich seine dämliche Mission nicht erfüllte. Und mit jedem Tag, der verging, wurde die Sache immer knapper.

»Es sei denn …«, begann ich, einem spontanen Impuls folgend, und machte einen Schritt auf ihn zu. »Es sei denn, du erlässt mir deine Strafe? Wie wäre das?«

Kevin blinzelte mehrmals, dann lachte er so laut, dass ich mir sicher war, die Feiernden im Saal würden ihn hören. Doch dann fiel mir wieder ein, dass keiner von ihnen den Todesboten wahrnehmen konnte … Außer natürlich die betreffende Person würde schon sehr bald sterben. Oder sie war jemand wie ich, eine Ausnahme von dieser unumstößlichen Regel, die schon früher das Vergnügen seiner Bekanntschaft machen durfte. Ich Glückspilz.

»So weit würde ich nicht gehen«, schleuderte Kevin mir meine eigenen Worte entgegen, doch in seinen Augen blitzte der Schalk auf.

Ich seufzte tief. »Es war einen Versuch wert.«

»Vielleicht solltest du dich lieber darauf konzentrieren, deine eigenen Fehler wiedergutzumachen, anstatt dich in die Angelegenheiten anderer einzumischen?«

Wie bitte!?

»Du weißt schon … die Strigoi im Schloss.«

Oh.

»Solange noch keine anderen Hunter in der Nähe sind, um sich darum zu kümmern, kann ich nicht einfach wegsehen. Ich kann nicht nichts tun.«

Selbst wenn mich das kostbare Zeit kostete. Zeit, die ich, wie wir alle wussten, nicht hatte. Aber das Leben von unschuldigen Menschen riskieren, nur um meinen eigenen Hintern zu retten? Das kam nicht infrage. So war ich nicht. So würde ich niemals sein, und auch Kevins Fluch würde aus mir nicht so eine Person machen.

»Wie du willst.« Er blieb stehen und betrachtete mich intensiv mit schief gelegtem Kopf. »Tick tack, Roxy. Tick. Tack.«

Einen Wimpernschlag später war er verschwunden. Sekundenlang wartete ich mit angehaltenem Atem, ob das nur ein Trick war und er gleich wieder in meiner Nähe auftauchen würde, aber alles blieb ruhig. Ich atmete erstickt aus und umklammerte mein Sektglas so fest, dass meine Hand zu zittern begann.

Gott, ich brauchte dringend frische Luft. Einen Moment der Ruhe, ganz ohne Partygäste und Musik, aber vor allem ohne einen Todesboten, der mir auflauerte, statt seiner Lieblingsbeschäftigung nachzugehen und Seelen zu holen. Sofern er nicht gerade mit Warden plauderte oder die Mitglieder von BTS heimlich beim Schlafen beobachtete.

Die Absätze meiner Halbstiefel klapperten, als ich dem Gang folgte, eine massive Holztür aufstieß und auf eine Veranda hinaustrat. Sofort schlug mir die Kälte entgegen und ließ mich frösteln. Ich schlang die Arme um mich und trat ans Geländer. Mein Atem kondensierte in der Luft und hob sich hell gegen die Dunkelheit um mich herum ab. Aus dem Gebäude hinter mir drang etwas Licht nach draußen, doch abgesehen davon war die Nacht tiefschwarz.

Ich legte den Kopf in den Nacken und betrachtete den Sternenhimmel. Eine plötzliche Sehnsucht erfüllte mich. Es gab nicht viele Orte in Europa, an denen man gleichzeitig so nahe an der Zivilisation sein konnte und dennoch weit genug entfernt war, um eine richtig dunkle Nacht zu erleben – und dabei so viele Sterne über sich zu sehen. Die Westküste Irlands gehörte dazu. Unser Cottage daheim war abgelegen genug. Tagsüber musste man nur einen Blick durchs Fenster werfen, um aufs Meer hinauszublicken, nachts wurde es so dunkel, als wäre man ganz allein auf der Welt. Einzig die winzigen Lichter auf der anderen Seite der Küste deuteten an, dass es noch andere Menschen gab. Doch sobald diese nach und nach ausgingen, wurde es völlig dunkel und man war allein.

Auch wenn das Meer weit entfernt war, hatte ich hier ein ähnliches Gefühl wie zu Hause. Es war keine Einsamkeit, sondern ein friedliches Gefühl. Fast schon besänftigend, wären da nicht die gedämpften Stimmen und Klänge der Musik aus dem Haus hinter mir.

Plötzlich hörte ich Schritte und drehte mich um.

»Hey. Da bist du.« Shaw blieb neben mir am Geländer stehen und stieß meine Schulter sachte mit seiner an. »Alles gut?«

Ich nickte. »Ja. Nur etwas müde.«

»Dabei haben wir uns noch gar nicht richtig auf der Tanzfläche ausgetobt.«

Ich wollte schon widersprechen, klappte den Mund jedoch unverrichteter Dinge wieder zu. Er hatte recht. Wir hatten es gerade erst auf die Tanzfläche geschafft, als uns die neugierigen Blicke der anderen Gäste schon wieder vertrieben hatten. Wirklich getanzt hatten wir nicht.

»Stimmt.«

Ohne darüber nachzudenken, legte ich die Hand auf seinen Arm. Es war purer Instinkt, und erst in dem Moment, in dem ich den Stoff seines Jacketts unter meinen Fingern spürte, wurde mir bewusst, wie oft ich ihn in letzter Zeit berührt oder seine Nähe gesucht hatte. Shaw hob den Kopf und unsere Blicke trafen sich. Wärme regte sich tief in meinem Bauch und breitete sich von dort in meinem ganzen Körper aus, während gleichzeitig eine Gänsehaut meine Arme und Beine überzog. Ob vor Kälte oder aus ganz anderen Gründen konnte ich nicht sagen.

Sekunden vergingen, in denen keiner von uns ein Wort sagte und wir nur den Blick des anderen festhielten. Schließlich war es Shaw, der die Stille brach.

»Du zitterst.« Er zog sein Jackett aus und legte es mir ganz selbstverständlich um die Schultern. »Wie ist das?«

Ich widerstand der Versuchung, mich tief in den Stoff zu kuscheln. Oder daran zu schnuppern und herauszufinden, ob Shaws Duft daran haften geblieben war. Stattdessen lächelte ich nur. »Besser. Danke. Ich wusste gar nicht, dass du so ein Gentleman sein kannst.«

Er lachte leise auf. »Wo warst du in den letzten Monaten? Ich kann der perfekte Gentleman sein, inklusive Türe aufhalten, Stuhl zurechtrücken und den ganzen Mist.«

»Bitte nicht.« Ich schnitt eine Grimasse. Jemand, der mich so sehr umsorgte, würde mich nur in den Wahnsinn treiben.

»Ich *kann*«, wiederholte Shaw und in seinen Augen funkelte es vergnügt. »Aber ich habe nie gesagt, dass ich immer ein Gentleman *bin*.« Wie um seine Aussage zu bestätigen, wanderte sein Blick an mir abwärts und blieb nicht etwa an meinem Amulett hängen, sondern ein Stück tiefer.

Obwohl er mich nicht mal berührte, spürte ich diesen Blick förmlich auf meiner bloßen Haut und atmete tief ein und wieder aus. Wenn er so weitermachte und weiter mit mir flirtete, wusste ich nicht, was ich tun würde. Nein, das war gelogen. Ich wusste sehr genau, was ich dann tun würde. Und mit jedem Moment wie diesem wurde der Wunsch, all diese Gedanken in die Tat umzusetzen, noch ein bisschen stärker, noch ein bisschen drängender.

Meine Finger zitterten leicht, als ich sie an Shaws Wange legte und die Bartstoppeln ertastete. Ganz langsam drehte ich seinen Kopf zur Seite, bis er mir nicht mehr in den Ausschnitt starrte und wir beide lachen mussten. Dann ließ ich die Hand sinken und stützte mich wieder auf das Geländer.

Meine Arme und Hände zitterten, allerdings nicht nur vor Kälte. Und das, obwohl meine schnellen Atemzüge weiterhin in der kalten Winterluft kondensierten. Allzu lange würden wir nicht mehr auf der Veranda bleiben können, ohne uns ernsthaft zu unterkühlen, aber ich wollte noch nicht reingehen. Ich wollte hierbleiben. Mit Shaw. Selbst wenn das bedeutete, dass wir eine Zeit lang nur schwiegen und gemeinsam den mit Sternen gesprenkelten Himmel oder die vereinzelten Lichter in der Ferne betrachteten, die nach und nach ausgingen.

»Du hast die Ansprache des Brautvaters verpasst«, murmelte Shaw nach einer Weile leise. »Und die ganzen Umarmungen und Familienfotos und so.«

Ich schnaubte. »Oh nein.«

Einen Moment lang betrachtete er mich von der Seite, dann sah er wieder geradeaus. »Du hast nie über sie gesprochen.« Seine Stimme klang rau. »Über deine Eltern, meine ich.«

Ich grub die Finger etwas fester ins Geländer. »Da gibt es nicht viel zu erzählen.«

Shaw hakte nicht nach, drängte mich nicht. Genau genommen sagte er keinen Ton. Und als ich ihm einen kurzen Seitenblick zuwarf, realisierte ich, was er hier tat: Er wartete. Er überließ mir die Entscheidung, ob ich ihm mehr erzählen wollte oder nicht.

»Seit … seit Nialls Verschwinden«, begann ich widerstrebend, zwang mich dann aber, weiterzusprechen, »sind sie nicht mehr dieselben. Es hat sie zerstört. Dass ich am Anfang die ganze Zeit felsenfest behauptet habe, er wäre noch am Leben und ich hätte Kontakt zu ihm, hat es wahrscheinlich nicht besser gemacht.«

Vielleicht hatte ich sie damit so sehr erschreckt, dass sie sich von mir zurückgezogen hatten, aber … *verdammt*. Sie waren meine Eltern. Sie hätten für mich da sein müssen. Sie waren nicht die Einzigen, die an jenem Tag etwas verloren hatten. Aber sie hatten nie auch nur versucht, mich zu verstehen. Sie waren an ihrer Trauer zugrunde gegangen und hatten das Kind, das ihnen damals noch geblieben war, sich selbst überlassen.

»Früher waren sie die liebevollsten Eltern, die man sich vorstellen kann. Mom hat uns jeden Abend vor dem Schlafengehen vorgelesen oder Geschichten erzählt und Dad hat, wann immer es ging, draußen mit uns gespielt. Sie haben sich Zeit für uns genommen, selbst wenn sie gestresst waren oder arbeiten mussten.« Bei der Erinnerung breitete sich ein bittersüßes Ziehen in meiner Brust aus. »Heute sind sie wie Fremde für mich. Ich melde mich alle paar Monate bei ihnen, schicke eine Nachricht oder rufe an, aber … es ist nicht mehr dasselbe«, schloss ich und hasste mich dafür, wie brüchig meine Stimme klang.

»Tut mir leid, das zu hören.«

Ich zuckte mit den Schultern. Brachte irgendwie ein Lächeln zustande. »Für sie waren Niall und ich immer eine unzertrennliche Einheit. Damit, dass ich noch da war, während Niall verschwand, sind sie nie zurechtgekommen. Es hat lange gedauert, bis ich begriffen habe, dass ich damals für sie genauso gestorben bin wie Niall.«

Vielleicht hatte Amelia es deshalb so leicht mit mir gehabt. Ich hatte jemanden gesucht, der mir Liebe und Wärme und Geborgenheit gab, jemanden, der sich Zeit für mich nahm und mich wirklich sah. Mich – und nicht den einen Zwilling, der übrig geblieben war. Und ich war für sie ein Mittel zum Zweck gewesen. Eine Lebensversicherung für den Tag, an dem sie sterben würde.

Ich atmete tief durch und schob diese Gedanken beiseite. Amelia war tot. Meine Vergangenheit lag hinter mir. Es gab nichts, das ich tun konnte, um etwas an dem zu ändern, was passiert war. Ich konnte nur die Gegenwart beeinflussen.

»Willst du wieder reingehen?«, fragte ich und deutete Richtung Party.

Shaw schüttelte den Kopf. »Wer braucht schon eine Hochzeitsfeier, wenn er stattdessen hier draußen sein kann? Außerdem gibt es keinen anderen Ort, an dem ich gerade lieber wäre.«

»Mitten im Winter nachts auf einer Veranda?«, konterte ich trocken.

»Mit dir?« Shaw stieß mich mit der Schulter an. »Jederzeit, Darling.«

Unweigerlich musste ich lächeln. Ich hatte nicht damit gerechnet, dass er mir nachkommen würde, weil ich nur kurz einen Moment Ruhe gebraucht hatte. Noch weniger hatte ich damit gerechnet, dass er trotz der Kälte hier draußen bei mir bleiben wollte. Ich hatte nicht die geringste Ahnung, wie ich damit umgehen sollte, genauso wenig wie mit dem, was sich zwischen uns anbahnte. Ich wusste nur, dass ich es mochte.

»Ich hab eine Idee«, rief Shaw plötzlich.

Fragend zog ich die Brauen hoch.

»Wir sollten die Stimmung etwas aufbessern. Da drinnen findet immer noch eine verdammte Hochzeit statt und wir stehen hier mit Trauermienen herum.«

Ehe ich mich versah, griff er nach meinem Arm.

»Was tust du da?«, wollte ich wissen, ließ aber zu, dass er mich an sich zog. Die plötzliche Wärme, die sich dabei in mir bemerkbar machte, versuchte ich instinktiv mit aller Macht zu ignorieren.

Shaw nahm meine Hand in seine und platzierte meine andere Hand auf seiner Schulter. »Ich glaube, man nennt es tanzen.«

Ich kniff die Augen zusammen. »Sehr witzig.« Trotz meiner Worte kam ich jedoch nicht gegen das Zucken in meinen Mundwinkeln an.

Das letzte Mal, dass ich getanzt und dabei alles um mich herum vergessen hatte, war so unendlich lange her. Es musste noch in London gewesen sein, in Nalas Bar, erst allein und dann … mit Shaw.

»Du willst wirklich tanzen? Jetzt? Hier?« Es war eisig kalt – und dennoch verspürte ich nicht den geringsten Drang, wieder reinzugehen.

Aus dem Saal waren die gedämpften Noten eines langsamen Songs zu hören. Diesmal gab es niemanden, der uns unterbrechen würde. Keine Fremden, die uns beobachteten, und niemand, dem auffallen könnte, dass wir nicht hierher gehörten. Wir waren allein.

»Hier und jetzt«, bestätigte Shaw und machte den ersten Schritt.

Ich brauchte einen kleinen Moment, doch dann hatte ich mich an seine Bewegungen angepasst und überließ ihm die Führung. »Ich wusste gar nicht, dass du tanzen kannst. Also, *richtig* tanzen.«

»Ich bis eben auch nicht.« Er wackelte mit den Brauen, was mich zum Lachen brachte.

Womöglich sollte mir das hier seltsam vorkommen, aber dafür war ich zu sehr davon eingenommen, wie Shaw mich ansah, während wir uns im Takt der Musik bewegten. Von dem Gefühl seiner Hand auf meinem unteren Rücken, nicht auf dem Jackett, sondern darunter, wo die Wärme durch den Stoff meiner Bluse kroch und mich geradezu versengte. Von der Art, wie sich seine Finger um meine geschlossen hatten und wie sicher er mich führte. Vielleicht auch davon, wie leicht es mir fiel, es zuzulassen und mich ganz diesem Tanz hinzugeben. Und den Gefühlen, die Shaws Nähe in mir weckte.

Obwohl wir die Geräusche der Party, die drinnen stattfand, noch immer gedämpft hören konnten, schien es mit einem Mal nur noch uns beide zu geben. Als wären wir tatsächlich ganz allein auf der Welt.

Ohne Vorwarnung führte Shaw mich in eine Drehung, dann zog er mich wieder an sich. Ein Lachen entschlüpfte mir, einfach, weil das hier so seltsam und verrückt und gleichzeitig wunderschön war. Ich legte die Arme um seinen Hals, die Hände locker in seinem Nacken, und schob die Finger in sein dichtes Haar. Auf diese Weise tanzten wir noch näher miteinander, nahe genug, dass sich unsere Körper immer wieder berührten.

Shaws Hände glitten über meine Seiten, und obwohl Stoff dazwischenlag, reagierte ich mit einer prickelnden Gänsehaut auf die Berührung. Es war, als hätte mein Körper einfach vergessen, was ich mir damals in Paris vorgenommen hatte – oder würde es konsequent ignorieren. Wie sollte ich mir sonst meine Reaktionen auf Shaws Nähe, seine Blicke und Berührungen erklären? Reaktionen, die im Laufe der letzten Wochen nur noch stärker, nur noch heftiger geworden waren, bis ich gar nicht mehr dagegen ankämpfen *konnte*, selbst wenn ich es gewollt hätte.

Genauso lange wie das letzte Mal feiern musste auch mein letztes Date her sein. Das letzte Mal, dass ich einen warmen Körper neben mir im Bett gespürt hatte. Hitze, nackte Haut, atemlose Küsse. Die Nähe und das Vergessen. Anfangs hatte ich nach diesem Vergessen gesucht, hatte alles für diese kleinen Momente getan, in denen ich meine Mission genauso wie die Konsequenzen, sollte ich sie nicht schaffen, einfach ausblenden konnte. Doch dann war so viel geschehen, wir waren in Paris gewesen, in Edinburgh und durch halb Europa gefahren. Für Spaß und Vergessen war keine Zeit mehr geblieben. Bis heute Abend. Bis jetzt.

Unsere Bewegungen wurden immer langsamer, bis wir schließlich ganz stehen blieben. Spielte drinnen überhaupt noch Musik? Ich wusste es nicht. Ich hörte nur noch das leise Rauschen in meinen Ohren, untermalt von Shaws und meinen eigenen Atemzügen. Seine Brust hob und senkte sich schneller als vorhin, genau wie meine, und irgendetwas sagte mir, dass nichts davon mit unserem Tanz zu tun hatte.

Sein Blick ruhte unverwandt auf mir. Intensiv. Durchdringend. Fast schon fragend …

Als ich weder zurückwich noch den Blickkontakt abbrach, neigte er den Kopf ein wenig und kam mir damit unweigerlich näher. So nahe, dass sein Geruch und seine Wärme alles waren, was ich noch wahrnahm. Mein ganzes Sein konzentrierte sich nur noch auf diesen Moment. Auf diesen Mann.

Ich dachte nicht länger nach. Nur ein einziges Mal wollte ich mir keine Gedanken um die Konsequenzen machen müssen. Nur ein einziges Mal wollte ich nicht an die Zukunft denken. Ich wollte nur noch … fühlen.

21. KAPITEL

Roxy

Mit hämmerndem Herzen stellte ich mich auf die Zehenspitzen und kam ihm entgegen. Näher, immer näher, bis seine Lippen meine in einer ersten hauchzarten Berührung streiften. Eine Berührung, die so viel in mir auslöste, dass ich zittrig ausatmete.

Einen winzigen Moment lang suchte Shaw meinen Blick, als wollte er sichergehen, dass das hier wirklich passierte und ich es genauso wollte wie er, dann presste er seinen Mund ohne jedes Zögern auf meinen.

Seine Lippen waren warm, und wie damals, als ich ihn wiederbelebt hatte, kratzten seine Bartstoppeln etwas. Diesmal war es jedoch ein willkommenes Gefühl, das nur noch mehr zu der Hitze tief in meinem Inneren beitrug. Ein Seufzen entkam Shaw. Er schlang den Arm um mich und zog mich mit einem kleinen Ruck fest an sich. Allein diese Geste und dieser Kuss genügten, damit jeder vernünftige Gedanke in meinem Kopf ausgelöscht wurde. Es gab nur noch einen einzigen: *Mehr*. Mehr Nähe, mehr von dieser Hitze, mehr von diesem Kribbeln zwischen uns. Mehr von ihm. Mehr von allem.

Ich klammerte mich an ihn, bohrte die Finger zuerst in seine breiten Schultern, bevor ich sie erneut in sein Haar schob und dort fest zupackte. Seine Zunge strich über meine Unterlippe. Neckend. Verlangend. Ich hielt das Spielchen ungefähr fünf Sekunden aus, dann teilten sich meine Lippen unter seinen und ich kam seiner Zunge entgegen.

Allein schon die erste Berührung entlockte mir ein Stöhnen, das nur von diesem Kuss gedämpft wurde. Shaw schmeckte nach dem Sekt, den ich ebenfalls getrunken hatte, nach Schokolade, als hätte er noch mal heimlich vom Buffet genascht, und nach etwas, das ich nicht benennen konnte, weil es ganz Shaw war. Diese Kombination stieg mir zu Kopf und raubte mir den Verstand.

Vielleicht war es von Anfang an auf diesen Moment zwischen uns hinausgelaufen. Vielleicht hätte ich es verhindern können, wenn ich mir mehr Mühe gegeben hätte. Doch jetzt, da dieser Moment eingetroffen war, wollte ich ihn gar nicht mehr verhindern. Ich wollte, dass er nie mehr endete. Hier und jetzt waren mir die Konsequenzen völlig egal.

Irgendwann unterbrach einer von uns den Kuss, weil wir beide atmen mussten. Dennoch konnten und wollten wir uns nicht voneinander lösen.

Shaws Atem war genauso schnell und unregelmäßig wie meiner und streifte mein Gesicht. Von der Kälte hier draußen auf der Veranda bekam ich nichts mehr mit. Ich stellte mich auf die Zehenspitzen und küsste ihn noch mal. Kurz und atemlos, weil ich nicht genug davon bekam.

»Wir sollten reingehen«, wisperte er rau und ich nickte, da ich gerade keinen einzigen Ton hervorbrachte.

Bestimmt meinte er nicht zurück zur Feier, oder? Im Grunde war es mir egal, wo wir hingingen, solange wir es zusammen taten. Und damit weitermachten, womit wir heute Nacht begonnen hatten.

Als würde er etwas von meinen Gedanken ahnen – oder sie mir vom Gesicht ablesen können –, zog Shaw einen Schlüssel aus der Hosentasche und hielt ihn in die Höhe. »Ich hab da was gefunden«, murmelte er, ohne den Blick von meinem Mund zu nehmen.

Bei der Vorstellung, dass wir endlich ein Zimmer für die Nacht hatten, wurde mir ganz warm. Und das war kein Wunder, schließlich war ich nach diesem langen Tag erschöpft und sollte erleichtert sein, mich endlich hinlegen und ein paar Stunden schlafen zu können. Doch meine Müdigkeit war in der Sekunde verflogen, in der Shaw zu mir auf die Veranda gekommen war. Spätestens seit dem Moment, in dem wir uns das erste Mal geküsst hatten. Jetzt war da nur noch ein erwartungsvolles Prickeln, das über meine Haut tanzte und sich tief in meinem Inneren zusammenballte.

Wieder nickte ich. Shaw schob den Schlüssel zurück in seine Hosentasche und griff nach meiner Hand. Wir schafften es unbemerkt zurück in den Gang, der vom Saal aus in mehrere Richtungen führte. Ich hatte keine Ahnung, wo wir hinmussten, aber Shaw schien den Weg zu kennen und ging entschlossen voraus.

Den Flur hinunter. Vorbei am Saal, in dem die Party noch in vollem Gange war, zu einer Treppe. Wir mussten eindeutig die Stufen nach oben nehmen, aber auf halber Höhe packte ich Shaw an seinem Hemd und zog ihn zu mir, um seinen Mund noch mal auf meinem zu spüren und mich an seinen warmen, harten Körper zu schmiegen. Ein tiefes Stöhnen drang aus seiner Kehle und er zog mich noch etwas fester an sich.

Wieder war dringend benötigter Sauerstoff der einzige Grund, aus dem wir uns voneinander lösten. Shaw besaß noch so viel Geistesgegenwart, mich weiterzuziehen, die restlichen Stufen hinauf, dann nach links einen Flur entlang, vorbei an mehreren Türen mit Nummern darauf. Seine Schritte waren so schnell, dass ich kaum hinterherkam – davon, mich hier oben umzusehen, ganz zu schweigen. Aber die Architektur und

Einrichtung hätten mich gerade auch nicht weniger interessieren können. Ein bisschen Privatsphäre war alles, was wir im Moment brauchten. Das Wo und Wie war völlig egal.

Ehe ich michs versah, blieb Shaw stehen und zog mich zu sich. Einen Herzschlag später prallte ich mit dem Rücken gegen eine verschlossene Tür, doch der kurze Schmerz war nichts gegen das Gefühl, als Shaw sich gegen mich presste, erfüllt von der gleichen Ungeduld, die auch durch meinen Körper strömte. Jedes Geräusch meinerseits wurde von dem neuen Kuss erstickt, zumindest bis Shaw ihn unterbrach, um seine Lippen auf meinen Hals zu drücken.

Spätestens jetzt waren Worte völlig überflüssig geworden. Wir wussten beide, was wir wollten. Was wir unbedingt *brauchten* – und in Shaws Fall spürte ich es auch noch deutlich an meinem Bauch, wo sich seine Erektion genauso wie sein restlicher Körper gegen mich drängte.

Ich grub die Finger in sein Haar und biss mir auf die Unterlippe, als er eine Stelle fand, an der ich besonders sensibel auf seine Liebkosungen reagierte. Genau auf den Übergang zwischen Hals und Schulter setzte er nicht nur seine Lippen, sondern strich auch mit der Zunge über meine Haut, nur um gleich darauf sanft daran zu knabbern.

Gott …

Ich schloss die Augen und ließ den Kopf nach hinten fallen. Es war viel zu lange her, dass ich so etwas empfunden hatte. Falls überhaupt jemals. Das hier mit Shaw war intensiver, sehnsüchtiger und drängender als alles, was ich bisher erlebt hatte.

Er wanderte weiter, küsste und knabberte sich über meinen Hals, bis ihn der Stoff seines Jacketts und meiner Bluse aufhielt, aber selbst den schob er einfach beiseite, genau wie den BH-Träger, der ihm jetzt im Weg war.

Irgendwo am Rande meines Bewusstseins war mir klar, dass wir nicht an Ort und Stelle den nächsten Schritt machen konnten. Aber das wollte ich. Gott, ich wollte so sehr mehr von ihm spüren. Doch dazu mussten wir es in dieses Zimmer schaffen, was bedeutete, dass ich Shaw lange genug loslassen musste, damit er die Tür aufschließen konnte, aber es war *so verflucht schwer*. Es fühlte sich an, als hätten sich all die Gefühle, all das Verlangen, die Sehnsucht, der Frust und das Begehren in den letzten Monaten immer weiter zwischen uns aufgebaut, bis es kein Zurück mehr gab …

Als ich es nicht länger aushielt, zog ich seinen Kopf zu mir hoch. Ich wollte etwas sagen, vergaß es jedoch sofort wieder, als ich Shaw ansah. Seine Pupillen waren geweitet, wodurch seine Augen vollkommen dunkel wirkten. Seine Nasenflügel bebten mit jedem gepressten Atemzug und seine Lippen waren feucht und gerötet von den vielen, vielen Küssen. Am liebsten hätte ich ihn sofort wieder zu mir heruntergezogen und einfach weitergemacht, doch ein Geräusch von unten ließ mich innehalten.

Jemand musste die Tür zum Saal geöffnet haben, denn mit einem Mal klang die Musik wesentlich lauter. Gleich darauf nahm ich sie kaum noch wahr, dafür aber die Schritte von zwei Personen, die die Treppe hinaufstiegen. Es konnte nur noch eine Frage von Sekunden sein, bis die Fremden diese Etage erreichen und uns hier erwischen würden.

Shaw musste es ebenfalls gehört haben, denn er löste sich widerstrebend von mir und suchte in seiner Hosentasche nach dem Schlüssel. Irgendwie war es beruhigend, zu sehen, dass seine Hände genauso zitterten wie meine. Dass das hier auf ihn eine ebenso heftige Wirkung hatte wie auf mich. Und dass er es genauso wenig erwarten konnte, endlich allein und ungestört zu sein.

Er brauchte zwei Anläufe, dann steckte der Schlüssel endlich dort, wo er hinsollte. Ein leises Klicken, wenige Schritte und wir standen in dem Gästezimmer. Bevor ich auch nur daran denken konnte, mich umzusehen, kickte Shaw die Tür hinter uns zu und drängte mich gegen die Wand daneben. Sofort lagen seine Lippen wieder auf meinen und seine Zunge drang in meinen Mund ein. Ich stöhnte gedämpft auf und grub die Finger in sein Hemd, obwohl ich viel lieber nackte erhitzte Haut unter meinen Händen gespürt hätte.

Ohne seinen Mund von meinem zu lösen, schob Shaw sein Knie zwischen meine Beine, was den herrlichen Druck zwischen meinen Schenkeln nur noch verstärkte und mich gleichzeitig ziemlich bewegungsunfähig machte. Seltsamerweise fand ich genau das erregend. Ich wollte die Kontrolle nicht behalten, sondern sie abgeben, mich ganz und gar gehen lassen und alles um mich herum vergessen. Alles, außer den Mann, der mich schon jetzt völlig um den Verstand brachte.

Seine Hand lag auf meinem nackten Oberschenkel. Zentimeter für Zentimeter wanderten seine Finger höher, erst nur bis zum Saum meiner langen Bluse, dann noch etwas höher, unter den Stoff, und hinterließen eine Spur aus glühender Hitze auf meiner Haut.

Ich unterbrach den Kuss, ließ den Kopf gegen die Wand zurücksinken und starrte Shaw schwer atmend an. Sein Geschmack lag auf meiner Zunge, sein ganzer Körper presste sich gegen meinen und mit jedem Atemzug inhalierte ich seinen Geruch. Ich fühlte mich auf eine wunderbare Art benommen, gleichzeitig hatte ich das Gefühl, nie deutlicher gewusst zu haben, was ich wollte, als in diesem Augenblick.

Sekundenlang rührte sich keiner von uns, wir lehnten noch immer an der Wand, atmeten beide schwer und sahen einander tief in die Augen. Ohne meinen Blick loszulassen, nahm Shaw die Hand von meinem Bein und legte sie auf meine Schulter. Ich brauchte einen kurzen Moment, um zu begreifen, was er vorhatte, doch dann fiel das Jackett hinter mir zu Boden und ich ließ mich wieder gegen die Wand in meinem Rücken sinken. Gerade rechtzeitig, um zu beobachten, wie Shaw vor meinen Augen die obersten Knöpfe seines Hemds öffnete und es sich dann in einer fließenden, ungeduldigen Bewegung über den Kopf zog.

Verdammt … Ich biss mir fest auf die Unterlippe. Keiner von uns hatte die Lampe eingeschaltet, aber durch die Fensterfront fiel genug Mondlicht herein. Im Halbdunkel des Zimmers sah es unglaublich sexy aus, wie Shaw sich vor mir auszog. Aber noch viel attraktiver war der Anblick, der sich mir jetzt bot.

Bisher hatte ich Shaw nur ein einziges Mal oben ohne gesehen – in Paris, als er kurz nach unserer Ankunft dort in mein Zimmer gekommen war. Und obwohl ich damals, Tageslicht sei Dank, wesentlich mehr von ihm gesehen hatte als jetzt, kam diese Situation nicht an das Hier und Jetzt heran. Nicht mal ansatzweise, was vielleicht auch an dem Ausdruck in Shaws Augen liegen könnte. Er sah aus, als würde seine Selbstbeherrschung am seidenen Faden hängen. Als könnte er sich genauso wenig zurückhalten wie ich. Als wären alle Grenzen und Mauern zwischen uns gefallen und als gäbe es jetzt nichts, das uns noch aufhalten könnte. Und genau das war es, was ich wollte. Wir hatten viel zu lange auf das hier gewartet. Keiner von uns sollte sich in dieser Nacht zurückhalten.

Ich merkte nicht einmal, dass ich die Hand hob, bis ich Shaws warme Haut unter meinen Fingerspitzen spürte. Langsam strich ich über seinen Oberkörper, fasziniert davon, dass er mit einer Gänsehaut auf diese kleine Berührung reagierte. Seit unserer ersten Begegnung hatte er sich völlig verwandelt. Das viele harte Training in den letzten Monaten zahlte sich eindeutig aus. Und das nicht nur im Kampf gegen übernatürliche Wesen.

Während ich noch seinen Anblick in mich aufsog, nestelte Shaw bereits an meinem Gürtel.

»Shit«, knurrte er mit dieser tiefen, rauen Stimme, die mir durch und durch ging. »Wie geht dieses verdammte Ding auf?«

Ein Lachen entkam mir, aber ich presste die Lippen ganz schnell aufeinander, als er mir einen warnenden Blick zuwarf. Gegen mein Grinsen kam ich jedoch nicht an.

»Brauchst du Hilfe?«, neckte ich ihn leise, auch wenn mir gerade nichts ferner liegen könnte, als ihn hinzuhalten.

»Wenn du das Teil morgen noch tragen willst, ja. Sonst schneide ich es auf.«

So interessant diese Vorstellung auch war – ich mochte diesen Gürtel. Ohne den Blick von Shaw zu nehmen, tastete ich danach und löste die komplizierte Verknotung innerhalb von Sekunden. Gleich darauf fiel er mit einem dumpfen Laut zu Boden.

»Besser«, raunte Shaw, griff nach meiner Bluse und zog sie mir über den Kopf. Dann trat er einen Schritt zurück, um mich von oben bis unten zu mustern. »So viel besser.«

Hitze breitete sich in mir aus, je länger ich seinen Blick auf mir spürte und sehen konnte, was das mit ihm machte. Ich stand nur noch in Unterwäsche – und den hochhackigen Halbstiefeln – vor ihm. Obwohl es mir in den Fingern kribbelte, ihn wieder zu berühren, hielt ich mich zurück und betrachtete ihn genauso wie er mich. Im Gegensatz zu mir trug er noch die dunkle Hose, die tief auf seinen Hüften hing, aber ich hatte vorhin genug gespürt, um mir vorstellen zu können, wie er ganz nackt aussehen würde.

Einige Narben zierten seinen Körper – solche, an die er sich nicht erinnerte, und einige, die noch ganz frisch waren. Sie stammten alle von einem Kampf – oder vom Training, so wie die Blutergüsse an seinen Rippen, die sich mittlerweile grünblau verfärbt hatten.

Ich unterdrückte den Impuls, über die Stellen zu streicheln. All das waren Erinnerungen an sein früheres und sein jetziges Leben. Und heute Nacht … heute Nacht würden wir neue Erinnerungen schaffen. Für uns beide.

Als sich unsere Blicke wieder trafen, machte mein Magen einen kleinen Sprung. Ich hatte keine Ahnung, wer von uns sich zuerst bewegt hatte, doch plötzlich standen wir wieder direkt voreinander. Shaw senkte den Kopf, ich zog ihn an mich und wir küssten uns wieder. Allerdings war das nicht genug. Nicht mehr. Es konnte gar nicht genug sein, nicht einmal dann, als ich seinen nackten Oberkörper an meinem und seine warme Haut an meiner spüren konnte.

Shaws Hände glitten über meine Seiten und meine Hüften, hinterließen eine feurige Spur bis zu meinem Hintern. In der einen Sekunde stand ich noch vor ihm, in der nächsten hob er mich hoch. Instinktiv schlang ich die Beine um ihn, während er mich die wenigen Schritte zum Bett trug. Gleich darauf landete ich auf der Matratze, Shaw über mir, seine Lippen noch immer auf meinen.

Ich stöhnte gedämpft auf, als ich zum ersten Mal einen Teil seines Gewichts auf mir spürte. Himmel, wie lange hatte ich mir das hier schon gewünscht und mir gleichzeitig jeden Gedanken verboten, der auch nur ansatzweise in diese Richtung ging?

Die Antwort war eindeutig: viel zu lange.

Schwer atmend unterbrach Shaw unseren Kuss und ich biss mir auf die Unterlippe, um den protestierenden Laut zu unterdrücken, der mir entschlüpfen wollte. Er schien dennoch etwas gehört zu haben, denn er zog die Mundwinkel hoch und drückte seinen Mund ein letztes Mal kurz und fest auf meinen. Ehe ich etwas sagen oder tun konnte, küsste er sich meinen Hals hinab, ließ mich seine Zunge in der kleinen Kuhle zwischen meinen Schlüsselbeinen spüren und fuhr mit den Zähnen sanft über den oberen Rand meines Dekolletés.

Verdammt, fühlte sich das gut an. Ich ließ zu, dass er sich weiter an mir hinabküsste. Diesmal hielt ihn kein Stoff auf, das BH-Körbchen schob er einfach zur Seite und schloss die Lippen um meine Brustwarze.

Ich stöhnte auf, als glühende Hitze durch meinen Körper schoss. Wie von selbst gruben sich meine Finger in das Bettlaken neben mir, während die andere Hand in Shaws dunkle Locken glitt und fest zupackte. Er gab einen kehligen Laut von sich, der an meiner Haut vibrierte.

Als er mit der einen Brust fertig war, schob er das Körbchen der anderen beiseite und widmete sich ihr, als hätte er alle Zeit der Welt. Dabei wusste ich, dass er das hier genauso dringend brauchte wie ich. Ich hatte es gespürt, als er sich gegen mich gedrängt hatte, und ich hatte es in seinen Augen gesehen.

»Shaw …« Meine Stimme klang atemlos und überhaupt nicht mehr wie ich selbst.

»Hm …?« Er sah nur kurz auf, hörte aber nicht mit den Liebkosungen auf. Ich legte den Kopf in den Nacken und stöhnte laut auf, als jegliche Zurückhaltung von mir abfiel. Wir waren allein, unten fand eine laute Party statt. Niemand würde uns hören können. Und selbst wenn, war es mir inzwischen völlig gleichgültig.

Er ließ von meinen Brüsten ab, allerdings nur, um auf dem Weg nach unten weitere Küsse auf meinem Bauch und um meinen Bauchnabel zu verteilen. Gott, wenn er so weitermachte, würde ich endgültig den Verstand verlieren. Als er den Bund meines Slips erreichte und mich genau dort seine Zunge spüren ließ, kam mir ein kleines Wimmern über die Lippen, für das ich mich in anderen Situationen und bei anderen Männern womöglich geschämt hätte. Aber nicht hier, nicht jetzt und nicht bei Shaw. Dafür kannten wir uns mittlerweile zu gut und hatten zu viel miteinander durchgestanden. Es gab niemanden, der mich so gut kannte und so viel über mich wusste wie er.

Sein kurzes Lächeln war die Belohnung dafür, dass ich mich schon jetzt für einen kurzen Moment selbst vergessen und ihn deutlich hatte hören lassen, wie dringend ich seine Berührungen und seine Nähe brauchte. Er hakte die Finger unter den Bund meines Höschens und schob es mir über die Hüften. Aber statt es mir sofort auszuziehen, wanderte er mit seinen Küssen an meinen Beinen abwärts, bis er die hochhackigen Halbstiefel erreicht hatte. Ohne den Blick von mir zu nehmen, ließ er meinen Slip zu Boden fallen und zog mir erst den einen Stiefel, dann den anderen aus. Als sie mit einem dumpfen Laut auf die Holzdielen fielen, war Shaw bereits wieder auf dem Weg nach oben.

Pech für ihn, dass meine Geduld praktisch nicht mehr vorhanden war.

Ohne Vorwarnung packte ich ihn an den Schultern und stieß ihn neben mich auf die Matratze. Dann setzte ich mich mit einer raschen Bewegung auf ihn – und musste grinsen, als ich seinen überraschten Gesichtsausdruck sah. Aber da lag auch ein Funkeln in seinen Augen und seine Mundwinkel verzogen sich zu einem Lächeln, was mir nur zu deutlich zeigte, dass er das hier ebenso genoss wie ich.

Diesmal war es an mir, mich an seinem Oberkörper hinabzuküssen, nur dass ich mir wesentlich weniger Zeit dafür ließ. Dennoch strichen meine Lippen wieder und wieder über seine erhitzte Haut. Mit jedem Atemzug nahm ich seinen Duft überdeutlich wahr, konnte ihn schmecken und spürte deutlich, dass meine Berührungen ihn genauso verrückt machten wie seine mich. Beim Bund seiner Hose angekommen richtete ich mich auf den Knien auf und fummelte an seinem Gürtel herum. Shaw atmete keuchend unter mir, tat aber nichts, um mich zu unterbrechen oder mir zu helfen. Stattdessen starrte er mich so gebannt an, als hätte er nie etwas Faszinierenderes gesehen. Oder als könnte er es genauso wenig erwarten wie ich.

Mit hektischen Bewegungen öffnete ich seinen Gürtel, den Knopf seiner Hose und zog den Reißverschluss herunter. Shaws Hände strichen über meine Taille, und ehe ich michs versah, zog er mich an sich und drehte sich mit mir herum, bis ich erneut unter ihm lag.

Mein Herz hämmerte wie verrückt, und aus irgendeinem Grund musste ich lächeln. »Soll das jetzt die ganze Nacht so weitergehen?«

»Wenn du willst …« Er beugte sich zu mir hinunter und presste seinen Mund für einen kurzen Kuss auf meinen. »Ich hab heute nichts Besseres vor. Du etwa?«

Ich grinste nur.

Ohne ein weiteres Wort richtete er sich auf und beugte sich zu etwas neben dem Bett hinunter, um darin herumzukramen. Ich stützte mich auf einem Ellbogen auf und streckte mich ein bisschen, um zu erkennen, was er da tat. Auf dem Boden standen unsere Reisetaschen. Oh, wow. Okay. Shaw hatte uns nicht nur dieses Zimmer besorgt, sondern auch gleich unsere Sachen hochgetragen. Später würde ich mich dafür bei ihm bedanken. Morgen irgendwann. Der Gedanke verschwand ebenso schnell wieder aus meinem Bewusstsein, wie er aufgetaucht war, weil Shaw alles davon einnahm.

Nach kurzem Suchen hatte er ein Kondom gefunden, entledigte sich genau wie ich der restlichen Klamotten, riss die Verpackung auf und streifte es sich über. Seine Finger zitterten ein wenig und sein Brustkorb hob und senkte sich so schnell, als hätte er gerade eine harte Trainingseinheit hinter sich. Behutsam legte er sich wieder auf mich und ließ mich langsam sein ganzes Gewicht spüren. Seine dunklen Augen suchten meinen Blick. »Letzte Chance«, raunte er. »Wenn du aufhören willst, können wir –«

»Ich will das hier«, unterbrach ich ihn. Die Konsequenzen waren mir egal. Die Zukunft war mir egal. Ich wollte ihn nur spüren, ihm so nahe kommen wie nur irgend möglich. »Und wenn du es noch länger hinauszögerst, dann … *oh mein Gott.*«

Er drang in mich ein und wirkte dabei so selbstzufrieden, dass ich ihm dieses Lächeln am liebsten aus dem Gesicht wischen wollte. Oder küssen. Küssen war besser. Doch im Moment wollte ich weder den intensiven Blickkontakt zwischen uns unterbrechen, noch mich auf etwas anderes konzentrieren als ganz darauf, wie es sich anfühlte, ihn Stück für Stück tiefer in mir zu spüren. Als er ganz in mir war, lehnte er den Kopf gegen meine Schulter und verharrte so für einige atemlose Sekunden. Als müsste er um seine Beherrschung kämpfen, weil eine einzige Bewegung ihn schon dazu bringen könnte, zu kommen.

Die Vorstellung entlockte mir ein Lächeln. Ich strich über seinen Nacken. Probeweise drängte ich mein Becken gegen seines und keuchte bei der Reibung auf. Das hier fühlte sich schon jetzt viel zu gut an. Viel zu süchtig machend.

Shaw hob den Kopf und sah mich an. Sein Blick war offen, geradezu nackt, und der Ausdruck darin sandte einen warmen Schauder durch meinen ganzen Körper. Ich konnte mich nicht erinnern, dass mich schon einmal jemand mit so viel Sehnsucht, so viel Verlangen angesehen hatte – und ein wenig Unglauben darüber, dass das hier wirklich zwischen uns passierte. Ich erwiderte seinen Blick, atemlos und genauso intensiv.

Ohne ein Wort zu sagen, begann er, sich in mir zu bewegen. Langsam zunächst, als würde er jede einzelne Sekunde auskosten. Als seine Bewegungen schneller wurden, schloss ich die Augen.

»Nicht.« Shaw klang so heiser, dass allein der Klang seiner tiefen Stimme genügte, um ein heißes Kribbeln in meinem Bauch auszulösen. »Sieh mich an.«

Ich schlug die Augen wieder auf, hielt mich genauso an seinem Blick fest wie meine Hände an seinem Körper. Meine Finger fuhren über seinen Rücken und ich bohrte die Nägel in seine Muskeln, jedes Mal, wenn sich etwas besonders gut anfühlte. So gut, dass es innerhalb kürzester Zeit kaum noch auszuhalten war.

»Fuck … *Roxy*«, keuchte er.

Es war das erste Mal. Das erste Mal, dass er meinen Namen gesagt hatte, seit wir uns auf der Veranda geküsst hatten. Es sollte nicht so viel in mir auslösen, meinen Namen aus seinem Mund zu hören, aber das tat es. Und wie es das tat.

»Was ist?«, fragte Shaw, dem nicht entgangen war, dass ich ein kleines bisschen erstarrt war. »Dachtest du etwa, ich würde dich auch im Bett beim falschen Namen nennen? Komm schon, Darling.«

»Ach, sei still.«

Er lächelte atemlos. Fast schon grob stieß ich ihn zurück, drückte gegen seine Schulter – und Shaw verstand. Zusammen rollten wir uns herum, bis er unter mir lag und ich mich über ihm aufrichtete. Ein Stöhnen kam mir über die Lippen, als ich ihn jetzt noch tiefer in mir spüren und zusätzlich auch noch selbst die Geschwindigkeit und Tiefe seiner Stöße bestimmen konnte.

Unter Shaws gebanntem Blick griff ich hinter mich, öffnete den Verschluss meines BHs und streifte das Teil endlich ganz ab. Shaw nutzte das sofort aus und schob seine rauen Hände über meine Seiten nach oben, um meine Brüste zu umfassen, während ich mich auf ihm zu bewegen begann. Erst langsam, dann immer schneller. Schon bald brachte keiner von uns auch nur ein einziges Wort hervor und das Zimmer war erfüllt von unseren schweren Atemzügen, unserem Keuchen und Stöhnen, während wir mit jeder Bewegung, mit jedem Stoß, jedem Streicheln, jedem atemlosen Kuss und jeder Reibung dem Höhepunkt näher und näher kamen.

»Shaw!« Ich stützte mich neben seinem Kopf auf und krallte die Finger ins Kissen. Lange Haarsträhnen fielen mir über die Schultern und hüllten uns ein, bis es nur noch uns beide gab. Keine Gedanken, Sorgen, Ängste oder Zweifel mehr. Nur noch das, was wir hier taten. Nur noch all die heftigen Empfindungen, die wir ineinander auslösten. »Oh Gott … ich …«

Shaw stieß von unten in mich und hielt mich an der Hüfte fest. Plötzlich packte er mich am Hinterkopf und zog mich zu sich herunter, bis unsere Lippen zu einem innigen Kuss verschmolzen.

Ich konnte nicht mehr denken, nur noch fühlen. Es war egal, wo wir waren, es war sogar egal, *wer* wir waren, was uns hierher geführt hatte und dass mir nicht mehr viel Zeit blieb. Das Einzige, was zählte, war das Hier und Jetzt. Nur dieser Moment.

Unvermittelt zog sich alles in mir auf herrlichste Weise zusammen und ich erreichte meinen Höhepunkt mit einem Schrei, der einzig durch unseren Kuss gedämpft wurde. Shaw stöhnte unter mir, stieß noch ein paarmal fest zu, dann kam auch er. Mehrere Sekunden lang hielt er mich ganz fest, dann entspannte er sich unter mir. Sein Kopf sank ins Kissen zurück, während meiner auf seiner Schulter lag.

Keiner von uns rührte sich. Der Gedanke, mich von ihm zu lösen, schien unendlich weit weg. Also blieb ich auf ihm liegen und lauschte sowohl unseren schnellen Atemzügen als auch seinem Herzschlag unter meinem Ohr, der genauso heftig war wie mein eigener und der sich nur allmählich wieder beruhigte.

»Wow«, stieß Shaw schließlich hervor. Mit den Fingerkuppen begann er unsichtbare Muster auf meinen verschwitzten Rücken zu malen.

»Mhm …«, stimmte ich ihm schläfrig zu und rutschte widerwillig zur Seite, damit er aufstehen und das Kondom entsorgen konnte.

Als er zurück ins Bett kam, schmiegte ich mich eng an ihn. Er stellte keine Fragen, schlang den Arm nur noch etwas fester um mich und strich mir sanft durch das Haar und über die vernarbte Schulter, bis mir die Augen zufielen.

In dieser Nacht hatte Shaw mich nicht nur alles andere vergessen lassen – er hatte mir auch gezeigt, wie es zwischen uns sein könnte. Wie *wir* sein konnten, wenn ich nur mehr Zeit hätte. Doch die Uhr lief unaufhörlich weiter. Und mit jeder Stunde, mit jeder Minute und Sekunde kam das Ende immer näher. Das Ende, bei dem ich in Shaws Armen sterben und ihn allein zurücklassen würde.

22. KAPITEL

Shaw

Sonnenlicht fiel durch die Fenster zu unserer Linken und malte Muster auf die Holzdielen und die Bettdecke. Draußen war es bereits hell geworden und es schien ein sonniger Wintertag zu sein, aber ich rührte mich nicht, sondern blieb im Bett liegen. Mit Roxy im Arm, die sich im Schlaf noch enger an mich gekuschelt hatte, sodass mich ihr warmer, leicht blumiger Duft einhüllte.

Ich konnte mich nicht daran erinnern, wann ich das letzte Mal die Augen aufgeschlagen hatte und weder diese dunkle Leere noch tausend Fragen im Kopf gehabt hatte. Wann ich das letzte Mal so zufrieden gewesen war wie jetzt. Ich wäre ein Idiot, einfach aufzustehen, statt diesen friedlichen Morgen zu genießen.

Plötzlich rührte sich Roxy in meinem Arm. Ich beobachtete, wie ihre Wimpern flatterten und sie die Nase auf eine niedliche Weise krauszog, als sie langsam aufwachte. Sie blinzelte ein paarmal, dann schien sie sich daran zu erinnern, was letzte Nacht passiert war und mit wem sie hier lag.

Ganz langsam legte sie den Kopf in den Nacken und suchte meinen Blick. »Hey …«, nuschelte sie mit verschlafener Stimme.

Ich konnte gar nicht anders, als zu lächeln. »Hey …«

Sekundenlang sahen wir uns nur in die Augen. Roxys Lippenstift war etwas verschmiert, hatte die Nacht aber überraschend gut überstanden. Dafür waren ihre langen Haare verwuschelt und auf ihren Wangen zeichnete sich eine bezaubernde Röte ab. Außerdem war da ein kleiner Knutschfleck an ihrem Hals, der mich mit einem gewissen Stolz erfüllte.

Wahrscheinlich sah man mir genauso deutlich an, wie wir die Nacht verbracht hatten, aber das störte mich nicht. Zum Teufel, wenn es nach mir ging, könnte es die ganze Welt erfahren. Nicht im Detail, was wir getan hatten, sondern wie viel mir diese Frau bedeutete. Und darum musste ich die nächsten Worte auch aussprechen und etwas Wichtiges klarstellen.

»Ich bereue nichts.«

Roxy blinzelte noch ein paarmal, als bräuchte sie einen Moment, bis die Bedeutung dieser Worte einsank, dann verzogen sich ihre Mundwinkel zu einem kleinen Lächeln. »Ich auch nicht.«

Ich grinste. »Vor allem nicht, als du …«

Sie unterbrach mich und drückte mir zwei Finger auf die Lippen, was mich nur noch breiter grinsen ließ. Statt weiterzusprechen oder sie aufzuziehen, fing ich lieber ihre Hand ein und presste einen Kuss auf ihre Fingerknöchel.

Bildete ich mir das ein, oder wurde die Röte auf ihren Wangen eine Spur tiefer? Vielleicht würde ich sie doch nicht ganz davonkommen lassen, ohne sie ein wenig zu necken. Aber nicht jetzt. Uns blieb noch genug Zeit. Nicht viel, aber genug, um das hier auszukosten.

»Letzte Nacht … was du da …«, begann Roxy nach einer Weile langsam, den Kopf schon wieder auf meiner Schulter gebettet.

»Ich glaube nicht, dass man das verlernen kann«, murmelte ich ohne nachzudenken.

»Nicht mal mit Amnesie?«

Mit einer schnellen Bewegung rollte ich uns beide herum, bis sie wieder unter mir lag. »Brauchst du nach dieser Nacht wirklich noch einen Beweis?«

Lächelnd strich sie über meinen Rücken, fuhr mit dem Knie meinen Oberschenkel entlang und schlang ein Bein um mich, sodass ich sie *noch* näher spüren konnte. Ich schluckte hart.

»Okay, vergiss die Frage. Ich beweise es dir liebend gern. So oft du willst. Sag einfach –«

Roxy lachte auf und zog mich für einen viel zu kurzen Kuss an sich. Und dann für noch einen. Und noch einen. Wieder und wieder, während ich mich an ihr rieb, was ihr ein leises Stöhnen entlockte. Mit der Hand strich ich über ihr um mich gelegtes Bein, umfasste erst ihren Hintern, dann ihre Brust und löste mich kurz darauf von ihr, um das nächste Kondom auszupacken.

Wir blieben nicht lange im Bett. Es war beinahe, als hätte dieser Moment gestern auf der Veranda alles freigesetzt, was sich seit unserem Kennenlernen zwischen uns aufgebaut hatte – und ich genoss jede Minute davon. Erst im Bett, dann zusammen mit Roxy im angrenzenden Badezimmer unter der Dusche. Ich wollte keine einzige Sekunde verschwenden, sondern jeden einzelnen Augenblick mit Roxy genießen, so lange wir konnten.

Eine oder vielleicht auch zwei Stunden später saß ich auf dem Bett und hatte mir gerade erst wieder eine Hose angezogen, während Roxy sich noch im Handtuch das lange Haar trockenrubbelte.

»Wie geht's eigentlich der Hand?«, fragte sie aus dem Bad.

Probehalber bewegte ich die Finger. Die nach dem Kampf auf Schloss Bran aufgeschrammte Haut brannte etwas, aber damit konnte ich leben. »Besser.«

»Ich hab was für dich.« Sie ließ sich neben mich aufs Bett fallen und griff nach meiner Hand.

»Das ... ist nicht das, womit ich gerechnet hatte«, kommentierte ich, als sie das pinkfarbene Pflaster mit den kleinen Kätzchen auf meinen Handrücken klebte.

Sie grinste breit. »Ich dachte, das passt ganz gut zu dir.«

Ich lachte lautlos. »Es passt ganz perfekt.«

Und ich hatte nicht das geringste Problem damit, das pinkfarbene Hello-Kitty-Pflaster mit Stolz zu tragen.

»Danke.« Ich nahm ein hellgraues Shirt aus meiner Reisetasche und streifte es mir über. Aus dem Augenwinkel beobachtete ich, wie Roxy ebenfalls frische Klamotten aus ihrer Tasche holte und das Handtuch gleich darauf fallen ließ. Sekundenlang konnte ich sie nur anstarren, bis mich mein grummelnder Magen daran erinnerte, was ich eigentlich hatte sagen wollen. »Wir sollten zusehen, dass wir irgendwo Frühstück auftreiben. Ich bin am Verhungern.«

»Essen! Ja! Unbedingt.«

»Außerdem brauchen wir die Energie, wenn wir es noch mal mit den Strigoi in der Burg aufnehmen wollen.«

Roxy hatte inzwischen eine eng anliegende schwarze Hose und einen BH in derselben Farbe angezogen. In der Hand hielt sie ein langärmliges Oberteil, machte jedoch keine Anstalten, es sich auch noch überzustreifen. »Willst du dich wirklich noch mal mit ihnen anlegen? Wir reden hier schließlich von Vampiren.«

Ich schnaubte und schob den Gürtel durch die Schlaufen. »Von *wollen* kann keine Rede sein. Aber wenn wir es nicht tun, werden sie noch mehr Leute ermorden, und das können wir nicht zulassen.«

Ein ungewohntes Lächeln umspielte ihre Mundwinkel. »Gesprochen wie ein wahrer Hunter.«

»Ich gebe mein Bestes«, murmelte ich und fuhr mir durch das feuchte Haar in dem Versuch, es irgendwie in Ordnung zu bringen. »Apropos Hunter. Ist die Kavallerie schon eingetroffen?«

Roxy warf einen Blick auf ihr Handy und runzelte die Stirn. »Der Empfang ist immer noch mies. Die letzte Nachricht von Linnea kam vor über einer Stunde. Zwei Blood Hunter sind auf dem Weg. Und da ist eine Nachricht von einer unbekannten Nummer«, murmelte sie und überflog die Zeilen.

»Alles klar?«

Sie nickte. »Die Nachricht ist von einem Mikhail, einem Blood Hunter. Linnea muss ihm meine Nummer gegeben haben. Er hat geschrieben, dass sie auf dem Weg sind und uns gegen zwei Uhr vor dem Schloss treffen wollen.«

Ich dachte kurz darüber nach und nickte dann entschlossen. »Also erst Frühstück, dann Vampirjagd?«

»Für jemanden, der Angst vor Vampiren hat, bist du ganz schön scharf darauf, Jagd auf sie zu machen.«

Ich gab mir keine Mühe, ihr zu widersprechen, weil es die Wahrheit war. Also zuckte ich nur mit den Schultern. »Vielleicht will ich mich damit ja nur selbst therapieren.«

Roxy kaufte mir diese Erklärung nicht ab. Die Art, wie sie die Stirn runzelte und mich ansah, machte das nur zu deutlich.

Ich seufzte tief. »Die ganzen Leute hier … Sie kennen uns zwar nicht und wir haben uns nur auf diese Hochzeit geschlichen, aber … Sie wissen nichts von der Gefahr auf dem Schloss. Sie leben einfach ihr Leben und feiern ihre Feste. Wir müssen die Strigoi ausschalten, um sie zu schützen. Bevor noch Schlimmeres passiert als mit dem Tankwart und auf Schloss Bran.«

»Das werden wir.« Roxy nickte und streifte sich erst das dunkelrote Cape über, das sie immer zur Jagd trug, dann steckte sie ihre ganzen Ringe an. Als sie bemerkte, dass ich sie dabei beobachtete, durchquerte sie das Zimmer in wenigen Schritten, stellte sich vor mir auf die Zehenspitzen und legte die Arme locker um meinen Hals. Völlig selbstverständlich. Als wäre das hier ein Morgen von vielen gemeinsamen, ein Morgen wie immer. »Bist du sicher, dass du das hier weiter durchziehen willst?«

Ich runzelte die Stirn, dennoch legte ich den Arm um ihre Taille. »Was meinst du?«

»Du weißt wie … wie es enden wird. Du kannst immer noch zurück ins Quartier nach London oder nach Prag oder … wohin auch immer du gehen willst.«

»Und du ziehst einfach allein weiter?«

Sie lächelte matt. »Ich war auch vorher allein. Vor dir. Vor Finn. Ich komme schon zurecht.«

Entschieden schüttelte ich den Kopf. »Darum geht es nicht und das weißt du. Ich habe nicht den geringsten Zweifel, dass du sehr gut allein klarkommst. Zumindest, solange du dich nicht körperlich betätigen oder in den Nahkampf gehen musst.«

Sie kniff die Augen zusammen. »Sehr witzig.«

Ich grinste, wurde dann jedoch schnell wieder ernst. »Sagst du das, weil du es wirklich so meinst oder um mich nicht in deiner Nähe zu haben, wenn sich Giselles Vision erfüllt?«, hakte ich leise, beinahe schon zögerlich nach.

Denn wenn ich ehrlich war, war diese Befürchtung immer allgegenwärtig gewesen, seit Roxy mir von der Todesvision erzählt hatte. Nicht letzte Nacht, aber davor. Und auch jetzt, als Roxy mir diesen Vorschlag unterbreitete. Den Vorschlag, sie allein weiterziehen zu lassen. Ich schnaubte innerlich. Als ob ich das überhaupt noch könnte …

Roxy seufzte, wich mir aber nicht aus. Diesmal nicht. »Ihre Vision wird sich so oder so erfüllen, ganz egal, was wir jetzt entscheiden. Ich will nur … Ich will nicht, dass du bereust, mit mir gegangen zu sein, statt weiter zu trainieren und zu versuchen, etwas über deine Vergangenheit herauszufinden. Über deine Familie. Über dich selbst.«

»Ich weiß genau, wer ich bin.«

Erst als ich die Worte aussprach, wurde mir klar, wie viel Wahrheit darin steckte. Ich mochte noch immer nichts über mein früheres Leben wissen, aber ich wusste, wer ich heute war. Wer ich sein wollte. Und ich wusste, mit wem ich zusammen sein wollte.

Roxy erwiderte nichts darauf, aber ich konnte ihr die Erleichterung deutlich ansehen. Früher hätte sie jeden Gedanken, jede Emotion vor mir zu verbergen versucht, doch das tat sie schon seit einer Weile nicht mehr. Ich könnte den genauen Zeitpunkt nicht mal dann benennen, wenn mein Leben davon abhinge, weil es so schleichend, so unmerklich passiert war. Ich war nur froh, dass es so war.

Ohne ein weiteres Wort lehnte ich mich zu ihr hinunter und strich mit meinen Lippen über ihre. Dieser Kuss war anders als die verzweifelten, verlangenden von letzter Nacht, als wir uns um jeden Preis hatten näher kommen müssen. Dieser Kuss war so viel mehr – und fast schon schmerzhaft intim.

Ich legte die Hand an ihre Wange und schob die Finger in ihr Haar, während sich Roxy gegen mich sinken ließ und den Kuss ohne zu zögern erwiderte.

Wieder war da dieses Kribbeln tief in meinem Bauch und das Verlangen, das Roxy in mir auslöste. Aber da war auch eine tiefe Sehnsucht nach dieser Frau. Selbst nach letzter Nacht. Selbst nach diesem Morgen. Ich könnte mir keine einzige Situation ausmalen, bei der ich sie allein weiterziehen ließe.

»Ich bleibe bei dir«, wisperte ich an ihren Lippen.

Roxy schlug die Augen auf und suchte meinen Blick. »Okay«, erwiderte sie genauso leise.

Ein Teil von mir konnte noch immer nicht fassen, was letzte Nacht passiert war und wie es unsere Beziehung verändert hatte. Und gleichzeitig fühlte sich alles so selbstverständlich an, so … richtig. Wir waren immer noch dieselben Menschen, waren immer noch ein Team. Jetzt mehr als je zuvor.

Schmunzelnd drückte ich meinen Mund für einen kurzen Kuss auf ihren, dann strich ich ein letztes Mal mit den Fingerknöcheln über ihre Wange. »Und jetzt lass uns frühstücken gehen, bevor du jemanden umbringst.«

Roxy grinste mich nur an, dann löste sie sich von mir, schlüpfte in ihre Stiefel und steuerte die Tür an.

23. KAPITEL

Shaw

Bei unserem zweiten Besuch auf Schloss Bran mussten wir nicht über das Eisentor klettern, denn es stand an diesem frühen Nachmittag weit offen. Ich hatte nicht den blassesten Schimmer, ob das ein gutes oder nicht eher ein verdammt schlechtes Zeichen war, und wechselte einen kurzen Blick mit Roxy. Worte waren nicht nötig. Wir wussten beide, was uns bevorstand, nur waren wir diesmal wesentlich besser vorbereitet als gestern.

Ich setzte den Blinker, auch wenn kein anderes Auto weit und breit zu sehen war, und parkte den Wagen sicherheitshalber wie letztes Mal vor dem Tor.

»Noch irgendeine Nachricht von Linnea oder diesem Mikhail?«, fragte ich, während ich den Motor ausschaltete und mich aufmerksam umsah. Bisher schien alles ruhig zu sein. Von den Vampiren keine Spur.

Roxy zog ihr Handy hervor und schüttelte den Kopf. »Nein, aber es ist fast zwei. Entweder warten sie bereits vor dem Schloss auf uns oder sie sind zu spät.«

Ich nickte grimmig. Auch wenn es mir tief in meinem Inneren wirklich widerstrebte, mich noch mal mit diesen Strigoi anzulegen, wusste ich, dass Roxy nicht weiterziehen würde, ohne zu wissen, dass die Einwohner in Sicherheit waren. Auch wenn sie in dieser Hinsicht unglaublich stur – und ein klein wenig todessehnsüchtig – sein konnte, bewunderte ich sie dafür. Ihr Gerechtigkeitssinn war stärker als ihr Überlebensdrang. Andernfalls würde sie sich jetzt nicht um Vampire und andere Kreaturen scheren, sondern nur den Seelen hinterherjagen, die sie zurückschicken musste. Wer weiß, vielleicht wäre es auf diese Weise sogar möglich gewesen, alle Wesen zu finden, bevor ihre Zeit ablief. Aber das wäre nicht die Roxy gewesen, die ich kannte. Nicht die Frau, die mich vom ersten Moment an fasziniert hatte und deren Wirkung auf mich in den vergangenen Monaten nur noch stärker geworden war.

Die Burg lag ruhig vor uns da. Zu ruhig. Ein ungutes Gefühl machte sich in mir breit. Das hier konnte unmöglich der Moment sein, den Roxy und Giselle in dieser Vision gesehen hatten, oder? Dieses Schloss würde nicht der Ort sein, an dem Roxy starb. Ihre Zeit war noch nicht abgelaufen, das wusste ich ganz genau. Und was mich anging … Ich würde zumindest lange genug überleben, um Roxy in ihren letzten Momenten in den Armen zu halten.

Bei der Vorstellung zog sich alles in mir schmerzhaft zusammen, also schob ich sie mit Nachdruck aus meinen Gedanken. Hier und jetzt war kein Platz dafür. Außerdem wusste ich am besten, wie schnell alles vorbei sein konnte, und genoss lieber den Augenblick, statt an die Zukunft zu denken. Oder in diesem Fall lieber den Augenblick, *nachdem* wir dieses Vampirnest mithilfe der Blood Hunter ausgeräuchert hatten, aber … Details.

Wir stiegen aus, gingen um den Wagen herum und trafen uns vor dem Kofferraum, den ich nach einem letzten prüfenden Blick auf die nähere Umgebung öffnete. Es dauerte nur wenige Minuten, um uns auszurüsten.

Ich zog das Schulterholster an und schob die beiden Pistolen hinein. Der wärmende Parka musste leider im Wagen bleiben, sonst würde ich nicht richtig an die Waffen rankommen. Und in diesem Fall fror ich lieber, statt ein unnötiges Risiko einzugehen.

Zusätzlich legte ich ein Hüftholster mit einer Machete an, die ich aus Prag mitgenommen hatte und die der von Warden ähnelte. Nur dass er eindeutig mehr Übung damit hatte als ich. Egal. Für ein paar Strigoi musste es reichen. Als Letztes griff ich nach meiner Schrotflinte, lud nach und steckte doppelt so viele Patronen ein wie beim letzten Mal. Dann sah ich zu Roxy hinüber.

Ihre Hauptwaffe, das Amulett an ihrem Hals, trug sie immer bei sich, aber jetzt schob sie auch die Pistolenarmbrust in das Holster auf ihrem Rücken. Die Bolzen mit den verschiedenen Markierungen aus Prag warteten in dem kleinen Köcher an ihrem Gürtel nur darauf, endlich zum Einsatz zu kommen. Zusätzlich hatte sie sich zwei Dolche in die kniehohen Stiefel gesteckt für den Fall, dass ein Vampir ihr ein bisschen zu nahe auf die Pelle rückte. Auch wenn ich stark hoffte, dass es gar nicht erst dazu kam.

Bevor wir uns auf den Weg hierher gemacht hatten, hatten wir den Grundriss des Schlosses studiert – ein Hoch aufs Internet –, um diesmal besser vorbereitet zu sein.

»Fertig?«, fragte Roxy.

Ich nickte entschlossener, als mir zumute war. »Lass es uns hinter uns bringen.«

Und dann am besten direkt zurück ins Bett. Wobei es mir ziemlich egal war, ob wir die Zeit zusammen im Bett verbrachten oder an anderen Orten. Hauptsache, wir verbrachten sie zusammen.

Seite an Seite folgten wir dem Pfad, der zur Burg hinaufführte.

»Wusstest du, dass es gar nicht mal so lange her ist, dass die normale Bevölkerung in dieser Gegend auf Vampirjagd gegangen ist?«, sagte ich, um meine zunehmende Nervosität zu überspielen.

Roxy warf mir einen fragenden Blick samt Stirnrunzeln zu.

»Der Podcast von dem Typen aus Tokio? Das kam in irgendeiner Folge kurz vor Weihnachten. Egal. Jedenfalls hab ich noch mal reingehört, während du fertig geduscht hast. Anscheinend war es gar nicht so unüblich, die Leichen von Verstorbenen auszugraben, die man für Strigoi hielt, und ihnen einen Pfahl ins Herz zu rammen oder das Herz ganz zu entfernen. Damit sollte die Kreatur vernichtet werden.«

»Das kommt mir ziemlich weit hergeholt vor«, murmelte Roxy. »Um nicht zu sagen wie Leichenschändung.«

Ich zuckte mit den Schultern. »Wir wissen beide, dass nicht alle Blutsauger wie die klassischen Vampire durch einen Biss erschaffen werden. Warum sollte also nicht etwas an der Geschichte dran sein?«

Roxy hielt abrupt inne. Ich ging zwei Schritte weiter, blieb dann stehen und drehte mich fragend zu ihr um. »Was ist?«

»Die Strigoi, die wir gestern hier gesehen haben ... Sie hatten eine Art Loch im Oberkörper. Ungefähr hier.« Sie hielt sich die Hand auf Höhe ihres Herzens.

Unweigerlich zog sich mein Magen zusammen. »Sag mir jetzt nicht, dass die das mit den Leichen wirklich gemacht haben.« Ich hatte das für eine simple Anekdote gehalten, für ein Verfahren, das in der Vergangenheit von der unwissenden Bevölkerung durchgeführt wurde, weil sie abergläubisch waren und dachten, so gegen diese Kreaturen anzukommen.

»Ich weiß es nicht«, erwiderte Roxy. »Aber es ist seltsam.«

Und alles andere als beruhigend. Dieses Gespräch nahm nicht den Verlauf, den ich mir gewünscht hatte. Statt mich von der bevorstehenden Jagd abzulenken, stellten sich die Härchen auf meinen Armen auf.

»Seltsam – und wahr«, ertönte plötzlich eine fremde Stimme mit einem harten Akzent. Sie gehörte einem Mann mittleren Alters, der sich aus dem Schatten der Bäume löste. Er hatte braunes, zu einem Pferdeschwanz zusammengebundenes Haar, sehr helle Haut und eine muskulöse Statur. Als er mir die Hand hinhielt, bemerkte ich das schwarze Blood-Hunter-Tattoo an seinem Handgelenk.

Oh, Gott sei Dank.

»Ich bin Mikhail.«

»Shaw.« Ich schlug in seine ausgestreckte Hand ein. »Freut mich. Sehr.«

»Das glaube ich«, erwiderte er und gab auch Roxy die Hand.

»Du kommst genau richtig.«

Er lächelte grimmig, zog einen schmalen Dolch mit langer Klinge hervor und drehte ihn lässig zwischen den Fingern.

In einer Situation wie dieser waren Blood Hunter ein Geschenk des Himmels, da sie darauf trainiert waren, gegen genau solche Kreaturen zu kämpfen – und diesen Kampf möglichst unbeschadet zu überstehen.

»Du meinst wohl eher *wir.*« Mikhail deutete hinter sich.

Erst jetzt hörte ich die Schritte im Schnee und drehte mich um. Wie es aussah, war Mikhail nicht allein hergekommen, sondern hatte eine Kollegin mitgebracht. Sie hatte schwarzes Haar, das sie in eng an den Kopf geflochtenen Zöpfen trug, die bei jeder Bewegung mitschwangen. Ihre Haut war von einem warmen Braunton, ihre Kleidung ganz in Schwarz gehalten und wie Mikhails trotz der Kälte kurzärmelig. Es dauerte einen Moment, bis ich ihre Waffen erkannte: Ein gebogener Dolch in der rechten Hand und etwas an der linken, das wie ein Schlagring in Form von Krallen aussah. Ich konnte mir nur zu gut vorstellen, wie sie diese in einen Vampir bohrte und ihn damit bewegungsunfähig machte, nur um ihm dann den Dolch mitten ins Herz zu rammen.

Sie nickte uns zur Begrüßung zu. »Ich bin Safiyah«, stellte sie sich vor.

Ich hob grüßend die Hand. »Shaw.«

»Roxy.«

»Vor ein paar Tagen ist ganz in der Nähe ein Hotel abgebrannt«, sagte Mikhail und griff unser Gesprächsthema von vorhin noch mal auf. »Niemand hat überlebt. Personal und Gäste sind entweder an Rauchvergiftung gestorben oder verbrannt. Die hiesige Bevölkerung hatte so eine große Angst davor, dass sie zu Strigoi werden oder von den Geistern der Verstorbenen heimgesucht werden, dass einige von ihnen eines Nachts losgezogen sind und …«

»Die Leichen ausgebuddelt und ihre Herzen entfernt haben?«, beendete ich den Satz und schnitt eine Grimasse. Okay. Das war echt widerlich.

»In manchen Gegenden der Welt sind der Aberglaube und die Angst vor dem Bösen noch immer sehr stark verankert«, erklärte Safiyah. »Gleichzeitig wissen die Leute in diesen Gegenden oft sehr genau über das Übernatürliche Bescheid.«

Was für eine Ironie.

»Das heißt«, begann Roxy und sah von einem zum anderen. »Wenn sie die Leichen der Opfer nie exhumiert und ihnen die Herzen entfernt hätten, in dem Glauben, damit das Schlimmste zu verhindern, wären aus ihnen auch keine Strigoi geworden? Sehe ich das richtig?«

»Korrekt.« Mikhail fluchte leise auf Russisch. »Menschen. Sie versuchen, ihre schlimmsten Befürchtungen zu verhindern und machen damit alles nur noch schlimmer.«

Roxy zog ihre Pistolenarmbrust und klappte sie auf. »Dann sollten wir besser zusehen, dass wir sie erledigen.«

Mikhail nickte. »Linnea hat uns über eure letzte Begegnung mit den Strigoi informiert. Allem Anschein nach haben sie sich im ganzen Schloss breitgemacht, also teilen wir uns am besten auf, um sie von allen Seiten zu erwischen.«

»Und damit sie uns nicht wieder einkreisen und beinahe überwältigen können«, fügte ich murmelnd hinzu.

Safiyah trat einen Schritt vor. Ein entschlossenes Lächeln erschien auf ihrem Gesicht. »Diesmal haben sie es nicht mit zwei, sondern mit vier Gegnern zu tun.«

»Ich sehe mich ganz oben und in den Türmen um.« Mikhail nickte seiner Kollegin zu.

»Ich übernehme das zweite Stockwerk«, erwiderte sie.

Ihre Blicke landeten auf Roxy und mir.

»Wir kümmern uns um den Rest«, kam es von Roxy, bevor ich etwas sagen konnte.

Schweigend machten wir uns auf den Weg. Während Mikhail und Safiyah einen anderen Zugang ins Schloss nahmen, gingen wir die Treppe hinauf und betraten den Innenhof, dann trennten sich unsere Wege. Roxy übernahm die westliche Seite, ich die östliche. Vielleicht sah ich ihr einen Moment zu lange nach, ehe sie um die Ecke verschwand, aber ich wollte sichergehen, dass sie in Sicherheit war und nicht plötzlich von hinten von einem dieser Monster angesprungen wurde.

Und wer passt auf, dass ich nicht von hinten angesprungen werde?

Die Frage tauchte schneller in meinem Kopf auf, als ich sie unterdrücken konnte. Ein kalter Schauder kroch mein Rückgrat hinab und ich verspannte mich unwillkürlich. War das ein Knirschen gewesen? Hatte ich tatsächlich etwas gehört oder bildete ich mir das nur ein? Stand ein Vampir hinter mir und wartete nur darauf, seine Fänge in meinen Hals zu bohren und mich auszusaugen wie die Hardcore-Bayern ihre Weißwurst auszuzelten? Allein bei der Vorstellung schüttelte es mich. *Brr!*

Instinktiv umklammerte ich die Schrotflinte in meinen Händen fester. Mit hämmerndem Herzen drehte ich mich um, riss die Waffe in die Höhe und … nichts. Da war nichts. Nur ein einsames Eichhörnchen, das mir einen irritierten Blick zuwarf und dann über die Burgmauer davonhoppelte. Erleichtert ließ ich die Flinte sinken – und hörte in diesem Moment ein viel zu nahes Fauchen.

Wäre ich ein Blood Hunter, hätte ich den Vampir schon längst gerochen, doch so erwischte er mich eiskalt. Instinktiv duckte ich mich und wich aus. Als ich den Kopf wieder hob, sah ich in das Gesicht des Strigois. Im Tageslicht sah er mit den rot glühenden Augen, dem eingefallenen knöchernen Gesicht, den Fangzähnen und Krallenhänden noch grotesker aus als im Dunkeln. Kurz fiel mein Blick auf die eingefallene Stelle – nein, das dunkelrote Loch mitten auf seiner Brust. Verdammt. Es stimmte also.

Der Vampir fauchte und setzte zum Sprung an. Ruckartig riss ich die Schrotflinte hoch und schoss. Ich traf ihn mitten in die Brust, was ihn jedoch nur kurz zurückschleuderte, aber nicht tötete. Der nächste Schuss ging geradewegs in sein Gesicht. Einen Kopfschuss mit einer Schrotflinte überstand nicht mal diese Art von Vampir.

Die Kreatur sackte vor mir zusammen und fiel zu Boden. Blut sickerte aus seinen Wunden und bedeckte den verschneiten Boden. Ich verpasste dem leblosen Körper einen Tritt. Mistviech.

Ganz in der Nähe war ein Knall zu hören. Dann noch einer. Roxy schien ihre Explosionsbolzen einzusetzen. Sehr gut. Ich konnte nur hoffen, dass sie Wirkung zeigten – und dass Mikhail und Safiyah sich ebenfalls durch die Strigoihorde metzelten.

Ich sah mich ein letztes Mal im Innenhof um, dann lief ich los und übernahm meine Seite wie ausgemacht. Ich ging eine schmale Treppe nach oben auf den zum Hof hin offenen Freigang, wo mir direkt zwei weitere Vampire begegneten. Einen erschoss ich mit der Schrotflinte, der andere war zu schnell dafür. Als er mich angriff, sprang ich in letzter Sekunde zur Seite und hoffte, dass er einfach über die Brüstung in den Innenhof stürzen und sterben würde. Doch als ich mich aufrichtete, war er noch immer da, hing an der Außenwand und grub die Krallen in die dunkelbraunen Balken, um sich festzuhalten. Shit. Mir blieben nur Sekunden, bis er wieder hochklettern würde. Statt die Schrotflinte nachzuladen, ließ ich sie fallen und zog die beiden Pistolen aus dem Schulterholster. Die Schüsse klingelten in meinen Ohren. Normale Kugeln mochten Vampire nicht töten, aber sie verletzten sie. Hoffentlich genügte es, um diesem hier das Hirn wegzublasen.

Der Strigoi kreischte auf, hatte aber keine Chance gegen den Kugelhagel. Er rutschte ab und fiel gut zehn Meter tief auf die Steinplatten im Innenhof, wo er reglos liegen blieb. Ich beugte mich über das Geländer und verpasste ihm zur Sicherheit noch einen gezielten Kopfschuss, dann hob ich die Schrotflinte wieder auf und kämpfte mich Stück für Stück weiter. Dadurch, dass die Explosionen und Schüsse aus verschiedenen Richtungen kamen, da auch die Blood Hunter nicht untätig waren, stürzten sich nicht alle Strigoi auf einmal auf uns und wir hatten Zeit, die Gruppe auszudünnen. Bisher funktionierte unser Plan also.

Ich erreichte den Geheimgang, der die erste mit der dritten Etage des Schlosses verband, und hastete den schmalen Durchgang hinauf. Die Stufen waren jahrhundertealt und ich musste aufpassen, nicht auszurutschen, schaffte es aber nach oben. Dort angekommen, entdeckte ich Roxy in einem ehemaligen … keine Ahnung, was das hier eigentlich für ein Zimmer gewesen war. Im ersten Moment nahm ich nur einen Schrank aus tiefdunklem Holz, eine Vitrine und ein Bärenfell auf dem Boden wahr. Sofort glitt mein Blick zurück zu Roxy. Sie atmete schwer und ihre Wangen waren gerötet, aber sie schien unverletzt zu sein. In der einen Hand hielt sie noch die Pistolenarmbrust, mit der anderen griff sie bereits nach dem nächsten Bolzen. Ich verschaffte ihr etwas Zeit, indem ich die zwei Vampire, die sich gerade durch die Tür auf ihrer Seite drängelten, ins Visier nahm und schoss.

Wieder und wieder, doch das hielt die Monster nur kurzzeitig auf. Hinter mir jagte Roxy einen Bolzen in eine Gruppe aus drei Strigoi, die mit einem ohrenbetäubenden Knall in die Luft gingen. An der Stelle, wo sie eben noch gestanden hatten, klaffte nun ein Loch im Boden, durch das man bis ins Stockwerk darunter sehen konnte. Die Wände der Burg knirschten und der Boden vibrierte bedrohlich unter meinen Füßen.

Das Schloss würde einiges an Renovierungsarbeiten benötigen, wenn wir hier fertig waren, aber wenigstens wäre es dann keine Todesfalle mehr, weil hier Vampire hausten und nur auf den nächsten Snack warteten.

»Wir müssen sie nach draußen locken!«, rief Roxy.

Einfacher gesagt, als getan. Doch dann fiel mein Blick auf ein Fenster. Es war klein und oben leicht gebogen. Als ich einen Schritt darauf zu machte, fielen mir die roten Dachziegel ins Auge, die im Sonnenlicht leuchteten, und mir kam ein Gedanke. Es war riskant, aber nicht unmöglich.

»Ich hab eine Idee!«

Statt sie Roxy zu erklären, schoss ich auf das Fenster, wodurch das Glas in tausend Stücke zersplitterte. Der Krach lenkte sowohl Roxys Aufmerksamkeit als auch die der Strigoi auf mich.

Mit dem Kopf deutete ich Richtung Fenster. »Los!«

Das war definitiv nicht Teil unseres ursprünglichen Plans, aber wenn wir nicht schnell handelten, würden uns die Vampire wieder einkesseln, und wir waren letztes Mal schon kaum davongekommen. Oder wir würden die ganze Burg in Schutt und Asche legen – und uns gleich mit –, wenn wir hier drinnen noch weitere Sprengsätze benutzten.

Roxy zögerte nur einen Herzschlag lang und suchte meinen Blick, dann rannte sie los. Ohne Fragen zu stellen. Ohne sich zu versichern, dass ich wusste, was ich da tat. Ich hatte keine Ahnung, ob dieses Vertrauen neu oder schon immer da gewesen war, aber es fühlte sich verdammt gut an.

Ich gab ihr Deckung, so gut ich konnte, und schoss auf die Strigoi, während ich immer weiter zurückwich, bis ich mit dem Rücken zum Fenster stand. Dann machte ich auf dem Absatz kehrt, quetschte mich hindurch und kletterte auf das darunterliegende schmale Dach der Zwischenebene. Die Ziegel knirschten unter meinem Gewicht und manche bröckelten, aber sie hielten – zumindest für den Moment.

»Da lang!« Roxy griff nach meinem Arm und lief voraus bis zum äußersten Rand, doch noch bevor sie auf das Dach des Ostflügels springen konnte, erklang ein Knirschen direkt unter ihr. *»Shaw!«*

Panik explodierte in meinem Brustkorb, als ich dabei zusehen musste, wie die Ziegel unter ihr nachgaben und sie abrutschte. Ohne einen einzigen Gedanken an meine eigene Sicherheit zu verschwenden, warf ich mich der Länge nach aufs Dach und packte in letzter Sekunde ihr Handgelenk.

»Ich hab dich«, stieß ich keuchend hervor.

Sie lächelte atemlos, doch dann zuckte ihr Blick an mir vorbei und der Ausdruck in ihrem Gesicht veränderte sich. *Verdammt.* Für einen kurzen Moment hatte ich die eigentliche

Gefahr ganz vergessen. Jetzt hörte ich das Fauchen der Strigoi in meinem Nacken. Die Pistolen, die Schrotflinte, die Machete und all die Klingen, mit denen ich mich ausgestattet hatte, warteten nur auf ihren Einsatz, aber dafür müsste ich Roxy loslassen – und das würde ich unter keinen Umständen tun.

Bevor ich etwas tun oder auch nur einen klaren Gedanken fassen konnte, leuchtete Roxys Amulett auf und sie stieß die magische Energie mit der freien Hand nach oben. Geradewegs an meinem Gesicht vorbei und auf die Vampire zu. Doch die schnelle Bewegung führte dazu, dass Roxy erneut abrutschte.

Fuck!

Ich packte sie so fest ich konnte. Mein Puls raste. Adrenalin pumpte durch meine Adern und unterdrückte jedes Schmerzempfinden. Ich hatte nur noch ein Ziel vor Augen, und es war ganz egal, was mit mir passierte. Mit einer Hand stützte ich mich an der Dachkante ab, mit der anderen versuchte ich Roxy wieder hochzuziehen.

Sie half mit, so gut sie konnte. Wir hatten es fast geschafft, als sie plötzlich den Kopf hochriss.

»Pass auf!«

Mit letzter Kraft hievte ich Roxy aufs Dach, rollte mich auf den Rücken und zog die Machete aus dem Hüftholster. Blitzschnell riss ich sie hoch, als der Vampir mich angriff, und durchbohrte mit der Klinge seinen Oberkörper. Dunkles Blut lief am Metall entlang und tropfte auf den Boden, aber das Viech fletschte nur die Zähne. Gottverdammt noch mal.

Ein Schwall tiefblauer Energie traf die Kreatur und schleuderte sie von mir weg. Hastig setzte ich mich auf und nickte Roxy dankbar zu. Ohne uns absprechen zu müssen, eilten wir auch dieses Dach entlang und kletterten von hier über das Geländer in die nächste Etage. Von dort aus ging es weiter nach unten, durch lange Gänge und über Treppen mit gefährlich schmalen Stufen zurück in den Innenhof. Das Zischen und Kreischen der Strigoi folgte uns bei jedem unserer Schritte.

Ich konnte nur hoffen, dass Safiyah und Mikhail mindestens so viele Probleme hatten wie wir. Andernfalls sollten sie gefälligst herkommen und das tun, was sie am besten konnten: Vampire töten.

Die ganze Zeit über hielt ich die Machete fest. An Fernkampf war nicht mehr zu denken. Als das Zischen viel zu nahe kam, wirbelte ich herum, holte aus und schlug zu, aber statt dem Mistviech den Kopf abzutrennen, traf ich nur seinen Arm. Er jaulte vor Schmerz auf und seine Augen glühten noch heller auf. Noch wütender.

Gottverdammt noch mal! Bei Warden hatte es so einfach ausgesehen, aber einen Vampir zu enthaupten war echte Schwerstarbeit. Genug Kraft und eine scharfe Klinge reichten nicht aus, wie ich feststellen musste. Ich musste auch noch den korrekten Winkel erwischen und im richtigen Moment zuschlagen. Wieso brachte einem das niemand im Training bei?

Als der Vampir mich ansprang, schlug ich wieder zu. Diesmal traf ich Hals und Kinn, aber von Kopf abtrennen keine Spur.

»Stirb endlich!«, knurrte ich und versuchte es erneut. Wieder und wieder holte ich mit der Machete aus, bis ich es endlich geschafft hatte. Der Kopf des Monsters löste sich von seinem Körper und rollte über den Boden. Die Augen weit aufgerissen und die Fänge so deutlich sichtbar, als würde er mich auch ohne Körper noch attackieren und aussaugen wollen. Ich sprang instinktiv zurück und verzog angewidert das Gesicht. »Gahh, ich hasse Vampire!«

Zwei Kreaturen knallten dicht neben mir so heftig gegen die Burgmauern, dass ich zusammenzuckte und mich nach Roxy umsah. Sie hatte auf etwas erhöhtem Posten beim Brunnen

Stellung bezogen. Wie unzählige Male zuvor leuchtete die intensiv dunkelblaue Energie zwischen ihren Händen, bevor sie die geballte Macht auf die nächsten Vampire losließ, die sich auf sie stürzten.

Da sie Roxy zu Recht für die größere Gefahr hielten und sie mir ein wenig Raum verschafft hatte, steckte ich die Machete wieder ein und lud die Schrotflinte nach. Mit der Mauer im Rücken zielte ich auf den ersten Vampir rechts von mir und blies ihm den Kopf weg. Dann folgte der nächste und der darauffolgende. Als ich erneut nachlud, hörte ich das Knirschen im Schnee zu spät. Da war kein Fauchen gewesen, keine schnelle, impulsgesteuerte Attacke. Dieser Strigoi hatte sich angeschlichen und sprang mich jetzt von der Seite an.

Reflexartig ließ ich mich fallen und zog die Kreatur mit mir, bevor sie sich in meine Schulter oder – schlimmer noch – in meinen Hals verbeißen konnte. Der Aufprall schleuderte das Ding ein Stück von mir weg und ich verpasste ihm einen Tritt in die Weichteile. Kurz zuckte mein Blick zu meiner Schrotflinte. Sie lag ungefähr zwei Meter entfernt im Schnee und war noch nicht nachgeladen. Ich musste wieder auf die Machete auswei–

Etwas Hartes traf mich von hinten und riss mich erneut zu Boden. Plötzlich fand ich mich auf dem Rücken wieder, während sich gleich zwei Strigoi über mir aufbäumten. Hektisch zerrte ich an der Machete, doch sie rissen sie mir aus der Hand und schleuderten sie fort.

Die Vampire drückten meine Hände in den Schnee und beugten sich zu mir hinunter. Ihre rot glühenden Augen und die ausgemergelten Gesichter kamen immer näher. Speichel tropfte von ihren überlangen, spitzen Fängen auf mich herab.

Mein Herz raste. Panik breitete sich in mir aus. Scheiße. Scheiße, scheiße, scheiße! Ich würde *nicht* zulassen, dass mich diese Mistdinger als Snack verspeisten. Ich musste etwas tun. Irgendetwas, verdammt! Doch die Vampire kamen immer näher und näher.

Ihr süßer, fauliger Atem drang mir in die Nase und mir drehte sich der Magen um. Ich kämpfte und zerrte an meinen Armen, versuchte mich loszureißen, aber die Strigoi hielten mich gnadenlos fest. Ihr Fauchen war das einzige Geräusch, das ich noch wahrnahm. Und dann spürte ich ihre scharfen Zähne an meinem Hals, direkt über meiner Schlagader.

NEIN!

Ein brennendes Kribbeln regte sich tief in meinem Inneren, als würde ein neuer Instinkt, als würde der pure Überlebenswille in mir erwachen. Ohne Vorwarnung verstärkte sich das Kribbeln und schoss wie ein Stromschlag geradewegs durch meinen Körper. In der einen Sekunde hockten die Strigoi noch über mir, in der nächsten erfüllte ein elektrisches Knistern die Luft. Etwas blitzte auf und die Monster wurden von etwas so Gewaltigem weggeschleudert, dass sie gegen die Burgmauer krachten – und zu Staub zerfielen.

Was. Zur. Hölle …?!

So schnell ich konnte, rappelte ich mich auf und sah auf meine Hände hinab.

»Shaw …?« Roxy näherte sich mir nur langsam. Ihre Augen waren weit aufgerissen und sie starrte mich an, als hätte sich gerade ein neuer Geist in meinem Körper eingenistet, den sie vertreiben musste.

Aber da war kein Geist. Da war nur ich. Und dieses seltsame Flimmern in der Luft, das wie ein leuchtender Riss aussah. Wie ein … eine Fluchtmöglichkeit? Wie ein … Portal?

Was zum Teufel ging hier vor sich?

Ich sah auf Roxys Amulett in der Hoffnung, dort die Erklärung für alles zu finden. Doch da war kein Leuchten, das anzeigte, dass die Magie darin aktiv war. Nicht einmal ein Funkeln. Das hier … diese … Attacke auf die Strigoi … dieses Portal …? Das hatte ich erschaffen?

Oh mein Gott …

Im nächsten Moment schloss sich das Portal wieder und Stille kehrte ein. Ganz so, als wären die letzten Sekunden gar nicht wirklich geschehen. Aber das waren sie.

»Was …« Ich starrte auf meine Hände hinab, dann hob ich den Kopf und suchte Roxys Blick. »Ich schwöre, ich hab nicht die geringste Ahnung, was gerade passiert ist.«

»Ich schon«, ertönte eine fremde Stimme hinter mir.

24. KAPITEL

Shaw

Der Fremde war groß, fast schon etwas schlaksig, und musste um die Mitte dreißig sein, auch wenn seine hellbraunen Augen deutlich älter wirkten, ganz so, als hätte er viel mehr gesehen und erlebt, als in diesen wenigen Jahrzehnten überhaupt möglich war. Er hatte ein schmales Gesicht, blasse Haut und kurzes blondes Haar. Seine Nase war etwas zu spitz für seine markanten Gesichtszüge. In dem smaragdgrünen Seidenhemd und der schwarzen Hose wirkte er völlig fehl am Platz.

Genauso wie dieses seltsame Flimmern in der Luft hinter ihm, das definitiv nicht hierhergehörte. Das gleiche Flimmern wie gerade eben, das ich irgendwie erschaffen hatte. Aber das würde ja bedeuten …

Kurz landete sein Blick auf Roxy, genauer gesagt auf dem dunkelblauen Amulett an ihrem Hals, und er kniff die Augen zusammen, dann sah er wieder zu mir und musterte mich mit einem fassungslosen, fast schon ehrfürchtigen Gesichtsausdruck von oben bis unten. »Ich kann nicht fassen, dass du es wirklich bist. Ich dachte, wir hätten dich an die Unterwelt verloren.«

Ich runzelte die Stirn. Ich hatte nicht die geringste Ahnung, wer dieser Kerl war und wovon er da sprach, aber ich war mir ziemlich sicher, ihn nie zuvor gesehen zu haben. Warum zur Hölle sah er mich dann so erleichtert und ungläubig an?

»Nichts für ungut, aber das muss eine Verwechslung sein.«

»Komm schon … Ich bin es.« Er klopfte sich auf die Brust. »Tarquin. Zugegeben, du siehst anders aus als früher, aber … Erkennst du deinen besten Freund etwa nicht mehr?«

Ich starrte ihn noch immer völlig verwirrt und überrumpelt an.

»Du erinnerst dich nicht«, stellte Tarquin fest und warf Roxy einen so zornigen Blick zu, als wäre sie diejenige, die die Schuld daran trug. Dann sah er wieder zurück zu mir, und die Andeutung eines Lächelns erschien auf seinem Gesicht. »Das macht nichts. Das wird alles in Ordnung kommen, sobald du wieder bei deinen Leuten bist.«

Bei *meinen Leuten*? Soweit ich wusste, war ich das bereits. Ich war bei den Huntern. Bei Roxy.

Dennoch … So ungern ich das auch zugab, da war etwas an ihm. Etwas … Vertrautes. Vielleicht lag es an seiner Art, sich zu bewegen oder zu sprechen, aber irgendetwas an ihm kam mir bekannt vor. So lange hatte ich mir nichts sehnlicher gewünscht, als mich an etwas aus meiner Vergangenheit zu erinnern. Aber nicht auf diese Weise. Nicht an so etwas. Nicht, wenn das bedeutete, dass ich nicht der war, der ich zu sein geglaubt hatte.

»Du erinnerst dich wieder«, stellte Tarquin ruhig fest. »Es kommt langsam zu dir zurück.«

Ich schüttelte den Kopf, weigerte mich noch immer zu glauben, was dieser Typ, dieser … Hexer mir erzählte.

»Nein.« Unvermittelt trat Roxy vor. Sie musste die Nachwirkungen von der Menge an Magie, die sie im Kampf eingesetzt hatte, bereits spüren, dennoch versuchte sie … Sie versuchte, mich zu schützen? »Ich weiß zwar nicht, wer du bist, aber du irrst dich. Shaw gehört nicht zu dir und deinesgleichen.«

Wie konnte sie das sagen? Sie hatte doch gesehen, was ich getan hatte. Wie ich diese Strigoi vernichtet hatte, als die blanke Panik mein Denken hatte aussetzen lassen. Auf einmal hatten meine Instinkte die Kontrolle übernommen und ich hatte … ich hatte *Magie* eingesetzt.

Mein Herz hämmerte noch immer wie wild und die Gedanken rasten durch meinen Kopf, spielten völlig verrückt.

»Vorsicht, Huntress«, warnte Tarquin leise. »Komm mir in die Quere und deine Freunde werden nicht mal mehr Überreste von dir finden, die sie betrauern können.« Etwas blitzte in seiner Hand auf.

Eine andere Szene erschien in meinem Kopf. Beißende Kälte in der Luft. Das Knistern von Magie. Schreie. Rauch in der Luft. Und Tarquin. Ein Schulterklopfen, ein grimmiges Grinsen, als würden wir zusammenarbeiten. Als wären wir ein Team. Und dann blitzte die Magie in seiner Hand auf.

Im Hier und Jetzt leuchtete nun auch Roxys Amulett bedrohlich auf.

»Stopp!«, rief ich und fand mich plötzlich mit erhobenen Händen zwischen den beiden wieder. »Aufhören! Alle beide.«

»Shaw …«, begann Roxy, hielt dann jedoch inne. Ohne meinen Blick loszulassen erlosch das Leuchten in ihrem Amulett wieder. »Hör nicht auf ihn. Ich weiß zwar nicht, was hier vorgeht, aber wir finden es gemeinsam heraus, okay? Was auch immer er sagt, er lügt.«

Ich schüttelte langsam den Kopf. Denn genau das war das Problem. Nichts von dem, was dieser Tarquin sagte, fühlte sich wie eine Lüge an. Und dieses Bild in meinem Kopf, diese … Erinnerung … sie fügte sich nahtlos an den Albtraum, der mich seit Monaten verfolgte. Dieselbe Kälte. Derselbe verschneite Wald. Ich hatte nie herausgefunden, womit ich die beiden Hunter angriff, doch jetzt wusste ich es, konnte das Prickeln so deutlich auf meiner Haut, in meinem ganzen Körper fühlen wie vorhin, als ich sie gegen die Vampire eingesetzt hatte.

»Du spürst deine Kräfte, nicht wahr?«, raunte Tarquin. »Deine Magie hat sich erinnert, bevor du es konntest, und ist im richtigen Moment erwacht. Nur so konnte ich dich finden. Jede Magie ist einzigartig und gehört zu ihrem Besitzer wie ein Fingerabdruck. Und diese Art von Magie würde ich überall wiederkennen.« Er senkte die Stimme zu einem verschwörerischen Murmeln. »Kane.«

Kane? Was zur Hölle?

Meine Finger zitterten, als ich mir durchs Haar fuhr. Übelkeit breitete sich in mir aus. All die Nächte, in denen mich dieser Traum heimgesucht hatte. Die fehlenden Erinnerungen. Aber wie war das möglich?

»Willkommen zurück, mein Freund.« Tarquin machte einen Schritt auf mich zu und hob die Arme, als wollte er mich umarmen, aber ich wich zurück.

Das hier konnte nicht wirklich passieren. Das konnte einfach nicht die Wahrheit sein. Es musste eine andere Erklärung geben.

Dennoch spielte sich die Szene aus meinem Albtraum immer wieder glasklar vor meinen Augen ab. Genau wie der Moment davor. Der Moment mit Tarquin.

»Komm mit mir. Komm zurück nach Hause, Kane.«

»Shaw …« Roxys Stimme klang ungewöhnlich schrill und Panik schwang darin mit. »Tu das nicht. Du kannst ihm nicht vertrauen. Er …«

Er war ein Hexenmeister, ja. Genau wie …

Ich starrte auf meine Hände hinab und ballte sie zu Fäusten. Genau wie ich.

»Du kennst ihn nicht!«, beschwor sie mich. »Selbst wenn du ähnliche Kräfte hast wie er, bedeutet das nicht, dass ihr Freunde seid. Du hast Freunde, Shaw. Du hast mich. Bleib hier.«

Ich machte einen Schritt auf ihn zu, aber diesmal wich Shaw vor mir zurück. Erst einen Schritt, dann noch einen, bis er bei Tarquin stand, der mich zwar nicht angriff, dafür aber finster musterte. Ganz so, als würde er nur darauf warten, dass ich einen Fehler beging, der es rechtfertigte, mich zuerst zu attackieren.

Aber ich tat nichts. Ich konnte nicht. Auf keinen Fall würde ich meine Amulettmagie gegen Shaw einsetzen. Niemals.

»Bitte«, wisperte ich.

Doch als ich Shaws Blick begegnete, erkannte ich, dass er seine Wahl bereits getroffen hatte.

»Tut mir leid, Roxy.«

Und so konnte ich nur hilflos dabei zusehen, wie Tarquin ein neues Portal erschuf – und wie Shaw ihm nach einem letzten Blick in meine Richtung hindurch folgte.

Minutenlang starrte ich auf die Stelle, an der Shaw bis eben noch gestanden hatte. Die Stelle, an der er verschwunden war.

Im Innenhof hatte sich völlige Stille ausgebreitet. Zumindest meinte ich das, aber vielleicht wurden auch alle anderen Geräusche von dem Rauschen in meinen Ohren übertönt. Von dem heftigen Hämmern in meiner Brust. Von der entsetzten Stille in meinem Kopf.

Schritte ertönten hinter mir, aber ich konnte mich nicht rühren. In diesem Moment war es mir sogar egal, ob es sich um die beiden Blood Hunter oder um weitere Strigoi handelte.

Shaw war fort. Er war wirklich fort. Er hatte sich für diesen Hexenmeister entschieden statt für sein Leben als zukünftiger Hunter. Statt … für mich.

Mikhail und Safiyah kamen durch den Innenhof auf mich zu.

»Hier ist nichts mehr«, sagte ich, bevor einer der beiden die Frage aussprechen konnte, die ich in ihren Gesichtern las. »Wir haben sie alle erledigt.«

Wenn es noch Strigoi gäbe, hätten sie mich schon längst angegriffen. Und wenn doch einige von ihnen die Flucht ergriffen hätten, könnten die beiden Blood Hunter sie aufgrund ihrer besonderen Sinne noch riechen und zur Strecke bringen.

»Also ist jetzt alles sauber?«, hakte Safiyah nach.

Mikhail zuckte mit den Schultern. »Da waren noch zwei in einem der Türme, aber ich habe sie vernichtet.«

»Sehr gut.«

Mikhail runzelte die Stirn. »Wo ist Shaw?«

»Weg.« Meine Stimme klang genauso monoton, genauso taub und leer, wie ich mich fühlte.

»Was meinst du mit weg? Haben die Strigoi ihn …?«

Mein Blick landete auf seiner Schrotflinte, die vergessen im Schnee lag. Aus irgendeinem Grund zog sich bei dem Anblick mein Magen schmerzhaft zusammen.

»Nein, er ist … gegangen.«

Mir fiel der kurze Blickwechsel zwischen Mikhail und Safiyah durchaus auf, aber ich kommentierte ihn nicht und erklärte auch nichts weiter. Mir hatte Shaw schließlich auch nichts erklärt. Er war einfach mit diesem Tarquin gegangen.

»Na dann … Gute Arbeit.« Mikhail trat gegen einen der leblosen Körper auf dem Boden. »Keine Sorge, wir kümmern uns um die Überreste.«

Ich nickte erleichtert. »Danke.«

Ohne ein weiteres Wort hob ich erst Shaws Schrotflinte auf, dann die Machete, die die Vampire ihm aus der Hand geschlagen hatten, und verließ den Innenhof. All das geschah völlig mechanisch. Ich merkte kaum, was ich da tat, bis ich den blauen Chevrolet Camaro vor dem Eingangstor erreicht hatte und die ganze Ausrüstung wieder in den Kofferraum räumte. Nach kurzem Suchen fand ich den Ersatzschlüssel versteckt in der Sonnenblende auf der Beifahrerseite und startete den Motor.

Wie in Trance fuhr ich zur Pension Dimitrescu, in der gestern noch die Hochzeitsfeier stattgefunden hatte, und parkte den Wagen ganz in der Nähe.

Beim Aussteigen spürte ich die Nachwirkungen der Magie überdeutlich. Mein Kopf begann zu hämmern, meine Muskeln fühlten sich verspannt an und ich hatte das Gefühl, als hätte ich die letzten paar Nächte kein Auge zugetan.

Ich ignorierte alles davon und betrat die Pension, folgte dem Flur und nahm die Treppe nach oben, die Shaw und ich letzte Nacht hochgestolpert waren, abgelenkt von all den Küssen, die wir ausgetauscht hatten. Im Zimmer angekommen, blieb ich in der Tür stehen.

Das Herz schlug mir bis zum Hals, als ich den Blick wandern ließ und unweigerlich beim Bett hängen blieb. Es war noch ganz zerwühlt von letzter Nacht, und der Geruch von Shaw und mir hing noch immer in der Luft. Ich presste die Lippen aufeinander und zwang mich dazu, jetzt strategisch vorzugehen. Hier gab es nichts mehr für mich. Ich musste weg. So schnell wie möglich, bevor dieser Tarquin oder seine Hexerfreunde noch beschlossen, zurückzukommen.

Hastig packte ich meine und auch Shaws Sachen zusammen, lief den Raum und das angrenzende Bad ein letztes Mal ab und kämpfte gegen die Erinnerungen an, die dabei schmerzhaft auf mich einprasselten.

Genau hier neben der Tür hatte Shaw mich gegen die Wand gedrückt und mich um den Verstand geküsst. In diesem Bett hatten wir nicht nur das erste Mal miteinander geschlafen, er hatte mich auch die ganze Nacht über im Arm gehalten – und ich hatte es zugelassen. Ich hatte es genossen. Wir waren zusammen aufgewacht, hatten geredet und herumgealbert, nur um dann zusammen zu duschen und erneut alles um uns herum zu vergessen.

Jede einzelne dieser Erinnerungen war so frisch, so bunt, so lebendig, so … *glücklich*, dass es wehtat. Verdammt, sogar mein Körper erinnerte sich nur zu gut an letzte Nacht und heute Morgen, wie er mir bei jeder Bewegung deutlich machte. Und doch kam es mir so vor, als wäre all das in einem anderen Leben passiert. Oder einer anderen Roxy. Denn jetzt, nur wenige Stunden später, war nichts mehr so wie zuvor. Nichts war noch so, wie es sein sollte.

Ich spürte die Wut tief in meinem Bauch brodeln und unterdrückte sie mit aller Macht. Dafür hatte ich keine Zeit. Zumindest jetzt nicht. Ich schnappte mir beide Reisetaschen und verließ das Gästezimmer, ohne noch mal zurückzusehen. An der Rezeption ließ ich den Schlüssel und ein paar hektisch herausgekramte Euroscheine zurück. Wir hatten zwar nicht offiziell eingecheckt, aber ich wollte wenigstens für die Nacht bezahlen, die wir hier verbracht hatten.

Shaws Sportwagen stand noch dort, wo ich ihn geparkt hatte. Ich erlaubte mir kein Zögern – und vor allem nicht, mich in all meinen Gedanken und Gefühlen zu verlieren. Stattdessen warf ich das Gepäck auf die Rückbank und stieg auf der Fahrerseite ein. Ich startete den Motor und ließ diesen Ort mit all seinen wunderschönen und schrecklichen Erinnerungen zurück.

25. KAPITEL

Shaw

Ich hatte nicht die geringste Ahnung, wo ich hier gelandet war. Meine Haut kribbelte, als würde eine Ameisenarmada darüberkrabbeln, und da war ein lang gezogenes Piepen in meinen Ohren, das nur langsam nachließ. Wahrscheinlich hatte ich den Verstand verloren, denn nur das würde erklären, warum ich mit dem Fremden, mit diesem Hexenmeister mitgegangen war. Aber nach dem, was im Schloss passiert war, was ich getan hatte … Wenn ich nicht mit ihm gegangen wäre, wenn ich diese Chance, mehr über mich und meine Vergangenheit herauszufinden, nicht ergriffen hätte, dann hätte ich es für immer bereut. Das wusste ich mit absoluter Sicherheit. Nur änderte das leider nichts daran, dass ich mich an einem fremden Ort befand. Bei Menschen, genauer gesagt bei Wesen, die eigentlich zu meinen Feinden zählen sollten.

»Willkommen zurück.« Tarquin klopfte mir auf die Schulter und warf mir ein Lächeln zu.

Ich nickte nur, denn jedes Wort war mir in der Kehle stecken geblieben.

Ich kannte Tarquin. Ich hatte nicht die geringste Ahnung, wie und woher genau, aber ich wusste mit absoluter Sicherheit, dass ich ihn kannte. Dass wir Seite an Seite gekämpft hatten. Da war etwas Vertrautes gewesen, das ich bei niemandem zuvor gespürt hatte.

Das war der eigentliche Grund, aus dem ich mitgegangen war. Dieses winzige Aufblitzen einer Erinnerung hatte mich förmlich dazu gezwungen. Außerdem war das zugleich der einzige Weg gewesen, um auch Roxy in Sicherheit zu wissen. Nach dem Kampf gegen die Strigoi musste sie total erledigt gewesen sein. Weiter Amulettmagie einzusetzen – und dann auch noch gegen einen Hexenmeister – hätte ihr noch mehr zugesetzt. Und ich konnte mir nicht vorstellen, dass Tarquin einfach ohne mich davonspaziert wäre.

»Wo sind wir hier?«

»An einem sicheren Ort«, antwortete Tarquin und deutete mir an, ihm zu folgen.

Sicher für wen? Für diese Typen bestimmt. Aber auch für mich?

Eins war definitiv klar: Ich war nicht mehr in der Nähe von Schloss Bran. Stattdessen befand ich mich jetzt in einem riesigen Gebäude und folgte Tarquin durch einen langen Gang. Es schien sich um eine Art Villa oder Herrenhaus zu handeln, wahrscheinlicher aber um eine Burg, allerdings war sie völlig anders als das Draculaschloss. Dunkle Steine, kleine Fenster, hohe Decken und wenig Tageslicht. An den Wänden hingen schwere Wandteppiche und Gemälde. Manche von ihnen zeigten Landschaften, andere Personen, vor allem Männer. Und immer wieder einen Mann mit stechend grünen Augen, der selbst auf den Porträts eine gewaltige Macht ausstrahlte.

Vor einem der Gemälde blieb ich stehen. Mit einem Mal hämmerte es heftig in meiner Brust. Auf dem Bild war eindeutig Tarquin zu sehen, allerdings in altmodisch wirkender Kleidung. Neben ihm posierten sechs andere Gestalten, Männer und Frauen mit emotionslosen Gesichtern und einer anmutigen Haltung. Unweigerlich blieb mein Blick an einem davon hängen. Er war Tarquin am nächsten, trug Sachen, die vielleicht mal vor hundert Jahren modern gewesen sein mussten, und ähnelte mir in keinster Weise. Dennoch war da etwas in seinen Augen, das mir erschreckend vertraut vorkam.

»Erinnerst du dich wieder?« Tarquin hatte mein Innehalten bemerkt und trat jetzt neben mich.

Ich schüttelte langsam den Kopf.

»Das sind wir. Du, ich und die anderen fünf aus Baldurs engstem Kreis«, erklärte er ruhig.

»Warum tragen wir diese seltsamen Klamotten?«

»Weil das vor hundert Jahren gemalt wurde.«

»Wie bitte?« Ich sah von dem Gemälde zu Tarquin und wieder zurück. »Verarschst du mich gerade?«

Ein tiefes Lachen kam ihm über die Lippen. »Keinesfalls. Ich bin deutlich älter, als ich aussehe. Genau wie du übrigens«, fügte er hinzu.

»Ich … wie?«

»Nun … Hexenmagie ist nicht an einen Körper gebunden, sondern hauptsächlich an die Seele. Dadurch altern wir deutlich langsamer als normale Menschen. Das ist auch der Grund, warum du noch deine Magie hast, obwohl deine Seele eindeutig in einem anderen Körper steckt.« Wie um seine Worte zu unterstreichen, deutete er auf das Gemälde und den Typen, dessen Augen mir so verflucht bekannt vorkamen.

»Ist das … ist das normal? Dass meine Seele in einem anderen Körper ist? Passiert so etwas öfter?«

Tarquins Mundwinkel zuckten, aber er schüttelte den Kopf. Gleichzeitig legte sich ein geradezu ehrfürchtiger Ausdruck auf sein Gesicht. »Unsere Lebenserwartung als Hexen und Hexer ist ungefähr doppelt so lang wie bei Normalsterblichen. Aber den Körper zu wechseln? Das ist bisher nur Baldur gelungen.«

»Wie meinst du das?«

»Unser König ist so alt wie die Welt. Wann immer sein aktueller Körper stirbt oder schwer verwundet ist, lässt seine Seele diese sterbliche Hülle zurück und nimmt sich eine neue. So bleibt er auf ewig jung.«

»Und was …« Ich befeuchtete mir die plötzlich staubtrockenen Lippen. »Was passiert mit der Seele, die zu dem Körper gehört?«

Tarquin zuckte nur mit den Schultern und setzte sich wieder in Bewegung. »Sobald Baldur ihren Willen gebrochen hat, vernichtet er sie, damit er den Körper und das Wissen seines ehemaligen Besitzers ganz für sich hat.«

Ein kalter Schauder kroch mir über den Rücken. Ich warf einen letzten Blick auf das Gemälde, dann folgte ich Tarquin.

Der Gang schien endlos zu sein und wir kamen an mehreren massiven Türen aus dunklem Holz vorbei, die alle geschlossen waren. Die Gemälde und Teppiche an den Wänden dämpften unsere Schritte etwas. Überhaupt war es geisterhaft still, aber wenn ich ganz genau hinhörte, meinte ich, neben dem leisen Pfeifen des Windes auch ein gleichmäßiges Rauschen wahrzunehmen. Waren wir etwa am Meer? Denn das Rauschen klang eindeutig wie Wellen, die sich an Felsen brachen. Wo war ich hier gelandet?

Wir bogen nach rechts ab und betraten einen weiteren, noch breiteren Gang, dessen Boden diesmal sogar mit einem Teppich ausgelegt war. Vor einer massiven Doppeltür standen zwei Wachen mit grimmiger Miene.

»Was ist dort drinnen?«, fragte ich, als Tarquin davor stehen blieb und den beiden ein Zeichen gab, die Doppeltür zu öffnen. Sie folgten seinem Befehl sofort und ohne das geringste Zögern.

»Das wirst du gleich sehen.« Wieder ging Tarquin voraus und ich folgte ihm in den überraschend kleinen Raum, der komplett aus weißem Marmor zu bestehen schien. Es gab keine Fenster, an den Wänden waren lediglich kleine Einbuchtungen, in denen Kerzen standen. Ihre Flammen flackerten bei dem Luftzug und warfen gespenstische Schatten an die Wände und die Decke.

Während ich noch damit beschäftigt war, mich umzusehen, steuerte Tarquin bereits eine Treppe an und nahm die ersten Stufen nach unten, und ich beeilte mich, um ihn einzuholen.

Alle paar Stufen erhellte sich ein weiterer Teil des Weges vor uns, bis wir ganz unten angekommen waren. Die Härchen in meinem Nacken stellten sich auf – und das nicht nur, weil es hier unten so frostig war wie in einem Kühlschrank.

Der weiße Marmor setzte sich auch hier fort und ließ unsere Schritte von den Wänden widerhallen. Hunderte Kerzen erhellten einen schmalen Vorraum und beleuchteten die massive Tür am anderen Ende.

Sie war mindestens vier Meter hoch und in das Holz war etwas eingeschnitzt, das mir seltsam bekannt vorkam. Die Figuren sahen menschlich aus, doch sie nutzten Magie. Und Amulette. Der Kampf zwischen Hexen und Huntern, für die Ewigkeit hier festgehalten.

Aus den Ecken neben der Tür traten zwei weitere Wachen in schwarzen Roben auf uns zu und musterten erst Tarquin, dann mich von oben bis unten. Wenn ich ihre misstrauischen Mienen richtig deutete, waren sie nicht begeistert von meiner Anwesenheit. Dennoch öffneten sie auch diese Tür für uns.

Diesmal ließ Tarquin mich vorausgehen. Ich zögerte einen Herzschlag lang, dann betrat ich den Raum, der in völliger Dunkelheit vor uns lag. Gleich darauf wurde die Tür hinter uns geschlossen und ich blieb allein mit Tarquin in der Finsternis zurück.

Mein Puls raste. Jeder Muskel in meinem Körper war angespannt. Ich hatte nicht die geringste Ahnung, was mich hier erwartete, aber ich war hergekommen, um die Wahrheit über mich herauszufinden. Und ich vertraute Tarquin. Mit dieser einen Erinnerung an ihn war auch ein Vertrauen zurückgekehrt, das ich weder begreifen noch erklären konnte. Ich wusste nur, dass wir damals unser Leben füreinander gegeben hätten. Und wenn mein früheres Ich ihm vertraut hatte, konnte mein jetziges das auch. Zumindest für den Moment.

Unvermittelt gingen einige Deckenstrahler an und tauchten den Raum, der sich als Saal herausstellte, in gleißendes Licht. Ich musste mehrmals blinzeln, weil es mich so blendete, und was ich dann sah, sorgte dafür, dass ein kalter Schauder mein Rückgrat hinabkroch.

»Was ist das hier?«, fragte ich mit brüchiger Stimme.

»Eine Grabkammer. Eine Ruhestätte. Ein Zwischenort. Such es dir aus.« Tarquin ging an den ersten beiden der insgesamt drei Särge vorbei zu dem, der am weitesten entfernt stand. »Hier liegt dein Körper. Deiner und die von zwei weiteren Mitgliedern des inneren Zirkels.«

Langsam näherte ich mich dem Sarg, auf dem ein gläserner Deckel lag. Als ich näher trat und hineinschaute, blickte ich geradewegs in das Gesicht des Mannes von dem Gemälde vorhin. Er war überraschend gut erhalten, beinahe so, als hätte er sich nur kurz für ein Nickerchen hingelegt. Er schien in meinem Alter zu sein und trug das schwarze glatte Haar im Nacken zu einem Zopf gebunden. Eine dünne Narbe zog sich von der rechten Wange bis hinunter auf seinen Hals. Ein markantes Kinn. Sein Hautton war deutlich heller als mein jetziger, allerdings könnte das auch an der Totenstarre liegen.

Nichts an ihm kam mir bekannt oder gar vertraut vor. So wie er dalag, war er ein Fremder für mich.

»Baldur hat eure Körper konserviert und hält sie mit seiner Magie am Leben, bis er eure Seelen zurückholen kann.«

Ich runzelte die Stirn. »Zurückholen?«

Meine Gedanken rasten, während ich die tote Hülle anstarrte, die einmal mein Körper gewesen sein sollte. Alles, was Tarquin gesagt hatte, alles, was ich in den letzten Minuten über mich und mein Leben vor der Amnesie erfahren hatte, lag wie ein riesiges Puzzle vor mir ausgebreitet, aber ich schaffte es noch nicht, alle Teile richtig zusammenzufügen.

»Du bist vor zwanzig Jahren in Russland gestorben«, fügte er hinzu. »Im letzten großen Kampf der Hexer gegen die Hunter bei St. Petersburg.«

»Was? Aber … wie kann das sein? Was ist mit … mit meiner Familie? Lebt sie noch?«

Bedauern zeichnete sich auf Tarquins Zügen ab. »Deine Eltern sind ein paar Jahre vor deinem Tod bei einem Unfall ums Leben gekommen. Du hattest eine … eine jüngere Schwester. Coleen.« Ihr Name war nur ein Flüstern auf seinen Lippen, ehe er sie zu einer harten Linie zusammenpresste. »Sie ist zwei Jahre vor dir im Kampf gefallen.«

Er warf einen letzten Blick auf seinen Freund in dem Sarg, dann deutete er zurück zur Tür, durch die wir gekommen waren.

Gott sei Dank. Ich wollte nicht länger als unbedingt nötig in dieser Grabkammer stehen und in das Gesicht eines Mannes schauen, der einmal ich gewesen sein sollte. Aber obwohl ich mich weder an ihn noch an mein früheres Leben erinnern konnte, war sein Verlust … auch meiner. Ich hatte so lange nach meiner Familie, nach Menschen gesucht, zu denen ich gehörte, nur um jetzt zu erfahren, dass alles umsonst gewesen war. Dass es meine Familie nicht mehr gab. Genauso wenig, wie es mich noch geben sollte.

»Heutzutage halten wir uns bedeckt«, erzählte Tarquin mit grimmiger Miene weiter, »aber damals haben wir die Hunter genauso gejagt wie sie uns. Du warst einer unserer besten Jäger. Gegen dich hatten sie nicht die geringste Chance. Das waren gute Zeiten.«

Übelkeit breitete sich immer heftiger in mir aus, bis ich die Finger zu Fäusten ballen musste, um mir nichts davon anmerken zu lassen. Mein Puls raste. Meine Gedanken wirbelten wild durcheinander.

»Wir haben Seite an Seite gekämpft, auch an diesem Tag«, berichtete Tarquin, während wir denselben Weg zurück nahmen, den wir gekommen waren. »Dann sind zwei Hunter geflohen und du bist ihnen gefolgt, mitten in den Wald hinein. Du hast sie durch Schnee und Eis verfolgt.«

Ich stolperte beinahe über meine eigenen Füße, als er den Traum beschrieb, der mich in den vergangenen Monaten wieder und wieder heimgesucht hatte.

Also war all das wahr? Es war tatsächlich so geschehen? Ich hatte diese Befürchtung schon gehabt, sie jedoch schnell wieder begraben, weil sie einfach keinen Sinn ergab. Warum hätte ich Hunter durch den Wald verfolgen sollen? Die Hunter waren meine Verbündeten. Meine Freunde. Sie hatten mich aufgenommen, mir ein Zuhause und eine Bestimmung gegeben, als ich nichts mehr gehabt hatte. Mehr noch: Sie hatten mir das Leben gerettet. Roxy hatte mir das Leben gerettet.

Aber wenn ich Tarquin glauben konnte, waren diese Träume nicht bloß ein Produkt meiner Fantasie oder irgendwelche unterbewussten Ängste, sondern … real. Mein früheres Ich war ein Hexer gewesen – und hatte Hunter gejagt.

»Die beiden Hunter …«, begann ich zögernd. Mein Mund war staubtrocken und das gleichmäßige Hämmern in meinem Brustkorb fühlte sich von Sekunde zu Sekunde schmerzhafter an. »Ich habe sie getötet, nicht wahr?«

»Ja.« Tarquin warf mir einen überraschten Seitenblick zu,

doch dann verdüsterte sich seine Miene. »Ich habe dich ganz in der Nähe gefunden. Ebenfalls tot. Es muss eine Falle gewesen sein, oder sie haben Verstärkung bekommen.«

Nur leider zu spät, um sie zu retten. Scheiße, ich hatte wirklich diese beiden Hunter auf dem Gewissen. Und vermutlich noch zahllose mehr. Wie konnte das ... Wie konnte ich dieser Mörder sein, und trotzdem nichts mehr von meinem früheren Leben wissen? Aber bewies nicht schon dieser wiederkehrende Traum, der so viel mehr als ein Traum gewesen war, dass all das real war? Dass ich wirklich ein Hexenmeister war? Eine Seele, die in einem neuen, einem anderen Körper steckte.

Wer auch immer diese beiden Hunter gewesen waren – ihr Blut klebte an meinen Händen. Und nichts, was ich tat, würde das ungeschehen machen.

Tarquin öffnete eine Tür und führte mich in einen mittelgroßen Raum, der aus nicht mehr als einem langen Tisch mit hohen Stühlen und weiteren Gemälden an den Wänden zu bestehen schien. Auf dem Tisch stand eine kleine Ansammlung aus Tellern mit geschnittenem Obst, frischem Brot und kleineren Snacks, dazu ein Krug Wasser und ein paar Gläser.

Ich war so in meine Grübeleien versunken, dass ich überhaupt nicht mehr auf den Weg geachtet hatte.

Tarquin füllte ein Glas und reichte es mir. Dann lehnte er sich gegen den Tisch und verschränkte die Arme vor der Brust.

Ich nahm ein paar Schlucke und versuchte mir nicht anmerken zu lassen, wie sehr mich seine Offenbarungen erschüttert hatten.

Innerhalb kürzester Zeit war so verflucht viel passiert, dass ich Probleme damit hatte, überhaupt hinterherzukommen. Erst die Strigoi auf dem Schloss, dann die Hochzeitsfeier und die Nacht mit Roxy. Der Kampf am nächsten Tag. Das Gefühl der spitzen Fänge direkt an meiner Halsschlagader. Die Magie.

Tarquin. Das Portal. Dieser Ort. Und dann auch noch der Anblick meines früheren Körpers.

Mein Blick fiel auf meine linke Hand, genauer gesagt auf das pinkfarbene Hello-Kitty-Pflaster, das Roxy auf meinen Kratzer geklebt hatte. War das wirklich erst heute Morgen gewesen?

Ich schüttelte langsam den Kopf. Als Roxy mich damals in London getroffen hatte, war ich von einem Geist besessen gewesen. Einem Geist, den sie vernichtet hatte. Ella hatte behauptet, dass sie mich in diesem Café in Edinburgh gesehen hatte – und dass sich meine Seele seitdem verändert hatte. Aber vielleicht … vielleicht hatte sie das gar nicht. Vielleicht hatte Ella damals die Seele gesehen, die in diesen Körper gehörte. Die richtige Seele. Jene, die Roxy vertrieben hatte. Sie hatte ja nicht ahnen können, dass sie den falschen Geist aus dem Körper exorzieren würde.

Ich schluckte hart. Tarquin hatte gesagt, meine Seele wäre aus der *Unterwelt* zurückgekehrt.

Hatte der Ghostvision damals in Wardens Werkstatt, als wir noch gedacht hatten, er würde nicht richtig funktionieren, in Wahrheit auf mich reagiert und deshalb die Koordinaten der Werkstatt ausgespuckt? War es die ganze Zeit so offensichtlich gewesen und keiner von uns hatte es erkannt? Aber wie auch? Roxys Narbe hatte nie in meiner Gegenwart gebrannt. Ich hatte sie selbst danach gefragt. Wie konnte es also sein?

Langsam begannen sich die einzelnen Puzzleteile in meinem Kopf zusammenzusetzen und ein ganzes Bild zu ergeben. Wenn Tarquin die Wahrheit sagte – und er hatte keinen Grund zu lügen, da er mich als einen von ihnen betrachtete, dann …

Heilige Scheiße.

Ich war ein Hexer gewesen, nein, sogar ein Hexenmeister, der Portale erschaffen konnte wie Tarquin selbst. Vor zwanzig Jahren war ich im Kampf gefallen und meine Seele … meine

Seele war in der Unterwelt gelandet. Vor einem Jahr hatte Roxy in Irland versehentlich ein Tor zur Hölle geöffnet und dadurch 449 Seelen freigelassen. Mächtige Seelen, Geister der höchsten Phase. Die ihren alten Körper manifestieren konnten – oder aber einen neuen Körper besetzen.

Ich konnte mich an nichts davon erinnern, aber es war das Einzige, was Sinn ergab. Meine Seele musste sich einen neuen Körper gesucht haben, den Körper eines jungen Mannes aus Edinburgh. Und als ich Roxy in London getroffen hatte, hatten seine und meine Seele um diesen Körper gekämpft. Roxy hatte das getan, wofür sie ausgebildet worden war, und den Geist vertrieben. Allerdings den falschen Geist …

Deshalb war ich weder der Mann, dem dieser Körper einst gehört hatte, noch der Hexenmeister von früher. Ich war Shaw … aber auch nicht mehr. Sie alle waren ein Teil von mir geworden. Ein Hexenmeister. Eine verlorene Seele. Ein Hunteranwärter. Ich war alles und nichts davon.

Mir schwirrte der Kopf. Doch auch wenn sich für mich ein Bild ergeben hatte, wollte ich das nicht teilen. Zumindest noch nicht.

Ächzend ließ ich mich auf einen der Stühle fallen. »Wie geht es jetzt weiter?«

»Jetzt kommst du erst mal an und ich informiere den Rest des inneren Zirkels, dass du zurück bist. Dass du es irgendwie geschafft hast, der Unterwelt zu entfliehen. Außerdem wird Baldur dich sehen wollen, allerdings ist der gerade noch beschäftigt. Aber da er derjenige ist, der deinen alten Körper konserviert hat, hat auch nur er die Macht, deine Seele dahin zurückzuführen.«

Ich biss die Zähne zusammen. Die Vorstellung, dem König der Hexen zu begegnen, war alles andere als beruhigend, aber wesentlich angenehmer, als mir auszumalen, wie er meine Seele von diesem Körper in … das da unten verfrachten wollte. Dennoch versuchte ich mir nichts davon anmerken zu lassen. Nicht, bevor ich nicht mehr erfahren hatte. Außerdem war ich einer von ihnen. Ich gehörte hierher. Oder nicht?

Wieder fiel mein Blick auf das Pflaster an meiner Hand. Es sollte lächerlich aussehen und vielleicht tat es das sogar, aber es erinnerte mich an den Morgen mit Roxy. Und an alles, was davor passiert war.

»Seit der Schlacht bei St. Petersburg«, begann ich langsam in dem Versuch, meine wild herumspringenden Gedanken zu sortieren. »Seitdem gab es keine offenen Konfrontationen mehr zwischen den Huntern und den Hexen?«

Tarquin schnaubte. »Nicht in dem Ausmaß, aber diese Magic Hunter sind trotzdem eine echte Plage. Ach, stimmt ja.« Ein spöttisches Lächeln trat auf seine Lippen. »Ich hatte ganz vergessen, dass du dich jetzt mit Huntern abgibst. Aber du hast immer noch einen guten Geschmack. Die Blondine sah heiß aus – und im Bett ist sie wahrscheinlich noch heißer.«

Ich biss die Zähne zusammen und ballte die Hände zu Fäusten. Nur mit allergrößter Mühe unterdrückte ich den Drang, ihm eine reinzuschlagen.

»Hab selbst vor einer Weile Bekanntschaft mit einer kleinen Blood Huntress gemacht«, erzählte er, als würde er nichts von meiner Reaktion mitbekommen. »Hübsches Ding. Ziemlich angriffslustig.«

»Was ist mit ihr passiert?«, presste ich hervor.

»Nichts. Sie war auf der Suche nach irgendeinem anderen Hunter, der angeblich vom Vampirkönig entführt worden war.«

Cain. Er redete von Cain, als sie noch nach Jules gesucht hatte, weil sie als Einzige daran geglaubt hatte, dass ihr Cousin und Kampfpartner noch am Leben war, während alle anderen ihn für tot erklärt hatten.

Tarquin winkte ab. »Mach dir darum keine Gedanken.« Er musterte mich von oben bis unten und lächelte langsam. »Ich muss schon sagen, ich hätte nicht gedacht, dass du dich mal mit den Huntern gut stellen würdest.«

»Warum nicht?«

Er lachte ungläubig auf. »Weil du sie gehasst hast, mein Freund. Aus tiefstem Herzen. Und du hast es genossen, sie zu jagen und zu töten.«

26. KAPITEL

Roxy

Shaw war fort. Nichts, was ich tat, was ich dachte oder fühlte, würde etwas daran ändern. Er war mit dem Hexenmeister mitgegangen und durch das Portal verschwunden.

Eine Zeit lang fuhr ich einfach nur durch die Gegend, folgte dem Straßenverlauf und richtete all meine Aufmerksamkeit darauf, auf der verschneiten Fahrbahn nicht vom Weg abzukommen. Zwar war seit unserer Ankunft in Rumänien kein neuer Schnee mehr gefallen, aber es war noch immer kalt und stellenweise höllisch glatt.

Ich folgte keinem Ziel, da ich weder auf mein Handy geschaut, noch den Ghostvision befragt hatte, ob die Koordinaten des Geists bei Bukarest noch aktuell waren. Irgendwann stellte ich den Wagen am Straßenrand ab, schaltete den Motor aus und ließ den Kopf gegen die Lehne zurücksinken.

Mein Herz raste noch immer, genau wie meine Gedanken. Meine Hände lagen zu Fäusten geballt in meinem Schoß. Obwohl ich mich mitten im Nirgendwo befand, wusste ich, dass die Welt da draußen weiterging – auch wenn ich nicht begreifen konnte, wie das möglich war, wo meine Welt doch stehen geblieben war. Ich fühlte mich wie in einem Vakuum, abgetrennt von allem anderen. Ganz ähnlich wie in jenem Moment, in dem Kevin mich verflucht hatte. Es hatte eine Weile gedauert, bis ich damals begriffen hatte, was das für mich und mein Leben bedeutete. Und auch jetzt weigerte mein Verstand sich nach wie vor, die Tatsachen zu akzeptieren. Zu akzeptieren, was ich mit eigenen Augen gesehen und gehört hatte.

Wie hatte ich das nicht kommen sehen? Wie hatte keiner von uns ahnen können, dass Shaw in Wahrheit ein Hexer war? Mehr noch: ein Hexenmeister. Denn nur die stärksten Hexenmeister konnten Portale erschaffen. Und waren damit, soviel ich wusste, auch Baldurs engste Vertraute.

Wie hatten wir alle nur so blind sein können?

Mein Blick irrte durch das Wageninnere und blieb an dem kleinen schwarzen Gerät in der Mittelkonsole hängen. Shaws Handy. Er hatte es nicht mit auf die Jagd genommen, sondern hiergelassen. Ob bewusst oder unbewusst – als er mit Tarquin mitgegangen war, hatte er wirklich alles hinter sich gelassen.

Ich merkte nicht mal, was ich da eigentlich tat, bis ich das gleichmäßige Klingeln hörte und den Druck spürte, mit dem ich mir mein eigenes Handy gegen das Ohr presste, während ich darauf wartete, dass die Person am anderen Ende abhob.

»Hey, Blake«, begrüßte Finn mich, und in seiner tiefen Stimme schwang der typische Sarkasmus mit. »Lange nicht gehört. Vermisst du mich schon?«

Normalerweise hätten mir seine Worte einen passenden Spruch entlockt, doch jetzt gerade, in dieser Situation war nichts normal. Nicht mal ansatzweise. Ich sollte nicht allein in Shaws Sportwagen sitzen und er sollte nicht mit diesem Hexenmeister verschwunden sein. Zum Teufel, er sollte überhaupt kein verdammter Hexer sein.

»Finn …«

»Was ist los?« Jedes bisschen Sarkasmus war auf einen Schlag verschwunden. »Ist irgendwas passiert? Bist du okay?«

Ich schnaubte, auch wenn es eher wie ein ersticktes Lachen klang. Aus irgendeinem verdammten Grund begannen meine

Augen zu brennen und meine Brust zog sich schmerzhaft zusammen. Vielleicht lag es an diesem Auto, denn egal, wo mein Blick auch landete, ob auf den Ledersitzen oder dem polierten Armaturenbrett, dem Ersatzschlüssel ohne die Anhänger aus London, Edinburgh, Paris, Prag, Brüssel und Wien, einfach alles erinnerte mich an Shaw. Daran, was passiert war. Was er getan hatte. Wer er wirklich war.

Plötzlich hielt ich es nicht länger aus, löste den Sicherheitsgurt und stieg aus. Die kalte Winterluft schnitt mir ins Gesicht, klärte aber auch meine Gedanken, und ich hatte das Gefühl, besser durchatmen zu können. Zumindest ein kleines bisschen.

»Roxy?«, ertönte es am anderen Ende der Leitung.

»Mir geht's gut«, behauptete ich. Mal abgesehen von den Nachwirkungen der Magie nach dem Kampf gegen die Strigoi. Oder davon, dass ich auf einmal ziemlich gut wusste, wie sich ein gebrochenes Herz anfühlte. Und, ganz ehrlich? Auf diese Erfahrung hätte ich in den letzten Wochen meines Lebens wirklich verzichten können.

»Was ist dann los?«, fragte Finn eine Spur leiser. Fast schon sanft, was so gar nicht zu ihm oder zu unserer Beziehung passte.

Wir waren Kampfpartner. Wir neckten uns und zogen uns gegenseitig auf, konnten uns in den Wahnsinn treiben und wussten trotzdem mit absoluter Sicherheit, dass wir uns immer aufeinander verlassen konnten. Vielleicht war er deswegen derjenige, den ich ohne nachzudenken angerufen hatte. Weil er einem Bruder am nächsten kam. Einer Familie.

»Shaw ist weg.« Die Worte kamen mir nur als gebrochenes Flüstern über die Lippen.

Stille.

»Was meinst du damit, Shaw ist weg? Wo ist er hin? Was ist passiert?«

»Ich meine damit genau das, was ich gesagt habe. Er ist ein

Hexenmeister und durch ein verdammtes Portal verschwunden.«

»Wie bitte?!«

»Wir sind mitten in Rumänien und waren mit zwei Blood Huntern auf einem Schloss, um Vampire zu vernichten. Zwei davon haben Shaw überwältigt und da er hat er sich mit Magie verteidigt und ein Portal erschaffen. Dann ist ein anderer Hexenmeister aufgetaucht und Shaw ist mit ihm gegangen.«

»Okay, jetzt hast du mich verloren. *Was?!*«

Frustriert rieb ich mir übers Gesicht. Ich war ja selbst noch dabei, zu begreifen, was passiert war – und wie es überhaupt möglich sein konnte.

»Shaw ist nicht der, für den wir ihn gehalten haben.«

Und sein Körper gehörte ihm nicht. Was auch erklärte, warum Ella zwar behauptet hatte, ihn schon mal gesehen zu haben, aber warum sie sich nicht völlig sicher gewesen war. Weil die Seele in seinem Körper, die sie als Soul Huntress wahrnehmen konnte, bei ihrer ersten Begegnung eine andere gewesen war als jetzt.

Auf einmal wurde mir eiskalt. Tarquin hatte behauptet, dass Shaw ganz anders aussah als früher. Und dass sie ihn an die Unterwelt verloren hatten. Bedeutete das etwa …?

»Finn … Ich glaube, ich habe damals im Ravenscourt Park die falsche Seele aus dem Körper vertrieben«, stieß ich hervor und sank gegen die Motorhaube. »Ich dachte, ich würde ihn von einem mächtigen Geist befreien, stattdessen habe ich den Körper von seiner eigenen Seele getrennt und Shaw konnte ihn übernehmen.«

Nein, nicht Shaw. *Kane.* Die Seele, die eigentlich in der Unterwelt sein sollte.

Oh mein Gott …

Hatte ich eine unschuldige Seele fälschlicherweise in den

Tod geschickt? Und eine andere dafür leben lassen, die ich hätte vernichten sollen? War Shaw etwa … War er eine der Seelen, die ich aus der Unterwelt befreit hatte?

Aber wie konnte das sein? Meine Narbe hatte nie in Shaws Gegenwart gebrannt, und auch der Ghostvision hatte nie auf ihn ausgeschlagen, sondern immer nur auf die Geister, hinter denen ich her war. Nie auf Shaw.

»Beruhige dich, Blake. Ganz ruhig.«

Ich stieß ein Lachen aus, das sich selbst in meinen eigenen Ohren schrill anhörte. »Ich *bin* ruhig, verdammt!«

»Jepp. Genau so hätte ich dich auch eingeschätzt.«

Dieser … *argh!* Manchmal hasste ich es, dass Finn mich so gut kannte. Dennoch zwang ich mich dazu, die Augen zu schließen und mehrmals langsam und tief durchzuatmen. Dadurch beruhigten sich zwar die rasenden Gedanken in meinem Kopf etwas, aber meine Brust war noch immer wie zugeschnürt.

»So ist es gut«, sagte Finn, der eine Weile schweigend zugehört hatte. »Ganz ruhig. Und jetzt sag mir genau, wo du gerade bist.«

»Keine Ahnung«, gab ich zu und öffnete die Augen wieder. »Irgendwo in der Walachei. Noch in der Nähe von Schloss Bran, glaube ich.«

»Okay. Es gibt ein Quartier in Bukarest. Hast du schon –«

»Ich weiß«, unterbrach ich ihn. »Linnea hat Kontakt aufgenommen, als wir Verstärkung gegen die Strigoi im Schloss gebraucht haben. Sie konnten uns nicht helfen.«

»Strigoi?«, hakte Finn nach und ich konnte förmlich vor mir sehen, wie er ungläubig den Kopf schüttelte, weil er so viel verpasst hatte. »Egal. Das kannst du mir später erklären.«

»Später?«

»Genau. Bleib, wo du bist. Ich mache mich sofort auf den Weg.«

Ich schnaubte. Allerdings nicht, weil ich seine Hilfsbereitschaft nicht zu schätzen wusste. Finn würde für die Menschen, die ihm wichtig waren, immer alles stehen und liegen lassen, das wusste ich. Doch diesmal konnte er mir nicht helfen, auch wenn er mein Kampfpartner war. Das hier war meine Sache. Mein Problem. Mal ganz davon abgesehen, dass er sich noch immer nicht vollständig von seinen Verletzungen erholt hatte, die er sich am Tag des Blutbades zugezogen hatte.

»Das kannst du nicht. Du bist immer noch in London.«

»Na und?«, konterte er sofort. »Ich nehme einfach den nächsten Flug. In ein paar Stunden bin ich da.«

»Ach ja?«, hakte ich nach und gab mein Bestes, möglichst unbeeindruckt zu klingen. »Und was macht dein Arm? Und deine Rippen? All deine anderen Verletzungen?«

»Haha«, kommentierte er trocken. Kurz schwieg er, als müsste er nachdenken oder aber seine nächsten Worte sorgfältig abwägen. »Wenn ich nicht komme, um dir zu helfen, dann schicke ich jemand anderes. Du musst das nicht allein durchstehen, Roxy.«

Ich schüttelte den Kopf, auch wenn er das nicht sehen konnte. »Du warst mir immer ein toller Kampfpartner«, presste ich leise hervor. »Aber ich habe diese Sache allein begonnen und ich werde sie auch allein zu Ende führen.«

»Verdammt, Blake! Das ist nicht das, wofür man Kampfpartner hat!«

»Was soll ich deiner Meinung nach tun?«

»Warten, bis ich oder ein anderer Hunter eintrifft, um dich zu unterstützen. Ich bin sicher, ich kann jemanden organisieren.«

Damit hatte er wahrscheinlich sogar recht. Vermutlich schwirrten auch noch Mikhail und Safiyah irgendwo in der Nähe herum, aber sie hatten nichts mit meiner persönlichen Mission zu tun, und ich würde sie da auch nicht mit reinziehen.

»Ich habe keine Zeit zu warten, Finn.«

»Aber –«

»Ich habe im wahrsten Sinne des Wortes *keine Zeit* mehr.«

Ich hatte schon genug davon in Prag verschwendet, als ich mich von dem Angriff der Rusalka und der Erfahrung mit dem Dunkelsplitter hatte erholen müssen. Bis dahin mochte es zwar ganz gut ausgesehen haben, was die Jagd nach den verschwundenen Seelen anging, aber jetzt hatte ich einiges aufzuholen. Ich musste so viele Spirits wie nur möglich in die Unterwelt zurückschicken. Für Trauer, Sorgen und ein gebrochenes Herz blieb da keine Zeit.

»Wie lange hast du noch?«, fragte Finn leise.

»83 Tage.« Ich versuchte nicht allzu verbittert zu klingen, weil ich mich längst damit arrangiert hatte. Die Mission, die Kevin mir aufgetragen hatte, war von Anfang an unmöglich gewesen. Und selbst wenn ich darauf gehofft hätte, dass der Todesbote sich doch noch irgendwie als gnädig erwies, hatte mir Giselles Todesvision bewiesen, dass es keine Rolle spielte. Ich wusste genau, wie ich sterben würde, und dass es bald passieren würde. Umso besser, dass Shaw gerade nicht in der Nähe war, auch wenn ich mir wider besseres Wissen etwas anderes wünschte. Ich wollte, dass er da war. Ich wünschte mir so sehr, dass er sich nicht für den Hexenmeister entschieden hätte, sondern für mich. Nicht für seine Vergangenheit, sondern für seine Gegenwart, auch wenn wir keine gemeinsame Zukunft haben konnten.

Aber das hatte er nicht. Er war einfach gegangen. Ohne ein weiteres Wort. Ohne Erklärung. Jetzt war er fort und ich musste … ich musste irgendwie weitermachen.

»Ich komme schon zurecht«, behauptete ich.

»Das gefällt mir nicht. Du solltest das nicht allein durchstehen müssen.«

»Ich bin nicht allein«, behauptete ich. »Zumindest nicht ganz. Ich fahre ins Quartier nach Bukarest. In der Gegend kann ich den nächsten Geist vernichten, mich dann neu sortieren und mit dem Ghostvision weitermachen. Egal, wo ich hinkomme, es wird ein Quartier in der Nähe geben.«

Das war das Gute daran, eine Huntress zu sein. Überall dort, wo es übernatürliche Kreaturen gab, gab es auch Hunter, die sie jagten, vernichteten und die Bevölkerung beschützten. Ich mochte bei der Jagd nach den befreiten Seelen auf mich selbst gestellt sein, aber ich war nicht allein. Nicht wirklich.

»Na gut«, gab Finn widerwillig nach. Ich konnte ihm anhören, dass ihm meine Entscheidung nicht gefiel, aber er respektierte sie – und das rechnete ich ihm hoch an. »Melde dich, sobald du im Quartier bist. Und wenn du Hilfe brauchst. Ernsthaft. Ein Wort von dir und ich werde diese blöden Bandagen und den Gips los und bin in wenigen Stunden bei dir.«

Zum ersten Mal, seit all das passiert war, musste ich lächeln. Ich wusste nur zu genau, wie ernst es Finn war. Er war ein guter Kerl und ein fantastischer Hunter. Sein nächster Partner oder seine nächste Partnerin würde das hoffentlich zu schätzen wissen.

»Danke.« Ich drückte das Handy ganz fest an mein Ohr, als könnte ich so die Verbindung zu ihm, die Verbindung nach Hause nach London noch etwas länger aufrechterhalten. »Pass auf dich auf, MacLeod.«

»Du auch auf dich, Blake. Wenn du draufgehst, werde ich dir so was von in den Hintern treten.«

Seine Worte brachten mich zum Lachen, auch wenn mir gleichzeitig die Tränen in die Augen schossen. Denn ich würde draufgehen. Aber mir blieben noch 83 Tage, um das Beste daraus zu machen. Und genau das würde ich auch tun, ganz egal, was passiert war und noch passieren würde.

27. KAPITEL

Shaw

Ich schlug die Augen auf und starrte an die Decke. Nur langsam verschwanden die letzten Reste des Traumes wieder dorthin, wo sie hergekommen waren, und die Realität setzte ein. Eine Realität, in der ich ein Hexer war. Mehr noch, ein so mächtiger Hexenmeister, dass er einst sogar zu Baldurs innerem Zirkel gehört hatte.

Wie um alles in der Welt war das möglich? Die ganze Zeit über – zumindest die, an die ich mich noch erinnern konnte – war ich von Huntern, Magie und übernatürlichen Kreaturen umgeben gewesen. Wie hatte es da niemandem auffallen können? Wie hatte ich es selbst nicht merken können?

Ächzend schob ich die Decke beiseite und stand auf. Das Zimmer, das man mir zugewiesen hatte, glich eher einer Suite, mit dem riesigen Himmelbett, den teuren Teppichen und Wandbehängen, einem eigenen Ankleidezimmer mit Klamotten, die ich mir nie im Leben selbst ausgesucht hätte, und einem angrenzenden Badezimmer mit Regendusche und luxuriöser Eckbadewanne. Direkt daneben lag ein Wohn- und Arbeitsbereich mit einer Einrichtung, von der ich mir ziemlich sicher war, dass sie antik, französisch und verflucht teuer war. Die großen Fenster auf der einen Seite der Suite boten einen atemberaubenden Blick über die Klippen und das Meer, das am Horizont mit dem Himmel verschmolz.

Eines musste man Baldur und seinen Leuten lassen: Sie hatten nicht nur Geld, sondern auch Geschmack. Oder einfach nur ein Faible für ziemlich teure Sachen.

Ich betrat das angrenzende Bad, in dem sofort alle Lichter angingen. Dafür, dass wir uns in einem Schloss am Rande der Welt befanden, war die technische Ausstattung ziemlich beindruckend. Ich stellte mich unter den warmen Schauer der Regendusche und ließ das Wasser die letzten Reste meiner Träume davonspülen, bis sie im Ausguss verschwanden.

Wie so oft in den letzten fünf Tagen wanderten meine Gedanken zu Roxy zurück. Roxy, die mich so entsetzt, so enttäuscht angesehen hatte, als ich mit Tarquin mitgegangen war. Roxy, die ich ohne eine Erklärung im Stich gelassen hatte.

Ich stützte mich mit den Händen an den schwarzen Fliesen ab und ließ den Kopf hängen.

Was sie jetzt wohl machte? Ob es ihr gut ging? Ob sie Hilfe von Finn oder anderen Jägern erhalten hatte? So wie ich Roxy kannte, würde sie allein weiterziehen, um ihre Mission zu erfüllen – und nebenher noch versuchen, alle gefährlichen Kreaturen zu vernichten, die ihr über den Weg liefen.

Ein unangenehmer Gedanke stieg in mir auf und biss sich in meinem Innersten fest. Zählte ich nun auch dazu? Zu den übernatürlichen Wesen, die sie jagte und vernichtete? Die sie verabscheute? War ich als Hexenmeister nur noch ein Monster für sie und für alle anderen Hunter auch?

Ich presste die Lippen aufeinander und rieb mir übers Gesicht. Sobald ich an meinem ersten Abend hier allein gewesen war, wollte ich sie kontaktieren und ihr sagen, dass es mir gut ging, und dass es mir leidtat. Doch dann war mir aufgefallen, dass ich sie nicht erreichen konnte. Mein Handy war noch in meinem Wagen, den ich genauso zurückgelassen hatte wie alles andere. Zwar hatte ich Roxys Nummer darin eingespeichert, aber ich kannte sie nicht auswendig, genauso wenig wie die Nummern der einzelnen Quartiere. Nicht, dass ich dort angerufen hätte, um mich nach ihr zu erkundigen … Was hätte ich auch sagen sollen? *Hey, hier ist Shaw. Ihr wisst schon, der Typ ohne Gedächtnis, der Hunter werden wollte und sich nun als Hexer herausgestellt hat. Wir sind bestimmt trotzdem noch Freunde, oder? Kann ich bitte Roxy sprechen?*

Ja, sicher.

Entschieden schob ich diese Gedanken beiseite und ignorierte das Ziehen in meinem Brustkorb, das immer dann auftauchte, wenn ich an Roxy dachte. Im Grunde war es immer da, weil ich ständig an sie dachte und mich fragte, ob es ihr gut ging. Und ob sie mir jemals verzeihen könnte.

Ich drehte das Wasser ab, schnappte mir ein Handtuch und zog mir anschließend eine schwarze Hose und das schlichteste schwarze Hemd an, das ich finden konnte. Dann verließ ich die Suite und machte mich auf den Weg in die große Eingangshalle, wo Tarquin schon auf mich wartete. Wenn es nach ihm ginge, würde ich die Zeit bis Baldurs Rückkehr einfach absitzen. Genauer gesagt die Zeit, bis Baldur meine Seele in meinen alten Körper zurückführen würde. Aber ich war schon immer schlecht darin gewesen, nichts zu tun – zumindest soweit ich mich zurückerinnerte. Außerdem war ich mir nicht mal sicher, ob ich diese Körpertauschgeschichte tatsächlich wollte.

Meine Bedenken hatte ich allerdings lieber nicht ausgesprochen, sondern Tarquin dazu überredet, mir meine Kräfte näher zu erklären, damit ich sie begreifen und trainieren konnte. Mittlerweile hatte ich es zwei weitere Male geschafft, ein Portal zu erschaffen – was mir noch immer vollkommen surreal vorkam. Und ich fragte mich unweigerlich, warum diese Kräfte sich nicht schon viel früher gezeigt hatten. Es war ja nicht so, als hätte es bisher nicht genug brenzlige Situationen gegeben.

Andererseits war mir ein Vampir auch noch nie so nahe gekommen, dass ich seine Fänge bereits an meinem Hals spüren konnte. *Brrr.* Allein bei der Erinnerung schüttelte es mich.

»Was ist los?«, fragte Tarquin rund eine Stunde später in der Jagdhalle, die wir für das Training gewählt hatten. Im Gegensatz zu mir, der vom vielen Magieeinsatz keuchte und völlig fertig war, war er so entspannt, als käme er gerade aus dem Urlaub. »Du bist schon den ganzen Vormittag so abgelenkt. Denkst du etwa immer noch an die blonde Huntress?«, neckte er mich.

In seinen Händen blitzte die Magie auf. Magie, von der ich ziemlich genau wusste, wen sie treffen würde, wenn ich durchblicken ließ, dass ich genau das tat: noch immer an Roxy denken. Es war schon beunruhigend genug, dass *er* noch an sie dachte und sie immer wieder beiläufig erwähnte – als wollte er mich damit auf die Probe stellen.

Statt einer Antwort winkte ich ihn zu mir heran. »Machen wir weiter, oder was?«

Ein Lächeln erschien auf Tarquins Gesicht. »Na also. Das ist der Kane, den ich kenne.«

Wenigstens einer von uns.

Ich konzentrierte mich auf die Magie tief in meinem Inneren, so wie Tarquin mich bei unserem ersten gemeinsamen Training angewiesen hatte. Seit diesem ersten Moment auf Schloss Bran hatte sie mich nicht mehr wirklich verlassen – es war, als hätte man einen Damm eingerissen. Die Magie wanderte durch meinen Körper, kribbelte in meinen Adern, flutete mich mit neuer Energie und sammelte sich in meinen Fingerspitzen. Gleich darauf erschienen die typischen blauen Blitze, mit denen die Hexen und Hexer anzugreifen pflegten.

»Sehr gut«, lobte Tarquin. »Wenn du in der Geschwindigkeit weitermachst, wirst du bald auch Illusionen erschaffen können.« Wie um seine Worte zu bestätigen, erschien nur zwei

Meter weiter ein Abbild seiner selbst und nickte ihm zu. »Auch wenn ich wirklich nicht weiß, warum du deine Zeit damit verschwendest«, sagte sein Abbild. Jetzt wandten sich mir beide Tarquins zu. »Sobald du deinen alten Körper zurückhast, kehrt auch deine alte Stärke zurück.«

»Ich bin nicht gut im Warten«, erwiderte ich nur und ließ die Blitze in meinen Händen wieder verschwinden. »Außerdem ist Baldur schon seit Tagen *beschäftigt*.«

Tarquin ließ seine Illusion mit einer lässigen Handbewegung wieder verschwinden. Ich war mir sicher, dass er, als einer von Baldurs engsten Vertrauten, ziemlich genau wusste, wo sich der Hexenkönig herumtrieb, aber Tarquin hielt den Mund. Vielleicht traute er mir noch nicht zu hundert Prozent, solange meine Seele in diesem Körper steckte. Vielleicht durfte er auch nichts sagen, weil Baldur in hochgeheimer Mission unterwegs war – oder es sich auf irgendeinem herrschaftlichen Landsitz gut gehen ließ. Was wusste ich schon?

»Geduld, mein Freund. Schon bald wird alles wieder beim Alten sein.«

Genau das machte mir Angst.

Doch bevor ich etwas dazu sagen konnte, ging plötzlich ein Rumoren durch das Schloss. Nicht so heftig, dass alles erzitterte, aber deutlich genug, dass der Boden unter meinen Füßen vibrierte und ich es im ganzen Körper spüren konnte.

Auch Tarquin schien es bemerkt zu haben, denn er nahm instinktiv eine aufrechte Haltung ein. »Er ist zurück.«

Ich musste nicht nachfragen, um zu wissen, wer *er* war. Hier im Schloss hielten sich hauptsächlich Baldurs engste Vertraute auf, und da drei von sieben Mitgliedern aus seinem inneren Zirkel in einer Art Grabkammer lagen, wo ihre Körper konserviert wurden, war es entsprechend leer in dem Gemäuer mit den langen Gängen und hohen Decken.

Ein paar Dinge über den Hexenkönig hatte ich mir während meiner Zeit bei den Huntern selbst angelesen, die restlichen Lücken hatte Tarquin gefüllt. Seit Anbeginn der Zeit gab es vier Könige, die über ihre Wesen und ihr eigenes Reich herrschten: Isaac über die Nacht und deren Kreaturen, Marjorie über die Geisterwelt, Ulysses über die Unterwelt und Baldur über den Tag und die Hexen und Hexer. Lange Zeit hatte es Kriege zwischen den vier Königen gegeben, bis sie sich darauf geeinigt hatten, die Reiche untereinander aufzuteilen und sich nicht mehr in die Angelegenheiten der anderen einzumischen. Das war lange gut gegangen, doch dann waren die ersten Hunter aufgetaucht und hatten Jagd auf alle Kreaturen gemacht. Im Zuge der Hexenverfolgungen, die es sogar in die Geschichtsbücher der Menschen geschafft hatten, waren die Kämpfe zwischen Hexen und Huntern zu einem Höhepunkt gekommen – doch selbst danach waren diese Kämpfe weitergegangen, wenn auch im Geheimen. Vor zwanzig Jahren waren sie schließlich in einem kleinen abgelegenen Ort bei St. Petersburg zu einem abrupten Ende gekommen. Dort hatte die große Schlacht stattgefunden, die viele der Jäger, aber auch viele Hexen und Hexer das Leben gekostet hatte. Mich selbst eingeschlossen.

Tarquin deutete mir an, mitzukommen und ich setzte mich widerwillig in Bewegung. Ich war nicht besonders scharf darauf, Baldur zu treffen, doch wie es schien, war mein Glück nun vorbei. Wer auch immer ich war, *was* auch immer ich war – jetzt war es an der Zeit, mich dem König der Hexen zu stellen.

Wir verließen die Jagdhalle, liefen durch weitere Gänge und eine breite Treppe hinunter ins Erdgeschoss, bogen mehrmals ab und erreichten schließlich einen Saal von gigantischen Ausmaßen. Als Tarquin die Flügeltüren aufstieß, konnte ich kaum bis ans andere Ende sehen. Hier hatten definitiv nicht nur Baldurs engste Vertraute Platz, sondern wahrscheinlich sogar *alle* Hexer und Hexen, die es auf der Welt gab.

Eine Handvoll von ihnen hatte sich bereits hier versammelt und betrachtete mich mit einer Mischung aus Zweifeln, Neugier und Hoffnung. Keines der Gesichter kam mir bekannt vor, und ich konnte nicht abschätzen, ob sie zusammen mit Baldur hergekommen waren, oder zu Ehren seiner Rückkehr von irgendwo anders her angereist waren.

Zögernd folgte ich Tarquin unter den Blicken der anderen durch den riesigen Saal. Es überraschte mich nicht sonderlich, einen Thron am anderen Ende zu entdecken. Was mich hingegen überraschte, war, wie jung der Mann war, der in perfekter Haltung darauf saß. Ich hatte angenommen, die ganzen Porträts, die ich von Baldur gesehen hatte, wären freundlich übertrieben gewesen. Extra schön, um dem zahlenden Auftraggeber und Modell zu gefallen. Doch jetzt erkannte ich, dass keiner der Künstler übertrieben hatte – auch wenn nur ein Teil von ihm wirklich den Bildern glich: Baldurs Augen waren hellgrün und leuchteten so intensiv, dass es fast schon unnatürlich wirkte. Oder eher: übernatürlich.

Er hatte blondes Haar, das ihm in weichen Wellen auf die Schultern fiel. Seine Gesichtszüge waren ernst und schmal, fast schon filigran. Er hatte ein spitzes Kinn, das von einem ebenfalls blonden Bart bedeckt war, recht breite Schultern und wirkte nicht älter als Ende zwanzig oder Anfang dreißig. Sogar Tarquin sah älter aus.

Baldurs aktuelle Form hatte ich so auf keinem Gemälde gesehen, also musste dieser Körper relativ neu sein.

Sein Blick heftete sich auf mich und er kniff die Augen ein wenig zusammen, während er mich betrachtete, als würde er die tiefsten Tiefen meiner Seele ergründen wollen.

»Kane«, sagte er nur. Ein Name, der sich noch immer fremd und vertraut zugleich anfühlte. »Du bist zurück.«

»Wir haben seine Magie gespürt, Gebieter, und ihn zurückgebracht«, schaltete sich Tarquin ein und Baldur wandte sich ihm zu.

»Noch immer so bescheiden, mein Sohn.« Die Andeutung eines Lächelns umspielte seine Mundwinkel. »Dabei wissen wir beide, dass du allein seine Magie gespürt hast.«

Statt einer Antwort senkte Tarquin nur den Kopf.

»Lange haben wir auf einen Moment wie diesen gewartet«, verkündete Baldur und seine Stimme hallte durch den ganzen Saal, obwohl er sie nicht erhob. Ganz so, als würde seine gewaltige Macht allein genügen, um die Wände erzittern zu lassen. »Und die jüngsten Ereignisse geben uns Hoffnung. Wenn Kanes Seele es aus der Unterwelt zurück zu uns geschafft hat, könnte das auch für unsere Brüder und Schwestern gelten. Tarquin, ich übertrage dir die Aufgabe, herauszufinden, ob sie ebenso wie Kane zurückgekehrt sind. Und wenn dem so ist, wirst du sie aufspüren und zu mir bringen. Sorge dafür, dass nichts und niemand unseren Plänen im Weg steht. Alle Hexen und Hexer sowie unsere Verbündeten stehen dir dafür zur Verfügung.«

Tarquin verbeugte sich. »Natürlich, mein Gebieter.«

Baldur nickte zufrieden und erhob sich von seinem Thron. »Und jetzt ... jetzt ist es an der Zeit, dass du deinen alten Körper wiederbekommst, Kane. Nimm deinen Platz im inneren Zirkel ein, wie es dir gebührt.«

Moment mal. Jetzt sofort?

Auf Baldurs Zeichen hin erschienen die beiden Wachen, die ich unten in der Grabkammer gesehen hatte. Nur dass sie zwischen sich einen Sarg hereinschoben, der mir verdammt bekannt vorkam.

Ich erstarrte. Tausend Fragen lagen mir auf der Zunge, aber

ich brachte keine einzige davon hervor. Auch sonst regte sich niemand. Natürlich nicht. Baldur hatte bereits entschieden.

Unbewusst lehnte ich mich etwas näher zu Tarquin. »Die Zeremonie findet hier statt? Jetzt?«, zischte ich und hoffte, dass er die Panik nicht aus meiner Stimme heraushörte.

»Aber natürlich. Warum Zeit verschwenden?« Tarquin betrachtete mich von der Seite und sprach dann leise auf mich ein. »Mach dir keine Sorgen. Sobald deine Seele wieder in deinem richtigen Körper ist, wirst du deine Erinnerungen zurückerhalten und das hier …« Er deutete mit einer nachlässigen Handbewegung auf mich. »Das hier vergessen. Alles, was seit deiner Rückkehr aus der Unterwelt vorgefallen ist. Nichts davon ist von Belang. Das Einzige, was zählt, ist, dass du wieder dort bist, wo du hingehörst. Bei uns.«

Mein Herz begann zu hämmern. Ich könnte mich an meine Vergangenheit erinnern? An die Menschen – und Wesen –, die mir wichtig gewesen waren? An mein Leben vor dieser endlosen Leere in meinem Kopf? An meine Familie? War das, was ich mir seit dem Moment, in dem ich im Londoner Hunterquartier aufgewacht war, gewünscht hatte, wirklich zum Greifen nahe? Aber – und bei diesem Gedanken zog sich unwillkürlich alles in mir zusammen – was würde mich das kosten? Und war ich bereit, all das aufzugeben für eine Vergangenheit, für das Leben eines Mannes, an das ich mich nicht mehr erinnern konnte?

Die Wachen schoben den Sarg an mir vorbei und brachten ihn genau zwischen Baldurs Thron und mir zum Stehen. Ich konnte gar nicht anders, als auf den leblosen Körper hinabzustarren. Kanes Körper. Der Körper eines Hexenmeisters. Eines Mörders. Eines Mannes, der die Hunter nie kennengelernt hatte, der nie erfahren hatte, dass es andere Wege gab. Dass er ein anderer sein konnte.

»Was, wenn ich nicht vergessen will?«, platzte ich leise heraus, ohne den Blick von dem Toten im Sarg losreißen zu können.

»Selbst wenn das bedeuten würde, dich nie an dein altes Leben erinnern zu können? Nie zu erfahren, wer du wirklich bist?« Tarquin legte mir die Hand auf die Schulter. Nicht tröstend, nicht bestärkend, sondern so schwer, als wollte er mich festhalten. »Lass dir nicht von ein paar lächerlichen Wochen bei den Huntern den Kopf verdrehen. Oder von dieser Frau. Sie ist ein Niemand. In dieser Sache gibt es keine andere Möglichkeit. Es gibt kein Und, Kane. Nur ein Entweder-oder. Und du entscheidest dich besser sofort, bevor Baldur etwas von deinen Zweifeln merkt.«

Stirnrunzelnd sah ich ihn an und dann wieder zum Hexenkönig zurück, der seinen Untergebenen jetzt das Zeichen gab, den Deckel des Sargs zu entfernen. In seinen Händen leuchtete es auf. Irgendetwas sagte mir, dass es sich nur um Sekunden handelte, bis meine Seele nicht mehr in diesem Körper stecken würde, sondern in dem von Kane.

Schweiß brach mir aus. In meinem Brustkorb hämmerte es immer schneller, immer panischer. Ich ballte die Hände an meinen Seiten zu zittrigen Fäusten und biss die Zähne aufeinander, bis mein ganzer Kiefer schmerzte.

So lange hatte ich nach meiner Vergangenheit gesucht. So lange hatte ich alles dafür getan, wenigstens einen kleinen Hinweis darauf zu finden, wer ich vor dieser Amnesie gewesen war. Und jetzt, da ich die Möglichkeit hatte, mein altes Leben zurückzubekommen, zögerte ich. Konnte ich meine neuen Erinnerungen wirklich gegen meine alten eintauschen? War ich bereit, alles hinter mir zu lassen und diesen Preis zu bezahlen?

All das, was ich in den vergangenen Monaten erlebt hatte, raste wie ein viel zu schneller Film durch mein Bewusstsein.

All die Erlebnisse, die schönen und schrecklichen, die aufregenden, tragischen und entspannten Momente. Und in so gut wie allen war Roxy dabei. Konnte ich die Zeit mit ihr für etwas auslöschen, von dem ich nicht einmal wusste, wie es gewesen war? Für eine Person, von der ich nicht einmal wusste, ob ich sie noch war – oder jemals wieder sein wollte?

Nein. Nein, nein, und nochmals nein.

»Ich kann das nicht«, stieß ich hervor und riss nur mit Mühe meinen Blick von dem konservierten Körper. »Das bin ich nicht.«

Ohne ein weiteres Wort machte ich auf dem Absatz kehrt und verließ fluchtartig den Saal. Stimmen und aufgebrachtes Gemurmel folgten mir, aber das war mir egal. Ich musste hier weg. Jetzt sofort. Aber vor allem musste ich Roxy finden. Mit ihr reden. Es ihr erklären. Und sie endlich wiedersehen.

28. KAPITEL

Roxy

Die Magie leuchtete dunkelblau zwischen meinen Fingern und knisterte in der Luft. Ganz langsam drehte ich mich im Kreis, während mein Blick die nähere Umgebung abtastete. Jede Wand, jeden Durchgang, jedes noch so kleine Versteck.

»Komm schon«, murmelte ich und unterdrückte den Drang, mir an die Schulter zu fassen. Meine Narbe brannte so heftig, als stünde sie in Flammen. Hier war eindeutig eine der Seelen, die ich befreit hatte – und ich würde nicht eher gehen, bevor ich sie nicht zurück in die Unterwelt geschickt hatte.

Die Ruine, in deren Mitte ich gerade stand, lag abseits der größeren Straßen mitten in der Toskana und musste einmal eine Art Kloster oder vielleicht auch eine Villa gewesen sein. Doch von dem alten Glanz war nicht mehr viel übrig. Efeu und anderes Unkraut hatten sich im Laufe der Zeit einen Weg über die Wände gesucht, waren durch die Ritzen gekrochen und am Naturstein hinaufgeklettert. Auf dem Boden lag eine dünne Dreckschicht; einiges davon war womöglich auch Sand, den der Wind vom Meer hergetragen hatte.

Eine nicht mehr sonderlich stabil aussehende Treppe führte ins Obergeschoss, aber von der Decke oder gar dem Dach war auf dieser Seite des Gebäudes praktisch nichts mehr übrig. Als ich den Kopf in den Nacken legte, sah ich den klaren blauen Himmel über mir und spürte die warmen Sonnenstrahlen auf meiner Haut. Nach dem vielen Schnee und dem kalten Wind in Osteuropa war das eine willkommene Abwechslung.

Seit dem Vorfall in der Nähe von Schloss Bran waren fünf Tage vergangen. Ich war nach Bukarest gefahren, hatte den Geist vernichtet und im dortigen Quartier übernachtet, wo ich auch Mikhail und Safiyah wieder getroffen hatte. Am nächsten Morgen hatte mich der Ghostvision Richtung Westen geführt. Ella hatte ein paarmal versucht, mich zu erreichen, aber ich war immer zu beschäftigt gewesen. Und als ich sie zurückgerufen hatte, war sie nicht rangegangen. Egal. Wenn es wichtig war, hätte sie mir längst getextet oder eine Sprachnachricht hinterlassen, also kümmerte ich mich nicht weiter darum, sondern konzentrierte mich einzig und allein auf meine Mission.

Nachdem ich zwei weitere Spirits in Rumänien und in Ungarn in die Unterwelt zurückgeschickt hatte, war ich nach einem kurzen Abstecher nach Serbien und Kroatien schließlich in Italien gelandet.

Den Geist im Mailänder Dom zu vernichten war alles andere als einfach gewesen, schließlich wimmelte es dort nur so von Touristen – und Sicherheitskräften, die mich ganz genau im Auge behielten. Es hatte anderthalb Tage gedauert, um es zu bewerkstelligen, wobei ich die ersten vierundzwanzig Stunden nur damit verbracht hatte, den Dom und die nähere Umgebung auszukundschaften. Schließlich war ich am nächsten Morgen die erste Besucherin gewesen, hatte den Spirit bis aufs Dach verfolgt und ihn dort zwischen den unzähligen Statuen und Turmspitzen vernichtet. Gerade rechtzeitig, denn keine Minute später war bereits eine junge Familie aufs Dach gekommen, um die Aussicht zu genießen und jede Menge Fotos zu schießen.

Finn hatte sich nach unserem Telefonat noch zweimal gemeldet und erkundigt, wie es lief und ob ich nicht doch Hilfe brauchte. Von Shaw dagegen hatte ich weder etwas gesehen noch gehört. Ich hatte nicht die geringste Ahnung, wo er war und wie es ihm ging. Verdammt, ich wusste ja nicht mal mehr, *wer* er war, und verbot mir jeden Gedanken an ihn. Dennoch waren sie stets da und warteten im hintersten Winkel meines Bewusstseins, um bei der nächstbesten Gelegenheit wieder hervorzukriechen. Meistens wanderten meine Gedanken kurz vor dem Einschlafen zu Shaw. Zu unserer gemeinsamen Nacht. Zu diesem entspannten, wunderschönen Morgen mit ihm. Zu dem Moment, in dem er sich für seine Vergangenheit und gegen mich entschieden hatte. Der Ausdruck auf seinem Gesicht, als er mich dabei angesehen hatte … Am liebsten hätte ich diese Erinnerung für immer aus meinem Gedächtnis verbannt. Weil es wehtat. Alles davon tat so verflucht weh, aber ich konnte es mir nicht leisten, mich davon aufhalten zu lassen. Also kanalisierte ich all meine Gefühle, die ganze Wut und Verzweiflung und dieses verfluchte Vermissen in meine Suche nach den Seelen.

Mittlerweile war ich in die tiefsten Tiefen der Toskana vorgedrungen, wohin sich kaum ein Tourist verirrte, schon gar nicht jetzt im Januar. Die Hunter im Quartier in Florenz waren so nett gewesen, mir eine Unterkunft zu geben, ohne Fragen zu stellen. Sie hatten mich herzlich aufgenommen, ließen mich aber mein Ding machen. Und das beinhaltete auch weiterhin die Seelen zu jagen, die ich in Kevins Auftrag zurückschicken musste. Unter anderen Umständen, in einem anderen Leben, hätte ich mir liebend gern den Bauch mit Pizza, Pasta und Eis vollgeschlagen und mir die Zeit mit den ganzen heißen Italienern vertrieben, aber ich hatte an beidem kein Interesse mehr. Nicht an den Männern und nicht am Essen. Genau genommen aß und schlief ich nur, wenn mir keine andere Wahl blieb, weil mein Körper mich dazu zwang.

Ein leises Knirschen holte mich aus meinen Gedanken und wieder in die Gegenwart zurück. Ein hauchzarter Luftzug streifte meine Wange. Ich wirbelte herum, die Hände kampfbereit gehoben.

Direkt vor meinen Augen materialisierte sich der Geist eines Mannes und nahm eine feste Form an. Seine Kleidung, der Anzug, Hut und Gehstock deuteten auf ein anderes Zeitalter hin, in dem er einst gelebt hatte. Wahrscheinlich war er vor gut zweihundert Jahren gestorben und genoss es nun, aus der Unterwelt befreit zu sein. Das änderte jedoch nichts daran, dass er zurückmusste.

Doch gerade als ich die Magie auf ihn loslassen wollte, löste sich seine durchscheinende Gestalt auf. Kurz erschien sie am anderen Ende des Raumes, nur um gleich darauf erneut zu verschwinden.

»Echt jetzt?«, zischte ich und rannte los.

Warum mussten die Spirits neuerdings vor mir fliehen? Das war schon in Belgrad und Mailand mein Problem gewesen. Allerdings war das vermutlich besser, als wenn sie versuchten, mich auszutricksen und in den sicheren Tod zu führen, so wie die Rusalka in Prag. Dann doch lieber Katz und Maus spielen und dem Geist hinterherjagen, auch wenn meine Kondition wirklich nicht die Beste war. Ich hätte wohl doch besser mit Shaw trai–

Stopp.

Ich schob den Gedanken schneller beiseite, als er sich in meinem Kopf manifestieren konnte. Dafür war keine Zeit. Ich hatte einen Job zu erledigen. Und wenn ich mich nur auf diesen konzentrierte, wenn ich keinen einzigen Gedanken in diese andere Richtung zuließ, konnte es auch nicht wehtun.

Meine Stiefel donnerten über den Steinboden. Im angrenzenden Raum kam ich schlitternd zum Stehen und sah mich kurz um. Verdammt. Wo war er hin? Ich drehte mich im Kreis, ließ den Blick überallhin wandern. Das hier musste früher mal eine Küche gewesen sein. Zumindest deuteten die Überreste des Steinofens und die verkohlten Stellen an der Decke darüber darauf hin. Ich lief durch einen Durchgang, der in einen offenen Gang mit einer Treppe führte. Die Stufen waren vermutlich schon seit Jahrzehnten den Elementen ausgesetzt. Probehalber setzte ich einen Fuß auf die unterste Stufe und verlagerte mein Gewicht. Es knirschte, aber der Stein blieb, wo er war, also nahm ich die zweite Stufe, dann die nächste und übernächste. Ich hatte es bis fast nach oben geschafft, als ich ein Zittern unter meinen Füßen spürte. Gleich darauf gab der Stein nach.

Oh, verdammt!

Ich hechtete das letzte Stück nach vorn. Schwer atmend klammerte ich mich an das Mauerwerk, während meine Beine in der Luft baumelten. Das war so was von nicht Teil des Plans gewesen!

Mit letzter Kraft hievte ich mich hinauf und verharrte einen Moment auf Händen und Knien, während ich wieder zu Atem zu kommen versuchte. Meine Muskeln schmerzten, meine Haut brannte an mehreren Stellen, wo ich sie trotz Klamotten aufgeschürft hatte. Ganz toll.

Zu Beginn dieser Jagd war ich nur angespannt gewesen, aber jetzt war ich wütend. Langsam richtete ich mich wieder auf und kniff die Augen zusammen.

»Keine Spielchen mehr«, verlangte ich und tippte mein Amulett an. Der dunkelblaue Schein erleuchtete die Wände. »Zeig dich endlich!« Die Magie pulsierte zwischen meinen Fingern, verdichtete sich in meinen Händen zu einer Kugel und wurde von Sekunde zu Sekunde stärker.

Wie auf Kommando materialisierte sich dieselbe Form des

Mannes wieder vor mir – und diesmal war sein Gesicht hasserfüllt.

»Ich gehe nicht zurück!« Seine panische Stimme ließ die ganze Ruine erzittern.

»Oh doch, das wirst du.«

Ich entging seiner ersten Attacke mit einem schnellen Sprung zur Seite und wirbelte herum, als er auch schon wieder auf mich zustürzte. Diesmal wich ich nicht aus, sondern blieb stehen und wartete mit hämmerndem Herzen, dass er näher kam. Im letzten Moment stieß ich die Hände nach vorn. Einen Herzschlag später durchdrang ihn die geballte Macht meiner Magie, dann zersplitterte er in tausende funkelnde Lichter, die gleich darauf verschwanden, als wären sie nie da gewesen.

Keuchend stützte ich mich mit den Händen auf den Oberschenkeln ab und atmete tief durch. Das Brennen in meiner Schulter ließ nach und verschwand schließlich ganz. Ich hatte es geschafft. Na also.

Ich richtete mich auf und sah im Augenwinkel etwas in der Luft flimmern.

Ich erstarrte, dennoch schaffte ich es irgendwie, mich zu dem Portal umzudrehen, das nur wenige Meter von mir entfernt erschienen war. Obwohl sich alles in mir dagegen wehrte, hob ich kampfbereit die Hände. Das musste ich tun, weil ich nicht wusste, wer gleich durch dieses Portal kommen würde.

Shaw war einfach gegangen. Ohne Erklärung. Ohne … irgendetwas. Er hatte mich einfach zurückgelassen, als würde ich ihm nichts bedeuten. Als würde ihm das, was zwischen uns war, nichts bedeuten.

Die Wut, von der ich gedacht hatte, dass ich sie gerade an dem Geist ausgelassen hatte, kehrte mit einem Mal zurück und drohte, mich in die Knie zu zwingen. Denn mit ihr kamen auch all die anderen Gefühle zurück, die ich bisher verdrängt hatte. Die Verzweiflung. Die Fassungslosigkeit. Das Entsetzen. Die Sehnsucht. Und das Wissen, dass das mit Shaw und mir von Anfang an zum Scheitern verurteilt gewesen war. Es hätte nie gut gehen können. Nicht auf Dauer. Aber mit seinem Verschwinden hatte Shaw uns auch jede Möglichkeit genommen, es wenigstens zu *versuchen*.

Plötzlich trat eine Gestalt aus dem Riss in der Luft, der sich gleich darauf wieder schloss. Und ich ließ ganz automatisch die Hände sinken. Denn er war es wirklich. Es war wirklich Shaw. Wobei … irgendetwas war anders an ihm. Die Klamotten, die er trug – das teuer aussehende schwarze Hemd und die schwarze Hose –, hätte er sich niemals freiwillig ausgesucht.

»Shaw …«, wisperte ich.

Das Herz hämmerte mir bis zum Hals, gleichzeitig verkrampfte sich mein Magen aber auch vor Anspannung. Ich hatte mich immer auf ihn verlassen können. Immer. Doch jetzt wusste ich nicht mal mehr, ob wir noch auf derselben Seite standen.

»Ich habe überall nach dir gesucht.« Mit wenigen Schritten war er bei mir und nahm mein Gesicht in seine Hände.

Ich blinzelte irritiert. »Wie hast du mich überhaupt gefunden …?«

Er lächelte, als wäre meine Frage völlig unsinnig. »Ich habe die anderen Hunter gefragt. Roxy, ich bin so froh, dass es dir gut geht.«

Nein. Obwohl Shaw vor mir stand, obwohl er so sanft mit mir sprach und mich so liebevoll ansah, schlug jeder Instinkt in mir Alarm. Irgendetwas stimmte hier nicht. Irgendetwas stimmte ganz und gar nicht.

»Warum bist du hier?« Es kostete mich alles an Selbstbeherrschung, mich von ihm loszumachen und einen Schritt zurückzutreten. Weg vom ihm. Weg von den Berührungen, nach denen ich mich so sehr gesehnt hatte.

»Was …?« Nun war es an Shaw, verwirrt auszusehen. Doch dann wischte er die Verwirrung ganz schnell aus seinem Gesicht. »Roxy, wir haben nicht viel Zeit. Du musst –«

»Mit welchen Huntern hast du gesprochen, um mich zu finden?«, unterbrach ich ihn. »Mit denen in Bukarest?«

Er nickte. »Ja, natürlich. Roxy, was –«

»Bestimmt hat dir Ripley verraten, wo ich gerade bin, nicht wahr?«

»Ja, Ripley. Natürlich.« Wieder ein Nicken und er trat auf mich zu, doch diesmal wich ich vor ihm zurück.

»Du bist nicht Shaw«, stellte ich fest.

Seine Miene veränderte sich. Jedes Gefühl verschwand daraus, bis er sich vor meinen Augen in jemand anderen verwandelte. Jemanden, den ich schon mal getroffen hatte.

»Nein«, bestätigte Tarquin ruhig.

Ein blaues Aufblitzen. Schützend riss ich den Arm hoch. Im nächsten Moment traf mich etwas so hart, dass es mich von den Füßen riss. Ich wirbelte durch die Luft, sah den Boden auf mich zukommen und schaffte es gerade noch, mich so abzurollen, wie Finn es mir beigebracht hatte. Trotzdem pochte es heftig in meinem linken Unterarm und der Geruch nach verbranntem Fleisch drang mir in die Nase.

Schwer atmend richtete ich mich auf, sah kurz auf meinen linken Arm hinab und verzog das Gesicht. Der Stoff meines Capes war zerfetzt, die Haut darunter rot und verbrannt.

Hinter Tarquin erschienen zwei weitere Portale, durch die mehrere Männer und Frauen traten. Hexen und Hexer, da war ich mir sicher, aber Shaw war nicht unter ihnen.

Ächzend rappelte ich mich auf und drückte den verletzten Arm gegen meine Brust. Der Schmerz trieb mir die Tränen in die Augen, aber ich blinzelte sie fort. Vor diesen Leuten würde ich mir definitiv keine Blöße geben.

Sie waren zu fünft, mindestens drei von ihnen mächtige Hexenmeister, die die Weltenrisse erschaffen hatten. Ich dagegen war ganz allein. Die Hunter im Quartier in Florenz wussten zwar, dass ich mich heute Morgen auf den Weg gemacht hatte, allerdings hatte ich niemandem mein genaues Ziel genannt. Ich war die Einzige, die die Koordinaten dieses Ortes hatte. Selbst wenn Warden etwas in den Ghostvision eingebaut hatte, das ihm ebenfalls alle Koordinaten aufs Handy schickte – was ich ihm absolut zutraute –, würde mir das nichts bringen. Er war viel zu weit weg. Genauso wie Birdie, Trent und die anderen Jäger in Prag, deren Peilsender noch immer an meinem Stiefel klebte. Sie waren alle zu weit entfernt, um mir jetzt noch helfen zu können.

Unwillkürlich fragte ich mich, ob es nicht doch besser gewesen wäre, auf Finn zu hören und auf ihn, oder wenigstens einen anderen Hunter als Unterstützung zu warten. Doch im selben Moment, in dem diese Frage in meinem Kopf auftauchte, kannte ich die Antwort: Nein. Ich wollte nicht noch mehr Menschen in meine Probleme hineinziehen. Allerdings war mir bis gerade eben nicht klar gewesen, dass ich auch ein Problem mit Hexen hatte. Die fünf sahen nämlich nicht so aus, als wären sie nur zum Plaudern hergekommen – oder als wollten sie mich höflich darum bitten, mit ihnen zu kommen, damit ich Shaw wiedersehen konnte.

Mit zusammengebissenen Zähnen sah ich von einem zum anderen, bis ich wieder bei Tarquin landete. »Das hier wird kein gutes Ende nehmen, oder?«

Ein fast schon bedauerndes Lächeln trat auf Tarquins Gesicht. »Befehle sind Befehle. Und du bist eine Gefahr für Baldurs Pläne.«

Ich schnaubte. Wollte er mich für dumm verkaufen? Hier ging es doch gar nicht um den Hexenkönig, sondern einzig und allein um Shaw. Hatte er von mir erzählt? Von seiner Zeit bei den Huntern? Hatte er uns verraten? Nein, das würde er niemals tun. Ich wusste zwar nicht viel, aber dessen war ich mir absolut sicher. Trotz allem, was passiert war. Außerdem wären diese Hexer und Hexen nicht hier, wenn Shaw uns verraten hätte. Sie waren hier, weil sie in mir die Verbindung sahen, die Shaw zu den Huntern hatte. Eine Verbindung, die sie unter keinen Umständen dulden würden.

In gewisser Weise konnte ich sie sogar verstehen. Sie hatten einen Hexenmeister zurück, ihren Freund, Bruder, Kollegen. Nichts sollte ihn von dem abbringen, wozu er geboren worden war. Und ich stellte eine solche Ablenkung dar – genau wie Shaw eine für mich gewesen war. Wir waren von Anfang an eine gefährliche Ablenkung füreinander gewesen. Aber wenn ich an all das zurückdachte, was wir gemeinsam erlebt hatten, und was uns langsam, aber unaufhaltsam einander nähergebracht hatte, dann wollte ich nichts daran ändern. Ich wollte keine einzige Sekunde davon missen. Selbst wenn das bedeutete, dass ich mich mit übermächtigen Hexen anlegen musste.

Magie flackerte erst in Tarquins Hand auf, dann in den Händen der anderen Hexen. Fünf gegen einen. Baldur musste mich für übertrieben mächtig halten, wenn er so viele seiner Lakaien auf mich hetzte. Oder er wollte sichergehen, dass sie mich auch wirklich aus dem Weg räumten.

»Ihr könnt mich nicht töten«, stieß ich hervor. Denn ganz egal, was hier und heute passieren würde, ich hatte immer noch Zeit. Kevins Fluch ließ mir noch 78 Tage Zeit – und vorher würde mich der Todesbote nicht holen kommen. Also würde ich auch diesen Kampf irgendwie überstehen. Ich musste nur noch herausfinden, wie.

Blitze zuckten durch die Luft. Ich hechtete zur Seite und duckte mich, als sie hinter mir in die Wand einschlugen. Das alte Gemäuer ächzte protestierend. Putz und kleine Steine rieselten herab. So schnell ich konnte, sprang ich wieder auf und stürzte vorwärts, nur um nach wenigen Schritten innezuhalten. Dort, wo einst die Treppe gewesen war, klaffte ein großes Loch. Kurz sah ich zu den Hexern zurück, dann ins untere Stockwerk. Verdammt, das würde wehtun.

Ich setzte mich, schwang die Beine über den Rand und ließ mich rasch daran hinuntergleiten. Der Fall endete schnell und abrupt. Ich landete auf den Füßen und biss die Zähne zusammen, als ein scharfer Schmerz durch meinen rechten Knöchel schoss. Hastig rappelte ich mich auf und zog die Pistolenarmbrust aus der Halterung an meinem Rücken.

Mein linker Unterarm brannte noch immer höllisch und meine Hände zitterten, aber ich ignorierte beides, als ich den ersten Bolzen einspannte. Ich hatte es fast geschafft, als mich plötzlich jemand von hinten packte und zurückriss.

Instinktiv stieß ich meinem Gegner den Ellbogen in den Magen. Der Hexer ächzte, ließ mich aber nicht los. Gleich darauf tauchten zwei weitere durch ein Portal direkt vor mir auf. Blaue Blitze bildeten sich in ihren Händen und zuckten zwischen ihren Fingern hin und her wie die Vorboten auf das, was mich gleich erwarten würde.

Oh nein, nicht mit mir.

Das Amulett an meinem Hals leuchtete auf und sandte eine Energiewelle aus, die die drei Hexer zurückstolpern ließ. Dann rannte ich los. Blitze schlugen rund um mich herum ein. Gesteinsbrocken flogen durch die Luft, eine Wand stürzte nur knapp vor mir ein und zwang mich dazu, in letzter Sekunde einen Haken zu schlagen.

Im angrenzenden Raum angekommen, drückte ich mich gegen die Mauer und beeilte mich, den Bolzen fertig einzuspannen. Mittlerweile hatte ich das schon so oft getan, dass es nur wenige Sekunden dauerte, doch diese Sekunden erforderten meine ganze Aufmerksamkeit.

Schritte. Das Knistern von Magie in der Luft.

Mein Herz hämmerte wild. Mein Puls raste. Ich hob die Armbrust und wartete mit angehaltenem Atem, dass die Hexer den Raum betraten.

Die Schritte wurden lauter, waren jetzt in den anderen Räumen und auch über mir zu hören. Anscheinend hatten sie sich aufgeteilt. Ich behielt den einzigen Zugang zu diesem Zimmer im Blick und beobachtete, wie eine Hexe hereintrat.

Ich gab ihr keine Gelegenheit, sich umzusehen und mich zu entdecken, sondern drückte ab. Der Bolzen sauste durch die Luft, fand sein Ziel und bohrte sich in ihre Seite. Sie schrie auf, wirbelte herum und warf mir einen zornigen Blick zu.

»Wenn du denkst, dass mich das aufhält, dann … dann …« Ihre Stimme versagte und sie fiel auf die Knie. Innerhalb von Sekunden nahm ihre Haut eine kränkliche Blässe an, während sich das Gift in ihrem Körper ausbreitete.

Stark genug, um sogar einen ausgewachsenen Werwolf lahmzulegen.

Innerlich dankte ich Pandora, Matej, Trent und allen anderen Huntern in Prag für ihre Erfindungen und dass sie mich mit diesen Bolzen versorgt hatten.

In Windeseile spannte ich den nächsten Bolzen ein und wartete. Doch diesmal machten es mir die Hexer nicht so leicht, denn keiner von ihnen betrat diesen Raum, und ich konnte nicht ewig hier ausharren. Meine beste Chance lag darin, sie einzeln auszuschalten, statt mich ihrer vereinten Macht zu stellen. Und wie es aussah, musste ich dafür meine Deckung aufgeben.

Gott, ich wünschte wirklich, Finn wäre hier. Shaw. Warden. Dinah … Irgendjemand, damit ich das nicht ganz ohne Hilfe durchstehen musste. Denn allzu lange würde ich nicht die Stellung halten können – und ich war nicht dumm genug, zu glauben, dass die Hexer mir nicht folgen würden, wenn ich einen Fluchtversuch startete. Wenn sie mich einmal gefunden hatten, konnten sie es wieder tun. Wahrscheinlich jedes Mal, wenn ich mein Amulett einsetzte. Ich musste sie ausschalten, bevor sie mich ausschalten konnten.

Ein letztes Mal atmete ich tief durch, dann stieß ich mich von der Wand ab und verließ den Raum. In dem Moment, in dem ich wieder in den offenen Bereich der Ruine trat, bemerkte ich meinen Fehler. Es war viel zu still geworden. Keine Schritte mehr. Nichts.

Ganz langsam drehte ich mich um und entdeckte die vier verbliebenen Hexer und Hexen. Sie hatten sich so postiert, dass sie jeden Ausgang des Innenhofs versperrten. Ganz so, als hätten sie nur auf mich gewartet. Das blaue Leuchten ihrer Magie spiegelte sich in ihren emotionslosen Gesichtern wider.

Mir blieb keine Zeit mehr, um nachzudenken oder um einen neuen Plan zu fassen. Ich richtete die Armbrust scheinbar blind auf die nächstbesten zwei Hexer und schoss. Der Bolzen landete zwischen ihnen in der Wand. Gleich darauf erfüllte eine ohrenbetäubende Explosion die Ruine. Schützend hob ich den Arm vors Gesicht, als ein Teil des Gemäuers krachend in sich zusammenbrach und jede Menge Staub aufwirbelte.

Gerade als ich den Arm wieder senken und mich umsehen wollte, packte jemand meine Armbrust und riss sie mir aus der Hand. Eine Faust traf mich im Magen und presste jedes bisschen Sauerstoff aus meiner Lunge.

Keuchend stolperte ich zurück, sah eine lange silberne Klinge vor mir auftauchen und tastete instinktiv nach meinem Amulett. Blaue Blitze schossen auf mich zu. Ich holte aus und stieß die Hände mit aller Kraft nach vorn. Die magischen Energien prallten aufeinander und die Wucht riss uns alle von den Füßen. In der einen Sekunde flog ich durch die Luft, in der nächsten knallte ich hart gegen eine Steinwand und fiel zu Boden.

Mein ganzer Körper zitterte. Die Wunde an meinem Unterarm brannte noch immer wie verrückt und etwas Warmes lief mir über die Schläfe und seitlich an meinem Gesicht hinunter. Ich versuchte aufzustehen, aber meine Beine gaben unter mir nach.

»Du bist stark.« Tarquin stand plötzlich vor mir, seine Kleidung von Staub bedeckt. Auch er war von dem Kampf gezeichnet. Mit dem Daumen wischte er sich über den Mundwinkel und betrachtete geradezu andächtig das Blut auf seinem Finger. »Weißt du, ich habe mich ein bisschen über dich informiert. Tragische Geschichte, wirklich. Aber eines muss man dir lassen: Du bist nicht leicht totzukriegen. Amelia hat dich gut ausgebildet. Aber ich hätte auch nichts anderes von ihr erwartet.«

Ich erstarrte. Das musste ein Trick sein, dennoch konnte ich nicht anders, als nachzufragen, nur um ganz sicherzugehen. »Du kanntest Amelia?«

Er lächelte spöttisch. »Was denkst du denn, wer sie für unseren Herrscher rekrutiert hat? Die Magic Huntress war perfekt, um Baldurs Befehle auszuführen.«

Baldurs Befehle? Also hatte Amelia tatsächlich in Baldurs Auftrag meinen Zwillingsbruder und die ganzen Hunter entführt? Aber wozu? Zu welchem Zweck? Und wo waren sie heute? Bevor ich auch nur eine dieser Fragen aussprechen konnte, flimmerte die Luft erneut. Ein neues Portal öffnete sich neben uns – und Shaw trat heraus.

29. KAPITEL

Roxy

Diesmal war er es wirklich. Er war hier. Er war hergekommen. Meinetwegen? Oder um seine neuen Hexenfreunde zu unterstützen? Die bloße Vorstellung schnürte mir die Kehle zu, aber nach dem, was gerade passiert war, musste ich mit allem rechnen. Ich starrte Shaw an, ohne ein einziges Wort hervorzubringen. Selbst wenn ich gewusst hätte, was ich sagen wollte, hätte ich es nicht über die Lippen gebracht.

Er sah … gut aus. Irgendwie gefasster. Selbstbewusster. Als wäre ein Teil zu ihm zurückgekehrt, den er verloren und nach dem er in den vergangenen Monaten so verzweifelt gesucht hatte. Die Frage war nur, ob er noch immer der Mann war, den ich kannte … oder jemand völlig anderes.

Shaws Blick zuckte von Tarquin zu den anderen Hexern, dann zu mir und wieder zurück. Tiefe Falten gruben sich in seine Stirn. »Was zur Hölle ist hier los?«

Ich schloss die Augen. Allein seine Stimme zu hören löste Wärme tief in meinem Inneren aus, aber gleichzeitig auch das Gefühl, als würden sich lauter Steine auf meinen Brustkorb legen. Als ich die Augen wieder aufschlug, begegnete ich geradewegs Shaws Blick. Dann bemerkte er meinen verletzten Unterarm und machte einen Schritt auf mich zu. Hastig rappelte ich mich hoch und wich zurück, obwohl ich noch immer gegen das Zittern in meinen Muskeln und gegen den Schwindel ankämpfen musste. Shaw blieb stehen, doch er wirkte besorgt. Meinetwegen? Oder wegen der anderen?

Tarquin beobachtete ihn mit gerunzelter Stirn. »Du solltest nicht hier sein.«

»Ich bin aber hier. Wie war das doch gleich? Jede Magie ist einzigartig. Ich habe deine gespürt und bin ihr gefolgt.«

»Du lernst schnell.« Tarquin warf ihm einen stolzen Blick zu. Dann wurde seine Miene schlagartig ernst. »Aber jetzt solltest du besser gehen. Das hier willst du nicht mit ansehen.«

Also hatte ich recht gehabt. Sie wollten mich wirklich aus dem Weg räumen. Und das nur, weil ich Shaw etwas bedeutete. Ohne mein Zutun leuchtete das Amulett an meinem Hals auf, aber ich setzte die Magie nicht gegen meine Angreifer ein. Noch nicht.

Shaw beachtete das Amulett nicht mal, sondern sah mir geradewegs in die Augen. Und in diesem Moment erkannte ich ihn – den Mann, mit dem ich die letzten Monate verbracht hatte. Mit dem ich Seite an Seite gekämpft hatte, mit dem ich gereist war, der mich in den Armen gehalten hatte, als ich zusammengebrochen war, und den ich ganz fest gehalten hatte, damit er trotz seiner Albträume schlafen konnte. Der Mann, der mich nicht bloß mit Fast Food versorgte und der mich zum Lächeln brachte, sondern auch der Freund, auf den ich mich immer hatte verlassen können. Vom ersten Moment an bis jetzt. Der eine Mensch, ohne den ich mir mein Leben nicht mehr vorstellen konnte.

Langsam setzte sich Shaw in Bewegung – und diesmal wich ich nicht vor ihm zurück. Mit klopfendem Herzen ließ ich zu, dass er näher kam, bis er so dicht vor mir stehen blieb, dass ich nur die Hand heben müsste, um ihn zu berühren.

»Du wirst ihr nichts tun«, sagte er, ohne meinen Blick loszulassen.

»Das hast du nicht zu entscheiden, alter Freund.«

War da so etwas wie Bedauern in Tarquins Stimme? Ich wusste es nicht, kannte ihn nicht gut genug, aber ihm schien wirklich etwas an Shaw zu liegen. Allerdings nicht genug, um sich den Befehlen seines Königs zu widersetzen.

»Sie ist keine Gefahr«, behauptete Shaw und drehte sich nun doch zu ihm um, wobei er versuchte, mich so gut wie möglich mit seinem eigenen Körper abzuschirmen.

Tarquin deutete dennoch direkt auf mich.

»Sie ist eine Huntress«, knurrte er. »Sie jagt, verfolgt und tötet Leute wie uns.«

»Eigentlich bin ich nur hinter Geistern her«, warf ich ein und erntete dafür einen vernichtenden Blick von Tarquin.

Und in diesem Moment wurde es mir klar: Es war völlig egal, was ich sagte. Und auch, was Shaw sagte oder was er in mir sah. Seine Hexenfamilie würde niemals akzeptieren, dass er Kontakt zu mir hatte. Davon, dass er etwas für mich empfand, ganz zu schweigen.

»Und was denkst du, aus was – oder eher aus wem – das Amulett an deinem Hals gemacht ist?«

Ich zuckte zusammen. Auch wenn ich selbst nie ein Amulett hergestellt hatte, wusste ich sehr genau, woraus sie gemacht waren und wessen Magie die Hunter sich da bedienten. Das leuchtende Amulett an meinem Hals war aus den Überresten eines der mächtigsten Wesen hergestellt worden, die es auf der Welt gab. Womöglich sogar aus den Überresten eines Hexenmeisters, den ein anderer Jäger getötet hatte. Es war ein Mittel zum Zweck, um gegen die Übermacht der übernatürlichen Wesen anzukommen. Danach, ob es moralisch korrekt war, hatte nie jemand von uns gefragt.

Tarquin machte einen drohenden Schritt auf mich, auf *uns* zu, genau wie die zwei anderen Hexer. Wieder sah ich bei einem von ihnen eine lange Klinge in der Nachmittagssonne aufblitzen – und erstarrte.

Oh mein Gott …

Auf einmal erkannte ich ihn wieder – den Ort aus Giselles Vision. Damals war alles so schnell gegangen, dass ich mir kaum etwas zur Umgebung hatte merken können, doch jetzt, da nicht nur ich hier war, sondern auch Shaw und die Hexer, erkannte ich den Ort mit erschreckender Klarheit wieder.

»Nein …«, stieß ich hervor. Kälte und Übelkeit breiteten sich in mir aus.

»Was ist los?« Shaw drehte sich sofort wieder zu mir um. »Roxy?«

Ich schüttelte den Kopf, sah ihn nicht an. All meine Aufmerksamkeit lag auf dem kleinen Jungen, der plötzlich an der Wand lehnte und scheinbar selbstvergessen einen Ball in die Luft warf und wieder auffing. Doch die Kappe verriet ihn. Es war Kevin. Der Todesbote war gekommen – und diesmal nicht nur, um mich zu warnen oder mich an meinen Auftrag zu erinnern.

»Das ist nicht fair. Ich habe noch Zeit.«

Genauer gesagt 78 Tage. Mir blieben noch 78 Tage, um meine Mission zu beenden. Erst dann würden mich Kevin und seine Höllenhunde holen kommen. *Ich hatte noch Zeit, verdammt!*

Doch der Ausdruck in Kevins Gesicht sagte etwas anderes. Er wirkte verärgert. Und beinahe … betrübt. »Tut mir leid, Roxy.«

»Das kannst du nicht tun!«

»Hey, hey …« Shaw legte die Hände an meine Wangen und suchte meinen Blick. »Was ist los? Was ist passiert?«

Ich biss die Zähne zusammen. Auf einmal kam mir alles, was wir miteinander erlebt, was wir miteinander geteilt hatten, zu wenig vor. Wir hätten so viel mehr Zeit verdient, aber wir hatten nur einen Bruchteil bekommen. Nur ein paar gestohlene Momente, während die Uhr unablässig weitertickte. Viel schneller, als mir bewusst gewesen war.

»Es tut mir leid«, flüsterte ich und kämpfte gegen die Tränen an, die in meinen Augen brannten. »Ich wollte nie, dass das hier wirklich passiert.« Ich hatte es nie so weit kommen lassen wollen, hatte nie zulassen wollen, dass Shaw mir so viel bedeutete, dass dieser Abschied wehtun würde. Dass ich ihm so viel bedeutete und ihn dennoch allein zurücklassen musste.

Ich erkannte den exakten Moment, in dem es ihm dämmerte. Seine braunen Augen weiteten sich, dann erschien ein verzweifelter, ein zorniger Ausdruck darin. Er wollte es noch immer nicht wahrhaben, wollte noch immer dagegen ankämpfen. Aber wir hatten von Anfang an nicht die geringste Chance gehabt.

»Aus dem Weg!«, verlangte Tarquin und zog ebenfalls einen Dolch mit einer langen Klinge hervor. Es schien sich um eine Art Zeremoniendolch zu handeln, denn sie sahen alle gleich aus. Der Griff war mit Edelsteinen geschmückt und die Klingen wirkten selbst auf die Entfernung verflucht scharf.

Shaw wandte sich zu ihm um und schob mich erneut hinter sich. »Nein.«

»Du stellst dich auf ihre Seite? Auf die Seite der Hunter?!« Pures Entsetzen breitete sich auf Tarquins Gesicht aus. Fassungslos starrte er von Shaw zu mir und wieder zurück. »Das wird dir Baldur niemals verzeihen. Das ist dein Ende, Kane.«

»Mein Name …«, begann er leise und fixierte den Hexer, »… ist Shaw.«

Tarquins Blick zuckte zwischen Shaw und mir hin und her. Ein blaues Funkeln erschien zwischen seinen Fingern. »Damit ist dein Schicksal besiegelt, alter Freund.«

In Shaws Händen erschienen die gleichen blauen Blitze wie bei den Hexern. Das Herz schlug mir bis zum Hals. Ich war verletzt, aber noch nicht tot – und ich würde nicht kampflos aufgeben. Nicht einmal, wenn der Todesbote bereits auf mich wartete. Und erst recht nicht, wenn plötzlich nicht nur mein eigenes Leben in Gefahr war, sondern auch das von Shaw.

Mein Amulett leuchtete auf. Entschlossen stellte ich mich neben Shaw. Ich suchte seinen Blick und konnte ihn für einen winzigen Moment festhalten. Ein winziger Moment, in dem er mir zulächelte und ich es erwiderte. Dann brach die Hölle los.

Blitze surrten durch die Luft und haarscharf an mir vorbei. Ich hechtete zur Seite und ignorierte jeden Schmerz, als ich noch auf den Knien die Amulettmagie in meinen Händen bündelte und auf die Hexer losließ. Nicht weit von mir entfernt tat Shaw das Gleiche mit seiner eigenen Magie.

Shaw … Er stellte sich wirklich auf meine Seite, obwohl er gerade erst seine Familie und seine Vergangenheit wiedergefunden hatte. Obwohl er …

Unvermittelt ertönte ein ohrenbetäubender Knall direkt über uns. Reflexartig sprang ich auf, als Gesteinsbrocken aus dem oberen Geschoss krachend herabfielen. Staub wirbelte in die Luft und vernebelte die Sicht. Mühsam hielt ich mein Husten zurück, obwohl es in meiner Kehle brannte. Ich blinzelte mehrmals, um wenigstens ein paar Konturen erkennen zu können, und lehnte mich zittrig gegen die Überreste einer Mauer. Hatten Tarquin und die anderen gerade wirklich ein verdammtes Stockwerk auf uns fallen lassen?

Ich nahm eine Bewegung schräg hinter mir wahr. Zuerst dachte, nein, hoffte ich, dass es Shaw war, doch dann erkannte ich Tarquins blondes Haar und wich seinen blauen Blitzen in letzter Sekunde aus. Sie zischten über meinen Kopf hinweg und schlugen in die Wand ein.

Das Blut rauschte in meinen Ohren. Der Schwindel und das Pochen in meinem Kopf waren zurück, wie eine Warnung vor den Konsequenzen, wenn ich zu viel Amulettmagie auf einmal einsetzte. Aber mir blieb keine andere Wahl. Aufgeben kam nicht infrage.

Ohne Tarquin aus den Augen zu lassen, stand ich inmitten der Trümmer wieder auf und aktivierte mein Amulett. Die tiefblaue Energie floss aus dem Stein heraus, schlang sich um meinen Oberkörper und wanderte meine Arme hinunter bis zu meinen Händen.

Auch Tarquin machte sich bereit. Blitze sprangen zwischen seinen Fingern hin und her, wurden immer größer, immer gewaltiger, bis ich das elektrische Knistern geradezu spüren konnte. Die Härchen auf meiner Haut stellten sich auf. Aber ich wich nicht zurück.

Mit einem Mal war Shaw wieder neben mir, aber auch Tarquin bekam Unterstützung. Wir waren umzingelt. Doch diesmal waren es keine Geister oder Strigoi, die sich auf uns stürzten, sondern Hexer, die ihre gewaltige Magie auf uns losließen.

»Was Giselle gesehen hat, wird sich nicht erfüllen«, knurrte Shaw und klang entschlossener denn je.

Ich erwiderte nichts darauf. Wir wussten es beide besser. Nur begann ich es im Gegensatz zu ihm zu akzeptieren. Nicht zuletzt, weil ich hinter den Hexern immer wieder Kevin sah, der nur auf den Ausgang des Kampfes zu warten schien. Mittlerweile hatte er die Form einer langbeinigen Blondine angenommen, die auf einem Trümmerhaufen saß und das Ganze aufmerksam beobachtete.

Shaw schob sich vor mich und nahm Tarquin ins Visier, den er für den stärksten Gegner zu halten schien. Ich zögerte, wandte mich dann jedoch den anderen beiden Hexern zu. Es gab keinen Fluchtweg. Keine Möglichkeit, das, was jetzt folgte, abzuwenden. Wir standen Rücken an Rücken da, bereit, alles füreinander zu riskieren. Ich mochte diese Begegnung nicht überleben, aber ich würde verdammt noch mal dafür sorgen, dass Shaw es tat. Es spielte keine Rolle, wer oder was er war. Er war ein guter Mensch. Und er hatte es verdient, zu leben.

Die beiden Hexer griffen mich an. Erst mit Magie, die ich mit meiner eigenen abwehrte, dann versuchten sie mich zu packen und mithilfe ihrer Klingen außer Gefecht zu setzen. Von meiner Pistolenarmbrust war weit und breit nichts zu sehen. Ich wich aus, so gut ich konnte, bekam aber dennoch einige Schnitte ab.

Hinter mir krachte es gewaltig von dort, wo Shaw und Tarquin es gegeneinander aufnahmen. Shaw mochte mächtig sein, aber Tarquin hatte weitaus mehr Erfahrung. Es dauerte nicht lange, bis er Shaw immer weiter in eine Ecke gedrängt hatte. Vor allem, weil der Mistkerl nun auch noch Unterstützung von einem anderen Hexer bekam. Inzwischen blutete Shaw an mehreren Stellen und schien sich nur noch mit größter Anstrengung auf den Beinen halten zu können.

»Nein!« Ich rannte los, duckte mich unter den Blitzen hinweg und erreichte Shaw in dem Moment, in dem der Hexer hinter ihm mit seinem Dolch ausholte.

In der einen Sekunde spürte ich noch den festen Körper, den ich zur Seite stieß, in der nächsten durchzuckte mich ein heißer Schmerz. Ich sah an mir hinab, starrte auf die Klinge, die mich von hinten durchbohrt hatte und vorn herausragte, dann wurde sie zurückgerissen. Meine Beine drohten unter mir nachzugeben, aber ich wirbelte herum, aktivierte die Amulettmagie und stieß die Hände nach vorn. Der Angreifer wurde von der gewaltigen Macht weggeschleudert und knallte gegen die Steinwand.

Nur einen Atemzug später konnte ich mich nicht länger aufrecht halten. Der Boden kam rasend schnell auf mich zu, aber ich prallte nicht darauf. Zwei starke Arme fingen mich auf und zogen mich an sich.

»Shit, Roxy …« Shaw kniete neben mir und beugte sich über mich. Er blutete an der Schläfe und da war ein Schnitt direkt unter seinem Auge, der mit Sicherheit eine Narbe in seinem attraktiven Gesicht hinterlassen würde.

Ich streckte die Hand danach aus, wollte ihn berühren, aber es war, als würde alle Kraft aus mir herausfließen, bis selbst das Atmen immer schwerer wurde.

»Warum hast du das getan?« Shaw klang verzweifelt. Wütend. Fast schon panisch. Mit einer Hand hielt er mich fest, mit der anderen übte er Druck auf die Wunde in meinem Bauch aus, um die Blutung zu stillen. »Halt durch! Halt verdammt noch mal durch!«

Meine Lippen verzogen sich zu einem Lächeln, gleichzeitig spürte ich etwas Warmes über meine Wangen auf meinen Hals laufen. »Es ist okay«, brachte ich heiser hervor. »Es tut nicht … nicht weh. Es ist …«

»Halt durch!«, unterbrach er mich barsch. Die Panik war ihm deutlich anzusehen. Sie lag in seinen Augen, in seiner Stimme und in dem Zittern seiner Hände. »Wag es ja nicht, mich jetzt im Stich zu lassen!«

»Es tut mir leid …« Ich packte sein Handgelenk.

»Nicht.« Seine Augen weiteten sich. »Roxy!«

Das Hämmern in meiner Brust wurde immer schneller, immer panischer. Ich konnte meine Beine nicht länger bewegen und Kälte begann sich in mir auszubreiten. Doch da war auch etwas Warmes. Eine sanfte Brise streifte mein Gesicht und brachte eine nie da gewesene Ruhe mit sich. Und für einen winzigen Moment wirkte es beinahe friedlich.

Dann hörte ich das Heulen der Höllenhunde.

30. KAPITEL

Shaw

Nein …

Nein, verdammt!

Inmitten dieser Ruine lag sie in meinen Armen, genau so, wie sie es mir damals in Prag beschrieben hatte. Genau so, wie sie und Giselle es in der Todesvision vorhergesehen hatten. Trotz allem, was passiert war, trotz allen Entscheidungen, die wir getroffen hatten, waren wir dennoch genau hier gelandet. Giselle hatte recht behalten – der Tod war unvermeidlich.

Blut lief an meinem Gesicht hinab, aber ich nahm es kaum wahr. Meine Muskeln zitterten, dennoch rührte ich mich nicht von der Stelle, wagte es nicht, sie loszulassen, weil es das zu real machen würde. Dabei wusste ich doch nur zu genau, dass sie gar nicht mehr hier war. Ihre Seele war fort.

Ich wollte es nicht wahrhaben. Ich weigerte mich, es zu akzeptieren. Doch ganz egal, wie lange ich Roxy festhielt, ganz egal, was ich ihr leise zuflüsterte oder wie oft ich ihr die blonden Strähnen aus dem Gesicht strich, sie rührte sich nicht. Sie atmete nicht. Sie kehrte nicht zu mir zurück.

»Tut mir leid.« Tarquins Stimme drang durch das Rauschen in meinen Ohren zu mir durch. Er ging neben mir in die Hocke. »Aber auf lange Sicht ist es besser so. Sie hätte dich nur zurückgehalten.«

Ich reagierte nicht. Hielt Roxy nur noch etwas fester. Das

Ziehen in meiner Brust, das in den vergangenen Tagen mein ständiger Begleiter gewesen war, fühlte sich jetzt so an, als hätte jemand meinen ganzen Brustkorb auseinandergerissen. Jeder Atemzug war unerträglich.

»Kane …«

Ganz langsam hob ich den Kopf und warf Tarquin einen harten Blick zu. »Shaw«, korrigierte ich ihn mit gefährlich ruhiger Stimme. »Mein Name ist Shaw. Ich bin nicht mehr der Mann, den du gekannt hast, und das werde ich auch nie wieder sein.«

Nicht ohne meine Erinnerungen. Aber selbst wenn sie alle eines Tages von allein zurückkehren würden, selbst wenn ich mich an jedes Detail aus meinem früheren Leben erinnern könnte – ich war nicht länger diese Person. Nicht nach allem, was ich erlebt hatte. Nicht nach *ihr*. Und erst recht nicht, nachdem ich sie hatte sterben sehen.

Ganz behutsam legte ich Roxys Körper auf dem Steinboden ab und stand auf. »Sag Baldur, er kann meinen alten Körper verbrennen. Ich brauche ihn nicht mehr.«

Tarquin wechselte einen besorgten Blick mit den anderen Hexern. Einer von ihnen hielt noch immer die blutige Klinge fest, die er Roxy in den Rücken gerammt hatte. Eine Klinge, die mich hätte treffen sollen, nicht sie.

»Das meinst du nicht so …«, begann Tarquin.

Statt einer Antwort wirbelte ich herum und schleuderte all meine magische Energie auf den Hexer, der Roxy getötet hatte. Die Wucht riss ihn von den Füßen und schmetterte ihn gegen die nächste Wand, wo sein Dolch scheppernd zu Boden fiel. In wenigen Schritten war ich bei ihm, hob die Waffe auf und rammte ihm die Klinge in die Brust.

Seine grauen Augen weiteten sich vor Entsetzen – und dann noch etwas mehr, als ihm klar wurde, was ich getan hatte. Was das für ihn bedeutete. Und wohin seine Seele übergehen würde, sobald sie diesen schäbigen Körper verlassen hatte. Nämlich dorthin, wo er auch Roxy hingeschickt hatte: in die tiefsten Tiefen der Unterwelt.

»Verschwindet!«, knurrte ich und drehte mich zu den anderen um. »Oder jeder Einzelne von euch wird genauso enden.«

Tarquin zögerte, doch dann gab er dem einzigen verbliebenen Hexer ein Zeichen. Eine Handbewegung später flackerte ein Portal in der Luft. Tarquin warf mir einen letzten kurzen Blick durch, dann folgte er dem anderen Hexer. Sobald er verschwunden war, schloss sich auch der Weltenriss.

Ich blieb allein zurück. Allein mit Roxy, die noch immer reglos auf dem Boden lag. Ich ließ den Dolch fallen und schleppte mich zu ihr hinüber, nur um neben ihr auf die Knie zu sacken.

Sie hatte gewusst, dass es so enden würde. Sie hatte es kommen sehen und war dennoch davon überrascht worden. 78 Tage. So lange hätte ihr der Todesbote eigentlich noch lassen sollen. So viel Zeit hätte sie noch gehabt, um ihre Aufgabe zu erfüllen. Und selbst wenn diese Mission von Anfang an zum Scheitern verurteilt gewesen war, hatte ich dennoch … Hoffnung gehabt. Die Hoffnung darauf, dass wir es zusammen schaffen würden. Dass Roxy allen Widrigkeiten zum Trotz überleben würde. Dass wir eine Lösung finden würden. Aber es war von Anfang an ein aussichtsloses Unterfangen gewesen.

Die ganze Zeit über hatte sie mich auf Abstand gehalten, um mich hiervor zu schützen. Aber sie hatte nie daran gedacht, sich selbst zu schützen. Vor mir. Vor meiner Vergangenheit. Denn das hier … das war meine Schuld. Die Hexer waren nur meinetwegen auf sie aufmerksam geworden. Sie hatten Roxy nur meinetwegen beseitigen wollen.

Ich ballte die Hände so fest zu Fäusten, dass sie zitterten. Was passiert war, war allein meine Schuld.

Ich musste es wiedergutmachen. Ich musste … Es musste einen Weg geben. Irgendeine Möglichkeit, es ungeschehen zu machen. Sie zurückzuholen, denn sie hatte noch Zeit. Ihr blieben noch 78 Tage. *Uns* blieb noch Zeit.

»Kevin?«, rief ich und sah mich um. Der Todesbote hatte sich Roxy und Warden gezeigt, hatte ihnen sogar geholfen. Als er Roxy diesen Auftrag gegeben hatte, hatte er ihr damit gleichzeitig ein Versprechen gemacht. Ein Versprechen, dass er sie erst nach 449 Tagen holen würde. Ein Versprechen, das er nicht eingehalten hatte. »Kevin! Zeig dich, verdammt!«

Ich sah mich nach allen Seiten in der Ruine um, versuchte in jeder Ecke, hinter jedem herabgefallenen Gesteinsbrocken etwas zu erkennen. Eine Gestalt. Einen Schatten. Eine Bewegung. Irgendetwas. Doch da war nichts. Falls der Todesbote mich hörte, zeigte er sich mir nicht.

Mein Blick fiel wieder auf Roxys reglose Gestalt. Ihre Augen waren noch immer weit aufgerissen und ihre Lippen leicht geöffnet. Ich weigerte mich, sie einfach gehen zu lassen. Das hier hätte niemals passieren dürfen. Nicht so. Nicht meinetwegen. Das hatte sie nicht verdient.

Der Schmerz in meiner Brust wurde mit jedem Atemzug noch heftiger. Meine Hände zitterten, meine Kehle war wie zugeschnürt. Ich wollte schreien, brüllen, diese ganze Ruine in Schutt und Asche legen – und ich hätte es getan, wenn es etwas gebracht hätte. Ich hätte *alles* getan, wenn ich sie damit zurückholen könnte. Aber ich konnte nicht. Niemand konnte die Toten einfach wieder zum Leben erwecken. Das war unmöglich.

Und dennoch war es mir passiert.

Zornig starrte ich auf meine Hände hinab. Auf die Hände eines Körpers, den ich gestohlen und für mich beansprucht hatte, ohne überhaupt zu wissen, was ich da tat. Warum war ich am Leben, aber Roxy nicht? Womit hatte ich es verdient, jetzt hier zu sein, während sie in der Unterwelt gequält wurde? Es war nicht fair. Nichts davon war fair.

Gottverdammt ... Ich wollte aufstehen, konnte mich aber nicht bewegen. Ich konnte nicht mal atmen, weil es so verflucht wehtat. So sehr, dass sich ein scharfes Brennen unter den Schmerz in meiner Brust mischte. Ein Brennen, das wie ein Stromschlag durch meinen Körper und geradewegs in meine Fingerspitzen schoss.

Irritiert betrachtete ich meine Hände. Das waren nicht die typischen blauen Blitze der Hexer, aber auch kein Portal, das ich unbewusst erschuf. Das hier war etwas anderes.

Mein Blick fiel auf Roxy. Ich hatte nicht die geringste Ahnung, was hier passierte. Ich folgte nur meinem Instinkt, als ich ihr mit den Knöcheln über die Wange strich und ihre Augen schloss. Dann legte ich die eine Hand auf ihre Stirn, während ich die andere auf ihrem Bauch platzierte, direkt über der tödlichen Wunde. Mein Herz arbeitete auf Hochtouren. Meine Gedanken standen völlig still. Ich konzentrierte mich einzig und allein auf das Brennen tief in meinem Inneren, ließ mich ganz auf den Schmerz ein. Wut und Verzweiflung pumpten mit jedem Herzschlag durch meine Adern und erweckten ... etwas in mir zum Leben. Eine neue Art von Magie, eine Energie, die ich nie zuvor gespürt hatte und jetzt langsam, Stück für Stück auf Roxy übertrug.

Ich würde nicht zulassen, dass sie in der Unterwelt leiden musste. Aber vor allem würde ich nicht zulassen, dass es meinetwegen geschah. Wenn ich nicht gewesen wäre ... Wenn sie mich nicht zur Seite gestoßen und mir damit das Leben gerettet hätte ... dann wäre all das nie passiert. Ich musste es wiedergutmachen.

Magie raste durch meinen Körper und ging durch meine Hände auf Roxy über, umschloss jeden Zentimeter ihres Körpers und konservierte ihn für die Ewigkeit. Ich hatte nicht die geringste Ahnung, ob ich es richtig machte, aber ich versuchte es, gab alles, was ich konnte, bis nichts mehr übrig war und ich kraftlos neben ihr zusammenbrach.

Das Letzte, was ich sah, war der strahlend blaue Himmel über uns, der immer dunkler wurde, bis da gar nichts mehr war. Nur noch eine kalte, schwarze Leere.

EPILOG

Shaw

Ich trat durch das Portal hindurch. Die Krankenstation sah noch genauso aus, wie ich sie in Erinnerung hatte: weiße Wände, schmale Betten, alle säuberlich gemacht. Daneben Trennwände und einige Geräte, an die gerade niemand angeschlossen war.

Alles hier war schmerzhaft vertraut. In der Luft hing der Geruch nach Desinfektionsmitteln, frischen Laken und Plastikhandschuhen.

Plötzlich hörte ich ein ersticktes Keuchen hinter mir und drehte mich um.

Ingrid stand nur wenige Meter von mir entfernt neben einem der Betten, in der Hand noch das Stethoskop, das sie gerade hatte ablegen wollen. Bei meinem Anblick wurde die ältere Ärztin schlagartig blass und wich vor mir zurück, als sich das Portal hinter mir schloss. Dann fiel ihr Blick auf Roxys leblose Gestalt in meinen Armen und sie schlug sich die Hand vor den Mund. »Großer Gott … Was … was hast du getan?«

Panik und Entsetzen spiegelten sich in ihren Augen wider. In den Augen derselben Ärztin, die mich stundenlang untersucht und mir versprochen hatte, dass alles wieder in Ordnung kommen würde, obwohl sie das nicht wissen konnte. Dieselbe Ärztin, die sich damals für mich eingesetzt hatte, wich jetzt vor mir zurück und sah mich an, als wäre ich ein Fremder für sie. Als wäre ich ihr Feind.

Ich schluckte hart. Damit hätte ich rechnen müssen, dennoch traf es mich wie ein Schlag in die Magengrube.

Auf einmal waren Schritte zu hören. Gleich darauf erschien Finn in der Tür. Sein linker Arm war zwar nicht mehr eingegipst, aber er trug noch einen Verband samt Schlaufe, um den Arm ruhig zu stellen. »Hey Doc, ich …« Als er mich entdeckte, wurde er blass. »Shaw?«, rief er, dann fiel sein Blick auf die reglose Gestalt in meinen Armen. »Roxy? Was ist passiert?«

Ich presste die Lippen aufeinander. Es bestand kein Zweifel daran, dass Finn und Ingrid wussten, wer – oder eher *was* – ich war. Wozu es also noch länger verheimlichen?

»Ich habe ihren Körper konserviert.«

»Konserviert? Was? Wie? Warum?«

Vorsichtig legte ich Roxys Körper auf dem Bett ab, das mir am nächsten war. Ich hatte sie nach Hause gebracht. Ins Londoner Quartier. Zu der einzigen Familie, die sie noch hatte.

»Weil ich sie zurückholen werde, Finn. Ihre Zeit war noch nicht abgelaufen.«

»Du willst …?! Wie?«

Ich hatte nicht die geringste Ahnung. Aber es musste einen Weg geben. Und ich würde ihn finden. Ganz egal, wie lange es dauern würde oder was ich dafür tun musste.

»Gib auf sie acht, ja?« Meine Hand zitterte nicht länger, als ich sie an Roxys bleiches Gesicht legte und ihr eine lange blonde Strähne hinters Ohr strich.

Gott, sie sah so aus, als würde sie nur schlafen. Als würde sie jeden Moment die Augen öffnen und mich anlächeln. Oder mir eins auf den Deckel geben, weil ich mit Tarquin mitgegangen war, statt bei ihr zu bleiben. Egal, was es war, mir war alles recht, solange sie nur wieder die Augen aufschlug. Doch das tat sie nicht. Sie blieb liegen, so leblos und still.

Finn beäugte mich misstrauisch, als ich mich wieder aufrichtete. Dann sah er zur Tür, zu Ingrid, und wieder zu mir. Ein entschlossener Ausdruck trat auf sein Gesicht. »Du kannst nicht bleiben. Wenn du mit Magie hier reingekommen bist, hat sich der stille Alarm aktiviert. Gleich wird es hier nur so vor Huntern wimmeln. Und jeder weiß, was du bist.«

Ich nickte knapp. Das hatte ich mir schon gedacht.

Nach einem letzten Blick auf Roxy begann ich, einen neuen Weltenriss zu erschaffen.

»Warte!«, rief Finn und kam einen zögerlichen Schritt näher. Aber statt das zu tun, was er als Grim Hunter tun sollte, nämlich mich anzugreifen und auszuschalten, starrte er mich nur an. Ungläubig. Wütend. Vielleicht sogar ein kleines bisschen mitfühlend. »Was hast du jetzt vor?«

»Wenn meine Seele aus der Unterwelt entkommen konnte, dann kann Roxys das auch. Es muss einen Weg geben – und ich werde ihn finden.«

Als ich durch das Portal trat und Roxy bei ihrem Kampfpartner zurückließ, war ich nicht länger der Mann ohne Gedächtnis, den sie vor so langer Zeit von einem Geist befreit hatte. Genauso wenig wie der Hunteranwärter, den Maxwell unter seine Fittiche genommen hatte. Aber ich war auch nicht mehr Kane, der Hexenmeister, der es liebte, Hunter zu jagen und zu töten. Ich war ein Ausgestoßener, gleichermaßen gejagt von Hexern und Huntern. Gejagt von meinen eigenen Leuten. Von Menschen, die ich für meine Freunde gehalten hatte. Meine Familie. Doch jetzt gehörte ich zu keinem von ihnen. Ich war weder ein ausgebildeter Hunter noch ein erfahrener Hexenmeister und erinnerte mich noch immer an so gut wie nichts aus meinem früheren Leben.

Es gab nur eine Sache, derer ich mir absolut sicher war: Ich würde Roxy zurückholen. Selbst wenn ich es mit Baldur oder mit dem König der Unterwelt persönlich aufnehmen musste – ich würde es tun. Ich würde *alles* dafür tun, sie zurückzubringen. Koste es, was es wolle.

DANKSAGUNG

Hinter einem Buch stehen nicht nur eine oder zwei Personen, hinter einem Buch stehen so viele Leute, die ihre Zeit, Energie, Liebe und ihr Herzblut hineingesteckt haben. Und hinter einer Reihe wie den *Midnight Chronicles* sind es noch so viel mehr.

Dunkelsplitter zu schreiben war ein unglaubliches Abenteuer für mich. Eines, von dem ich mich gar nicht mehr lösen wollte, als es fertig war. Gleichzeitig konnte ich es kaum erwarten, mit Band 5 zu beginnen und die Geschichte von Roxy und Shaw weiterzuerzählen.

An dieser Stelle möchte ich mich bei meiner lieben Co-Autorin Laura Kneidl für die wundervolle Zusammenarbeit bedanken. Danke für die vielen Sprachnachrichten und Plotting Sessions, für die spontanen Ideen, Waldspaziergänge und langen Gespräche. Diese Reihe könnte ich mit niemand anderem schreiben als mit dir. Danke für alles.

Von uns beiden geht ein riesiges Dankeschön an unsere LYX-Lektorin Stephanie Bubley, die vom ersten Moment ebenso Feuer und Flamme für die *Midnight Chronicles* war wie wir. An dieser Stelle möchten wir auch Ruza Kelava, Simone Belack, Sina Braunert, Momke Zamhöfer, Simon Decot, Barbara Fischer, Sandra Krings, Teresa Krull sowie all den anderen Mitarbeiter:innen von LYX und Bastei Lübbe danken, die dabei helfen, aus unseren Geschichten Bücher zu machen!

Wir bedanken uns ebenfalls bei unseren wunderbaren Agent:innen Gesa Weiß und Kristina Langenbuch Gerez von der Literaturagentur Langenbuch & Weiß und bei Markus Michalek und der AVA international GmbH. Vielen Dank, dass ihr uns bei diesem umfangreichen Projekt begleitet und uns stets mit Rat und Tat zur Seite steht. Ein ganz besonderes Dankeschön geht hierbei an Kristina Langenbuch Gerez, die im Lektorat wie immer alles aus dieser Geschichte herausgeholt hat.

Außerdem möchten wir uns noch bei unseren fabelhaften Beta- und Testleserinnen bedanken: Saskia, Mandy und Beate. Danke, dass ihr dabei geholfen habt, *Dunkelsplitter* zu dem Text zu machen, der er heute ist. Eure Meinung bedeutet uns viel.

Vielen lieben Dank an Lorena Lammer für die wunderschönen Illustrationen und an Alexander Kopainski für die perfekten Huntersymbole.

Danke an sophie_der.engel, diana.p86, abeautifulbookblog_ und eli_sed7 auf Instagram, die mir mit dem tschechischen Satz geholfen haben.

Danke an meinen Papa, der mit *Armata Strigoi* das perfekte Lied für die perfekte Szene zur Playlist beigesteuert hat.

Danke an die PJS. Für alles.

Danke an unsere Freund:innen und unsere Familien, die uns in allem unterstützen, was wir tun, selbst wenn sie nicht immer verstehen, was gerade in unseren Köpfen vor sich geht (wir kommen ja selbst kaum hinterher).

Zum Schluss möchten wir uns natürlich noch bei euch bedanken – unseren wundervollen Leser:innen. Danke, dass ihr die *Midnight Chronicles* mit so viel Begeisterung aufgenommen und *Schattenblick* genauso wie *Blutmagie* auf die SPIEGEL-Bestsellerliste befördert habt! Danke für eure zahlreichen Fotos, Nachrichten und Rezensionen. Wir freuen uns so sehr, dass ihr mit dabei seid und können es kaum erwarten, euch zu erzählen, wie die Geschichte von Ella, Wayne & Co. in *Seelenband*, dem vierten Band der *Midnight Chronicles*, weitergeht. Bis zum nächsten Mal!

Die *Midnight Chronicles* gehen weiter!

Ellas und Waynes Geschichte
erscheint am 23.02.2022!

MIDNIGHT CHRONICLES

GLOSSAR & PERSONENVERZEICHNIS

BLOOD HUNTER

Blood Hunter werden umgangssprachlich auch als Vampirjäger bezeichnet, ganz konkret jagen sie jedoch Blutwesen. Dazu zählen alle Kreaturen, die Blut konsumieren, um zu leben. Das können klassische Vampire sein, oder auch Strigois, Ghule, Aswang und eine Vielzahl anderer Wesen. Blood Hunter werden mit der Gabe geboren, Blutwesen zu riechen, wodurch sich diese nicht vor ihnen verstecken können. Zudem sind Blood Hunter immun gegen Vampirbisse und können nicht verwandelt werden. Außerdem heilen sie schneller als alle anderen Hunter und können sich so effizienter von Verletzungen erholen.

DIE BLOOD HUNTER
DER MIDNIGHT CHRONICLES

Cain Blackwood
Alter: 19 Jahre
Waffe(n): Dolche
Amulett: Stufe 1
Blick: –

Warden Prinslo
Alter: 21 Jahre
Waffe(n): alle!
Amulett: Stufe 1
Blick: –

Emma Prinslo (47 Jahre) – Wardens Mutter
Grant Livingston (67 Jahre) – Leiter des Quartiers in Edinburgh
Lillian Blackwood (50 Jahre) – Cains Mutter
Mikhail Zharkov (40 Jahre) – Hunter aus Russland
Nala Madaki (40 Jahre) – Waffenexpertin, neue Leiterin im Londoner Quartier
Olivia Marlowe (47 Jahre) – Jules' Mutter
Safiyah Al-Abadi (32 Jahre) – Reisende Huntress
Sebastién Mercier (25 Jahre) – Leiter des Quartiers in Paris
Trent Zhou (22 Jahre) – Hunter in Prag

GRIM HUNTER

Grim Hunter sind neben Blood Huntern die am häufigsten vertretene Hunter-Art. Sie machen Jagd auf Werwölfe, Drachen, Höllenhunde, Gremlins, Wendigos, etc. Generell kümmern sie sich um alle Wesen, die nicht ins Einsatzgebiet der Blood, Soul oder Magic Hunter fallen, wofür sie auch prädestiniert sind. Denn Grim Hunter sind meist sehr kräftig und besitzen einen stämmigen, muskulösen Körperbau, der ihnen im Kampf einen deutlichen Vorteil verschafft.

DIE GRIM HUNTER DER MIDNIGHT CHRONICLES

Jules Marlow
Alter: 21 Jahre
Waffe(n): Pistolen und Messer
Amulett: Stufe 1
Blick: –

Andrew Blackwood (49 Jahre) – Cains Vater
Charles Marlowe (48 Jahre) – Jules' Vater
Dinah King (25 Jahre) – Ripleys Kampfpartnerin
Finn MacLeod (21 Jahre) – Roxys Kampfpartner
Konstantin Krall (48 Jahre) – Leiter des Quartiers in Prag
Matej Navrátil (30 Jahre) – Hunter in Prag
Owen Boyd (23 Jahre) – Ellas Kampfpartner
Pandora Svobodová (25 Jahre) – Huntress in Prag

SOUL HUNTER

Soul Hunter machen Jagd auf verlorene Seelen – Geister, wenn man so will. Alle Soul Hunter verfügen über den sogenannten Seelenblick, der es ihnen erlaubt, die Seele eines Menschen oder eines Wesens, ähnlich einer Aura, zu sehen. Egal, ob sich diese in einem Körper befindet oder sich von der sterblichen Hülle getrennt hat. Somit erkennen sie auch, wenn jemand von einem Geist besessen ist, da sich zwei Seelen in dessen Körper befinden. Zudem besitzen sie die Gabe, körperlose Seelen mit einer Berührung zu materialisieren und zu vernichten. Soul Hunter sind sehr selten und man erkennt sie auf den ersten Blick, denn ihre Augen haben eine graue, fast weiße Iris.

DIE SOUL HUNTER
DER MIDNIGHT CHRONICLES

Mariella »Ella« Matthew
Alter: 19 Jahre
Waffe(n): –
Amulett: Stufe 4
Blick: Seelenblick

Wayne McKinley
Alter: 25 Jahre
Waffe(n): Doppelspeer
Amulett: Stufe 1
Blick: Seelenblick

Louis Matthew (46 Jahre) – Ellas Vater

MAGIC HUNTER

Magic Hunter sind das genaue Gegenteil der Grim Hunter, sie sind von Natur aus sehr grazil, geradezu feenhaft und von einer besonderen Schönheit, was ihnen als eine Art Tarnung dienen kann. Denn auch die Wesen, die sie jagen (Elfen, Feen, Sirenen, Meerjungfrauen, Hexen, etc.) sind meist besonders attraktiv, um mit ihrem Aussehen ihre Beute zu bezirzen. Magic Hunter besitzen selbst keine Magie, sind aber sehr geschickt im Umgang mit magischen Amuletten und immun gegen Flüche und Illusionen.

DIE MAGIC HUNTER
DER MIDNIGHT CHRONICLES

Harper Iwanow
Alter: 20 Jahre
Waffe(n): Katana
Amulett: Stufe 1
Blick: –

Amelia Dupont (49 Jahre) – Roxys Mentorin; verstorben
Dominique Delacroix (20 Jahre) – Jägerin aus Paris
Gertrude »Birdie« Salzmann (19 Jahre) – Huntress in Prag
Holden Iwanow (20 Jahre) – Harpers Zwillingsbruder
Jackson Lothian (39 Jahre) – Kampfpartner von Lillian Blackwood
Mara Li/Krall (21 Jahre) – Huntress in Prag
Maxwell Cavendish (72 Jahre) – Leiter des Quartiers in London
Ripley York (23 Jahre) – Kampfpartner von Dinah
Tereza Li (45 Jahre) – Huntress in Prag, Mutter von Mara

FREIE HUNTER

Freie Hunter sind Menschen, die nicht als Blood, Soul, Grim oder Magic Hunter geboren wurden, sich aber dennoch der Jagd nach übernatürlichen Wesen angeschlossen haben.

DIE FREIEN HUNTER
DER MIDNIGHT CHRONICLES

Roxana »Roxy« Blake
Alter: 21 Jahre
Waffe(n): Pistolenarmbrust
Amulett: Stufe 6
Blick: Schattenblick

Shaw
Alter: ca. 24 Jahre
Waffe(n): Schrotflinte, Pistolen
Amulett: –
Blick: –

Li Jun (46 Jahre) – freier Hunter in Prag, Vater von Mara

ARCHIVARE, MENSCHEN UND SONSTIGE CHARAKTERE

Alessandra Petrostelli (29 Jahre) – Assistentin von Grant Livingston
Elspeth »Beth« Matthew (44 Jahre) – Ellas Mutter
Giselle Beauvais (19 Jahre) – hat den Todesblick
Ingrid Abrahamsson (60 Jahre) – Oberärztin im Londoner Quartier
Jacques Mathieu (24 Jahre) – Archivar im Pariser Quartier
James Prinslo (38 Jahre) – Wardens Vater, verstorben
Linnea Abrahamsson (16 Jahre) – Tochter von Ingrid, Archivarin in Ausbildung
Niall Blake (21 Jahre) – Roxys verschollener Zwillingsbruder
Pavel Kadlec (31 Jahre) – Archivar im Prager Quartier
Weston Cavendish (21 Jahre) – Archivar im Londoner Quartier, Maxwells Großneffe

KREATUREN UND IHRE KÖNIGE

Baldur – König der Hexer
Isaac – König der Vampire
Kevin – Todesbote
Marjorie – Königin der Geisterwelt
Tarquin – Hexenmeister, Mitglied von Baldurs Innerem Zirkel
Ulysses – König der Unterwelt

Sie darf ihn nicht lieben – denn er ist ihr Stiefbruder …

Bianca Iosivoni
FINDING BACK TO US
448 Seiten
ISBN 978-3-7363-1119-0

Als Callie nach langer Zeit in ihre Heimatstadt zurückkehrt, ist der Erste, dem sie dort begegnet, ausgerechnet Keith. Keith, der den Autounfall verursachte, bei dem ihr Vater starb. Keith, den sie nie mehr wiedersehen wollte. Sofort flammen der Schmerz und die Wut von damals wieder auf. Aber auch ein gefährliches Prickeln, das Callie völlig verwirrt. Denn Keith ist nicht nur die Person, die sie am meisten hasst. Er ist auch ihr Stiefbruder …

»Ein ergreifender Liebesoman, der mich gepackt und berührt hat. Absolute Leseempfehlung.« ZAUBERHAFTE BÜCHERWELTEN